霓 著

古时医到

全宗结篇

下

重庆出版集团 重庆出版社

目录 CONTENTS

第十二章　出嫁　　　　/001

第十三章　新婚　　　　/016

第十四章　战事　　　　/036

第十五章　夫唱妇随　　/065

第十六章　胜仗　　　　/083

第十七章　胜负　　　　/112

第十八章　成就　　　　/132

第十九章　一败涂地　　/154

第二十章　父亲　　　　/175

第二十一章　团聚　　　/185

第二十二章　真相　　　/207

第二十三章　得失　　　/235

第二十四章　大业　　　/251

第二十五章　永远　　　/267

番外　长相依　　　　　/279

番外　放下　　　　　　/284

番外　周而复始　　　　/293

第十二章 出嫁

　　杨茉想到刘妍宁端毒药给周成陵的事来，想及自己才知道周成陵成亲时还替刘妍宁怨怼就觉得可笑。

　　刘妍宁不是那时候的杨茉兰，周成陵也不是常亦宁，不是所有人都无辜。

　　献王太妃拉过杨茉的手："不知怎么的，这些日子我感觉越发清明了，很多事都能想得清清楚楚，好久没有这样爽快了，身子也轻了许多，都说人逢喜事精神爽，我看也是如此。这些年我除了自家的孩子，最盼着的就是成陵能成家立业，看着他为自己找了这样一门好亲事，我就放心多了，再也不怕糊涂下去。"

　　献王太妃就像自家长辈一样，一心一意为他们好，杨茉道："我祖母、父母都没得早，十爷也是一样，身边只有太妃一个长辈依靠，太妃能长命百岁，就是我们的福气。"这是发自内心的话，宗室营里真正对周成陵好的也只有献王太妃。

　　献王太妃道："按照你说的吃饭，睡觉，说不定真的能活到一百岁。"

　　两个人说着话到了献王府，杨茉扶着献王太妃下了马车，立即就听到李氏的声音："太妃，杨大小姐你们回来了。"

　　杨茉转头看了一眼李氏，不禁惊讶，李氏脸色蜡黄，擦了厚厚一层粉还是遮盖不住青黑的眼窝，让人扶着勉强站立，看到杨茉立即就像抓到了救命稻草，整个人都一哆嗦，立即上前道："杨大小姐，求求你救救我吧，你若是不肯给我医治，我就连今日也活不过去了啊。"

　　献王太妃皱起眉头："这是怎么了？才几日就弄得人不人鬼不鬼。"

　　李氏手脚颤抖，呼吸急促，仿佛一刻也坚持不住了，却眼睛死死地看着杨茉，目光中满是祈求："大小姐，我这是得了你说的病，就要死了。"李氏说到死，眼泪不停地淌下来。

　　周七夫人刚从家里过来，下了马车就看到满是鼻涕眼泪的李氏。

　　献王太妃道："进去再说，堵在这里成什么样子。"

　　李氏不敢有二话，忙让下人搀扶着跟进去。

　　献王太妃换了衣服坐在临窗大炕上，李氏也让人扶着坐在椅子里。

　　"病了怎么不请郎中。"献王太妃沉下眼睛看李氏。

　　这不是明摆着吗？

　　李氏觉得自己是哑巴吃黄连有苦说不出，请来的御医都说她没病，吃了多少药也没效用，开始她还支撑着不肯低头，现在就算让她跪在地上叫杨大小姐祖宗，她也愿意照办，只要杨大小姐肯救她一命。

　　李氏想到这里，再也不顾颜面："都是我瞎了眼睛，才会那样对杨大小姐，我知道错了，"李氏说着伸出手来捆自己的脸，手掌落在脸颊上发出清脆的声音。

　　旁边的下人要阻拦，却看到献王太妃没有说话，谁也不敢伸手，只是每次看到那手挥过来都会下意识地眨眼，就像打在了自己脸上。

李氏脸上火辣辣地疼，她却不能住手，只要停下就前功尽弃，她从来没想过打自己也能让她有所期盼，期盼大家觉得她已经得到了惩罚。

呜呜呜，她从来没想过自己要得到惩罚，而且是当着这么多人的面，她现在只想活下去，只要能活着比什么都好。

"好了，"献王太妃看向旁边的下人，"愣着做什么，还不去拦着你家夫人。"

下人这才将李氏的手按住，李氏根本没有力气反抗，只是可怜兮兮地看着杨茉。

献王太妃让杨茉扶着站起身，一步步走到李氏面前："当年你婆婆犯了错，老王爷要上奏折请皇上下旨将你们逐出京城，是康王太妃为你们求了情，这件事我说了很多遍，就是要提醒你，不要忘了宣王一家的恩德，而你们夫妻……没有半点的良心，一心想要得到爵位，在族里上蹿下跳，坏事做尽，你病了多少时候？从来没有一个人来我面前求情，你可知道是因为什么？"

"大家都是血亲，却厌恶你们夫妻到这个地步，我都替你们脸红，别以为我不知道你为什么和刘家走动近，你就是只狼，鼻子最灵敏，知道刘家不会对成陵好才靠过去……我原来看不清那个刘氏，只要想想你时时跟在刘氏身后，就知道她也不是个好东西。"

李氏真正觉得脸火辣辣地疼起来，又疼又麻："太妃……媳妇知道错了……媳妇错了……"

"报应，"献王太妃道，"如果你现在还不相信报应，就对着镜子看看自己的样子，简直就像鬼一样。"

李氏被骂得浑身颤抖。

献王太妃看向周七夫人："扶着我去内室里歇着，这件事我管不了。"

李氏听得这话顿时慌张，立即扑倒在地去抱献王太妃的腿："太妃，您救救媳妇吧！"

"我救不了你，我又不是郎中。"

李氏这才恍然大悟，立即向杨茉扑过去。

献王太妃和周七夫人离开屋子，只剩下杨茉和李氏。

杨茉看向下人："将周夫人扶起来。"

旁边的妈妈立即上前将战战兢兢的李氏安置在椅子上，杨茉仔细看李氏的情形，手上的黑痣并没有什么大的变化，身上也不见肿起的淋巴结，不是黑色素瘤病发的症状，却浑身颤抖，眼睛血红，嘴唇苍白，好似得了重病。

"大小姐，我……是不是……要死了。"李氏紧紧地攥着手指，她要死了，一定是要死了，她已经病入膏肓，她会比周成陵和周七老爷家的孩子都要惨。

"你们家夫人这样多久了？"

旁边的妈妈立即道："好阵子了，至少也有十来天，不吃不喝，到处找郎中来诊治……"

不吃不喝，心跳、呼吸加快，看起来没有什么严重的病，原来是这样。

杨茉淡淡地看着李氏："我可以治你的病，但是如果你日后仍旧害人，处处算计旁人，我绝不会再救你。"

李氏忙不迭地点头："只要杨大小姐能救我性命，我做牛做马都愿意。"

杨茉目光淡然，神情没有半点的缓和："我不需要你做牛做马，与其说这些，不如说点实在的。"

李氏脸一红:"我不会再害人,我若是再害人,就让我烂成脓水化在这里。"李氏好似成了一摊泥般,没有了半点的气势。

只要能活着,她赌咒发誓都愿意。

只要能活着,她真的不敢再害人了,更不敢再跟杨大小姐为难。

她现在什么都不想要,只想要回自己的命。

自从杨大小姐说过她的病之后,她就睡不安稳,时时刻刻想着自己可能会立即死了,闭上眼睛就能梦到自己的惨状,好像明天就是她的死期。

于是她不敢闭眼睛,就这样苦苦地熬啊,身上的病真的一天比一天重起来。

听说杨大小姐用手握心脏将闫阁老救活,她就觉得死期到了,她梦见她心脏不跳了,杨大小姐却不肯给她治病。

她梦到自己拉着杨大小姐的手,让杨大小姐将手伸进她胸口去握她的心脏。

她有一种要疯了的感觉。

"大小姐求求你,救救我吧。"她后悔啊,后悔做了那么多坏事,就算献王太妃不说,她也觉得是自己的报应来了。

人非要死到临头才知道后悔。

"周夫人这样说,我就信你一回,"杨茉转头盼咐梅香,"给周夫人开张安神的方子。"

李氏睁大了眼睛:"大小姐……让……让下人给我开方子?"

"我教了梅香医术,她可以开出我要的方子,"杨茉淡淡地看李氏,"周夫人不信我的诊治?"

"信……信……"周夫人忙不迭地点头,"只要是杨大小姐说的,我都信。"

"周夫人信我病就会好,不信我,我治也是枉然。"杨茉也没想到李氏看起来是个硬骨头,却被她几句话吓成了神经官能症,一直不吃不喝任谁都会受不住。

治病的方法很简单,用安神的药解除李氏的焦虑,再从根本上让李氏觉得自己能活下来,然后她用针灸让李氏睡一觉,病就会慢慢好。

"等你病好了,再去保合堂,我将你手上的黑痣割掉。"

李氏呆住了结结巴巴地道:"这样就能好了?这样我就能活了?"

杨茉点头:"至少近期内不会有问题。"上次她是故意吓李氏,李氏的黑痣还没有明显癌变,只要将周围皮肉割干净,很有可能就好了,就算已经癌变,也争取了时间。

李氏仿佛感觉不到鼻涕流到了嘴唇上,只是睁大眼睛看着杨茉,她终于知道周七老爷和夫人的感觉。

为什么那些人都像疯了一般又哭又笑。

她也觉得自己疯了。

于是她也拖着鼻涕流着眼泪连声说:"杨大小姐,谢谢你。"

刘夫人不知道怎么回到家中,坐在自家的椅子上,她仍旧颤抖着,好像身体都冻成了冰碴,怎么也焐不过来,好不容易暖和过来,浑身又像被火烤了般,呼呼地冒着热气,屋子里的下人都不敢说话。

可恶的杨氏，竟然找来献王太妃当面羞辱她们。

刘夫人心里没有了底，转头去看刘妍宁，郑家这门亲事是结不成了，今天这样大闹一场，不知道日后还有没有人会娶妍宁。

刘夫人想到这里眼睛就红起来："这可怎么办啊？"

"等父亲回来，"刘妍宁异常的安定，"只要父亲那边不出差错，我们可以再作安排。"

刘砚田看着堆积如山的奏折，昨晚他已经睡在衙门里，现在朝廷乱成一团，众多空缺没有人补上去，要如何推选官员入职，要谁来处置冯党的事，本都应该是皇帝做决断，可现在皇帝不理朝政，必须选个人来替皇帝分忧，这个人就是他。

他要文官举荐然后报去皇帝面前，正正当当地代替冯国昌总理朝政。

可恨那些平日里追随闫阁老的人才磨磨蹭蹭递了密折。

"再去看看上清院那边算出来没有。"虽然大家投的是密折，他已经心里有个估算，闫阁老的那些人毕竟是少数，胜不过他，很快他就要将权力攥在自己手里，很快……他就能做第二个冯国昌。

不，他会比冯国昌更厉害。

十几个文官都聚在闫府门口将雪踩得"咯吱、咯吱"响，现在怎么办，冯党倒了总要有一个人来主持大局。

到了年底谁来管户部，谁弄出银子来，上清院的皇帝现在正忙于收拾冯国昌院子里的珍稀药材，没收了好几个炉鼎，好像又要加炉子开烧了。

烧烧烧，将大周朝烧进去一半，还要再烧。

说句灭九族的话，再让皇帝这样折腾下去，恐怕就要灭国了，要不是宗室有人出面，现在他们全都搀扶着走在黄泉路上。

怎么办？谁都不能没有个思量，经过了冯国昌的事，教会他们一件事，不能缩着头等下去，要想个主意出来。

现在的大周朝，要有一个狠角色才能主持大局。

闫阁老那边却封死了口，说什么也不肯再入阁，还能去找谁。

等了好几天，闫家的大门终于打开了，几位大人立即进到屋子里和闫阁老说话。

吏部侍郎程润宜低声道："阁老，我们选的是周十爷，可这边的票数定然敌不过刘太傅，阁老没有出面拉拢人……定然是要输的。"

"现在拉拢已经晚了，"闫阁老闭了会儿眼睛，忽然睁开，"要想一个万全的计策，刘太傅说要将奏折送去上清院，让太监记下票数上报皇上，大家暗折投选，谁也不知晓选了谁。"

程润宜听得眼前一亮："阁老的意思是……买通太监换票？"

闫府说的话一字不漏地进了刘砚田的耳朵。

刘砚田顿时吓出了一身的冷汗，怪不得迟迟没有出结果，原来是买通了阉人在耍花样，多亏他早早就让人盯着闫府。

刘砚田想到这里刚站起身,就有一个小内侍慌慌张张地来禀告:"刘太傅……"说着谨慎地向周围看了看,"那边已经算清楚了,说……是周十爷。"

果然被人动了手脚。

刘砚田脸色顿时变得十分难看,站起身就向外走去,他要见皇上,他立即就要见皇上,他要拆穿闫阁老和周成陵的诡计,想要糊弄他没那么容易,不可能换票换得悄无声息,他会让人对字迹……

这是一个好机会,他定然要抓住周成陵的尾巴。

刘砚田坐上轿子一路到了上清院。

皇帝正在听道士讲经,听到刘砚田来了,懒洋洋地让人传见。

"皇上,"刘砚田进门跪在地上,"皇上,出大事了,微臣听说有人在密折上动了手脚,皇上……"

刘砚田刚说到这里,突然之间他眼前如同闪电划过,他这是怎么了?就这样径直来向皇上禀告,他怎么知道密折动了手脚,怎么知道……

他被人算计了,他被周成陵算计了。

刘砚田立即吓出了一身的冷汗,在皇帝面前说话一个字也错不得,一个字也容不得他错,他却鬼使神差地说错了一句话。

他本来沸腾的血液一下子被压制下去,憋进了心里,让他喘息不得,一时之间不甘、悔恨、愤怒布满了全身。

他隐藏了那么久,小心翼翼地算计每一步,眼见就要成功……他太急切了,就因为急切才会被周成陵利用,刚才来的那个内侍他还以为是黄英遣来的,他竟然问也没问一句。

皇帝目光果然微微闪烁,却装作若无其事:"太傅在说什么?密折上怎么会有人动了手脚?密折是太傅亲手办的,太傅不是说从前都是冯国昌把持朝政,朝廷用人都经冯国昌之手,被提拔的官员都想着冯国昌而不是朕,所以才会有冯党,而今,"皇帝说着站起身,"朕亲自选人,选上来的人会念朕恩,"皇帝微微停顿了一下,然后突然看向刘砚田,"太傅,是不是这样说的?"

刘砚田伏在地上:"微臣是这样劝皇上。"

"现在太傅却说密折被动了手脚,是谁敢动手脚?"

"微臣一时急切,是……方才一个小内侍和微臣说,有人将密折换了。"

皇帝皱起眉头,整个五官都带着怒意:"谁敢换朕的密折,"皇帝甩开袖子,看向黄英,"将密折拿来,一封封核对。"

黄英应了一声,上前几步不禁不安地看向刘砚田。

刘砚田心里一点点的希冀顿时去得无影无踪,没错他是掉进了周成陵的陷阱,密折根本没有被换,周成陵就是要他质疑,离间他和皇帝之间的关系。

"皇上,密折都拿来了,上面都有各位大人的密印,这错不了。"

皇帝没有看地上的刘砚田:"大家推举的是谁啊?"

"多数密折推举的是刘太傅。"黄英低声禀告。

刘砚田控制不住热血冲头："皇上，微臣糊涂，微臣是过于焦虑，恐怕宫中仍有冯党余孽。"

刘砚田的聪明就在于不会说那些捕风捉影的事，他只能抬出冯党来遮掩。

皇帝仿佛很认同刘砚田的话："自从冯党叛乱，太傅一直被朝廷政务缠身，委实辛苦，朕也明白，冯党的案子牵扯极多，全交给太傅一个人恐怕太辛苦，这个不讨好的差事，还是交与旁人。"

终于等到失去的时候才知道心里有多悲伤。

那种揪心的疼，不能要人命，却足以让人一直尝到生不如死的滋味。

刘砚田脸皮抽动，几乎不能自已。

"皇上要用谁？"刘砚田忍不住问。

皇帝转过身："就用周成陵吧，朕看他赋闲已久，朝廷又发着他宗室的俸禄，也该让他为帝君分忧。"

"皇上，您要重新用周成陵？要他回来办事？万一……万一……"周成陵也是他的学生，他再清楚不过周成陵的手段。

"太傅是怕朕管束不住他？"皇帝声音有些清冷，"太傅过虑了。"

刘砚田知道什么时候该闭嘴。

"太傅审了冯党这么长时间却未能找到多少贪墨的银钱，朕不好再为难太傅。"

皇上仿佛是因为体谅他，但若是周成陵将冯党一案办好，整个功劳就会落在周成陵身上，周成陵不是傻子，他会利用这个机会发展他的党羽。

刘砚田想到这里整个人一瞬间软了下来。

皇帝看向刘砚田："太傅拟旨吧！"

还要他拟旨，这是要他尝尝给他人做嫁裳的感觉。

他这样小心地密谋，却将成果拱手让人，他多少年的心血付诸东流。

他愤怒却不能有半点的表露，他还得是那个一心为君的忠臣。

刘砚田低下头："只要能找到冯党贪墨的银钱为国所用，只要皇上的江山稳固……只是皇上万万要防备周成陵，免得他成为第二个冯国昌。"

皇帝挥挥手："太傅放心，朕有思量，朕乏了，跪安吧！"

刘砚田站起身小心翼翼地退下去。

刘砚田照皇帝的意思拟了旨，这才回到家中，刚进府门，管事即上前道："老爷，济宁侯和夫人来了，济宁侯在院子里等着呢。"

刘砚田听得这话连衣服也不换直接去了堂屋。

"刘太傅，"济宁侯一脸的难看，"我是来给太傅赔罪的，若是府上名声有损，都是我们的错。"

刘砚田不知是怎么回事惊讶地看着济宁侯："侯爷这是……什么意思？"

济宁侯脸色难看："是我家夫人自作主张要给府上大小姐说亲事，不想连累了大小姐的名声……"济宁侯有些说不下去，"刘家的名声……我们不知道要怎么补救。"

刘砚田本来被剥得鲜血淋漓的心脏上顿时被人撒了一把盐，让他牙根都咬起来："到底是怎么回事？今天不是侯爷府上摆寿宴吗？怎么会闹出这样的事。"

刘妍宁十分安静地吩咐丫鬟将东西一件件拿出来给刘小姐："这些衣服都是没穿过的，我们是姐妹，想必你也不会介意，将来无论我去了哪里，都要跟我时时寄信。"

刘四小姐顿时哭起来："大姐，你不能走，为什么非要走，就说这是误会，是被人陷害，我们只要澄清……"

刘妍宁摇摇头："没有人相信，杨氏请出了献王太妃，郑三老太太也闹得厉害……我的名声已经没了，若是我不去家庵，将来你们都难出嫁，父亲在外也会被人笑话，"说着脸上露出一丝笑容，"当年替二妹出嫁的时候我就已经想清楚了，早晚都会如此，你也不必为我悲伤。"

刘四小姐瞪大了眼睛，眼看着大姐将衣服拿出来，那都是大姐喜欢的式样，什么时候人会将自己喜欢的东西留下，是觉得自己已经用不着了，就好像要和她别离一样，刘四小姐摇头："为什么会没有转机？让我替大姐嫁人，我……嫁去郑家，就说郑家弄错了，要嫁人的是我。"

刘妍宁皱起眉头："乱说，你年纪还小，郑家那门亲也不太好，年纪悬殊不说，而且是要继室。"

刘四小姐已经拿定了主意："我愿意嫁过去，我愿意替姐姐解忧，我愿意帮父亲，我可能没有姐姐那么聪明，但是嫁去郑家我愿意所有事都照姐姐说的做，只要能帮父亲。"

刘妍宁惊讶地看着刘四小姐。

刘四小姐拉住刘妍宁："姐姐就让我去吧。"

刘四小姐说完站起身去寻刘夫人，将这些话一股脑说给刘夫人听，刘夫人也没想到女儿会如此。

"母亲，姐姐为家里做了那么多事，难道我们就要眼看着她去过青灯古佛的日子。"

刘夫人想到刘妍宁的凄苦顿时心里难受，眼下却也没有别的法子，正好下人来道："济宁侯夫人来了。"

刘夫人带着人迎出去。

见到济宁侯夫人，刘夫人眼睛顿时红起来。

济宁侯夫人忙上前拉住刘夫人的手："都是我的错，三老太太那边不知道听了谁的闲话，这下让刘家名声有损，我不知要怎么办才好。"

"没想到夫人会误解我们的意思，"刘夫人用帕子擦擦眼睛，"我是有意和郑家结亲，说的却是我的小女儿，谁知夫人却……想到妍宁身上……弄出这样的乱子。"

济宁侯夫人不禁惊诧。

刘夫人接着道："我没想到夫人这样看重妍宁，这下可真是好事办成了坏事。"出了这样的事就要利用济宁侯府的愧疚，这样才能让济宁侯府完全站到她们这边来。

杨茉给李氏用了针，李氏很快睡着了。

献王太妃望着瘦得皮包骨的李氏摇了摇头："希望她病好了之后，不要再被刘家利用。"

刘妍宁如今失了名声，不管她用什么方法补救，都不能像从前一样被人交口称赞，尤其是刘妍宁那样的心肠，就算想到好主意也是损人不利己，利用身边的人达到目的，早晚会油尽灯枯。

献王太妃拉起杨茉的手："接下来就好好等日子。"

这日子说长不长，说短也不短。

杨茉每日都要抽出几个时辰做针线，将其余的时间放在保合堂上，每日都要去闫阁老府上看望闫阁老。

闫阁老的病情时好时坏，如果有抗生素在，恐怕这病早就见好了。

朱善那边药做得也不顺利，有些制药的工艺说起来简单做起来却难，就像青霉素，收集青霉是最简单的，分段收集有效成分却很难，何况还要不停地测试药的有效度，还好朱善是一个十分有耐性的人，不怕繁琐、困难，一根筋走过去，不走出一条路绝不甘休。

周成陵的聘礼源源不断地送来。

大大的樟木箱子将杨家院子都摆满了，除了绫罗绸缎、金银器皿、古董书画，还有各种头面，各种宝石，就说梳妆盒子都有各种式样，没有两个是相同的。

周成陵开始办冯国昌的案子，没有平日里那么清闲，杨茉给他诊病的时候才会见到，眼见聘礼送了十几天，杨茉忍不住埋怨："你在查冯党贪墨的银钱，这样大张旗鼓地送聘礼，就不怕被人猜疑。"

周成陵面不改色："这些东西都有单子在，都是康王府攒下的家底，一直在献王太妃手里收着，谁会乱说。"

这段日子听周成陵说起朝政，杨茉也免不了关切："冯党贪墨的那些银钱找到了没有？"

周成陵微微一笑："谁说一定是银钱，我查出了一些屯粮，正好用来赈灾，已经写了奏折上去，只等着皇上裁夺。"

粮食而不是银钱，这样赈灾就显得顺理成章，皇上也不会拿来另作他用。

"不但可以赈灾，还可以做军饷，董昭那边军需短缺，如果不补上恐怕不能打个胜仗。"

不能找不到贪墨的银钱，更不能让这些银钱进了上清院用丹炉烧光，于是周成陵想出粮食的法子，杨茉抬起头："哪来的这么多粮食。"

周成陵道："我盯上冯国昌不是一日两日了，现在冯国昌被抓，多拷问几个冯党大约就知晓了贪墨的银钱，再将那些贪墨的银钱向当地富绅征用米粮。"

杨茉还是有些担心："皇上会不会察觉？"

"不会，朝廷还在抓与冯国昌有牵连的人，现在朝廷上下人人自危，不会有人在这时候站出来说话，那些富绅平日里就和冯党勾结，他们不拿，我自然有办法整治。"

杨茉轻声道："那刘砚田呢？如果刘砚田让人查起来你要怎么说？"

周成陵道："自从上次密折的事，刘砚田一直投鼠忌器，我就是让他查出来，他也会觉得是我设下的陷阱，不敢随便跳下去，有些事机不可失失不再来，等他回过神来，朝廷已经将赈灾的米粮分下去，银钱也都换成了军需，他还能跟灾民和戍边的武将抢粮食不成？"

杨茉脑海里就浮现起刘砚田跳脚抢粮食的神情。

还真是，刘砚田一个吃得脑满肠肥的京官，无论站在什么立场上也不能和戍边的将士和灾民争抢粮食，否则他这个为国为民的忠臣要怎么扮演下去。

周成陵做事可真是一气呵成，让人没有还手的余地。

他知道别人的弱点在哪里，一刀戳下去，定然会冒出血来。

不过还是不能轻敌，皇上毕竟对周成陵很是忌惮。

杨茉点点头："你刚回到朝廷里，还是小心点好。"说着帮他活动手臂，显而易见他最近握笔太多，稍稍抻拉一下都会疼。

"少骑马，少说话，少写字，"杨茉顿了顿，"头还疼不疼？"

周成陵道："疼。"

"活该。"她一般不会对病患这样粗鲁，对不听话的病患，只能板起脸来训斥，这样他才能老实几日。

好在自从周成陵明目张胆送了聘礼之后，她每次去慈宁宫给太后娘娘治病，太后娘娘都没有再流露出要将她抬进宫的意思。

杨茉也没有再在慈宁宫遇到刘妍宁。

日子就这样平顺地过下去。

周成陵送的聘礼不仅多，而且种类花样繁多，比如送一车石花菜，虽然没说是聘礼，可既然是给她的也应该算在其中。

石花菜是用来熬琼脂的，最是经济实用，将东西熬出来，就可以用来培养细菌，她已经让人做好了温室，她教朱善将细菌放在琼脂上，送进保温箱内，培养十二个时辰之后看结果。

她尽量将她所会的东西拿出来教给大家，也许不会立即见成效，不过她相信知道了这样的法子，有一天定能出成果，因为她清楚地知道历史的进程，手里有了能成功的所有东西，接下来就是试验到底哪条路能获得最后的结果。

一旦知道了这个程序，以后就能制造更多的东西。

朱善在温室外守了一晚上，第二天看到琼脂上平白长出来的东西，顿时怔愣在那里，没等杨茉说话，朱善就带了哭腔："我明明看着的啊，怎么会变成这样。"

魏卯几个怎么劝说都没用，还是杨茉赶过来看了一眼琼脂："这是正常的，我们就是要在合适的温度下，让这些让人生病的东西繁殖，这样我们才能想办法做药，看看哪种药才能让这些东西减少。"

朱善几个仔细地听着。

杨茉道："现在来试我们之前做的药。"

朱善忙将之前做好的药端来，杨茉做示范，将浸好药的纸片放进琼脂培养好的细菌中间，杨茉放完之后，将培养基盖好盖子，然后和朱善几个走出温室说话。

"只要进温室就不能说话，打个喷嚏、说句话做的东西都会没用了，要穿戴整齐才能进温室，不要对着培养基喘气，装培养基的罐子要经过高温蒸煮，温室里用的所有东西都要经过消毒,一批药没有效果就重新来过,千万要将所有制药步骤记录清楚,只要药有了效果就立即要进行第二次检验,三次反复检验都有效果才能算做出了新药。"

"即便是做出一些新药,第二次也未必能做出更多,就像我们之前用的麻醉药一样,不一定次次都能做出来。"

这一点朱善已经知道。

杨茉看着朱善:"我们现在做的两种药都急着用,你要多叫几个人轮流来做,早做出一天就能拿来救人。"

朱善忙颔首。

因为周成陵的病,她下决心定要研究现代用的西药,至少做出那些用不着合成,只是需要提纯的药。

从庄子出来,杨茉径直去了闫家。

看过闫阁老,闫夫人将杨茉请进闫老夫人房里说话。

虽然闫阁老的病不太好,闫家却没有急着催问杨茉该怎么办,闫老夫人反而笑着道:"今天是二月初三了吧!"

听得闫老夫人这样说,杨茉才意识到,婚期就在眼前了。

闫老夫人道:"难得你母亲还能让你出门。"

说着话下人来禀告,"三姑奶奶回来了。"

片刻工夫,闫三小姐就进了门,大家互相行了礼,闫三小姐忙拉起杨茉:"你怎么还敢出来乱走,东西可都准备好了?"

杨茉点点头:"已经备好了,明儿一早我们就搬回祖宅,我要从祖宅出嫁。"

闫三小姐和杨茉几乎异口同声地问:"你怎么样?"

闫三小姐羞红了脸,杨茉也有些耳根发热。

闫老夫人站起身找了借口和闫夫人去内室里就留下闫三小姐和杨茉说话。

杨茉看着闫三小姐:"夫家那边对你怎么样?"

闫三小姐向旁边看看,等下人走开些才低声道:"婆母不太好对付,我每天都要早早去请安,吃饭的时候不敢太动筷子,不比在家里,不过别人都还好,侯爷还说让我坚持几日,等过阵子婆母满意也就好了。"

杨茉听得这些也替闫三小姐松口气,这一点她比较好,周成陵家里没有长辈,不过还要拜见宗室营的长辈,好在献王太妃疼她,这一关她不算难过。

闫三小姐低声道:"你也别想闲着,成亲当日不能没有长辈,周家那边够你认一阵子的。"

可不是,要论大族,现在谁能和周家相比,周成陵的喜帖也一定送出去不少,周家不知道要摆多少宴席。

这样一想,还真让人觉得紧张。

"没关系,到时候让族里的嫂子帮忙认亲,记得记不得都不要紧,谁也不会为难新娘子的,你只要记得成亲当日你最大,谁出了难题,你就露出为难的样子,自然会有人解围,谁也不想搅黄了婚事。"

杨茉点头，闫三小姐将所有的经验都传授给她。

"到时候我也过去帮忙，你找的全福人是谁？"

杨茉道："是程夫人。"

程夫人上有父母，下有儿女，夫妻恩爱，陆姨娘去了一趟程家就拉了程夫人来给她梳头。

说起这个，杨茉又觉得婚事离她还尚远，她还能糊涂几日。

不过这几天过得飞快，转眼就到了。

天不亮杨名氏就进屋张罗，杨茉从床上起来却没有半点的睡意，本来这一晚她都没怎么合眼。

程夫人笑着进了门，看到杨茉还没准备好："快点动起来吧，我看周十爷的花轿会来得早，守门的几个也敌不过十爷，门很快就会被叫开，到时候我们没准备好，可成了笑话。"

所有人的笑容都很明亮，特别是陆姨娘眼睛里似是闪着泪光，杨茉不敢去看陆姨娘，看一眼她也忍不住鼻子发酸，好像就要和最亲近的人别离，过了今天她虽然还是杨茉，陆姨娘还是她的生母，可是她们却不能每日在一起。

出阁虽然让人高兴，却也让人难过。

从此之后她不完全是一个女儿，还是一个妻子。

"姨娘。"杨茉叫了一声陆姨娘。

四目相对，两个人眼睛都红起来。

"大喜的日子，你看看，"程夫人笑着挽起陆姨娘的手，"这可是好事啊。"

陆姨娘急忙道："是好事，是好事，我也是高兴得掉眼泪。"

杨茉坐在凳子上，大家立即按照规矩忙碌起来，闫夫人和闫三小姐也来帮忙，屋子里顿时热闹起来。

一开始杨茉还能都认出屋子里来往的都是谁，后来人越来越多，开始有生疏的脸孔。杨茉穿上大红嫁衣，开始有婆子伺候上妆。

螺子黛眉笔画长眉入鬓，金花胭脂涂两腮，然后涂上口脂，最后是在头上戴各种头饰，一件件地放在头上，杨茉觉得头越来越沉。

还没将所有的头面戴上，外面传来一阵鞭炮声响。

屋子里的夫人们纷纷笑道："来了，来了，花轿来了。"

杨茉抬起头，看到所有的目光投过来，她的眼泪就落下来，她还以为出嫁的时候不会哭，可是那种感觉就是一下子汹涌而来，让她没有任何的准备。

也许她一直期待着有这样一天，所有人都望着她，所有人都带着祝福和喜悦，只因为她要出嫁。

她心里一直紧张，怕自己没准备好。

可真正到了这一天，她就明白，她已经准备好了。

准备好了接受幸福。

幸福总是来得那么突然，却又那么安静，一切仿佛都停顿下来，等着她起身，为她遮上头盖。

今天她终于长大了。

感谢所有陪伴她长大的人。

陆姨娘握住她的手,轻声安抚:"没想到大小姐一转眼就长大了,要嫁人了。"

杨茉点点头:"姨娘一直在身边照应,才有我的今日。"让她忽然想起杨茉兰小时候,杨家繁盛时的模样,还好她没有糊里糊涂地把自己交给常亦宁,她终于等到这一天自己踏出这个门。

杨茉不禁又有了些哽咽:"走之前,我想去拜别祖母、父亲、母亲。"

旁边的喜娘道:"可别误了吉时。"

杨茉眼前都是鲜艳的红色:"拜别长辈不会误了吉时。"

杨茉去拜祖先。

外面打听消息的丁二几个伸头伸脑地盼着。

"怎么样?杨大小姐上花轿没有?"

"还没有,"小郎中在杨家和药铺之间来回跑得气喘吁吁,"还没有呢,还没到吉时,可能要等等。"

丁二花白的胡子一翘一翘:"真是急死人了。"

这话一说,大家不禁笑起来:"丁二,又不是你要出嫁,你急什么?"

"是啊,丁二,不是你要成亲,也不是你嫁的女儿,你替人家大小姐着什么急。"

"呸,"丁二看向笑话他的人,"你们不是也在等消息,就我一个人着急啊?你们还不是一个个听到有人说话立即伸脖子来看。"

"你,你,你,"丁二指指点点魏卯和几个小郎中,"你们都是没有娶妻的,不嫌害臊,盯着人家花轿做什么?"

魏卯几个被点得脸红,立即缩了缩脖子,可是又忍不住留下来听消息,师父要出嫁了,谁不想听一听情况。

这可是他们的师父啊。

人这辈子,除了爹娘,最重要的人就是教导自己的人,因为有那个人,跟着那个人你这一辈子定然差不了。

虽然他现在还是个普通的郎中,魏卯还是魏卯,但是只要跟着师父就能学到更多,假以时日,当别人只能庸庸碌碌活下去,魏卯还能接着学习,人只要一直地学习就会永远走下去,走得比谁都远。

这是师父说的话,他永远都记得。

为了将来那个魏卯,他也一定会踏踏实实地学习,为了将来他也能救回一条性命。

有那么一个人,就是那么一个人,只要跟着她,人生就会变得不同,所以无论如何都要跟紧她,不能放松。

魏卯正想着,萧全匆匆忙忙跑过来:"快……收拾收拾……让我们过去了。"

"什么?"四周忽然静下来,大家怔愣地看萧全。

"师父的婚事啊,让我们过去周家呢。"

白老先生看向济子篆,济子篆又看看周围的人:"怎么说的?都让谁过去?"

"让我们想过去的都过去,周爷是这样说的。"

想过去的都过去？

周爷到底知不知道是什么情况？

现在整个一条街的人都在听杨大小姐的消息，这样的话传出来，整个一条街的人都去周家？那还不挤破了门。

济子篆道："别是说错了。"

"错不了，错不了，"萧全整个人如同炉盖上的黄豆，被烤得又酥又脆，想要噼里啪啦地裂开。他难以掩饰心里的高兴，根本看不到济先生的暗示，"周爷就是这样说的，快过去吧，一会儿花轿到了，我们就等不到了。"

萧全话音刚落就看到济子篆皱起的两条眉毛，然后不知是谁吆喝了一声："听到没有，想去的就去，不是光保合堂的郎中才能去。"

江掌柜笑道："你们凑什么热闹，还是等消息吧，周爷说的就是保合堂，保合堂是杨大小姐开的，你们那些和杨家没关系，过去做什么？"

"怎么没关系？"

"咸亨八年保合堂杨大小姐治疟病，我们一起用冰水浸的黄花蒿，沈微言呢，沈微言能作证。"

张琰不甘示弱："咸亨八年秋保合堂杨大小姐治杨梅疮，我们家插过保合堂的旗子，杨大小姐亲自教我们如何治杨梅疮，张戈你别躲起来，当时你也在，我是第一个来求旗的。"

另一个郎中道："咸亨八年冬，京城大乱，我们来保合堂帮忙，杨大小姐教我们如何包扎止血。"

"杨大小姐是你们的师父，也是我们的，怎么你们去得我们就去不得。"

"让开，让开，我先去。"

声音远远地传来，大家转过头去看，只瞧见一条花花绿绿的裤子和一团乱糟糟的头发，朱善怀抱着个小瓶子小心翼翼地走过来，眼睛谨慎地看向周围生怕别人来抢他手里的东西："我的药做出来了，我要去给杨大小姐看。"

听得这话魏卯心脏剧烈地跳动，大白日的几乎让他看到了天边的星星："是……真的？真的做出药了？"

朱善连连点头："做出来了。"

魏卯简直要跳起来，伸手捞到旁边的萧全："你听到没有？师父期盼的药做出来了。"

师父花了很多心血想要做出的药。

萧全急切得说不出话来："快……快……快……师父说……快……"

白老先生看到满脸通红的萧全顿时哭笑不得："快什么？话也说不出来了。"

保合堂要出新的药，到底是什么药？

大家都很好奇，不管是什么药，都一定很厉害，保合堂推出来的药有哪个是别人见过的，张琰忍不住张嘴问："是什么药啊？"

朱善将罐子死死地抱着，大大的头摇晃着，忽然咧开嘴露出牙齿，那璀璨的笑容让他显得也不那么邋遢，反而看起来神采奕奕，好像做了一件伟大的事，高傲地昂起头，再也不怕被人嘲笑，而是让人期待。

从此之后再也不会有人说，朱善是个被蛆虫啃空脑袋的笨蛋。

从此之后再也不会有人说，哟，朱善啊，只是一个败家子，不学无术的疯子。

他朱善，会让所有人都知道他，他不是一个笨蛋，不是一个败家子，更不是一个疯子，他在保合堂为杨大小姐做药。

他做出的药能惠及很多人。

也许这些人永远不知道他朱善，却会用到他今日做出的药。

也许他将来会成一堆白骨，灰飞烟灭，什么也不剩，但是他的药还会有人用，这才是他想要的结果。

人命有限，但是人这辈子总能做成一两件能让人永远记得的事。

常亦宁在刘家等了很久却也不见刘砚田回来。

是不是刘砚田不愿意帮忙找他父亲，自从叛党乱起来，他们一直在找父亲，可是等到大牢里清点人犯名单，他们才得到确切的消息，父亲不在大牢里，很可能是被冯党带走了，或者是趁乱逃出去了。

被冯党强行带走还好，如果是真的跟冯党走了，那么常家就和叛党一样。

祖母本来还要等等看再说，听到这话才算真的急切起来，让他来找刘太傅商议，刘太傅的生母和祖母是表姐妹，平日里两家没有什么联系，可是刘家应该还能看在亲戚的面子上帮忙。

至少常亦宁是这么想。

刘太傅的名声毕竟一直都很好。

来到刘家，刘家的下人也是毕恭毕敬地伺候。

常亦宁坐下来喝茶，很快他就坐不住了，心里乱成一团。

今天是杨茉兰出嫁的日子。

杨茉兰出嫁，嫁给周十爷，这件事从年前就开始闹，一直热闹到现在，因为周家不停地送聘礼去杨家，一共送了三百六十多抬。

这样的数目让谁都会觉得震惊。

他不明白为何自己一点感觉都没有，而是静下心来打理家中的事务，甚至连恩科都没有报考，他只是想一步步地来，先让家里的情况稳定下来。

常亦宁边想边继续等。

还没有等到刘太傅，却听到外面一阵嘈杂声，他顺着声音走出院子停到二进院的月亮门处，就听到有个人在院子里啼哭，常亦宁看不到里面的情形，却能将说话声音听得清清楚楚。

"大小姐，您不会真的见死不救吧。"周夫人李氏苦苦地哀求。

"夫人快起来，"刘妍宁伸手搀扶起李氏，"不是我不肯帮忙，夫人找来的大夫都说夫人没有病症，我又能认识几个大夫。"

"怎么没有，我记得大小姐认识一个萧老大夫，给大小姐治过病，大小姐的病症不是好了许多。"

刘妍宁叹了口气："哪里那么容易找到人，我已经很久没见过萧老大夫了。"

看着刘妍宁皱起眉头叹气的模样，李氏不知怎么的顿时觉得好笑起来："刘大小姐，我这些年没少帮衬你，帮你上上下下说了多少好话，到头来我有了病你却连手也不肯伸。"

旁边的下人听到这话吓了一跳："周夫人，您怎么说这样的话，我们大小姐真的帮忙了啊。"

"她从来都是嘴上说，什么时候真的做过谁又知道，果然就像杨氏说的那样，无论我怎么求，你不过就是搪塞，因为如果找来大夫觉得杨氏说的有理，就替杨氏长了名声，如果觉得杨氏说的没理，我死了，你不免担骂名。"

"刘妍宁，我今天才知道，我是看错了你。"

李氏尖声叫喊着："你是不是将我当做傻子一样，随便地耍弄？"

"夫人，周夫人，"刘妍宁睁大了眼睛，一脸的难以置信，"夫人怎么会将我当成这样的人，我何时做过这样的事？"

常亦宁听得这话，不知怎么的，顿时抬起了眼睛。

杨茉兰说的没错，这些人都在假惺惺地遮掩，说什么长袖善舞，会察言观色，都是些表里不一的伪君子。

所以刘家才会让他在堂屋里吃茶却迟迟不见刘太傅的影子。

这么多年。

这么多年，他以为看透了一切。

到头来，不论是祖母还是母亲或者是外面的人，他根本没看明白。

他不明白为何父亲进了大牢祖母只是表面上担忧却从来没有想过要怎么将父亲救出来，他不明白为何祖母只是嘴上疼杨茉兰，却从来没有为杨茉兰仔细打算过。

他不明白为何母亲说将杨茉兰看做亲生女儿，却还给他张罗乔家的婚事。

他真是个糊涂虫。

他真是有太多没有弄明白的事。

于是今天才像一个傻子一样坐在这里想着刘太傅能救他父亲，帮他一把。

倒是杨茉兰，不管是从前喜欢他，还是后来疏离他，都是那么的真，真真切切地在他眼前表露着她的想法。

杨茉兰是他生命里最真的一个人，而他却将她放开了。

常亦宁转过头，忽然之间觉得所有酸涩的东西一起塞进了他的心脏。

他是第一次这样想哭。

他尝到了想哭却哭不出声的感觉。

她从来没跟他说过为什么要离开他，离开常家，为什么她不肯说一句，让他连一个补救的机会都没有。

他还记得第一次见到杨茉兰时的情形，她坐在秋千里，眼睛迎着光眯起来，然后看到他，露出慌张、羞怯的微笑。

喜娘将杨茉领进轿子，然后将花瓶放进她怀里，再三叮嘱："千万要拿好不能掉了。"

杨茉点点头。

外面就传来醇郡王的声音："新郎这时候可不能和新娘说话，要说等到洞房再说。"

然后是一片笑声，大家都在笑话周成陵，平日里周成陵板脸的时候不少，趁着他成亲，大家自然多多少少要闹他一闹。

杨茉觉得好奇，也不知道周成陵想跟她说什么。

醇郡王向喜娘招手："快……上马酒拿来，这杯酒是无论如何都要喝的。"

成亲的酒要喝的实在多。

孙都统道："别还没拜堂就灌醉了。"

说完话，锣鼓声音响起，外面传来周成陵道谢的声音，然后花轿就抬起来。

就这样离开家了，杨茉的心也像悬起来的轿子一样，颤颤巍巍，有些欢喜又有些别愁。

自己坐在轿子里，杨茉整颗心都安静下来。

想到的是陆姨娘想掉眼泪却露出坚强的笑容，是希望她能欢欢喜喜出嫁。

哪个女儿出嫁是欢欢喜喜没有任何顾虑，特别是看到母亲的强颜欢笑，她更愿意和母亲抱着痛痛快快哭一场。

从此之后就为人妇，她再也不是那个能为杨家遮风挡雨的杨大小姐。

不管是好是坏，到这里，人生就告一段落，说一切如常，却依旧是别离。

父母替她挽起女儿的发髻，而今她已经梳起了妇人头，就这样分别，实在太快，实在太突然，让人不能承受。

杨茉忍不住掉了眼泪。

第十三章　新婚

从杨家到周府一路畅通无阻。

轿子停下来，就有人撩开帘子来扶她，杨茉抬起头眼前是红红一片，什么也看不到，耳边却传来很熟悉的声音："快把宝瓶接下来。"

是嘉怡郡主，周家请了嘉怡郡主做全福夫人。

下了轿，杨茉脚踩在软软的地毯上，然后就听到一片欢声笑语，嘉怡郡主拉着她跨了马鞍，旁边就有人喊："步步平安。"

进了主屋，就听到献王妃道："快挑了盖头吧！"

话音刚落，杨茉看到宽大殷红的袍袖伸过来，然后她眼前一亮看到了穿着大红吉服的周成陵。

他是那么光彩夺目，立在人群中如璀璨的明珠。

清澈的目光，俊爽的风姿，让人看着就挪不开眼睛。

现在他的视线就落在她身上，跟着她微笑。

屋子不小，但是也挤满了人，杨茉一个个看过去，醇郡王妃、献王妃、端郡王妃，几个脸熟的周夫人、闫夫人、程夫人也在其中。

大家都打量着杨茉，看周成陵费尽心思娶进来的新娘子到底是什么模样。

主位上的献王太妃笑着看周成陵道："这回可是称心如意了？"

让人不禁想起周成陵的头婚。

杨茉本来很紧张，听得这话也觉得好笑，转头看周成陵站在旁边眉眼也都带了笑容，脸不红心不跳地回答了声："如意了。"

杨茉忍不住心里嘟囔了一句，真是脸皮厚，若是她顶多被问得不说话。

众人哄堂大笑。

周成陵终于被闹得也有些脸上挂不住，脸颊红起来。

"不容易，老十也能说出这样的话。"

到了成亲的时候就不用顾什么身份和脾气，想闹的就闹一通，俗话说得好过了这村没这店，周家人将这句话诠释得很好。

就有人来推推搡搡："十爷，还愣着做什么，快带着新娘子叩首行礼吧！"

"十哥也是第一次，当然不知道怎么做，快饶了他吧！"

又是一阵笑声。

周成陵转过头，连威胁带吓唬："十二弟，你还没成亲呢。"

周十二爷顿时缩了头。

献王太妃大笑，捏着帕子伸出手来指周成陵："别听他的，今天就好好闹闹他，看他能发出什么威风来，这里有我做主呢。"

周成陵无话可说，只是看了献王太妃一眼，杨茉觉得那目光多少带了些哀怨。

这让献王太妃笑得不得了。

嘉怡郡主抿嘴笑："好了，好了，吉时到了，等行了礼，你们再好好闹。"

杨茉被傧相牵着行了礼，献王太妃笑道："我这个长辈可不能白做。"说着看向献王妃，献王妃捧出一个紫檀盒子交给杨茉。

献王太妃道："这是我给你们压福用的，从此之后茉兰就是我周家人，旁人谁也说不得。"

献王妃忙道："那是自然，十奶奶是老太妃心尖上的人，老太妃疼她，我们哪敢说半个不是。"

献王太妃笑道："就你嘴甜。"

行过礼，大家簇拥着杨茉到了后院。

喜娘已经在床上铺好了枣和栗子，让杨茉向西角安坐，然后周成陵大刀阔斧地坐在东边，一个人占了两个人的地方。

杨茉挺直脊背，不论是身形还是气势都仍旧像受了欺压一样。

一会儿工夫嘉怡郡主凑过来道："你只管害羞低着头，让他们闹一闹老十。"

杨茉颔首偷偷地看周成陵一眼。

周成陵眼角含笑转过头看她一眼，端端正正地坐在那里，好像带了些大义凛然的气势。

杨茉心里赞了一句，不错，这样一来她就安全了许多。

喜娘端来合卺酒，嘉怡郡主亲手拿起来递给杨茉，合卺酒用碧绿的玉卺装着，映得酒水也如同翠竹里的汁液一样。

杨茉端起来小心翼翼地抿了一口看向周成陵。

周成陵很不客气地仰脖子将一杯都喝光。

"十哥好气魄啊。"

"一会儿可不能少喝。"

周围人这时候趁机哄笑着。

周十二爷笑嘻嘻地凑过来："十哥，你是去前面陪我们喝酒，还是让我们在这里闹。"

周成陵站起身来，刚要走转头看向杨茉："我去前面，你也别板着了。"

嘉怡郡主笑道："怎么，才坐了一会儿就心疼了，可还要坐半个时辰呢。"

周家几位爷迫不及待地想要喝酒，上前来拖周成陵，周成陵被闹得没法子，只得先出去应付，才走了一刻钟又返回来，旁边一位夫人已经端了盘饺子凑过来："十奶奶吃口饺子咬口大葱。"

杨茉知道这个习俗，偷偷看了眼饺子，还好是煮过的，谁知道一咬就发现里面的馅是生的。

真的要吃生饺子啊，在现代也就是做做样子罢了。

喜娘看到新奶奶皱起眉头，立即趁机问："生不生啊？"

杨茉忙道："生。"谁敢说不生啊，不然一盘生饺子都要下肚。

然后一根大葱递到眼前。

杨茉咬了口大葱，喜娘趁机道："哟，新奶奶口不小，这回要生个聪明伶俐的胖儿子。"

杨茉看向周成陵。

周成陵站在一旁笑。

成亲好像将人的智商降到零，她和周成陵怎么看起来都傻傻的呢。

饺子端到周成陵跟前。

周成陵十分自然地道："我也要生吗？"

嘉怡郡主笑不可抑："你当然要生。"

白白的大葱上还沾着她的口脂，周成陵抬起细长的眼睛看着她张嘴然后吞下肚。

杨茉觉得他是故意的，这样想着脸颊不由得红了。

周成陵去前面待客，嘉怡郡主忙让人喊荆氏进门，荆氏进来看到杨茉就笑："总算是见到了，快快快让人拿些点心吃。"

杨茉摇摇头："我不饿。"按理说她是该饿了，但现在她心跳比平日里快上一倍，手脚冰凉，什么也不想吃，只想握着手炉坐着。

荆氏道："不吃东西哪里行，等屋子里的人少了，你就饿了，到时候可没有吃的了。"

嘉怡郡主笑道："不想吃就不吃吧，外面有嬷嬷等着呢，饿了就让人端东西上来。"

荆氏不禁心里羡慕，还是京里好啊，她出嫁那会儿饿死饿活没有人管，大家只顾得外面的宴席了，哪里能像杨茉兰出嫁这样风光，八抬大轿接过来，王爷、都统陪着，献王太妃坐在主位上。

真是热闹得让她心里痒痒的，那股攀高的心思又忍不住冒出来。

怎么杨茉兰能嫁得这样好，若不是亲眼所见，她怎么也不会相信。

荆氏看到杨茉没事，就带着人去杨家送喜讯，交代一切都顺利："我快回去，免得家里担心。"

荆氏走了，一位穿着蓝色褙子圆脸的妈妈带着人端了几色果糕放在小桌上，然后向杨茉行礼："十奶奶，奴婢夫家姓葛，一直都是在府里伺候。"

杨茉叫了一声："葛妈妈。"

葛妈妈忙道："十奶奶用什么只管吩咐，家里两个丫鬟一个叫暖玉一个叫含香，都是咱们宗室家生的奴婢。"

两个小丫鬟上前行礼。

杨茉道："都是伺候十爷的吗？"

葛妈妈颔首："十爷回府中，都是她们两个伺候，"葛妈妈说到这里连忙补充，"十爷也是最近要办婚事才回来坐坐，从前咱们老宅子那边的下人能来的都是家生子。"

言下之意，暖玉和含香两个没有伺候过刘妍宁。

不过也恰好将刘妍宁提起来。

杨茉点了点头，看了暖玉、含香两个丫头，长得模样都很周正，白白净净的却不是十分的漂亮，站在那里很规矩。

能找到这样的丫鬟也不容易，姿色、身段都盖不过她，给她脸上留下足足的颜面。进了内宅就要懂内宅的规矩，杨茉觉得这个葛妈妈是专程来跟她讲规矩的，于是将调教得最好的丫鬟摆在她面前。

昨天宗室里的大嬷嬷就已经去过杨家，给她讲了一通道理，嫁进宗室门和选入皇宫差不到哪里去，走到哪里都是皇家的脸面，衣食住行不能有半点差错。

听得这些话，杨茉忍不住想，日后她要行医是不是多了很多阻拦，以前想只要周成陵愿意就没问题，现在看来并非如此。

葛妈妈笑着站在一旁，仿佛无论她提出什么要求都会满足。

不过葛妈妈好像忘记了一件事。

杨茉不愿意憋着自己，站起身："我要去更衣。"

身上穿着那么重的礼服不方便活动，头上的发钗也密密麻麻地压着，任谁穿了一天都会觉得直不起身。

葛妈妈立即忙起来吩咐暖玉："快去给十奶奶将衣服拿出来，让丫鬟来打水伺候梳洗。"然后又悄悄打量杨茉。

那件事恐怕新奶奶还不知道呢。

洞房花烛夜杨茉还顾不得葛妈妈这茬，等到梳洗好了，换上家常的褙子刚坐下，就听外面的丫鬟道："前面要散了，十爷回来了。"

周成陵她是经常见的，总觉得没什么大不了，可是看到周成陵大步走进来，英气的脸上带着几分醉意，一双眼睛十分明亮，像是有水化在里面，身形看起来格外的英武，杨茉还是有些慌张。

周成陵顺手拿了桌子上的灯带到床边看杨苿。

杨苿已经卸了妆露出素净的脸，眼睛不算大但是格外的清澈，鼻梁也没有很高但是笔挺地下来很是秀气，嘴唇倒是很小，形状很好看，少了口脂颜色依旧艳丽。

杨苿被他看得久了不禁慌了神："看什么？"

"十二弟他们玩笑，说等我回来新娘已经换了。"

这玩笑开得……想想今天他们成亲当日，闹一闹，大约也不算什么，就是说一说，谁也不会当真。

不过周成陵却好像是信了，竟然拿灯来照她。

这家伙肯定是被人灌醉了，她还期望他能神采奕奕地回来，现在看来表面上是神采奕奕，其实已经掉进酒缸里。

"还好，没换人。"周成陵站在那里，举着灯，目光微微朦胧，笑着看她。

多少年后，杨苿永远都记得这一幕。

每次她回想起来，都忍不住觉得，那晚应该是周成陵最傻的一晚上。

他是真的怕她被换了。

不过是一句玩笑就将他吓得回来挑灯看她。

她也傻，忍不住回了一句："没有，我没走，我都在这里呢。"以后遇到什么困难我都不走，我都在这里。

后来她后悔没有厚着脸皮将后半句话说完，因为那时候她的眼睛实在有些湿漉漉的。

"要不要吃些东西，我陪着你。"周成陵将灯放下坐在床边。

杨苿摇头："吃了些点心和果子，不想吃别的了。"

话刚说完，周成陵道："让人备水，我要洗个澡。"

等到下人退下去，杨苿起身给周成陵找衣服，屋子里放着两个高高大大的黄花梨圆角柜，杨苿走过去打开一个，里面放着白缎子亵衣，拿出一套来递给暖玉，暖玉急忙接过去。

周成陵去沐浴，春和伺候杨苿卸妆，含香上前将杨苿的头发柔顺地放下来，又帮忙脱掉杨苿穿在外面的褙子，服侍杨苿坐在床边。

梅香和秋桐两个放了卖身契，所以不能跟着她嫁到周家，杨苿就只带了春和，于是暖玉、含香两个丫头顺理成章地做起事来。

杨苿看着含香："你是哪里的人？"

含香道："生在京里，爹娘是山东人，灾荒的时候来到京中被买进府，从前老康王爷在的时候就在府里伺候。"

真真正正的家生子。

"在康王府没伺候？"

康王是周成陵从前的爵位。

含香道："伺候了，那时年纪小，没有提起来，一直是三等的丫鬟，就做些粗活，"说到这里大大的眼睛打量杨苿，"奶奶的名字我们之前就听说过，都说奶奶是神医。"

含香很会说话，看起来性子也很好，只是不知道是真是假，人还要慢慢看才知道真心。

话说到这里，周成陵从侧室里出来，头发湿漉漉的，整个人散发着一股皂角的味道。

含香先行了礼,春和见状也跟着行礼,两个丫头带着屋子里的下人一起退下去。

周成陵靠过来,就算洗了澡还是能闻到他身上的酒气。

杨茉道:"怎么喝了那么多酒,有那么好喝吗?"之前她的嘱咐他都抛诸脑后。

"喜酒啊,好喝呢,要不要尝尝。"他靠过来,头低垂着,声音也十分的醇厚。

她要说话,却被他吻住了脸颊。

粗重的喘息就在她耳边:"茉兰,茉兰,你叫叫我的名字。"他的声音发颤,仿佛一只手将她的心脏也挑得高高低低。

她觉得脊背上都起了鸡皮疙瘩。

周成陵俯下身,杨茉正好听到他心"咚咚"乱跳个不停,突然就想到周成陵的病:"你有没有头疼?身上怎么样?"

"疼。"周成陵低声道。

杨茉有些紧张:"那……还是……"颅内动脉瘤要避免情绪波动。

周成陵说着就籁紧了她的腰肢,身体向前凑去:"疼也顾不得了。"

杨茉的脸顿时红起来。

周成陵好笑,她星眸微眯,嘴唇嫣红,那模样像是喝了半壶的果儿酒,醉上了脸,他再也耐不住,轻轻地亲在她的唇瓣上。

……

听着屋子里的声音,葛妈妈目光闪烁,新奶奶还真厉害,新婚晚上就将十爷牢牢地抓住,要知道新婚之夜听起来让人向往,其实……基本上都会差强人意,刚出闺阁的小姐没见识过都会害怕根本不会伺候男人,没想到这个十奶奶倒是有些手段。

十爷那样的人都被她治得服服帖帖,否则也不会将锦垫扔得哪里都是,那种事过后床上干干净净的定然是没舒坦,弄得乱七八糟才是恩爱,这些她们都懂得的。

葛妈妈想着吩咐下人:"让厨房早些准备好饭食,十爷和奶奶起来吃了饭才好去给长辈请安。"

去宗室营拜见长辈,那可是件大事。

卯正时分就有婆子敲门,杨茉正睡得香,还以为是在现代,有人正敲着值班室的门,正想要喊外面的值班医生去开门,听到身边有个清脆的声音:"知道了。"

杨茉这才醒过来,眨眨眼睛看到神采奕奕的周成陵:"要起身了么?"

周成陵点头:"要去拜宗祠,给长辈请安。"

新妇要拜长辈,杨茉点头,才撑起身子却发现身上一点力气都没有。

让春和伺候着穿好了衣服,杨茉抬起头看向周成陵,他是一身红色暗绣长袍,整个人看起来十分的欣喜,不过从侧面看去却又有几分的气势,尤其是侧脸如同刀刻般。

看着周成陵杨茉忍不住笑出声。

"笑什么?"周成陵低声问过去,却看到杨茉略带羞怯的神情。

他立即想起昨晚的荒唐事。

周成陵故意沉下脸。

等到葛妈妈几个出去,杨茉才伸出手去拽周成陵,轻轻摇了摇:"好了,好了,不笑话你了。"

本来是逗她，谁知道她会当真了一样来哄他，他又不是小孩子，不知怎么的，他就想尝尝和她一起闹的滋味，于是故意板着脸看她那双大眼睛。

原想他酒醒了脸皮薄，谁知道就是这么薄。

下人将饭食摆上来，杨苿给周成陵夹菜，直到将他面前的小碗里堆成山，他的脸色才有所缓和。

小气鬼。

非要用饭菜才能堵住他的嘴。

杨苿才要吐吐舌头，却发现周成陵早已经好整以暇地等在那里，专要抓她个现行。

吃过饭，两个人回到屋子里换衣服，周成陵站直了身让杨苿帮他系盘扣。

杨苿踮起脚尖，身体不太稳重量就靠在他身上一些。

他正好低头看她的耳垂，仔细地看过去，雪白的皮肤上有一丝红痕，是他昨夜留下的痕迹，她今天戴了一对珍珠耳饰，如同白瓣撒红斑的茶花，白色的花瓣中夹着淡淡的红丝，不多不少衬得那皮肤格外的白，那抹红又格外的娇艳。

今天去宗室营不知道会见到多少长辈和兄弟，只要想到有人留神会看到，周成陵心里就不太舒服，不由自主地伸手去解杨苿的耳饰。

突然的触碰将杨苿吓了一跳，杨苿连忙看向旁边的下人，葛妈妈低着头仿佛什么都没瞧见，几个丫头这时候也别过脸去。

"做什么？"杨苿忍不住埋怨。

周成陵道："这耳饰不好看，让人换对珊瑚的吧。"都是红色看起来就不会那么明显。

咦，原来是换耳饰，她还以为他心眼小，念念不忘刚才她笑话他的事，要突然吓她一跳报复回来。

丫鬟将珊瑚耳饰给杨苿戴上，周成陵很满意。

杨苿对着镜子看了一眼，不是很好看，男人的审美和女人果然不一样。

"一会儿去宗室营，我要去前院说话，你在后宅，"周成陵又伸出手来将杨苿头上的发钗向发髻里送了送，"遇到什么问题不好回答，就不要出声，说听我的安排。"

杨苿点头："好，你在前面若是有什么事，也让人来知会一声。"

两个人穿好衣服一起出了门，杨苿上了马车，周成陵骑马跟在一旁，一起先去了献王府。

献王太妃已经等在屋子里，看到周成陵和杨苿立即笑弯了眼睛："不是打发人去说了，让你们晚些来，昨日宾客太多，免不了要亏了觉，年纪轻轻睡得香就该多歇一会儿。"

杨苿端了茶过去奉给献王太妃喝。

献王太妃喝了一口直点头："我怎么觉得今天早晨这茶也格外甜呢。"

献王妃听了故意一脸委屈："太妃是说媳妇沏的茶不好喝。"

献王太妃差点笑岔了气："你说你……竟在这时候逗我笑起来。"

杨苿接过茶送给旁边的下人，然后陪着献王太妃说话。

献王太妃道："今天不免要将长辈都拜见一遍，等到认亲宴上也能轻松些，我年轻的时候听了这个忘了那个，将周家一个族里的妹妹喊成了嫂子，让人家臊得立即就回了屋，我吓了一跳，足足三天没有出门。"

大家听了这话不禁都笑。

献王妃道："太妃从前可不曾说过这些，我进门的时候，只认了几个相近的兄嫂，别的也是一概不知，几位老太爷倒是死命地记过，还好没有弄错。"

在宗室营就是这点不好，人太多。

从献王府出来，周成陵和杨茉去了二老太爷府上，二老太爷那支和周成陵算是十分亲近的，周夫人李氏也是将二老太爷当做长辈，经常出入二老太爷府上。

醇郡王妃等在门口，看到杨茉来了立即上前拉住她的手："让你自己来我也不放心，干脆过来指指路，免得才见面你要心慌。"

杨茉感激地看了醇郡王妃一眼，说实话，突然见到这么多人，谁都要紧张。

说着话，大家去了花厅里，周成陵和杨茉两个先拜见了长辈，然后男人们去了前院说话，杨茉就留在后院和女眷话些家常。

大家的目光都落在杨茉身上。

二太夫人是诗书门第出身，格外喜欢刘妍宁，从一开始听说这门亲事，二老太爷和三老太爷就极力反对，宗室上下一体，嫁娶虽是各家长辈做主，可也不能太离谱，否则族里长辈就会出面说话。

二老太爷和三老太爷因此在皇上面前口沫横飞，却没料到献王太妃搬来了太后娘娘才算将这门亲做成。

二太夫人本不想说话，可是看到杨茉的模样，生得虽然也有几分清秀可毕竟不如刘妍宁，坐在那里也少了书香门第的书卷气。她看过去没发现杨氏有什么地方出众，怎么就让醇郡王妃和献王太妃那般喜欢。

二太夫人放下手里的茶，脸上带着笑意："醇郡王妃在这里可是夸了十奶奶半个时辰，说十奶奶医术高明，大周朝也无人能及。"

杨茉看向醇郡王妃："是嫂嫂夸奖我。"

醇郡王妃忙道："哪里，我也是实话实说。"

二太夫人仿佛对这个话题不感兴趣，而是想到另一件事，"十奶奶可知道太后娘娘说，等到十奶奶进了门，日后就不能出去行医，也是为了保存宗室的颜面，虽然说起来可惜……可想一想也是这个理，成陵现在是没有了爵位，却也要保住名声，说不得哪日立了功，这……爵位就回来了……"

屋子里寂静无声，大家都在等着二太夫人训斥杨氏。

此时此刻杨氏这个新媳妇只能坐在那里听训，今昔不比往日，杨氏不是杨家的小姐，不能一手遮天，怎么猖狂得起来？

嫁人了就要知道，身边会有长辈约束。

杨茉在众目睽睽之下抬起头来，脸上却没有大家盼望的委屈。

而是，带着欢快的笑容，甚至如银铃脆响般笑出声来。

看着杨氏，所有人都诧异。

杨氏怎么了？疯了不成？

二太夫人皱起眉头，声音低沉，带着些怒气："十奶奶笑什么？"

杨茉弯着眼睛："我觉得太夫人说的好笑，"说着看向周围的女眷，拿起帕子捂嘴，"太夫人不是在跟我说笑么？方才在献王府我们也讲了好几个笑话。"

屋子里顿时鸦雀无声。

杨氏竟然说二太夫人是在说笑。

二太夫人已经攒足了气，就要给杨氏一个下马威，谁知道杨氏听得那些话偏偏笑起来。这个杨氏……她怎么敢这样肆无忌惮？！

醇郡王妃看着杨茉像花一样绽开的笑容，也有一种忍俊不禁的冲动，好不容易才压制住，装作若无其事站起身打圆场："十弟妹还没将各家走过一遍，我带十弟妹认认亲。"

杨氏装糊涂，还说她在说笑，二太夫人的怒火不停地从心中冒出来，恨不得站起身将杨氏那张笑脸抓破，看她还能笑得出来不，她要好好教训教训杨氏，二太夫人的目光如鹰般锐利："没有规矩，怎么能将长辈的话当做笑话。"

听得这话，杨茉脸上的笑容终于消失殆尽，取而代之的是比别人更多的惊讶："太夫人这话是什么意思，媳妇怎么听不明白。"

本来是她牵着杨氏走，没想到杨氏这样发问，若是她不重复一遍之前的话，杨氏就要装傻充愣混了过去。

二太夫人就看向身边的媳妇："老三媳妇，你就和老十媳妇说说，刚才我是什么意思。"

周三夫人不知道该怎么说，抿抿嘴唇愣在那里，怎么说周成陵之前也有爵位，她从心理上感觉杨氏高她一头似的。

二太夫人乜了周三夫人一眼："怎么，你这个嫂子还不能说弟妹不成？"

对啊，周成陵被夺了爵，这辈子想必也不能翻身了，她怕什么，她应该拿出做嫂嫂的威风，周三夫人想着挺直了脊背："太夫人是说，十弟妹再抛头露面出去行医不好，女子就应该在内宅里，否则外面人会说闲话，会伤及十弟的名声。"

二太夫人冷眼看着杨茉，看杨茉这下要怎么说。

杨茉看向二太夫人："那若是二太夫人生病我又该怎么办？"

杨氏面色平静却语出惊人！

这是什么话？

哪有人这样和长辈说话。

就是听得这话心里都要扑通一下，更何况说出口。

二太夫人一掌拍向桌子，脸色顿时铁青："你这话什么意思？难不成咒我生病？"

醇郡王妃也脸色大变，不停地向杨茉使眼色，有些事只能当面忍了，日后再想办法，当众冲撞长辈可是要授人口实。

杨茉迎上二太夫人的目光："太夫人为何这样生气，媳妇只是说实话，人吃五谷没有不生病的，我研习医术是为了救更多的人，我不再行医，若是家中长辈生病该怎么办？所有的医生和郎中都束手无策该找谁救命？"

杨茉一口气说出来，不容二太夫人打断她的话继续道："太夫人是信佛之人，可是佛祖也不是有求必应的。"

"想当初若是没有神农尝百草,先辈撰医书,我们患上伤寒说不得也要等死,那些病症可不是我们盼着不得就没有的,痘疮、伤寒、霍乱这都还不算是恶疾,却患上一个就说不得要送命……"

二太夫人霍然站起身:"笑话,你不过是一个妇人,离了你,病患都要死了不成,我们大周朝有的是医生和郎中。"

杨茉施施然地笑道:"那可难说,我没有求着病患让我治病,都是病患找上我的,一个病患能信任素昧平生的人,将性命交与我,那是多重要的事,怎么能有碍名声,媳妇又没做什么坏事。"

杨茉说着站起身,看向身后的暖玉,暖玉立即从小丫鬟手里奉上一只锦缎布包,杨茉将布包放在桌子上:"这是媳妇给太夫人做的一套褒衣。"

杨氏笑脸相迎,却看得二太夫人胸口发沉,几乎喘不过气来:"拿走,拿走,我受不起你做的东西。"

"太夫人火气重,兴许是家中地龙烧得太旺,晚上手脚发热难以入眠,更是口苦,若是再加大便溏稀就应该吃些疏肝补脾的药,"杨茉顿了顿道,"若不然我给太夫人诊脉开张方子,是杨家的秘方,外面不知晓的,功用极好。"

二太夫人冷笑:"用不着你来给我看病,你真正该学的是规矩,如今老十那里没有长辈,你就无法无天起来……"

二太夫人才说到这里,只听外面传来周成陵的声音:"太夫人怎么这般动气。"

进了门,周成陵看了一眼杨茉,见杨茉脸上没有泪痕,想来是没受太多委屈,便向二太夫人行了礼接着道:"太夫人不该埋怨茉兰,若是不让茉兰行医,远的不说,就说咱们宗室,献王太妃、七哥家的成哥,还有我,都要等死不成?"

看到周成陵杨茉心中松口气,他怎么这时候来了。

二太夫人张大嘴看着周成陵,好似万分伤心:"这都是怎么了?我嫁进周家这么多年,从来没有晚辈敢这样和我说话,"说着眼泪掉下来,"明日我要和太后娘娘说说,别让我传这样的话,宗室的事,我是管不得了。"再也不肯听周成陵和杨茉说话,让周三夫人搀扶着向屋子里走去。

屋子里顿时乱起来,周五夫人忙上前劝说:"太夫人别动气,这些事也不是一日两日的,有什么话慢慢商量。"刘家传出来的话没错,杨氏真不是个省油的灯,成亲第一天就这样不客气。

二老太爷听得后院出了事,胡子一翘,瞪着眼睛看向儿子:"滚,让他们给我滚,这是我家,以后这样不肖子孙,不许他们上门来,都给我赶出去,"说着就去拿旁边的拐杖,"无法无天,怪不得丢了爵位,娶了杨氏这样的人,将来还要除了宗籍。"

周五老爷听得浑身一抖。

二老太爷道:"还愣着做什么?去啊。"

周五老爷摇摇头,"别、别,父亲别这样生气。"周成陵谁敢惹啊,别看没了爵位,眼睛依旧像一把刀似的,让人看着就缩脖子,他可不敢在周成陵面前耍威风。

二老太爷刚要怒骂周五老爷,周三老爷从外面进来道:"父亲,周成陵和杨氏已经走了，说是去献王府吃宴……"

没等他撑，人倒已经走了。

二老太爷气得鼻头也红起来，指向周三老爷："你有没有训斥他？"

谁，周成陵？周三老爷摇头："我……没有啊。"

二老太爷觉得眼前发黑："都是些没用的东西。"

二太夫人在屋子里听消息，周三夫人道："人已经走了，将做好的亵衣放在了桌子上。"

二太夫人伸出手来："就这样让他们走了？"

不然要怎么办？

二太夫人厉眼看向周三夫人："等老三袭了爵，你就是恭郡王妃，怎么一点气势都拿不出来，杨氏那样说话，你怎么就不会驳斥几句？"

周三夫人被说得沉下头："圣旨现在还没下，媳妇也是名不正言不顺。"

"你知道恭郡王爵位是什么意思？那是和皇上最亲近，我们是宣帝之后，他周成陵没有了爵位算是什么？论血脉早就排得老远，你怎么还能怕他们，"二太夫人说着顿了顿，"我小心翼翼地帮你们谋爵位，你们却不争气，将来还能有什么好前程。"

周三夫人被训斥得低着头："是媳妇不对，媳妇错了。"

二太夫人一腔怒火几乎都发泄在周三夫人身上："你，没有刘氏的聪明贤惠，也没有杨氏的张狂，不温不火，将来成不了大事，更不能管好这个家，要想求大富贵，就要有长进才行，"说着用手去摸周三夫人略高起来的肚子，"肚子也要争气，再生一胎男丁，我们家才能谋后路。"

"将来别说周成陵，就是献王也要跪在你脚下，你懂不懂。"

这话惊得周三夫人脸色通红："娘……娘怎么说这样的话，献王……献王那是……那是宗人令，我们要听献王太妃的，杨氏就是因为有献王太妃撑腰……今天才敢和娘这样说话。"

二太夫人冷笑："你只看到一个宗人令，没出息的东西。"

要说高瞻远瞩谁也比不上刘家，刘太傅最清楚皇上的脾气，所以她才喜欢刘妍宁，之前她担心刘家会帮周成陵，谁想到周成陵傻到和刘妍宁和离，还丢了爵位，她听到这个消息不知高兴了多久，眼看着李氏上蹿下跳地去争周成陵的爵位，她却已经悄悄地将恭郡王爵位谋在手里。

只因为她早早就知道了一个秘密。

周二太夫人坐在椅子上想着太后娘娘为子嗣着急，让娘家人送求子汤的事来，冯皇后吃了那些乌七八糟的东西，又让道士作法弄了三天三夜，最后连一个蛋也没怀上，太后娘娘急得病了好几日。

后来太后娘娘开始为皇上选了几个女官送进去，谁知道还是没消息，那些女官后来都被指给了太后娘家人做妾室，她记得清清楚楚，四个女官出宫后两年都怀了孕。

太后娘娘自此之后灰了心，皇上也再不问子嗣的事，所以这次冯皇后犯了错，皇上才会勃然大怒，因为后宫嫔妃不能有孕，是皇上有病在身。这种事也不是乱说，京里有些宗亲和勋贵，娶妻纳妾折腾一圈也没能有一儿半女，最后只有从族中过继子嗣来承爵，别的不说，太后娘娘很是喜欢沣哥，要不然怎么会三天两头让沣哥进宫说话。

皇上过继当然要找宗室里最近的血缘，她们是占尽了天时地利人和。

周三夫人上前将二太夫人搀扶着坐下："娘，您昨晚又没有睡好，要不然就让杨氏来给诊脉，用张杨家的秘方，娘的身子为重……"

周三夫人还没说完，二太夫人顿时甩开三夫人的手，一脸怒其不争的神情："你怎么这样蠢，连别人耍你都不知道。杨氏是故意这么说，我的病她没把脉就知晓？就是要堵我们的嘴，你没瞧见李氏差点被她吓死，如果换做你，你也会跪着去求杨氏，你经常带着沣哥进宫，怎么不向太后娘娘学学。"

周三夫人被说得眼睛通红："我也是关切娘的病。"

周三夫人刚说完话，二老太爷进了门，三夫人忙退了下去。

将屋子里的下人打发出去，二老太爷皱起眉头："没有一个争气的，老五媳妇聪明，老五却胆小懦弱，见到周成陵连路都不会走，老三比老五强，老三媳妇却是个蠢货，你到底是怎么教的？"

二太夫人牵了牵嘴角："两门亲事都是老爷定的，怎么怪起妾身来，好在老三媳妇肚子争气，笨又怎么样，好在听话，我说东她不会往西，周成陵是说了个聪明的媳妇，若是咱们儿子也娶一个这样的在家中，还不要翻了天。"

"她敢，"二老太爷瞪起眼睛，"看我不收拾得她服服帖帖，还敢顶嘴，早晚要他们尝尝我们的厉害。"

二太夫人笑："看着吧，他们都不知道，咱们家要有翻天覆地的变化，等到那时候再来求我，看我怎么整治她。"

杨茉和周成陵一起上了马车，等到马车走起来，杨茉看向周成陵："你怎么知道内宅的事？"

周成陵道："看到二老太爷得意的笑容，我不用想也知道他要做什么，"说到这里看向杨茉，"以后宗室长辈那里你就不要去了，我会去回话。"

"不用，"杨茉连声道，"不用每次都要你出面，内宅的事应该让我自己来解决，既然嫁过来，我就要适应这里，你总不能让我在宗室面前永远不舒服吧，这次就算你不来，我也不会吃亏，别人说些没道理的话，我也都能回过去。"

周成陵的好处就是永远都能尊重她的选择，只是稍稍思量周成陵就点头："好，就依你。"

尽管是这样周成陵还是将二老太爷说的话仔细告诉了杨茉："三老爷要袭爵了，是恭郡王爵，和皇上的血脉很近，皇上和太后有意提拔。"

所以二太夫人才会这样名正言顺地训斥她，只因为周成陵没有了爵位，而三老爷要做郡王了。

"朝廷里有奏折让三老爷领兵去保定大营。"

杨茉就觉得诧异："保定不是有董昭吗？那边的战事不好？"

周成陵道："那边传来消息，说是军资到了之后，打了胜仗，如果真是这样，现在不论谁去都会抢到一份功劳。"

所以才让三老爷过去。

杨茉觉得好笑："真正打仗的时候没有人去，现在要打胜仗了，就像是一块肥肉，人人都想去咬一口，满朝文武谁能不明白这个，也只有厚脸皮的人才能去抢，亏得三老太爷还得意，如果是我定然要臊死了。"

周成陵被杨茉逗得露出笑容："你说的是，这块肥肉我们不去抢。"

夸奖的话让杨茉红了脸，扬起手去打周成陵，却被周成陵张开手指握住，她挣扎了几下，他却不放松，等到马车停了，下人来撩车帘，周成陵才装模作样地松开手，弯腰走出去，好像什么也没发生过。

到了献王太妃屋里，献王太妃已经听醇郡王妃说起二太夫人的事："不过就是袭了爵，要不是长房没有了子嗣，哪里轮到他们家，太后喜欢沣哥是真的，说不定有些消息是从宫里传出来的，"说着抬起头看杨茉，"这么说你们也要小心点。"

杨茉点点头。

在献王太妃府里吃过饭，杨茉和周成陵回到家中，昨夜没有睡好，两个人早早就上床睡了，睡到半夜，杨茉忘记已经成亲的事，翻了个身，差点就从床上掉下去，多亏周成陵伸出手将她揽了回来。

黑暗里惊魂未定，杨茉半晌才松口气，看向周成陵："你怎么没睡？"

周成陵摇摇头："正好醒来。"

怎么她翻个身他就恰好醒过来，该不会是……男人成了亲好像都不太懂得收敛，杨茉想到这里不自在地咳嗽一声："早点睡吧，你身体还没恢复，白日里又忙……还是要好好将养。"

周成陵是个聪明人，知道她指的是什么。

听得杨茉这样说，周成陵嘴边浮起笑容："你是这样想？觉得我是在想那个？"

这样露骨地说出来，杨茉觉得头皮都发麻："那你怎么会……睡不着。"

周成陵缓缓地道："那是因为你打鼾。"

打鼾？怎么可能，杨茉立即道："骗人。"她从来没听到过自己的鼾声，打鼾的人常常会被自己的声音惊醒。

周成陵好整以暇："你说骗人，不如，你来摸摸我的脉，看我说谎没。"周成陵去捉杨茉的手，杨茉吓得立即收回来，两个人这样抢夺了两下，周成陵整个身子压到她身上，然后她开始感觉到他身上起了微妙的变化……

一场缠绵下来，两个人都觉得有些神魂颠倒，紧紧地黏着半天没有说话。

杨茉抱着周成陵微微汗湿的身子："用软巾擦擦吧，别让人进来了。"

周成陵点点头，起身用布巾给杨茉擦了，又自己收拾干净，才重新躺下来："你就睡在里面吧，免得再掉下来。你睡不安稳，我也不踏实。"

女子睡在外面是因为要比夫君起床早，又要服侍夫君，现在天也快亮了，她睡在里面应该也不碍事。

杨茉窝在周成陵怀里，身体疲累，躺着就觉得很舒服，于是话也不多说，就拉着周成陵的手闭上了眼睛，迷迷糊糊要睡着时，杨茉还想着，要注意自己到底会不会打鼾，结果再睁开眼睛天已经亮了。

杨茉从床上坐起来，春和正拿着衣服进门，看到杨茉立即上前侍奉。

杨茉向屋外看了看："十爷呢？"

"十爷在交代奶奶回门拿的礼物，"春和说着顿了顿，"十爷让准备好了热水，说奶奶想要洗个澡。"

杨茉立即想起昨晚的事，时辰不早了，她连忙起身去洗了澡换好衣服，从屋子里出来，发现周成陵在外间喝茶，手里还拿着公文。

看到杨茉，周成陵道："周三老爷要领兵去保定了。"

这块肥肉就这样被周三老爷抢到了手里。

杨茉看看葛妈妈，葛妈妈带着丫鬟退下去。

杨茉道："那保定那边的捷报是真的了？"不管怎么样总算是打了胜仗。

周成陵道："冯觉倒了，现在官员都去谄媚刘砚田，有些消息不一定当真，我想三老爷去保定也是好事，毕竟他不是会征战的武将，但凡有一点情势不对，都会急着返京，三老爷看着很有主意，其实胆色倒还不如五老爷。"

所以周成陵任由周三老爷抢到差事，是要借此打听消息，周成陵还是很担心董昭，要知道京城附近的军队都被皇帝牢牢掌控，那些都是皇帝的人，想要弄得清清楚楚不容易，董昭当时是临急受命，现在朝廷安稳下来，不知道刘砚田这些人心里怀着什么心思，是要眼看着董昭领功，还是会用别的手段。

两个人说了会儿话，吃完早饭然后去了杨家。

周成陵去和张二老爷说话，杨茉让陆姨娘拉着手看了又看："气色很好，"说着顿了顿，"有没有受委屈？"

陆姨娘总是担心宗室长辈会为难她。

杨茉摇摇头："没有，献王太妃护着，没有人敢说什么。"

陆姨娘连连点头："那就好。"

这边正说着，荆氏进了门，看到一身妆花褙子，头上戴着累金凤的杨茉，不禁心里羡慕，谁能想到杨家能出一个宗室妇啊。

荆氏想到杨家出事的时候，如果她来京中照顾杨茉兰，现在定然会跟着沾光，可惜人算不如天算，刻意高攀没攀上，心里瞧不起的人转眼却成了金凤凰，荆氏突然恨自己应该请个铁口直断来给杨茉兰算算命，若是早知道杨茉兰能富贵荣华，她决计不能得罪这个甥女。

现在说什么都晚了，看着杨茉头顶上的碧玺石，只觉得晃眼睛，那件金线织就的遍地锦通袖袍就更华贵了，从前听说那些贵妇会穿这样华丽的料子，现在可就在眼前，她想要去摸摸却想到周十爷深沉的表情，还是没敢伸出手去。

想到这里荆氏只能堆起一脸的笑容："如今咱们茉兰已经出嫁了，我们准备过几日就离开京城回家去。"

想及荆氏做出那么多眼皮浅的事,杨名氏夸张地惊讶了一声:"怎么这就走了,不多留留,过了端午再走。"

荆氏忙道:"家里也有许多事,耽误不得了。"

杨茉向陆姨娘问起保合堂的事:"那边怎么样?听说我成亲的时候保合堂不少人都去吃宴。"她也是后来才知晓她成亲那日,周家的宴席摆满了园子,周成陵请了二十几个厨娘准备饭菜,等到周成陵回到内宅,外面一直热闹到天亮。

说起这件事陆姨娘忍不住笑:"都是十爷安排的,恐怕没有谁宴请那么多人。"

杨茉微微低头笑:"收了很多礼物,让人打开看了,药材不在少数。"很多珍贵的药材,她想要送回去,谁知道都没有留名字,就算她让人一家家去问,他们也不会说。

"不知道药铺有没有事。"江掌柜也没去周家禀告。

"你啊,"陆姨娘拉起杨茉的手,"才成亲可不能就去药铺,你要忍几天。"

这几天她忙着打理府里,成了亲就要将内宅管起来,那个葛妈妈虽然做事很仔细,却不一定会和她一条心,她带进府的人又不多,于是也没有太多时间过问外面的事。

"奶奶,"梅香端了茶放在旁边桌子上,和秋桐一起快走几步到杨茉身边跪下,"您就将奴婢们带去周府吧,春和一个人怎么伺候奶奶。"

陆姨娘也忍不住替梅香、秋桐两个说话:"你就带走吧,她们两个在身边的时候最多,换了人怎么也不方便。"

当时两个丫头是不能以陪嫁的身份进周家的。

杨茉点点头,她还是愿意带着梅香、秋桐两个,至少平日里能教她们学医术,这两个丫头很伶俐,不管她教什么她们都学得很快:"一会儿我和十爷商量商量。"

梅香、秋桐两个脸上不禁露出笑容。

说完话,陆姨娘去张罗宴席,杨茉看向旁边的梅香:"我问你件事。"

梅香慌忙点头。

杨茉笑道:"不是什么大事,"说着顿了顿,"我只是问问你,我平日里睡觉会不会打鼾。"

没头没脑地怎么问起这个。

梅香摇了摇头可是紧接着又点了点头:"奶奶有时候会。"

有时候会。

她真的打鼾,她自己都不知道。

半夜里打鼾将周成陵吵醒,竟会有这种事。

梅香道:"可能是累乏了,不常这样。"

这么说来还真是累乏了。

花厅里的宴席摆好了,周成陵陪着张二老爷在前面喝酒,荆氏有点担心,吩咐下人:"和二老爷说少喝些酒,别又弄出那次的事来。"

上次张二老爷差点回绝了这门亲事,她到现在都心有余悸,荆氏的眼睛骨碌碌地转着,想了半天还是向杨茉求救:"茉兰,还是你去和十爷说一声,让老爷少喝酒。"

荆氏还真是被周成陵吓到了，杨茉微微一笑："舅母不用担心，大喜的日子不会有事的。"

荆氏强笑："但愿如此。"

大家到花厅坐下，几个人吃过饭下人摆上茶点大家一起说话。

杨茉才喝了口茶，管事妈妈进来道："保合堂那边的朱善过来了。"

提起朱善陆姨娘就觉得好笑："你成亲那日就来了，说是有事，我才说让人去知会你，他又想起什么匆匆忙忙地走了，今天听说你回来了，就又赶过来。"

杨茉看向管事妈妈："让朱善进来吧，我去院子里见他。"

这有些不好吧，回门的时候见外人……

管事妈妈想要劝说。

杨茉道："若不是有要紧的事朱善不会过来。"

管事妈妈应了一声，转身去外面领朱善，杨茉走到院子里，看到只穿着单衣抱着罐子满脸胡须的朱善。

陆姨娘从门缝看了一眼不禁倒吸了口凉气。

要不是听说过这个朱善，她一定会吓得让人去阻拦茉兰，朱善怎么会弄成这个模样，如同拥进城里的灾民。

看到杨茉走过来，朱善晃动大大的脑袋，所有的五官都在笑："大小姐，咱们的药做出来了，"没等杨茉反应过来，他接着道，"大小姐成亲那日就做出来了，我本要送过来，突然想起大小姐说要反复检验三次才能断定是做好了，我又回去试……都成了，咱们的药做出来了。"

粗制的青霉素做出来了。

杨茉没想到会这么快做出青霉素，甘露醇比青霉素做得早，甘露醇还没成功青霉素却做出来了。

只因为青霉素提取的步骤少了两步，就……

看到杨茉眼睛里的惊讶，朱善只觉得心里有一股暖流滑过。

朱善你看，连杨大小姐都为你惊讶，你真的做成了一件大事，对得起祖宗对得起你自己，对得起信任你的杨大小姐。

朱善你看，你期盼的那一天终于到了。

杨茉看着朱善半晌才接过被朱善抱得滚热的罐子，朱善穿那么少的衣服，浑身上下唯一暖和的就是被心窝焐温的药罐。

那是心血焐温的东西。

杨茉压制不住欢跳的心脏，她回到了几百年前，做出了百年后才会做出的药，将来它可以挽救成千上万数不清人的性命，它可以带动医学快速发展，医疗卫生技术的进步可以延长人的寿命。

她知道，她清清楚楚地知道这一点。

现在的人还不知晓，就是这只罐子里面装了一件多么惊天动地的大事。

朱善带着人做出了药，就算她以后不在这里，这里也会彻底被改变，继续被改变。

这就是让她欢喜的事。

杨茉定定地看着朱善："朱善，你知道你做成了一件什么样的事？你知道你能救活多少人？"

这个傻朱善，还不知道这代表了什么。

朱善摇了摇头："我不知道，我就知道这是杨大小姐让我做的。"

"走，"杨茉拿着药吩咐朱善，"走，去闫家给闫阁老用药，一刻也不能耽搁。"

一刻也不能耽搁。

就是因为有这样的人，从来不会因为什么事畏首畏尾，一心为病患治病，才会有今日的保合堂，才会有他们，如果这个人从来没出现过，他不知道他们都会是什么模样。

朱善的心"怦怦"地跳起来，比起他做出药的时候还要激动，做出药有什么用，最重要的是有人懂这药，有人会用这药，他甚至不知道这药到底会有多大的功效。

杨茉来不及穿氅衣就让人备车马，吩咐梅香："和姨娘说一声，我去闫家看看就回来。"

终于有药了，她要立即给病患用药。

梅香匆匆忙忙地去禀告。

陆姨娘吓了一跳："这怎么行……十爷随时都会回来。"

梅香道："奶奶已经让春和去禀告十爷。"

陆姨娘正在担心，春和进门道："十爷说知道了，让马车将奶奶送去闫家。"

"这两个孩子，"陆姨娘忍不住出声，"真是不怕别人说他们荒唐。"

闫老夫人坐在闫阁老床边，看着闫阁老喘息越发急促。

闫夫人偷偷抹泪："要不然再找别的御医来看看。"

闫老夫人摇摇头，御医已经说了杨大小姐的方子无可挑剔，若是病情还不能好转，也就没有了别的法子。

没办法了，每天盼着能好起来，盼来的却是身体越来越虚弱，已经到了那个时候，不是谁能改变的。

闫阁老慢慢睁开眼睛，似是要说话。

"老三，"闫老夫人拉起闫阁老的手，"别着急，慢慢来，你媳妇和孩子都在身边，家里都安排好了，几个出嫁的丫头也都好着呢，你就安心吧。"

人到了这个地步，不知道还能撑几日。

闫夫人眼泪掉下来："要不然让人去找杨大小姐来看看。"

闫老夫人摇头："杨大小姐才成亲，怎么能将人喊来诊治，宗室那边不知道有多少眼睛看着，就等着抓她的不是……"

听得这话，闫夫人顿时惶恐不安起来，身上所有的汗毛都根根竖立，无论怎么劝慰都不能让自己心安。

屋子里顿时安静下来。

"老夫人，夫人，"管事妈妈快步走进屋，看向闫夫人，"杨大小姐来了。"

杨大小姐来了？闫夫人睁大了眼睛，她没有听错吧？

"真的，"管事妈妈声音都发颤，"杨大小姐带人过来了。"

闫夫人急匆匆地迎出去，看到走进院子的杨茉，她的眼泪不自觉地涌出来，掉在她的手背上。

"大小姐。"闫夫人已经不知道自己喊错了杨茉，如今杨茉已经成亲，应该喊她周十奶奶。

闫家所有人都没有反应过来。

因为杨大小姐这个名字对他们来说如同希望。

杨茉看到闫夫人泣不成声，不禁心里一凉："闫阁老怎么样了？"

闫夫人摇摇头："不太好，这几天都不太好，姚御医照大小姐的法子按时来给针灸，却从昨晚又开始热起来。"

是因为感染，还是不能完全控制感染。

杨茉进屋仔细给闫阁老诊治。

几个人到了外间，

杨茉看向闫老夫人："我们做出了新药，只是现在还没有真正给病患用过，可能会有效用，也可能没有，会有一定的危险，但是我觉得对闫阁老来说，应该立即用新药，这是一个机会。"

闫夫人早就没有了主意，下意识地去看闫老夫人。

闫老夫人点点头："十奶奶说怎么治就怎么治。"

"那好，事不宜迟，"杨茉看向梅香，"将药箱和新药拿来。"

杨茉用盐水和青霉素粗制液配好皮试药给闫阁老做了皮试。

朱善觉得这一刻钟过得格外的缓慢，等到伸头去看闫阁老被针扎过的地方，朱善的心都凉了，被扎过的地方明显地看到一个红红的针眼，这就是杨大小姐说的对药有反应吧。

"这……不能用药吗？"朱善心里难过极了。

杨茉摇摇头："能用药，注射部位要红肿才算是排斥药物，现在只是有针眼，是正常反应。"

"接下来怎么办？"朱善忍不住问。

"直接用新药做实验，如果这次还没事，就可以少剂量地用药。"

这是她用抗破伤风血清得到的经验。

杨茉看向梅香："出去和闫夫人说一声，我们第一步进行得很好。"要让病患家人放心。

给闫阁老用了药，杨茉从屋子里出来。

闫老夫人立即拉住杨茉的手："怎么样？"

杨茉道："让魏卯和裴度两个人留下照看闫阁老，裴度从前是兽医，希望老夫人和夫人不要介意。"

"怎么会，"闫老夫人立即道，"十奶奶这样安排自然有道理。"

杨茉留下来照看了闫阁老半个时辰，闫阁老没有什么药物反应，这是好现象，杨茉看向朱善："我们需要很多新药，回去之后要加紧做药，你那边需要人手就和江掌柜说，让江掌柜安排药铺的郎中过去帮忙，"说着看向魏卯、萧全，"除了裴度几个，你们也要过去帮衬，那边的事都要听朱善的。"

有了朱善这样的人，她就可以稍稍放手。

吩咐好了这些事，杨茉才回到杨家。

刚进门陆姨娘就来道："总算是回来了，前院闹得厉害，你舅舅想要和你说话，来叫了几次，多亏让姑爷按住了。"

杨茉跟着陆姨娘匆匆忙忙往前院去。

刚出月亮门就听到张二老爷的声音："敬事夫主，亲爱尊卑，教示男女……"

这是在教诲谁？

这应该是女儿回门，父亲教诲的话。

杨茉和陆姨娘快走几步，看到院子里的张二老爷，张二老爷对面是手足无措的荆氏。

荆氏张大了嘴，不知道说什么才好，刚要走开。

张二老爷道："我还没说完你要去哪里？我是替你父亲教诲你，娘亲舅大，难道不合礼数吗？"

难不成张二老爷将荆氏当成了她？总不至醉到这样的程度吧？

杨茉就看向旁边的周成陵。

周成陵一副很自然的模样，嘴边甚至有些笑容。

荆氏不知道怎么办才好，转头向陆姨娘和杨茉求助。

杨茉走上前喊了声："舅父。"

张二老爷却似没有听到般，接着道："行则缓步，言必细语，少为人子，长为人母……"张二老爷滔滔不绝地念下去。

荆氏觉得已经丢尽了脸面，走也不是站也不是，老爷从来没有训斥过她，现在竟然将她当做杨茉兰一样教她在夫家该有的行为举止，恰恰老爷说的这些都是她没有做到的……自然而然就有了羞愧。

"老爷，是我啊，是我……不是茉兰。"荆氏苦苦哀求。

张二老爷却没有听进去，抬起眼睛："我说的这些话你可记住了？"

荆氏不说话。

张二老爷瞪圆了眼睛："记住没有？"

老爷从来不会这样和她说话，作为夫主他从来都是软绵绵地任由她揉捏，可是这一次他却拿出威风来，让她觉得害怕。

荆氏被逼得无可奈何只得低声道："记住了，记住了。"

张二老爷这才满意，让人扶着向屋子里走去："走，再去打壶酒来。"

荆氏忙跟了过去。

张二老爷和荆氏离开，陆姨娘松口气："时辰不早了，我让人去准备车马，你们也该回去了。"

没想到回门就这样结束了，她匆匆忙忙好似一刻也没闲着。

陆姨娘带着下人离开，周成陵才走上前看着杨茉，每次看到她，他的眼睛里都带着笑意："跑得鼻尖都出了汗。"

岂止是鼻尖出了汗，她的手心脊背都有些汗湿。

"累不累？"周成陵低声询问。

杨茉道："不累，很舒坦。"跑了一圈别提多舒服了，比整日里在屋子里关着好太多。

杨茉有意看向舅父离开的方向："你也没闲着。"

周成陵老实地点头："是没闲着。"陪着张二老爷喝酒，听张二老爷说张家的旧事。

她就知道，是这么一回事："舅父没有醉。"

周成陵想了想给出一个准确的答案："醉了三分。"

借着酒意来训斥舅母，亏他们能想得出来。

周成陵道："舅母让人捎口讯给舅父，让他和我提提张郁的前程，看看张郁将来能不能谋个一官半职，舅父听了之后就说舅母贼心不改，这样下去定要出事，将来回到家中也要好好管管舅母。"

"舅父这么多年被舅母压制，难免少了胆色，说着说着就贪了几杯酒。"

杨茉看着周成陵："你还帮舅父遮掩。"

周成陵的神情很正经："我娶了你就是一家人，遇到这种事怎么好揭穿。"

人和人不同，舅父借酒将心里所想发泄出来，也是他能想到的办法。

不一会儿工夫张郁从张二老爷歇息的客房里出来向周成陵赔罪："是父亲喝醉了，还请十爷不要见怪。"

周成陵道："让舅父好好安歇，天色不早了，我们先回去了。"

张郁见周成陵脸上没有怒气吁了口气，恭恭敬敬地将周成陵和杨茉送出去。

两个人回到周家，周成陵吩咐厨娘去准备些饭菜，香喷喷的阳春面端上来，杨茉也跟着热腾腾地吃了一碗。

两个人吃过之后梳洗干净躺在床上，杨茉摸着肚子，觉得里面热乎乎的，没想到她胃口不好，到了半夜肚子还饱饱的不消化，躺在床上好像压了一块石头在肚子上面，杨茉小心翼翼地翻着身，还是吵醒了周成陵。

"怎么了？"周成陵低声问道。

杨茉苦着脸："厨娘做的阳春面太好吃，贪嘴吃多了，到了肚子里不消化。"想起来拿消食的药又舍不得热被窝，想一想还是用手捂着。

"我帮你揉吧，"周成陵接手过去，"年纪轻轻怎么吃一碗面条就这样，都是之前在保合堂吃饭不及时，才会这样。"

周成陵的力道正好，揉得她很舒坦："以后晚上少吃些就好了。"

"还有哪里不舒服？心窝难受不难受？"周成陵伸出手臂让她躺在臂弯里，这样揉就方便许多。

"不疼，只是吃多了。"

这样的病，说起来臊得慌。

"知道臊了？"周成陵深沉的声音传来。

这人抓住她的小尾巴还真是不客气，杨茉强辩："谁臊了。"

周成陵抿了抿嘴："知道臊就要听话，以后按时吃饭，不听话看我怎么罚你。"

她硬着头皮："罚什么罚。"

"以为我不敢？"周成陵停下手，将手掌霍然贴在她屁股上，"罚打屁股。"

杨茉的脸一下子红起来，正要推开周成陵的手，他却倾过身嘴唇压下来，挽住她的腰身，屏住呼吸给了她一个长长的吻。

她的手指穿过他的脸颊落在他的耳朵上，半晌才等他抬起头，她气喘吁吁地大口呼吸着："你这是给我揉肚子，还是要使坏。"

周成陵将手抽出来放在她的肚子上："都是，"低下头在她耳边呢喃，"又揉肚子又使坏。"

……

闫阁老的病有所好转，药只要对症就会很快见到疗效。

杨茉从闫家回来立即换了衣服去二太夫人府上，周三老爷带兵去保定，明天就要出发，宗室都要去庆贺，杨茉让人准备好了礼物和醇郡王妃一起坐马车过去。

二太夫人府里一片喜气洋洋。

周三夫人让人围着说笑："等到三老爷打了胜仗回来，这承爵的圣旨也该下了。"

周三夫人听得这话忙道："还不知道呢，要看宗人府怎么定。"

承爵的事已经板上钉钉，周三夫人谦虚无非是让人多说些好话。

杨茉找了个位子坐下，周三夫人用余光乜了一眼，见杨茉喝着茶很是自在悠闲，不由得觉得心里不痛快。

第十四章　战事

杨茉想吃了宴席早些走，她还惦记着保合堂的病患，今天早晨江掌柜才将这两天积攒的病案送来。

她对夫人们互相恭维其实不感兴趣，黑的白的大家心里都清楚，却要说着违心的奉承话。

周三夫人也在看杨茉，杨氏枯坐了一会儿终于开始露出寂寞的表情，杨氏这个模样让她看得开心。

今天是大好的日子，老爷就要出征，家中办宴席，她被人这样簇拥着，要多高兴就有多高兴，趁着人逢喜事精神爽，她也想要狠狠地压制一下杨氏。周成陵和杨氏的婚事闹得宗室营尽人皆知，要压就压大头，方能显出她的神威，而且家中本就要和周成陵作对，她无论做出什么事都能得到家中人的支持。

低头做人这么多年，终于有一只软柿子送到她手里，她要好好捏一捏。

周三夫人想得十分欢快。

杨茉抬起头正好对上周三夫人的眼睛。

"十奶奶过来了，我怎么没瞧见，"周三夫人的声音不阴不阳，"听说保合堂又做出

了新药，十奶奶送去了闫家，是也不是？"

所有的目光都落在杨茉身上。

这个十奶奶进门才多久？怎么就出门去闫家治病。

找遍了大周朝，也就只有这样一个女子，偏被娶来了宗室营。

周五夫人目光闪烁，似是想要替三夫人将话化开，这样尴尬的表情倒是让旁人更加注意杨茉。

周围突然静寂下来，杨茉不在意地抬起眼睛："难得三夫人还知道这些事，我还以为三夫人就喜欢家里那些事，我们保合堂是做出了新药，能治许多从前不能治的病。"

谁家里没有一两个病人，就算没有病人，也难免对杨氏说的"从前不能治的病"感兴趣。

真是针锋相对，连周三夫人一点面子也不给。

"十奶奶，我娘家哥哥病得厉害，看了不少的御医也不见好转，十奶奶能不能……"四夫人说着顿了顿，"不一定要劳烦十奶奶，我们请了几次保合堂的白老先生，白老先生都是不得空。"

众人看着周四夫人，脸上露出惊讶的表情，周四夫人是三老太爷家的媳妇，三老太爷也是不喜欢杨氏的，四夫人怎么敢在这时候问杨氏。

杨茉点点头："我就让人去问，除了白老先生我们保合堂的丁先生和我带的几个徒弟也能很好地诊治。"

杨氏这样有自信，面容舒展，让人觉得她一定会治好病症。

周四夫人忙蹲身道谢。

周三夫人顿时觉得怒气填胸，她摆宴席不是要杨氏来张扬她的医术。

杨氏是一点没有将太夫人的话放在心上。

没有半点要收敛的意思。

醇郡王妃道："宴席可准备好了，孩子们都饿了，吵着吃点心。"

到了开宴的时候，周三夫人只好先压下怒气，先将长辈请出来，然后女眷们分桌坐好，这边宴席才开，周三夫人起身去厨房吩咐下人安排好花厅里的戏班子。

三老爷进屋换了身常服准备去喝酒，看到三夫人沉着脸不说话，立即上前道："这是怎么了？大喜的日子你倒沉着脸。"

三夫人用帕子擦了擦眼角："又有什么用，就算老爷得了爵位又要立下军功，那些人还是不将我们放在眼里，都是宗室，哪里就论出个高低来，分明已经被夺了爵，偏还要那样得意。"

三老爷听着妻子的话："说的是什么？"

三夫人道："我说杨氏太猖狂，当着我的面要给人诊脉看病，娘还说让我压着杨氏，我哪里能压住，我看这宗室营有一半人都被杨氏笼络了去，杨氏说什么我们都要在一旁听着，论辈分和身份，我们不是比杨氏要高一头？"

三老爷就皱起眉头："哪里有她说话的分，上次他们走得快，这次我饶不了她。"

周三老爷话音刚落，就有管事进来道："老爷、夫人，保合堂的郎中过来了，说是要找十奶奶，有病患要十奶奶诊治。"

说曹操曹操就到。

刚提起杨氏治病，现在那些民间的郎中竟然找上门来。

"真是笑话，别人家都是达官显贵上门，我们家门口来了这些贱民，"周三老爷说着挥挥袖子，"也不看看这是谁家府邸，我就去教训杨氏，我看周成陵能将我怎么样。"

"老爷，"下人接着道，"还有步兵营的人跟着一起过来。"

步兵营的人怎么会来？

难道是出了什么事？

"听说带来的病患是从保定跑回来的逃兵。"

周三老爷眼前顿时一亮，逃兵来让杨氏诊治，哈哈，笑死人了，他现在就可以名正言顺地阻拦，看杨氏能怎么样。

陆正迷迷糊糊地睁开眼睛，眼前一片黑影晃动，有嘈杂的声音在耳边，他却不能听清楚，他想要张嘴说话，却半点动弹不得。

他有没有到京城？

到底到了没有？

他要将保定府的战报送来京城，保定戍边的李总兵隐瞒战情，文正公世子让他火速回京送奏折。

不管日夜交替，马累死了，他就用双脚向前跑，脚开始还感觉到疼痛，后来就如同两根棍子一样，只会不停地重复一个动作。

跑，那就是跑。

他答应了董世子，一定要跑回京城。

快到京城时他摔了一跤，整个人扑进了雪堆里，半天才爬起来，爬起来之后他继续一瘸一拐地向前。

他不只肩负着军令，还有千万人的性命。

一条条的性命，所有熟悉的将士，从他眼前滑过，只要他跑，他们就有可能活下来，一定要让他们活下来。

进了京城，看到鼎沸的人群，一时间他有些迷茫，不知道自己来做什么，为什么回来，直到耳边听到有人喊："快去找师父。"

师父，师父，师父……

他茫然地睁开眼睛，不停地眨着眼睛，却看不清楚，

"萧全……去找师父回来……"

陆正分不清楚这些话，眼前却浮起一个人的影子，杨大小姐。

给父亲和陆贽治病的杨大小姐。

是啊，杨大小姐……

这一路上奔跑的时候，他不知道脑海里多少次浮现起一个人影，这个人坚定、执着、沉稳、理智、冷静。

这个人是模糊不清的。

因为他是很多人，是父亲，是陆贽，是董世子，是杨大小姐……

他就是想要成为这样的人，才会拼了命地跑回来。

"有脱水的症状，师父会用盐水，快用盐水。"

"怎么还没醒。"

"没有失血，双腿却肿胀，应该抬高双腿。"

"发热，应该用冰块降温。"

屋子里传来杂乱的声音，那些声音仿佛离他很远，远得他再也听不清楚，眼前是漆黑的一片，他好似永远也离不开这间黑暗又幽静的屋子。

他是不是要死了？

人死如灯灭，再也看不到任何东西，黑暗会夺走他的性命，他的回忆，一切关于他的东西。

也许还会有人来和他作伴，那些不能得救的人。

不，他不想在这里见到他们，他们应该活着，他们要活着，他也不能放弃。

快来救救他，快来救救那些人。

谁能听到他的祈求。

杨苿从宴席上下来，梅香上前道："魏卯就在府门外，说药铺里有个急症，要奶奶过去看看。"

她成亲好几日，魏卯几个从来没有找到周家去，这次真的是遇到了难题。

梅香接着道："那个病患奶奶认识，是陆正。"

陆贽的哥哥陆正。

杨苿点了点头："让人准备车马，我们这就去保合堂。"

急症不能拖延时间。

杨苿话音刚落，只听身后传来周三老爷的声音："这是要去哪里？"

杨苿转过身，看到匆匆赶来的周三老爷和三夫人。

声音惊动了屋子里的夫人们，大家纷纷出来看情形。

"家中有些事，我要先走一步。"

有什么事？周三老爷听得这话，一下子沉下脸，语重心长："是因为保合堂的郎中来找？"

既然已经知道了，她也没必要遮掩："保合堂有病患要我过去诊治。"

周三老爷皱起眉头："你可知道去看诊的是什么人？是从保定大营出来的逃兵。"

陆正是逃兵？怎么可能，她认识陆家父子，不是什么贪生怕死之徒。

杨苿径直看向周三老爷："不管是什么人，找到了保合堂，我就要去看看。"

周三老爷皱起眉头："一个逃兵，怎么用得着这般兴师动众，若是在我的军营中，遇到这种人立即军法处置。"

"这些我不管，我只是治病救人。"杨苿转头向梅香点头，脸上是不容置疑的坚定，梅香见状一溜烟地去安排马车。

"十奶奶，你要好好想想，"周三夫人走过来，"你才成亲怎么能在这时候见外面那些人，何况是给那些人动手治病，这都是不合礼数的。"

"夫人不用担心，十爷娶我的时候就知道我是女医，医生诊病哪里分什么时候。"杨茉说着就要离开。

三夫人着了急看一眼身边的婆子。

婆子立即挡住了杨茉的去路。

周三夫人低声道："还是先向长辈禀告。"

真是不分什么时候总是要插一脚，随时随地都要等她犯错，好将她带去长辈面前挨训，人命关天的时候，还将礼数挂在嘴边。

到底什么是礼数，这些人一点都不明白。

人命比什么都重要。

杨茉向前走一步，那婆子顿时迎过来。

三夫人正觉得得意，只听到清脆的巴掌声响。

杨茉抬起手毫不犹豫地甩给那婆子一个耳光，打得那婆子顿时一个趔趄："三夫人让一个下人来阻拦我恐怕不合时宜，我已经说得很清楚，谁若是觉得我好欺负，再动手动脚阻拦，别怪我不客气。"

院子里所有人都呆愣住。

杨氏看起来好似没有什么脾气，谁知道说起话来一点都不客气。

周三夫人脸上有些挂不住。

尤其是那婆子可怜兮兮地看着三夫人。

打狗还要看主人，这巴掌杨氏不是甩在了下人脸上，而是甩在了她的脸上，周三夫人脸色难看："十奶奶你这是什么意思，我说这些还不是为了你，为了宗室妇着想。"

周三老爷瞪圆了眼睛，若不是男女有别，他早就一脚将杨氏踹在一旁。

"是不是为了宗室妇我不知道，"杨茉转身向周三夫人走去，"若是嫌我是医女，太后娘娘就不会传我去慈宁宫诊治，更不会有这门亲事，我不信宗室让我进门就是为了成亲之后在人前折辱我。"

"我也不信，这世上有什么一再忍让就能海阔天空的事，有些人你让着她一次，她就会来第二次，你让着她两次，她就会毫不犹豫地算计你第三次，没完没了，永远都不会罢手。"杨茉盯着周三夫人的眼睛。

周三夫人只觉得面皮被人揭去，粗盐洒在上面，蜇刺刺地疼。

杨氏每一个字都如针般扎在她身上。

什么叫做让着她一次就会来第二次，第三次，没完没了。

周三夫人嘴唇哆嗦着，捂住肚子，仿佛被杨茉气得动了胎气。

杨茉太熟悉病患的表情，不去理会周三夫人："太祖爷起兵的时候，太祖元皇后为保住满城百姓性命曾被前朝乱臣扣为人质，历经五年寒暑方才与太祖爷团聚，太祖爷夸元皇后心有慈悲，"杨茉扬起下颌，"救人性命从来就不是丢礼数的事。"

杨氏拿太祖元皇后来说事。

太祖册封元皇后时，怕人将元皇后被人掳走拿来诟病，特意在旨意里说起元皇后是为了救满城百姓的性命。

到底是怎么回事谁又能去争论。

既然被人掳走名声都不会受损，杨氏不过是给人治病而已。

周三夫人忽然发现自己的舌头打结，想要说话，却缠在一起拽也拽不开："那是乱世，现在是太平盛世，我们就要讲妇道。"

"三夫人是说我不讲妇道。"杨茉清清楚楚地将周三夫人的话重复了一遍。

说人不讲妇道，是很重的话。

尤其是在众目睽睽之下，谁也不能说这种话，尤其是周三夫人这种自持身份的人。

周三夫人僵立在那里，半天才想起来向周三老爷求助，眼泪也掉下来："十奶奶来我家做客，怎么能这样为难我。"

"我要去看病患夫人不肯，不知道是谁为难谁。"

周三老爷勃然大怒："你这妇人真是不知道天高地厚。"说着扬起手。

杨茉抬起头："三老爷还要打人不成？我不是下人可以任由你打骂。"

三夫人急忙拉住周三老爷的手，可不能在这里打了杨氏，否则就算闹到太后娘娘那里也是他们理亏在先。

谁知这样一拉扯，周三老爷扬起的手一下子落在三夫人脸上，掌风顿时扫过三夫人的脸颊，三夫人一阵头昏眼花。

"三哥要训妻不应该在大庭广众之下。"

三夫人耳边鸣金般的声音还没退去，身后就传来周成陵的声音。

周成陵挽起杨茉，将杨茉护在怀里。

周三老爷看过去，杨氏在周成陵怀里抖成一团。

周三老爷涨红了脸："你胡说什么？"

"我们才成亲五天，尚在新婚，杨氏进周家门，周家亲眷都该爱护才对，哪里能这样当面训斥，将我的脸面置于何地，是不是觉得我丢了爵位就可以任意欺负，如果今天有半点差错，"周成陵看向周三夫人，"三夫人可是犯了七出之条，口多言，为其离亲也，论理三哥可以休妻。"

周成陵神情淡然："不是要去长辈面前说理？大家一起去献王府将今天的事说个清楚，看看到底是谁的错。"

周成陵说完看向旁边的秋桐，从秋桐手里接过氅衣披在杨茉身上，拉紧杨茉的手，走出几步又转头看周三老爷："三哥，要一起去吗？"

献王府？见献王太妃？

不管周成陵说什么献王太妃都会站在周成陵这边。

献王也向来维护周成陵。

周三老爷本来攒起的气势一下子懈下来。

杨茉一路上了马车，坐在车里才忍不住笑。

她在周成陵怀里笑得发抖，不知道是为什么，可能是因为周成陵向她递了眼色，让她装得楚楚可怜些。

可她就是装不出来，他只好将她的头牢牢按住，又用氅衣遮掩，然后将她带到马车上。

杨茉上了车，立即吩咐梅香："快点回保合堂，病患等不得。"

马车向前驰去，留下门口的周成陵。

阿玖牵马过来道："爷，我们去哪里？"

遇到救人的事就会什么也不顾了，用完就将他扔在门口不理不睬。

阿玖看到周成陵脸上稳当当的不快，弯腰道："不然我们也去保和堂。"

他还有他的事，陆正不会做逃兵，定然是保定出了事，周成陵翻身上马，吩咐阿玖："去步兵营。"

周三老爷气得手脚发颤："都是那个周成陵。"

二老太爷拄着拐杖在屋子里"笃笃"地走来走去："明日你就出征，今天不好再闹出什么事来，君子报仇十年不晚，更何况不过是一眨眼的工夫就能将周成陵踩在脚底下。"

周三老爷听得父亲这话，脸上的神情缓和了些。

"那逃兵不知是怎么回事。"

二老太爷冷笑："年年都有逃兵，没什么大不了的，杨氏愿意救就让她去救，为了一个逃兵大动干戈，传出去了我们也不怕别人笑话，杨氏就是有失身份，竟然将太祖元皇后抬出来，她以为她是谁，是元皇后？就她的身份敢提元皇后？！"

周三老爷低声道："要不然让人去打听打听，看看那逃兵到底怎么样。"

二老太爷摇头："不能和这些人扯上干系，尤其是周成陵和杨氏，那是自降身份。"

杨茉下了马车，魏卯、萧全两个立即迎出来。

魏卯见到杨茉立即道："十爷让我们回来等，没想到师父这么快就到了。"

这要感谢周成陵，没有周成陵她还不知道要耽误到几时。

杨茉边走边问魏卯："人怎么样了？都用过什么药。"

魏卯开始将陆正的情形说了："开始还睁着眼睛只是不说话，后来连眼睛也睁不开了，我们用了盐水，还用鼻饲管给了药。"

魏卯说着将单方递给杨茉看。

"头上好像有伤，可是看起来伤得又不重。"

杨茉撩开帘子，里面的胡灵立即站起身，说道："杨大小姐回来了，杨大小姐回来就好，病患就有希望能治好。"

所有人都让开床边让杨茉走过去查看陆正的病情。

撩开陆正身上盖着的单子，杨茉立即看到陆正肿胀的两条腿："将裤腿撕开我要看得再清楚些。"

魏卯应了一声忙拿起剪刀剪陆正的裤子。

陆正怎么会弄成这样，要不是仔细辨认，杨茉都认不出这个人就是陆正。

"身上有没有伤口？"杨茉边检查边问。

"有一处刀伤，不过已经愈合了。"

"在哪里？"

"腰上。"萧全边说边指给杨茉看。

杨茉看到已经愈合的伤口，没有发炎化脓的迹象。

"陆正是怎么进京的？谁知道？"

魏卯几个互相看看，半晌才道："好像是跑进京的，没有看到车马，就……看到脚上的伤。"

杨茉重新去看陆正的脚。

那已经不能称之为脚，而是血肉模糊的肉块，脚趾都磨没了，脚底也磨得不成模样，杨茉从来没见过这样的伤，不禁吸了口冷气。

"陆正，陆正，"杨茉开始叫陆正的名字，"陆正，你能不能听到我的声音。"这是靠什么力量支撑才能踩着自己的血肉进京。

"陆正，我是杨茉兰，我来给你诊病。"

陆正只觉得他的眼睛被人撑开，却只是看到一束光看不到人影。

"陆正，陆正。"

有人叫他的名字。

这个人带着一股杏花的清香，人只有在心情畅快的时候才会闻到这世上美好的味道。

所以，他还没死。

他一定还没死，他等到了来救他的人。

他仿佛看到了父亲对他竖起拇指："好样的陆正。"拍了拍他的肩膀。

"师父，这病要怎么治？"魏卯忍不住低声问。

头上有伤口，应该是跌倒过，最终的伤在下肢，她没见过这样肿胀的两腿，就算碾压伤也不过如此。

这样的伤光抬高患肢是不行的。

"要做切开减压术。"

什么是切开减压术，大家虽然已经习惯从师父嘴里听到奇怪的病名，但是每次听到还是忍不住问。

杨茉来不及解释只是吩咐："两腿消毒，快，准备大量消毒好的布巾和手术刀。"

保合堂顿时忙碌起来。

杨茉看向陆正。

"陆正，你要挺过来，我要保住你的腿，还要保住你的命，你也要做好你应该做的事，要活着。"

一定要活着。

做好他该做的事。

陆正觉得眼睛发涩。

两条腿简单消毒之后，杨茉拿出手术刀顺着陆正两条小腿用手术刀慢慢划开，顿时有大量的血涌出来。

双腿剧烈运动会让肌肉痉挛、肿胀出血造成骨筋膜室综合征，在现代运动员和军训时的新兵会发生这样的情形。

骨筋膜内压力增大，使血液不能循环，造成双腿缺血性坏死。

首先必须要行双腿减压，让血液畅通循环。

腿上划开伤口，立即就有肌肉从伤口处露出来。

旁边的小郎中吓了一跳，一下子松开握着病患的手，他没见过这样恐怖的事，刀划开，肉自己就跳出来。

不是亲眼见过一定不会相信，骨头、筋肉的那些东西被皮肤包裹的时候看着很好，一旦脱离那层皮，就和牲畜的没什么区别。

太恐怖了。

就像肉铺那些人在切肉，那些肉总是血红又新鲜，仿佛冒着热气。

平日里他见过开刀，却都不会如此。

病患的腿已经这样，十奶奶再将两腿切开，这病患怎么能好呢？

杨茉看了一眼对面的魏卯，魏卯立即接替吓傻的小郎中。

"时间太久，损伤太重，双腿已经有感染，否则病患就不会昏迷，"杨茉抬起头吩咐张戈，"快去朱善那里看看，还有没有新药，我们要用新药才行。"

对了，新药。

师父用新药让闫阁老的病情平稳下来，新药一定能治好陆正。

张戈跳起来："我就去拿……就去拿药。"

"以后遇到似这样的病患，不要将肢体抬高，那样会让过多的血回心，造成心脏压力，面对这样的病患，要最快将患肢划开减压，否则病患需要截肢都是小事，肢体内大量筋肉会坏死，产生毒素进入血液，夺走病患的性命。"杨茉仔细地解释。

好久没有听到杨茉讲病案，魏卯和萧全、秦冲几个仔细地听着，生怕落下杨茉说的每一个字。

杨茉半天没听到声音，抬起头来："听清楚没有？"

魏卯先是怔愣了一下，看到那双清亮的眼睛，半晌才回过神来："听清楚了。"

萧全也跟着应声。

不知怎么的，看到师父，萧全就鼻子发酸。

这几天保合堂里，就好像遭了强盗，好像里面最贵重的东西都丢了，他们几个虽然还似往常一样给病患诊治，可是很少聚在一起说话，生怕谁提起师父来，这样本来沉甸甸的心会更加难受。

忙碌了一天，他和魏卯几个人一起坐在台阶上看早早落山的太阳。

每天都惘若有失。

万一师父不出来行医该怎么办？

从前听师父讲医只觉得天黑得太早，现在却觉得人生太长，如同嚼蜡，再也没有那种热血沸腾的感觉。

保合堂也要沦为普通的药铺,和他们一样,就好像丢了魂,只剩下一个空壳摆在那里。

他开始盼着来一个谁也无法诊治的病患,这样就能让师父回来保合堂。

他实在太恶毒了,竟然藏着这样的心思。

直到师父回到保合堂,保合堂才霍然有了生机,他们跟着上下忙碌就像过年一样。

他们都不敢相信,师父真的回来了。

张戈带着朱善送来新药,杨茉开始给陆正做皮试。

陆正没有过敏反应,杨茉开始小剂量地用药。

朱善盼咐身边的人小心记录,将杨茉用的剂量和用药后的病情改善都要写得清清楚楚,还让人将陆正腿里流出来的血拿走一份。

他不管治病救人,他只管杨大小姐教他的东西,他每次都要弄个清楚明白,记录成文字,这样才能对以后的新药有帮助。

双腿减压之后,杨茉仔细清理缺血坏死的肌肉。

济子篆听了消息也赶过来,两个人一起动手术明显快了许多,刚清理了一半,床上忽然传来细微的声音,杨茉忙放下手里的手术刀去看陆正。

陆正眼皮轻颤着。

有了知觉会立即感觉到疼痛,尤其是现在双腿几乎都露着骨头。

"陆正,"杨茉低声道,"我将你的双腿切开,将其中的瘀血放出来,你会感觉到疼,但是不要害怕。"

突然的疼痛,一下子涌进他的脑海中,从来没有感觉过的疼,让他整个人为之颤抖,挛缩,陆正立即想起看过的阎王殿里,小鬼们用磨盘将恶人的身体碾成血水。

他仿佛就是那个人。

身体在号叫,因为一寸寸都变成了肉泥,好像他半个身子已经没了。

"陆正。"

杨大小姐的声音传来,疼痛中的陆正慢慢睁开眼睛。

杨茉看准时机:"陆正,我可以给你麻醉,让你感觉不到疼痛,如果你愿意就点点头。"

陆正嘴唇哆嗦着。

杨茉俯下身去听。

屋子里安静得没有半点声音。

魏卯猜陆正会喊疼,再硬的汉子这时候也会觉得疼。

"陆正,"杨茉低声道:"你想要说什么?"

他一路从保定到京城,不分黑白昼夜,觉得到处都是黑色的,唯有现在,他才开始有了声音。

天亮了。

"我有军情……"他的喉结上下挪动,"我有军情禀告。"

杨茉吩咐萧全："握住他的手，现在立即握住病患的手。"

萧全忙伸手过去。

"魏卯，让人去喊十爷过来。"

魏卯怔愣，现在去喊十爷？就因为军情？现在不是要救人性命为先吗？就算叫十爷，也可以吩咐小郎中，不用他离开，他现在还能帮忙。

"魏卯，"杨茉抬起头看魏卯，"陆正将军情看得比性命还重，如同你看待医术，我们不能让陆正白白受罪，去喊十爷，就说，无论如何让他快些赶来，一刻不能耽搁。"

"师父，那我们不用麻药了？"

杨茉点头："不用麻药了，"说着低下头紧紧地看着陆正，"陆正，我可以帮你传话给十爷，但我不是朝廷官员，我说出的话，会有人说信不得，所以，你一定要撑到十爷带人来将话说出来，其间我不能停下手术，因为你的伤口必须要快速清理，否则你也会立即昏迷，我会用简单的麻药，所以期间你会疼，疼得你觉得受不了。"

"你觉得挨不过去的时候，你要想想，朝廷知道你的军报，你能救多少人。

"朝廷会派兵马去营救，那些人都能和亲人团聚。

"你的苦是替他们受的，如果受苦能救人性命，你可以欣然接受。

"没有什么是白白得来的。"

陆正浑身都在颤抖。

没有什么是白白得来的。

是，他一定要救那些人，一定要让他们和亲人团聚，大家一定还会聚在一起，在火堆旁说笑，一起唱歌，一起喊："驱逐胡虏，恢复中华，立纪陈纲，救济斯民。"

只有穿上甲胄，他们才不是普通的男人，他们才有脸说这些话。

说出志向，让人羞愧，让那些只会纸上谈兵、坐享富贵的人羞愧。

周成陵带着兵部侍郎进了保合堂。

换上保合堂的衣服，兵部侍郎还喘着粗气。

周成陵看了一眼病床上如同从水中捞起来的陆正。

兵部侍郎秦钺的眼光却落在陆正的下半身半晌也挪不开。

秦钺的心脏忍不住剧烈跳动，天哪，这是怎么回事，上半身是人，下半身却没有了人形，旁边坐着一个女子，女子拿着刀一点点地割着，另一边再用针线缝。

像是要将那堆烂肉拼凑起来。

恶心。

秦钺差点就要吐出来。

比战场上露出肠子的伤兵还要令人恶心。

"秦大人，那是拙荆。"

周成陵顺着秦钺的目光低声道。

秦钺惊诧地吞咽，那是……那是……十奶奶……保合堂的杨氏……

幸亏他没有吐出来，否则从此之后，他在周成陵面前都要抬不起头。

周成陵走上前，秦钺忙也跟过去："陆正，你有什么军情，禀告给我和秦侍郎，我们会将军报上奏朝廷。"

　　陆正点了点头："董将军被围困，李总兵为自保不肯出援军，鞑靼的军队比去年多了三倍有余，若是董将军不支，保定也会被攻占，董将军命我回京搬兵，他们粮草只能撑十日……"

　　周成陵颔首看向秦钺："秦侍郎可听清楚了？"

　　陆正眼睛死死地盯着秦钺，终于看到秦钺点头，陆正忽然觉得鼻端又闻到了香气，是春天花开时，他和父亲在院子里练武。

　　父亲说的没错，大丈夫总有用武之地。

　　陆正嘴边露出了笑容。

　　"病患昏过去了。"

　　萧全慌忙向杨茉禀告。

　　"还有没有呼吸？"杨茉低声问。

　　"有，"萧全试探了，"有，有……"

　　杨茉看向周成陵："十爷和大人出去吧，我们要接着救病患。"

　　秦钺不禁咂舌，这样和夫主说话，杨氏胆子可真大，不过周成陵脸上也没有异样，反而快步走出去。

　　两个人走到院子里，秦钺道："要怎么办？"

　　周成陵脸上仿佛结了冰，神情深沉："军情加急，阻者死，我们要立即呈上去，让皇上知晓，保定失守，鞑靼就会直取京城。"到时候别说勋贵，就是皇帝也该从梦中惊醒。

　　陆正不止是救了保定带兵的董昭，而是更多的平民百姓。

　　"要不要先禀告刘太傅，现在折子都是从刘太傅手上送去上清院。"

　　周成陵深深地看了秦钺一眼。

　　秦钺只觉得浑身冻了冰碴。

　　"秦大人怕什么？大周朝的堂官，连奏折都不敢上，秦大人从前在都察院，可是有铮铮的好名声，"周成陵说着翻身上了马，"不过上封奏折，用不着下身化成血水，援救了保定，秦大人就算立下不世之功……大周朝有几人能如陆正。"

　　秦钺想想保合堂那一盆盆血水，那些血仿佛泼到了他脸上。

　　一个人如果不能自己感觉到应有的羞愧，那么在别人眼里，他就已经是一文不值，当年他秦钺也是意气风发地入仕，没想到会走到这一步。

　　只因为冯党把持朝政，他就和众多同僚一样只能唯唯诺诺，时间长了连奏折都不敢上，就是看着冯国昌的脸色，现在冯国昌没了，他也想过是不是该改头换面，身边的同僚们却都没有动作。

　　不光是他一个人，整个大周朝都已经习惯了看着奸臣的眼色求生，冯阁老倒了，立即就有人发现刘太傅得了皇上信任，不等刘太傅自己来张罗，所有人都投靠过去。

　　这么多年，大家在这上面倒是盘算得清清楚楚。

他这辈子若是再这样下去就算完了，死了不过是成一堆的烂肉，不像陆正这样，就算伤得再恶心，也有人全力施救。

秦钺想着催马去了兵部，刚进衙门兵部的官员立即迎上来："秦大人，这要怎么办？"

秦钺道："有没有去请尚书大人。"

官员道："请了，请了，大人只说要听刘太傅怎么说。"

刘太傅，秦钺笑着看向同僚："难不成我们上奏折还要经过刘太傅，兵部的事就该我们上奏，尚书大人卧病在床，将职权交与我，今日我秦钺就上奏禀告皇上保定告急，朝廷应立即派出援军。"

众位官员互相看看，一脸为难："这……能不能行？"

"为何不行？"秦钺说着走进衙门，"我不想死了之后被人戳着脊梁骨，说是误国之臣，将来子孙后代在世上没脸立足。"

"不想让人说我白白披这层人皮，更对不起这身官服。"

同是人，吃五谷杂粮，伸手能做的事他却不去做，不如一个女子，不如一个籍籍无名的小吏。

平日里被人喊做"大人"，大在哪里，人又在哪里。

别人嘴上喊着大人，心里不过把他们这种人当做是一群脑满肠肥的东西，人前光鲜，不过是自己骗自己。

真正能让人钦佩的是陆正，是保合堂的杨氏。

保合堂的那些郎中看杨氏的目光是火热得如同翻滚的油，用不着花哨的言语，全心全意地跟随着杨氏。

看到那一幕，如同让他喝了一碗烈酒，年少时的抱负重新浮现在眼前，让他热血沸腾，他不能这样下去，他不能让余下的岁月再蹉跎。

"列位，"秦钺眼睛明亮，"准备和我一起上奏折的留下，不准备上奏折的就回家去吧，今天一定要见到皇上，不死不休。"

疯了，秦大人这是疯了，多少年了在衙门里几乎一言不发的秦大人，突然之间这样刚劲起来，这是……

"多少人和我一样进了朝廷一本奏折都没写过，冯党叛乱的时候想要收拾细软带着家人逃走，不瞒列位，我当时也是这样打算，现在冯党被压制了，等到鞑靼进京，列位又要如何？想尽臣子本分的现在就提笔，不想尽本分，快回去收拾东西未雨绸缪，万一出了事，别逃得太难看。"

很多时候，他觉得胆小、懦弱、处处被人限制不敢说半句真心话，现在站在诸位官员面前，将这些话说出来，才发现……

畅快，太畅快了。

秦钺当着众位官员的面坐在案前提起笔饱蘸墨汁。

笔尖落在纸上，秦钺从来没觉得自己写得这样顺畅，字体这样好看。

紧接着传来落座的声音。

有官员跟着去写奏折。

一个，两个，三个……

兵部的十多封奏折写好，秦钺紧紧地抱着直接奔去上清院，到了门口只见一个小内侍站在那里。

"秦大人，您怎么来了？这……真的是保定出了事？"

秦钺微微颔首："公公怎么知晓？"

"周十爷到了一个时辰了，皇上让咱家去传三老爷进宫。"

周三老爷不过就是个草包，让这样的草包去保定，就等于让那些兵将去殉葬，他一定要据理力争，推选良将去保定。

杨茉将陆正的伤口缝合好，看着陆正的情况渐渐稳定下来，这才坐在椅子上休息。

屋子里一片狼藉，地上是用过的布巾，全都染着血，乍看过去真的有些吓人，还好血不算白流，人算是救回来了。

接下来就看抗生素能不能起效用。

"师父，"魏卯端来一杯茶给杨茉，"喝些水吧。"

杨茉伸手去端茶碗，一口气将水喝了个杯见底，这样才觉得舒畅。

陆家人已经赶过来，陆奶奶领着一双儿女一动不动地站着，两个孩子发觉气氛不同寻常也都不敢动一下，只是偶尔用眼睛看着母亲。

他们从来没见过如此木然、呆愣的母亲，他们不敢问父亲在哪里，他们只能孤零零地站着。

好半天才看到一个笑容很温和的姐姐走过来，母亲好像一下子活过来，甩开他们的手紧紧地拉住那个姐姐。

"十奶奶，十奶奶，我家相公如何了？"

杨茉低声道："眼下病情是稳定了，还要看接下来几天如何。"

陆奶奶松了口气才想起两个孩子，急忙将两个孩子拢在怀里，两个孩子仿佛找回了母亲，紧紧地抱住母亲的脖子不肯松开。

虽然三个人抱在一起，看起来却还是很单薄，因为他们身边少了能为他们遮风挡雨的人，但即便是这样，一家人还显得很坚强。

陆奶奶道："我们能不能进去看看？"

杨茉点头："让梅香给你们换衣服，你们可以进去。"

"谢谢十奶奶，"陆奶奶抬起红红的眼睛，"十奶奶是我们陆家的大恩人，"说着目光涩然，"我们不知该怎么报答。"陆家没有许多的银钱，不知怎么答谢恩人。

杨茉将陆奶奶扶起来："奶奶不用感激别人，陆正救了更多人的性命，"杨茉说着蹲下身用帕子去擦陆家孩子脸上的污秽，"你们的父亲是个不顾一切挺身而出，为国效力的人，你们知道这样的人被称作什么吗？"

陆家孩子呆了半晌摇摇头。

"英雄，被称为英雄。"

"不一定非要身份贵重做什么惊天地泣鬼神的事，不一定要有气吞山河的气势，不一定有超出常人的能力，不一定要完美无缺世上少有，也不一定非要载入史册被人称赞。

"而是尽全力做好自己能做的事，哪怕付出再多的辛苦。

"人活着就要做英雄，做出让人敬佩的事。"

陆家孩子好似没有听懂，眼睛却紧紧地看着杨萊，半晌才抬起头看向陆奶奶："母亲，这是在夸父亲，对吗？"

连小孩子都知道什么是夸奖。

陆奶奶含泪点头。

眼看着陆家人进去了里面的诊室，杨萊将魏卯几个叫到一旁盼咐怎么照应陆正："万一有什么苗头不对，立即就去府里喊我过来。"

魏卯认真地应了一声。

杨萊坐上马车回到周家，葛妈妈忙带人进屋给杨萊换下衣服："周三夫人让人来问奶奶回来没有，说若是奶奶回来了，就盼咐人去府上说一声。"

周三夫人想要知道陆正的情形。

还真是光明正大地来问。

保合堂那边她已经嘱咐过了，谁也不能将陆正说给周成陵和兵部侍郎的话透露出去，也不许说陆正的病情，所以周三夫人才来直接问她。

葛妈妈见杨萊半天没有说话，低声道："要不要去知会？"

杨萊摇头："不用了，我乏了，有什么事明日再说。"

葛妈妈不禁迟疑："这不太好吧，怎么说都是一家人。"

杨萊转头看葛妈妈："葛妈妈听说宴席上的事了？"好事不出门，坏事传千里，葛妈妈想必已经听到了风声。

葛妈妈老老实实地点头："奶奶也别在意，宗室营本来就是不藏事的，现在三夫人让人来说话，就是有缓和的意思。"

缓和？真是笑话，要不是陆正真的带回了军情，周三夫人一家不一定要说出什么话来。

杨萊微微一笑："葛妈妈可愿意在我身边做事？我嫁进来之前就知道葛妈妈是伺候过刘妍宁的，葛妈妈也一定听到不少关于我的传言，现在我们有两条路可以走，要么葛妈妈和我一条心，我必然不会亏待妈妈，要么葛妈妈回去养老，我会照例给葛妈妈一笔养老银子。"

葛妈妈手一颤，没想到十奶奶会这样说。

杨萊道："话说在前头，葛妈妈若是在我身边，心里却想着别人，别怪我知晓之后不客气，就像妈妈说的，宗室营本来就是不藏事的。"

这个十奶奶并不像外面人说的那样只顾行医不懂得内宅那些事。

葛妈妈立即低头："不瞒奶奶说，奴婢整日里也是小心翼翼生怕哪里做得不对，奴婢没有摸透奶奶的脾性，没想到奶奶今天这样说，从奶奶进门开始奴婢就心向着奶奶，以后也是如此。"

杨萊点点头："这样就好，周三夫人那边不用回话了。"

葛妈妈恭敬地退下去。

杨茉靠在床边看书，不时地去看沙漏。

周成陵还没回来。

不知道到底怎么样了，朝廷会不会立即派出援军。

迷迷糊糊地睡了一会儿，仿佛感觉到有人将她的身子放平，杨茉睁开眼睛立即看到周成陵。

"怎么样了？"杨茉忍不住问。

周成陵低声道："没拿到差事不敢回来。"

这是在逗她。

杨茉撑起身子："是什么差事？你要跟着去保定？"

周成陵点头："我去保定，点了三哥做副将。"

熬了一晚上，将皇上逼得暴跳如雷，兵部侍郎慷慨激昂言辞论了一篇又一篇，将所有人都镇住了，周成陵也没想到这个秦钺会这般。

秦钺是少数还算有思量的官员，见到陆正的模样定然会有所触动，却没想到触动这样大，从来不上奏折，上了奏折之后一发不可收拾。

谁也插不上嘴。

秦钺好像将多年积攒的东西一下子掏出来，从头到尾一个音调说个不停，嗡嗡的声音回响在众人耳边，让皇帝目瞪口呆，他们也跟着怔愣。

多少年没有见过这样的景象。

没看到这样敢磨皇帝的官员。

朝臣看似一盘散沙，其中却还有这样的人物，只因为陆正带动了秦钺。

看起来好像是多么不起眼的事，却有这样的力量。

如果没有秦钺，他还要多费些心思。

杨茉定定地看着周成陵："要什么时候走？"

周成陵直起身："军情紧急，明日一早就走。"

也就是还有几个时辰而已，杨茉掀开被子下床穿鞋："我去给你准备带走的东西。"除了衣物还要带些药丸。

周成陵的病她最清楚，现在看起来好像已经恢复得不错，其实一不小心就会出事，前些日子她和白老先生一起做了不少随身带的药丸，是怕周成陵在外时不方便服药，没想到这么快就有了用处。

"只要像上次一样有了恶心的感觉，就要停下来休息。"杨茉知道周成陵在做一件大事，她也支持他这样做，只是担心他的身体受不了。

说着话，杨茉将暖玉和含香、春和几个丫头叫进来，一时之间她又不知道都要收拾些什么东西："贴身的衣物要带几套吧，还有靴子，束发的发冠，还要准备些什么？"

周成陵摇摇头："就这些东西足够了，其他的朝廷会统一安排。"

杨茉要去开柜子拿东西，周成陵看向下人："让她们去找，我们坐下来说说话。"

忙碌起来其实是要缓解她心里的紧张，安静地坐着她倒是心跳如鼓，打仗不是儿戏，她知道代表着什么。

在现代没有见过真正的战争,但是战争纪录片也看过不少,打起仗来没有谁是一定安全的。

周成陵拉起杨茉的手,指尖有些微凉:"我一定会平安回来,我将蒋平留下来。"

杨茉手指收拢,仿佛也想到了什么,仰起脸:"不如我跟你一起去保定?不是有随军军医吗?我带着几个徒弟一起去战场。"

周成陵脸一下子沉下来:"不行,你是准备让我一心牵挂你,还是将所有精力都放在打仗上,如果我都放在打仗上一定不会输,如果心有旁骛就说不定了。"

威胁她。

杨茉伸出手要拧周成陵的胳膊,谁知道他的胳膊那么硬,好像怎么拧也拧不疼,她一时来了倔劲:"让我去不过是在营里给伤兵治伤,我不会拖累你。"

"用点力气,要不然张嘴咬,闹够了就好好在家等着,我说不准去就不准去,我让蒋平守在京城,你就等消息。"

这男人板起脸来就是说一不二。

"别说那些了,"周成陵伸出手将杨茉抱住,"就这样陪着我坐一会儿。"

周三老爷垂头丧气地走出宫门,让小厮服侍着骑上马,一路到了府邸下马的时候靴子差点别在马镫里,扯了两次没扯开不说差点摔倒在地上,顿时将他吓出了一身的冷汗。

小厮急忙上前伺候又是摸脚又是拍打腿,却也没能让周三老爷缓过神来,周三老爷就这样失魂落魄地进了院子,走到二太夫人房里将所有人都吓了一跳。

好好的人出去一趟回来的时候脸色铁青,这到底是怎么了。

二老太爷站起身来:"怎么样了,皇上怎么说?明日可还要让你去保定?"

周三老爷觉得嘴张不开,好像张开嘴心就会从里面跳出来,于是他死死地闭着嘴只是点头。

周三夫人顿时觉得心被扯了一下,眼前发黑:"为何还要老爷去,不是出事了吗?老爷怎么还能去保定。"

出事了,不是去捡现成的功劳,周三夫人觉得要哭出来:"老爷从来没去打过仗啊。"

二老太爷跺了跺脚:"住嘴,不嫌丢人,让人听了还以为你男人是个窝囊废,没用的东西。"这样直白地将话说出来,成什么样子?

二太夫人看向旁边的管事妈妈,管事妈妈立即带着下人退出去。

"说,"二老太爷拿起拐杖指着周三老爷,"是让你做了主将?明日就去保定?"

周三老爷摇头。

"说话。"二老太爷眼珠子快瞪出来。

周三老爷这才张开嘴:"不是主将。"

二老太爷松口气,重新坐回椅子上拿起茶来喝,临喝之前道:"不是主将就好,胜败和你无关,你只要打着宗室的名头待在大营里,带上几个家仆见事不好就往京城跑,"说着去吹茶叶,然后将嘴凑过去,"谁是主将?"

见二老太爷脸色缓和,再听听应对之策,二太夫人和周三夫人也觉得轻松了许多。

只有周三老爷嘴唇仍旧哆嗦着,脸上的惧怕没有少半分,半晌才道:"是周成陵。"
这话如同一记惊雷。
二老太爷喝进嘴的水顿时喷出来,落在他雪白的胡须上,然后不停地咳着。
周三夫人只觉得眼前发黑,几乎不敢相信自己的耳朵。
是谁?
是周成陵?
主将是周成陵?周成陵怎么能放过老爷,他们今天还一起对付杨氏,是谁都行,就不能是周成陵啊。
周三夫人有一种想哭的冲动。
早知道她不该为难杨氏,可是泼出去的水要怎么挽回。
"老太爷,太夫人,我们快去求求十弟吧,让十弟千万顾着我们三老爷,战场上刀枪无眼,这要是伤到了可怎么办才好。"
周三夫人的声音不知道冲撞了周三老爷哪条神经,周三老爷只觉得眼前一黑差点就摔在地上,他想要走到椅子上坐下,可是两条腿像面条一样偏偏使不上一点力气,好不容易挪到椅子旁,一下子就瘫在里面。
半天才如同母鸡下蛋般"咯"一声将嘴唇高高地掀起,模样猥琐:"周成陵一定不会放过我的,他一定会公报私仇,我要死在保定了……"
听到死字周三夫人热血冲到脑子里,不管三七二十一就起身去拉周三老爷:"我们去求十爷吧,我们也不要功劳,只求能保住性命,总归是一家人,都是宗室啊。"
二老太爷一下子将茶碗拂在地上:"你们一个个要气死我不成?还去求他,凭什么求他,就跟着他去打仗,我看他能将你怎么样?杨氏不是在京中?若是你出了事,我就让杨氏来抵命,周成陵能不能回来都不一定,你有什么好怕,去打仗,最好顺便将他除掉,等回来之后功劳还都是你的。"
二老太爷看着儿子恨铁不成钢:"你觉得皇上是愿意将功劳给你,还是给周成陵?你怎么连这个都弄不清楚,真是个废物。"
周三老爷瞪大眼睛看父亲。
二老太爷指向周三夫人:"尤其是你,什么都不懂的妇人跟着掺和什么,回你屋里去吧,这里没有你说话的地方。"
周三夫人紧紧地扯着周三老爷的袖子。
"快去。"二老太爷一声怒吼。
周三夫人只好红着眼睛一步步地退了下去。
周三老爷目光茫然。
二老太爷站起身来在屋子里走来走去。
二太夫人半晌也没有说一句话。
二老太爷道:"如果换做旁人你还会这样害怕?"
周三老爷摇头:"我……不怕……我是宗室。"
"你是宗室,记住这一点就好,无论谁是主将都不能将你怎么样,见势不妙就带着人跑，回来京城编造理由，就说回来报讯，我会仔细帮你安排，我就不信他周成陵还能骑到我们头上来。"

二老太爷顿了顿："不过就是个黄毛小子，"说着看向二太夫人："快去给老三准备东西，明日按时出征，别丢了我家脸面。"

等周三老爷退下去，二老太爷和二太夫人回到内室，二老太爷一脚踢翻了眼前的痰盂："本来都安排好的事，怎么一眨眼的工夫就变了，老三不但没有当成主将还被周成陵管制。"

"气死我了，气死我了。"

二老太爷如同热锅上的蚂蚁，当着周三老爷不能说的话，现在全都发放出来。

"这世上所有的好事怎么都掉在周成陵头上。"

二太夫人低声劝："老爷别生气，保定告急……算是什么好事……说不定会死在那边。"

"你也是妇人之见，万一周成陵立了大功回来会怎么样？加官晋爵……你懂不懂？你儿子的风光就要被人抢走了。"

二老太爷握起拳头："这是我们想方设法要得到的军权，没有军权将来就算坐到冯国昌的位置又如何？一夜之间就会什么都没有。"

眼底下这样的好机会就白白溜走。

都是因为杨氏救了那个什么陆正，让周成陵抢了先机。

"稳住你儿子，让你儿子不要慌张，只要跟着回来，将来也会有他的好处。"说到这里二老太爷就怒气就撞上来，小心翼翼才能等到周成陵吃饼时他们捡个渣。

二太夫人紧张地抬起头："老爷，你就不怕老三出事吗？"

二老太爷吹胡子瞪眼睛："量他不敢。"

二太夫人道："敢不敢不是老爷说了算的，这件事我们还要从长计议，那边打仗我们也要有个准备，明日我去刘太傅府上坐坐，看看那边有什么消息。"

二老太爷坐下来："也好，找谁都不如找刘太傅，我们是一条绳上的蚂蚱。"

二太夫人盼咐下人去安排礼物明日送去刘太傅家。

"事不宜迟，等送走了老三，我和老三媳妇就过去。"

杨茉第一次觉得时间过得那么快，就算盯着沙漏时间也像流水一样，哗哗地就过去了。

等到外面的婆子来催，杨茉才起身给周成陵整理衣服。

"在家要小心些，我不在京里不能在你身边照应。"

杨茉点头："没事，如果二老太爷那边再叫，我就说身子不舒服不好过去。"

周成陵道："这样最好。"

"你也是，在外要小心，要打胜仗不要伤到。"

周成陵点头："好。"

临到分别，却说不出太多的话来，杨茉道："将药贴身带着，蜡丸要等到紧急时刻再吃。"

"你哪里也别去，"周成陵盯着杨茉仍旧不放心，"晚上让你的丫头进屋睡，免得你踢被子。"

原来她还有踢被子的坏毛病。

"走吧,别误了时辰,"她想要留他,却怕误了他的事,开口就是催促,"要不你就别去了。"

"不行,"周成陵将杨茉揽在怀里,"你男人不是不学无术的纨绔子弟,更不是尿包。"

杨茉强忍眼睛里的泪水,笑着点点头。

周成陵转身大步走出了门。

杨茉急忙穿上氅衣跟过去,只在门上看到周成陵骑马远去的身影。

马蹄声渐行渐远,杨茉心里有种怅然若失的感觉,好像这个家冷清了许多。

梅香上前道:"奶奶别担心,十爷一定能平安回来。"

她也知道,周成陵肯定会平安回来。

没有什么原因。

他必须平安回来。

杨茉走进院子:"让人去安排车马,我收拾收拾也要去保合堂。"

杨茉踏进保合堂,魏卯几个立即迎过来。

"师父,"魏卯先开口,"十爷领兵去保定是真的?"

杨茉道:"是真的,已经出城去点兵了。"

点了兵就会出发,急行军去援救保定。

正说着话,就听江掌柜道:"奶奶,太医院的丁院判来了。"

杨茉忙将丁院判请进内院说话。

丁院判带着姚御医见到杨茉便道:"保合堂用的麻药水还有没有?保定府的医工不够多,太医院要派几名御医带着学生跟着大军去保定。"

听说太医院有人要去保定,屋子里的几个人眼睛都发亮。

萧全忍不住问:"是哪位大人要去?"

姚御医笑着上前:"在下和一位程御医。"姚御医说完看向萧全,见到萧全几个人的目光不禁一愣。

那是羡慕的神情。

保合堂的气氛和在太医院时完全不一样。

太医院里听说要做随军医工,大家都纷纷推脱更有人说不合规矩,医工要当地府衙征选,什么时候轮到从太医院抽调人手。

他家里还有病着的老母,本来是不想去,可是看到这种情形,不知怎么的就想起在疫区时的事。

大家一起合力救助病患。

虽然条件很简陋,痘症又会传染,但是他们没有放弃一个病患。

那几天过得比他这辈子都要辛苦,可是看到病患痊愈心里的满足是什么也比不上的。

因为只有在那时候医者才是病患唯一的希望。

就因为这份希望，他义无反顾地要去保定。

大敌当前，不应该将力气都花在打听消息议论主帅上，而是应该做些自己应该做的事。

他站起身的时候，周围都是诧异的神情。

好像他就是个傻子。

杨茉道："魏卯，去将我们药铺里所有的麻药水都装好。"

魏卯听了这话立即去安排。

那种急促的脚步声让姚御医眼前发热，在太医院大家拱个袖子仿佛都要半日，无论什么事都从来不着急，不温不火，看病下药不求有功但求无过。

不知怎么的，来到保合堂，他整个人都热起来。

好像到家一样。

这里应该是他来的地方。

在这里不会有人觉得他是傻子，因为所有人都和他抱着同一个想法。

"姚大人恭喜你啊，你就要带人去保定了，"萧全说着去看杨茉，"师父，咱们有机会去帮忙吗？"

杨茉看向外面的蒋平，不说话却微微一笑，抬起头问丁院判："从前咱们不是有安乐堂吗？安乐堂是专门照顾伤病的军人。"

丁院判提起这个脸上一片黯然："从前是有安乐堂是让病残的士兵有所去处，免得病死甚至饿死，可是先皇在的时候，安乐堂就已经缺药少米名存实亡，到了本朝冯国昌上奏更是撤销了安乐堂。"

杨茉道："我是想能不能比照安乐堂，每隔四五十里设堂，照应从前线下来的兵士。"

丁院判听得眼前发亮："这是好事，只是……朝廷不会……"

"不是朝廷，"杨茉道，"是我们想要帮忙，不一定能有很多药材，但是能帮多少帮多少，沿途若是能有堂馆，至少能让伤病员暂作休息。"

屋子里一下子安静了。

丁院判不禁睁大了眼睛看杨茉。

这个女子为什么总能去做别人想也不会去想的事。

"十奶奶怎么会想到这个？十爷已经知道了？是准备借此重建安乐堂？"

杨茉摇摇头："十爷得了差事一早就走了，再说这样的朝廷大事我们也不会谋算，我只是觉得这件事我们保合堂有能力做到。"

杨茉说着看向萧全几个："是不是？"

萧全和张戈没有半刻思量，急忙点头："师父说的是，我们可以自己将药材送出城，在城外设堂馆，我们药铺的伙计肯定也愿意帮忙，有多少人算多少人。"

"对，"杨茉笑着点头，"有多少人算多少人。"

为什么？丁院判不明白，为什么一个小小的保合堂比太医院让人觉得更可靠，更让人信任。

"光一个保合堂可能拿不出太多的东西，"杨茉低声道，"我们要做些准备，向京城里的达官显贵一起凑些银钱和米粮。"

这要怎么凑？丁院判道："要不要我来帮忙。"

杨苿摇头："大人毕竟是朝廷命官，不好和我们这些民间医馆连在一起，这些就交给我来办。"

杨苿说完看向姚御医："姚御医要保重，一路平安。"

方才姚御医是热血冲头，听到杨大小姐说了这些话，姚御医忽然觉得心里十分的暖和，不是他一个人只身去军营。

他身后还有这么多人在想方设法帮忙。

这是一件让人想起来就觉得欣喜的事。

二太夫人带着三夫人一起去了刘太傅府上。

刘夫人和刘妍宁早就等在了垂花门，几个人说说笑笑进了花厅，二太夫人才说起三老爷的事："谁知道老三一眨眼就成了副将，这可怎么办才好。"

刘夫人忙安慰二太夫人："太夫人别急，等到得胜回来朝廷定然会论功行赏。"说到这里和二太夫人对视。

刘夫人眼睛中是那种心虚的神情。

二太夫人道："夫人说这些话是为了安慰我，连夫人自己都不信。若是换了旁人也罢，偏偏主将是……夫人想必已经听说了。"

提到这个名字，刘家人多少还会尴尬。

要不是周成陵，刘妍宁怎么会落得如今的境地。

刘夫人半晌没有说话，周三夫人却已经哭起来。

刘夫人急忙坐过去安慰："你现在带着身子，可不能掉眼泪，肚子里的孩子知道了也会跟着一起哭，想想你们孩子大人一起难受，我这心里也受不了。"

这样的话如同在周三夫人胸口戳了一刀，让周三夫人浑身跟着哆嗦。

刘夫人抬起头："有没有法子补救？就算是防患于未然也是好的啊。"

二太夫人难免黯然，十指连心，儿子在外打仗，她怎么能不心疼："我也是这样想，才来问问夫人一起想个主意。"

刘夫人怔愣住："我也想帮忙……可是我能有什么法子。"

屋子里短暂的安静。

刘妍宁道："能不能做些善事？周三老爷在外打仗，内宅里做些善事壮壮声势，这样不管将来如何……都还能有转圜的余地。"

这话提醒了二太夫人，对了，可以在城里开粥棚，用家里的陈米，花不了多少银钱，却得来了名声，这要好好算计算计才行。

刘妍宁道："咱们京里不是有不少的武将家眷，不管是太夫人还是三夫人出面，只要能拉上这些人是最好不过。"

二太夫人脑子已经开始飞快地转动。

一个人算不上什么，带动那么多武将的家眷就可以请功了。

男人在外打仗，女眷在内做善事，一外一内，岂止是事半功倍，无论谁说起都要竖起拇指称赞。

就算打了败仗，也是尽了全力，定然能保住阖府平安，如果打了胜仗更不用说，功劳会盖过周成陵这个主将。

太好了，这个主意太好了。

二太夫人看向周三夫人："事不宜迟快去安排，上上下下都要你一个人操持，你就挺着大肚子去张罗，让人都看看我们家是为国为民的忠臣。"

周三夫人摸着自己的肚子，也不知道这样张罗能不能行，抬起头看二太夫人兴致勃勃，却也不好反驳："那我……要先去哪家？"

刘妍宁道："夫人可知道樊老将军？樊老将军也是点的副将。"说到这里刘妍宁顿了顿，"我也是听母亲说的。"

刘夫人立即接口过去："可不是，听老爷说要打仗我就多问了两句，开始以为是樊老将军或是周三老爷的主将，没想到是还在病中的周十爷。"

病恹恹的人带兵去保定，还做了主将，倒让征战多年的樊老将军委屈在身下，樊家人肯定心里不是滋味。

路子有了，从谁开始也定下了，这件事眼见就能成。

刘夫人道："十奶奶也是个耳听八方的人，成亲前又是施粥又是送药闹得也很大，我们家都被人指指点点，我们妍宁平日里就窝在家中尚被人说三道四，提起这个我就伤心。"

杨氏能将黑的说成白的，看起来好像没什么，张嘴就说那些恶毒的话，就算刘夫人不说，二太夫人一家也早就领教过。

二太夫人道："所以这事还要抓紧办好，不能给杨氏机会。"

二太夫人和三夫人无心再久留起身告辞出去，两个人回到周家，二太夫人就交代下去："将庄子上的米粮都准备出来，我们就要开粥棚，这次要开得大些，让所有人都知晓。"

下人急忙去安排。

二太夫人将目光落在三夫人身上："你啊，明天一早就去樊老将军那里，然后一口气将所有武将内宅都走一遍，我这就让人列单子。"

周三夫人听得有些发愣。

二太夫人瞪圆了眼睛："你啊，要有个郡王妃的气势，等老三回来你就是郡王妃了。"

周三夫人急忙低声道："是，媳妇就照娘说的办。"

等到周三夫人走了，二太夫人将主意说给二老太爷听，二老太爷听得就抚掌："好，这个办法好，哈哈，这样一来看杨氏还能嚣张，不过一个小小的保合堂，名声还能盖过我们。"

二太夫人还是不放心周三老爷："不知道那边怎么样，"说起来就要掉眼泪，"细皮嫩肉的，不像那些人，在外面风餐露宿万一生病可不得了。"

二老太爷横了二太夫人一眼："哭哭啼啼成什么样子，等你儿子立了大功，你那时候才笑不拢嘴。"

杨茉在保合堂里和江掌柜说安乐堂的事。

"不止是药材，还要米粮、铺盖，堂里要煮饭的婆子。"

江掌柜听得这话就皱眉头："咱们的人手不够，要运这些东西，还要找到合适的房子，不是一时半刻就能做到的。"

杨茉道："那也要想办法，过了战事，就没必要开安乐堂。"

杨茉话音刚落，就听屋子里传来声音："杨大小姐……十奶奶说的是救治伤兵的安乐堂吗？"

旁边的陆太太惊讶地看向杨茉。

陆太太身边的晨哥先反应过来："是爹爹在说话，娘，是爹爹在说话。"说着撒开腿就向诊室里跑去。

陆太太什么都顾不得了，提起裙子一把抓住儿女的手，拖拖拽拽几个人一起到了陆正床边。

陆正嘴唇干裂，眼睛满是红丝，脸颊消瘦，却是在睁着眼睛四处看着。

活了。

杨大小姐真的将人救活了。

陆太太多少天都没敢哭一声，现在看到清醒的陆正却一下子哭出声："你这要吓死我了啊。"

看到母亲哭了，两个孩子倒愣在那里不知道父亲醒过来是好事还是坏事了。

旁边的陆家小姐张嘴就要哭，晨哥大大的眼睛转来转去，里面也含了泪水。

陆正抬起手小心地安慰妻子："别哭……别……哭了……吓到孩子……让别人也笑话……我……这不是好了……"

"那是因为十奶奶，如果不是十奶奶你早就死了。"陆太太说着起身将两个孩子带过来。

陆家小姐扑进陆正怀里，大一点的晨哥站在原地仔仔细细地将父亲看了一遍。

陆正伸出手来，晨哥才握上去，之后小心翼翼地问："爹爹，你是好些了？"

陆正点点头。

晨哥这才敢相信这是好事。

等到陆家一家人说完了话，杨茉才进去检查陆正的伤口："好多了，就这样养着会好的，明日换下青霉素试试。"

青霉素太少了，现在只给闫阁老和陆正用着都不太够，这药做起来难，用起来效果不如现代的好，大约是没有除掉里面的杂质，陆正虽然没有严重过敏，但是身上也起了零星的红疹。

"十奶奶，十爷……"陆正问起周成陵。

杨茉立即道："已经领兵去了保定。"

"刚才十奶奶说……是不是朝廷要重设安乐堂？"

杨茉摇摇头："不是，我们准备要自己办。"

是自己要办安乐堂，只是为了医治伤兵。

陆正想要撑起身子说话。

他太知道伤兵如今的惨状："十奶奶可去过军营？"没去过军营怎么会有这样慈悲的

心肠。

一个女眷怎么就知道要这样救人。

"伤兵大多数都是冻死、饿死的，"说着看向自己的脚，"如果我带着这样的伤在军营，只会被扔在一旁自生自灭。

"打仗下来，受伤的人我们就简单包扎伤口，开始我们会劝受伤的人，等到医工来了就好。

"等啊等啊，等到最后人还迟迟不来。

"我们还要继续等下去。"

陆正说着抬起脸看杨茉："杨大小姐知道我们在等什么吗？"

杨茉摇摇头。

陆正说着脸上露出奇异的神情，像是悲伤又像是难过得手足无措："我们没办法让他们活下来，没办法让他们停止惨叫，我们没有法子，可是谁也不能说出抛弃的话，就等着他们自己说。

"算了吧，别管我们了。

"到头来就等这句话。

"这些人豁上性命来打仗，最后就落得这样的结果。"

屋子里安静下来。

大家都看着陆正，听着自己心跳的声音。

"十奶奶，"陆正眼睛里满是泪水，"如果我有半点良心我应该劝十奶奶，别办安乐堂，伤兵太多，要用太多草药，那是费力不讨好的活，您一个女眷，何必这样累死累活……那么多老爷们儿都睁着眼睛视而不见，您何必呢……十爷已经在外打仗，您只要留在家里好好地生活就够了，您的保合堂已经救了太多的人……已经够了。

"可我不能这样说。

"因为除了十奶奶就不会有人想开安乐堂，没有别人了，没有别人去看那些伤兵，去管那些等死的人。

"十奶奶，您一定要想法子将安乐堂开起来，能救一个人便是一个人吧！他们也有妻儿老小，他们也是人啊。"

陆正说着眼泪掉下来："我陆正是个没良心的人啊。"

杨茉看着陆正："陆正，你放心，无论如何我都会尽全力救治伤病，朝廷忌讳安乐堂这个名字，毕竟安乐堂曾是朝廷设下的，我们商量一下，准备改成养乐堂，就是要伤病在此养病。"

陆正不停地点头。

杨茉从保合堂出来径直去了献王府，将养乐堂的事和献王太妃说了："光靠一个保合堂凑不齐东西。"

献王太妃颔首："我们宗室也该做些好事，你缺人手不要紧，我们宗室营就是从来不缺人，你要多少我都能给你找来。"

杨茉点头。

"至于米粮……我们都能凑到，药材……哪家都不少，尤其是达官显贵府上，你可不要小看，几家合起来就是一家药铺，不管有用没用都备了许多，恐怕一时用到，如果鞑靼打过来，人命都保不住还能保住这些东西，我出面让他们往出掏。"

献王太妃话音刚落，外面的管事妈妈进来道："太妃，十奶奶，二老太爷府上的三夫人过来了。"

周三夫人来了。

献王太妃皱起眉头："她大着肚子走来走去的做什么？"

管事妈妈道："来找太妃的，说是有要事。"

献王太妃只好点头："让她进来吧！"

转眼工夫周三夫人就挺着肚子进了门，周三夫人上前给献王太妃请安，又和杨茉两个互相见了礼。

献王太妃撑起身子，视线在周三夫人脸上停留了片刻："你这脸色看起来不好，是怎么了？"说着拉起杨茉的手，"兰丫头你来看看是不是。"

杨茉看过去周三夫人脸上苍白，嘴唇也没有颜色，看起来十分疲倦："三嫂可有不舒服的症状？"

周三夫人忙摇头："没有，没什么事，都好好的。"

献王太妃"嗯"了一声，"有什么事？"

周三夫人才道："我们家要开粥棚，我们太夫人让我和太妃说一声，比往年要开得大些，已经在街面上搭起了棚子。"

这时候施粥？在三老爷出去打仗的时候？这是又要闹什么幺蛾子。

周三夫人道："不光是我们一家，还有童家，朱家，傅家，胡家，明日我们还要一起去樊家。"樊家本应该是她最先去的，只是樊夫人有事不在家中，她才去了别家。

献王太妃听得这话目光落在周三夫人的肚子上："这些事都是你张罗的？"

周三夫人不好意思地点头："是媳妇张罗的。"

真是作死。

献王太妃皱起眉头，想了半天看向身边的妈妈："我记得是老七媳妇还是老三媳妇身子不好，上我这里拿过药，还让我别说出去。"

周三夫人脸色一变立即低下头紧张地握住杯子。

管事妈妈也被问得一愣："这个太妃没跟我说过。"

献王太妃也开始仔细思量："我是记得有这样的事，只是记不起来了，"说着看向周三夫人，"是不是你，你心里应该有个数。"

周三夫人忙摇手："不是我，不是我，我上一胎是三年前，若是给我，太妃会记得。"

献王太妃道："不管怎么样，你这样的脸色，还四处张罗，就算是没病也要跑出病来，你见过哪个孕妇这个月份坐着马车四处跑。"

周三夫人低头，将二太夫人早就教好的说辞说出来："也不是没有，我婆婆说过从前康王太妃也大着肚子张罗内宅上的事，何况现在内宅的事有五弟妹帮衬着。"

献王太妃冷笑:"从前康王太妃是因为家里人手少,竟也让你拿出来说道,看来我关切你,你也不领情,还当是我一碗水端不平。"

献王太妃说完向杨苿:"兰丫头也要从宗室这边调用人手,我已经答应了。"

听得这话,周三夫人惊讶地张大嘴,顿时急出了一身汗。

她急匆匆地向前赶着,还是落在杨氏的后面。

这可怎么办,回到家中要怎么向太夫人交代。

杨氏为何会赶到现在调用人手,一定是听到了什么消息,才故意安排,这个杨氏好黑的心肠。

周三夫人想到这里只觉得透心的凉。

"太妃,您不能不帮媳妇,"周三夫人道,"我们粥棚都在搭了,十奶奶可有什么要紧的事?就不能缓缓?"

这话说得好像她的事多重要。

周三夫人眼睛一眨:"我们可是救人性命的大事,十奶奶不是也慈悲心肠,不能眼睁睁地看着城里的灾民饿死吧。"

杨苿不等献王太妃说话:"三嫂,我的事更急,施粥是好事,我要做的也是好事。三嫂不能一句话就将别人的事遮掩过去,不问缘由张嘴就说要让,我凭什么要让三嫂啊。"

杨苿说着笑看周三夫人,眼睛几乎一眨不眨。

是啊,凭什么要让。

周三夫人一时僵住。

献王太妃听到这里挥挥袖子:"那你就做,你做成了就到我这里要人手,你让我一碗水端平,我就端平了,"说着伸手指周三夫人,"有一样你要记清楚,行善积德是好事,不要跟我来鱼目混珠。"

周三夫人忙道:"哪里敢,我们从来没有。"

"从来没有?"献王太妃冷哼一声,"从前那些陈芝麻烂谷子的事我就不说了,前年你们家送来什么米粮你们心里有数,我怕吃坏了人,就将那些米粮撤换下来,那一笔笔的账我可都记得清清楚楚。"

周三夫人顿时被说得没了话。

献王太妃挥挥手:"回去吧,我也累了,"说着看向杨苿,"兰丫头也去忙你的事,我知道你要办的事,耽搁不得。"

杨苿点了点头将献王太妃扶进了内室然后退出来径直去保合堂,周三夫人回到家中径直进了二太夫人房里将献王府的事说了。

"不知道杨氏要做什么,已经算是早了我们一步。"

二太夫人将手里的茶碗顿时扔在桌上:"这个杨氏,她做什么可有和我说过?论理我总是她的长辈,每次她都借着给献王太妃看病让献王太妃给她撑腰,"说着抬起头看周三夫人,"不管她,看她能弄出什么花样,我们就做我们的。"

"那些武将的家里你不是都去过了,明天一早就去樊老将军府上,只要拉到樊老将军,什么都好说。"

周三夫人迟疑着："咱们家要用陈米，会不会被献王太妃查出来？"

"不怕，"二太夫人道，"不过就是表面上说得好听，谁家施粥不用陈米，多少年也没见出什么事，那些灾民死掉几个又如何，谁知道是生病还是冻死，兵荒马乱的，谁在意那些人的性命。"

太夫人说的也对，让她将好米拿出来施舍那些人，她心里还真觉得舍不得，周三夫人点点头："那些人也吃不出什么是好，什么是坏，再说了那么多人家将米粮堆在一起，谁也不知道是哪家府上送来的。"这些年宗室营施粥就是这样做，献王太妃那样说不过是吓唬他们罢了。

"你要是害怕少掺点就是了，现在米价贵，那些人家也舍不得花多少银钱，大家都是在面子上做功夫……"

周三夫人忙点头。

杨茉回到保合堂，立即问江掌柜："买了多少药材和米粮？能不能先运过去？"

听到说要运走东西，蒋平的目光立即落在杨茉身上，仿佛生怕这位十奶奶一下子从他面前消失。

十爷有交代十奶奶要留在京里，哪也不能去。

江掌柜看看旁边站得笔直如同门神的蒋平："今年米价贵，买的粮食不多，但是可以先运一批过去，好歹先做计较。"

米价这么贵，周三夫人却要在这时候盖粥棚，不像是二老太爷一家人的作风。

杨茉低声吩咐江掌柜："有没有注意二老太爷家让人去买米？"

江掌柜点头："是听到一些消息，不过买的数目不多，商家本来想要借此抬价，不过没有将价钱涨起来。"

没有将价钱涨起来的原因只是三夫人买的米太少，和他们相比根本不值一提。

杨茉心里有了数："我们不要管别人，只要先做好我们的事。"

江掌柜应了刚要出屋就有下人来道："文正公夫人来了。"

杨茉去迎董夫人。

和董夫人一起在内室里坐下，董夫人喝了口茶才开口："十奶奶这边可有保定的消息？"

杨茉摇摇头："还没有，也不知道现在大军有没有到保定。"

董夫人眉头紧锁，脸上的皱纹又深了许多，一双眼睛满是血丝，看起来十分疲倦，环顾了四周才道："十奶奶这是要做什么？准备搬家？"

杨茉道："不是，这些东西是准备送去保定给伤兵用。"

在家里她不知哭了多少次，这次来保合堂也是打听消息，本来想好了一定要忍着，可是看到这些要送去保定的东西，董夫人就想起董昭，眼泪不停地落下来："我在家里也听不到什么消息，不知道怎么办好，公爵爷前阵子已经起程回去戍边，我们也是才将消息发出去，不知道公爵爷什么时候赶回来。"

看董夫人的模样，应该不止是被这些事乱了心思。

杨茉看向梅香，梅香立即带了下人出去，屋子里安静下来，杨茉才道："夫人是不是有什么心事？"

董夫人用绢子擦眼角："我是真的害怕了，做梦也梦见昭儿受了重伤，浑身上下都是血，我就想起十奶奶救昭儿的事，喊十奶奶的名字将自己喊醒了，"说着顿了顿，"今天我就总想来保合堂看看。"

看看保合堂里是不是还有那个杨茉兰，那个能将昭儿从生死关头救过来的杨茉兰。

看看保合堂是不是和别的药铺不一样。

这样她才能心安。

才能说服自己，就算昭儿受了重伤，保合堂里的杨茉兰也能将昭儿救回来。

杨茉兰一定会伸手救昭儿，就算她和老爷对杨茉兰一直多有抵触，可昭儿还帮过杨茉兰，不看僧面看佛面……

董夫人现在多期盼他们家和杨茉兰关系密切。

人总是这样，非要到求人的时候才知道那个人有多宝贵。

她眼皮子真是浅，她做错了多少事。

"十奶奶，"董夫人泣不成声，"我现在才知道，我们公爵爷在外面有了妾室，妾室又生了子嗣，公爵爷将这几件事捂得严严实实，不让我们知晓。这次公爵爷回京，和昭儿父子两个总是话不到两三句就闹起来，我还以为是不满昭儿的作为，原来是因为这个……我还傻着怪这个怪那个，原来是我没有弄清楚，让昭儿受了委屈，我也……没有了依靠。"

杨茉不禁有些诧异，不知道董夫人为什么和她说起这些。

除非私交甚密，董夫人是不会说的。

她不是那个和董夫人来往亲密的人。

杨茉不明白，董夫人心里却再清楚不过，当时她反对向杨家提亲，心里怨恨杨茉兰多少次，将昭儿和公爵爷父子离心的事全都怪在杨茉兰身上。

事到如今她才知道全是因为公爵爷老来得子，心思已经不在她和昭儿这里。

"夫人别急，世子爷总是公爵爷的骨血，将来还要继承爵位，这是谁也改变不了的。"杨茉轻声劝慰。

杨茉话音刚落，外面传来声音："江掌柜收下我们送来的米粮吧，十奶奶用的也是自家的银钱买米，怎么十奶奶的米粮就收得，我们的就不能收。"

"就算杨家从前有些银钱，也架不住这样用，米粮、药材哪个不需要钱，人家内宅的夫人们都做什么，十奶奶做什么，一个妇人能如此，钱财是什么？呸，粪土，咱们大老爷们儿还想不透这个，从今往后就别在这街面上混了。"

董夫人立即向杨茉身上看去。

宗室妇，却没有高高在上的架子，还是像从前一样穿着怪模怪样的衣服在药铺里忙碌。

内宅的夫人们都在做什么？

让下人捶腿，打叶子牌，斗斗嘴，话话家常，杨氏在做什么？

董夫人顿时觉得眼睛发热。

第十五章　夫唱妇随

江掌柜进来询问，杨茉点点头："既然送来了，就仔细入了账目，等到战事结束用了多少要让大家知晓。"

江掌柜应了一声。

董夫人道："这还要记账？"

杨茉笑道："这不比开粥棚，米粮早有计算，到最后都会用光，这是给伤兵用的，一时或有用不尽又或有不够用，总要有个数目，让大家也好知道拿出来的东西都用在哪里。"

十奶奶这是在真真正正地做善事，不像她们是为了脸面，施粥都是要看各家要开几日粥棚，互相比较，不能是最好的，也不能是最差的，就这样一年年地糊弄过去。

董夫人立即又觉得羞臊，自己问的问题真可笑。

"十奶奶可知道周三夫人要开粥棚，已经叫了许多人家一起，我们家也收了帖子，去年京里出事，我们家也没开粥棚，就想着不如这次就摆出来。"

二老太爷家就是看中了这一点，才会提出开粥棚，这是事半功倍，做了善事，拿出的又是去年已经备好的米粮。

如果用来博名声是足够了。

杨茉道："董夫人若是想要开粥棚，还不如自家开，现在这个要紧的时候，自己家的下人一手安排，心里才踏实。"

董夫人之前还真没想到这一点。

杨茉也是点到即止，毕竟周三夫人那边还没将粥棚开起来，谁也不知道里面是什么样的米。

董夫人看着杨茉忙碌起来急忙起身告辞，坐车回到府中就吩咐管事妈妈："去看看周三老爷府上开的粥棚准备得怎么样了。"

管事妈妈立即道："已经搭得差不多了，说是明天开始就要施粥，方才还来催我们将米粮送过去。"

真快，这次周三老爷的动作比平日里快很多。

昨天才开始有的消息，今天搭粥棚，明天就开始施粥，好像跟谁比赛似的。

董夫人皱起眉头："我们还要仔细看看，免得将事做不好，家里一件件的事紧逼着，别再出了差错。"

周三老爷府上要开粥棚，周三夫人亲自上门不说，周家太夫人还写了帖子和信函，无论谁看了都要给几分的颜面，何况周三老爷还是随行的武将，至于保合堂的事，多少有些上不了台面。

十奶奶出面，带着街面上的药铺，多数用的都是药材，大家觉得随着十奶奶做善事就多有不便,还是捡着简单的做并且有旧例可遵循,才是京中达官显贵的做法。

到了下午,管事妈妈带回来消息:"周家的米粮好似都是从庄子上运来的,奴婢装作去和那边管事商量粥棚的事,特意看了一眼那些米,米粒都是黄色的,还有一股子霉味儿。"

施米都用陈米,可是陈米也分好坏,黄米带了霉味儿的大多是运送中就受潮的,董夫人早就听说有达官显贵买那些米用来抵给佃户、长工和做善事。

可是这时候用有霉味儿的米,万一出了事要怎么办?大家一起开粥棚,谁知道是哪家送来的米,董夫人摇摇头,怪不得十奶奶会提醒她,她不能蹚这趟浑水。

董夫人这样想着,外面的管事道:"樊老将军府上的三奶奶来了。"

董夫人忙站起身带着人迎出去。

樊三奶奶见到董夫人急忙问董昭的情形。

董夫人不免又红了眼睛向樊三奶奶摇头:"还不知道怎么样,消息也没捎回来,我每天盼着朝廷的回音都有阵子了。"

樊三奶奶劝慰董夫人,然后说到粥棚上:"夫人准备和周三夫人一起开粥棚?"

董夫人点点头不过立即又犹疑起来:"是这样答应的。"

樊三奶奶笑着看董夫人:"夫人就不怕被鱼目混珠。"

这是第二个人在她面前这样说了,董夫人立即精神起来:"这话怎么说?"

樊三奶奶道:"夫人方才有些犹豫,难道不是为了这个?"

董夫人想了个折中的法子:"我也只是猜测,可不能乱说。"

樊三奶奶是个爽利人:"不瞒夫人说,我们听说好几家武将的米粮都交了上去,夫人家的可送了过去?"

董夫人摇了摇头:"还没有,"说着看向樊三奶奶,"奶奶家的呢?有没有将米粮送过去。"

樊三奶奶就笑:"我们家老太太一直躲着周三奶奶呢,明日里夫人不妨去我们家,周三奶奶也要过去说话,这粥棚到底是怎么回事,我们明日也就见了分晓。"

原来樊三奶奶来找她是为了这件事。

董夫人应下来:"左右我在家中也是心烦意乱,明日就去府上叨扰。"

樊老太太身上不爽利,周三夫人自告奋勇帮忙张罗粥棚,这样一来她们之前设想的事也就做成了。

周三夫人松了口气,这样就好,等到老爷回来得了褒奖,她也算是功臣一个,杨氏究竟还是嫩了点。

旁边的妈妈低声道:"今天早晨已经开始施粥了,太夫人听了笑着说夫人能干。"

总算是得了婆婆的欢心,周三夫人嘴边露出笑容来。

马车到了樊家,周三夫人立即下车,跟着樊三奶奶一起进了内宅。

刚走进垂花门,周三夫人闻到一股刺鼻的味道,周三夫人不禁用帕子捂住嘴四处看:"是什么?"

樊三奶奶笑道:"是家里在做宴席,煮米的味道,"说着看向周三夫人,"夫人是双身子的人,是不是闻到这气味难受?"

周三夫人忙拿下帕子:"不碍事,就是……觉得奇怪……这米的味道好怪。"

樊三奶奶道:"走过这段就好了。"

果然向前过了个院落,味道就消解不少,周三夫人这才透了口气。

一直走到花厅,进了屋子,周三夫人听到里面传来樊老太太的声音:"怎么……这就能好了,这是什么缘故?"

周三夫人顺着声音看过去,只见樊老太太让人扶着在屋子里走动。

周三夫人也惊讶地睁大了眼睛。

昨日她来的时候樊老太太还卧床不起,好像十分的难过,樊大太太用热的粗盐给老太太敷腿。

樊老太太还说:"这辈子大约都不能站起来了。"

怎么一转眼的工夫,人就下地行走。

周三夫人半晌才眨了眨眼睛。

樊大太太看到周三夫人:"原来是周三夫人到了。"

说话间,樊老太太也转过头来,目光在周三夫人脸上掠过,然后笑道:"周三夫人,看老身怎么样,可比昨日好多了?"

"好多了,"周三夫人立即迎过去,"老太太步子迈得快,我家太夫人也比不上,"说到这里周三夫人心里油然生出不好的预感,该不会是出自杨氏之手,"老太太可是寻到了好大夫医治双腿?"

樊老太太满面红光,很是高兴:"京里京外的大夫都看过了,哪个开的药都不好用,我这是得了仙人的仙丹,一丸下去返老还童,等到老太爷打仗回来,说不定都认不出我了,我这次定要去府门前迎他。"

屋子里笑声一片,樊大太太道:"爹看到定然高兴。"

原来是得了道士的丹药,不是杨氏。

周三夫人本来提起的心一下子落回了胸口,这样一放松才发现刚才她已经吓出了一身冷汗。

不是杨氏那祸害就好。

周三夫人才想到这里。

樊老太太"扑哧"笑出来:"周三夫人还真的信了,"说着伸出手,"快让周三夫人看看给我仙丹的仙人。"

周三夫人正觉得诧异,难道道士还没出府,就看到帘子掀开,一个女子走进来。

那女子抬起头正好和周三夫人的目光撞在一起。

周三夫人眼睛几乎要掉出来。

杨氏。

真的是杨氏。

果然是杨氏。

周三夫人心慌跳个不停,好像有千万匹马从心上面踏过,她和身边的管事妈妈对视一眼，从管事妈妈眼睛里看到自己苍白如鬼的脸色。

"要不是十奶奶，老身怎么也不能站起来。"

"亏我之前还不相信，一片树皮就能治好我的病，"樊老太太说着上前躬身给杨茉行礼，"多谢十奶奶给老身治病症。"

樊家人也急忙跟着拜下去。

杨茉忙上前将樊老太太扶起来："老太太快坐下。"

周三夫人主仆呆愣地站在那里，如同斗败的公鸡，看着樊家人将杨氏当做贵客，而她就被孤零零地扔在一旁不闻不问。

樊老太太更是拉着杨氏说话，那目光亲切和献王太妃看杨氏时如出一辙。

周三夫人不明白。

不过就是一个杨氏。

看透了也就是一个女医，到底为何那么多人喜欢她。

一个根本不会转圜的人，不懂得八面玲珑的人，竟然一转眼的工夫就跑去了她前面。

"三夫人这是怎么了？脸色那么难看。"樊大太太先注意到。

所有人都看过来。

周三夫人立即露出笑容，只是那笑容格外难看："我……没有……只是没想到老太太说的仙人，就是我们十奶奶。"

"这就是你的不对，"樊老太太意味深长，"怎么都不知道家里人活脱脱就是位女仙，否则老身怎么能站起身来走路。"

目光相接，周三夫人心里翻江倒海，她不想说杨氏的好话，尤其是当着这么多人，她不想夸奖杨氏一句。

可是樊老太太就这样望着她。

杨茉微微笑着不准备帮腔，二太夫人一家向来和她说要长袖善舞，今天她也看看周三夫人要怎么舞袖。

其实真的假的谁还能不知晓，什么长袖善舞不过是自欺欺人罢了。

周三夫人脸皮绷着。

樊老太太笑意更浓："都是妯娌，三夫人还不舍得夸十奶奶，那我可就夸了，十奶奶的药真是比仙丹还灵。"

周三夫人眼睛里立即露出怨怼来。

平日里只会将别人置于尴尬的境地，现在换成三夫人自己，也没比旁人好到哪里去。

周三夫人道："我们家十奶奶医术是很高明。"

樊老太太听得这话更加高兴："三夫人这话说的是，"说着顿了顿，"怎么今天这么凑巧，将周三夫人也请来了。"

好像浑然忘了周二太夫人写帖子的事。

周三夫人立即道："是搭粥棚的事，我们家太夫人已经和老太太说过。"

"对了，是这件事。"樊老太太点点头。

周三夫人被压制的心立即又欢跳起来，只要能成事她才不管杨氏来做什么。

周三夫人立即道:"这可是好事,去年米粮歉收,今年的米价才会贵起来,京里不知有多少灾民吃不上饭,保定那边又有战乱……"

樊老太太颔首道:"我知道是好事,做善事当然好,等一会儿,童家、朱家、傅家、胡家,几位太太一起来了,我们一起商量。"

周三夫人笑着点头。

杨茉已经开完了药,却不急着走,坐在一旁和樊老太太说起话来。

"吃药的时候应该准备些食物,免得药到肚子里不舒服,我开的这张单方也要按时服用,大太太给您用热盐敷腿也是能缓解,针也要每天用一遍,哪样都不能少。"

樊老太太点点头:"不过我看这些东西,都没有你的药好用。"

她的药不过就是柳树皮所做的天然水杨苷,就是阿司匹林的最初版本,她也是来给樊老太太诊断的时候突然想起来的。

一盏茶的工夫几位太太相继到了。

大家坐在一起喝茶,笑着说话,周三夫人正要提起开粥棚的事。

樊老太太看向樊大太太:"米都准备好了吗?"

樊大太太点点头:"准备好了。"

说着看樊大太太:"粥呢?熬的粥拿过来,给每个人都盛一碗。"

樊大太太目光闪烁,停顿了片刻,还是起身道:"媳妇这就去拿。"

熬好的粥,那不是她一进门就闻到的那股怪味。

周三夫人仔细地看着樊老太太的神情,樊老太太笑容满面,看不出有什么特别,怎么会在这时候让大家吃粥。

樊家下人将粥端上来,周三夫人立即又闻到那股恶心的味道。

一碗热腾腾的粥就放在旁边的矮桌上。

周三夫人不自觉地用帕子捂住口鼻低头看过去,这是什么粥,米粒黄黄的。

屋子里的太太们面面相觑。

童大太太用勺子盛起一些米又放下,惊诧地道:"老太太您这是熬的什么粥,怎么看起来怪怪的?"

樊老太太的脸已经沉下来:"这就是粥棚里拿出来的米,不知是哪家送来的霉米,混在其中,各位太太都是吃精细米粮的,只要一闻就能闻得出来。"

怎么会突然说起这个。

就像晴天霹雳。

周三夫人觉得地底下仿佛钻出来根铁钎一下子将她整个人串起来,让她从头到脚一片冰凉,她立即看向身边的管事妈妈,管事妈妈也是脸色难看。

家里用霉米的事让人发现了。

谁也没料到会这样快被人知晓。

樊老太太道:"我们家本也要送米去开粥棚,听到这件事,我就让我家大太太压下来,若是出了事,我们谁都逃不了干系,这种米你们大约不知道,我可是知道得清清楚楚,"樊老太太说着看向樊大太太:"去,将老太爷屋子里的罐子拿出来。"

樊大太太应了一声急忙进内室里取东西，一会儿工夫就捧着只青花缠枝莲的陶瓷罐子过来。

樊老太太道："盖子打开，抓出一把米放在桌子上。"

樊大太太抓了把米小心翼翼地放下。

大家看过去，桌子上的都是变成了黄色的米粒。

"我们都是武将的家眷，有些事大家大约都听男人们说过，军营的饭不是那么好吃的，稍稍不对就会上吐下泻，好多兵将因此生病，就是吃了这样的米。可是打仗没办法，运送粮草有时会受潮，虽然都知道这样的米粮吃了会有问题，那种情况下也只能吃下肚，我们老太爷上次打完仗就带回了这些霉米。

"我本不当回事，我们老太爷却每到逢年过节都会将这罐子请出来，我开口问，老太爷才说，许多兵将都不是因武力不如敌军，而是因伤病才会阵亡，他坐在家里的时候常常想起战场上的事，捧出这些东西，就当是和那些阵亡的兵将在一起……

"我们没去过战场，自然不明白这些事。

"不过，我却明白一点，男人们在外打仗吃这些东西，我们没有法子，但是我们决计不能给别人也吃这样的东西，所以樊家不管是施米还是给下人，都是白白净净的大米。

"男人们在外搏命，我们若是做出这样的事，等他们回来如何交代？"

樊老太太的声音抑扬顿挫，说得大家都垂下眼睛去看那把霉米。

原来在外打仗吃的是这些东西。

她们在家中锦衣玉食，从未曾想过，就算是听说也并不当回事，现在亲眼所见，心里才觉得酸涩。

老爷们在家中都是让人伺候得妥妥帖帖，在外面却要受这份苦……

樊老太太道："我们要是给人吃这些东西，怎么对得起他们在外好不容易得来的名声？"

是啊，怎么对得起他们在外舍命打仗。

童大太太皱起眉头："我们家没用霉米。"

"我们家也没有。"

"我们家也没有用。"

声音彼此起伏，周三夫人心越来越慌。

童大太太道："一会儿我就让人将家里送去的米拿回来，也好弄个清楚。"

若是人人都要将米粮拿回来，剩下的岂不就是她们的……周三夫人脸色一阵青一阵红，就觉得头脑发热，心跳仿佛要冲破胸膛，眼睁睁地看着众人，就怕大家想起她来。

大家说了一阵子，似是想起什么，目光都纷纷看过来。

周三夫人紧紧地握着帕子："这……和那些米不一样吧，谁说这粥能吃坏人……我们家也都是现买的米粮。"

"我说的，"杨茉站起身拿起身边的粥碗，"今天一早保合堂就接治了病患，病患就是吃了粥棚的粥。"

杨茉紧紧地看着周三夫人："若是吃粥棚的米生了病，就要好好查煮粥的米粮，别人的事我不能管,三嫂施粥我就多问了几句,这才拿出了几碗粥棚里出来的米。"

杨氏,周三夫人瞪大了眼睛盯着杨茉看。

杨茉微微笑着:"三嫂信吗?这种病我会诊治,有一个我就诊一个,只要有人吃坏了,我必然就会去粥棚瞧。"

凭什么,凭什么去瞧。

不过是新进门的十奶奶。

周三夫人不断劝说着自己,杨氏不敢,可是她的手却在发抖,因为她心里清楚,别人做不出来的事,杨氏一定能做得出来。

否则也不会有今天的情形。

杨氏问,三嫂信吗?

她信了,她信了。

杨氏一张嘴,她就已经信了。

她相信她不换米,杨氏就会追究到底,杨氏连将常家两次告上公堂,还紧紧地攥着乔家不放手,最终常大老爷进了大牢,乔文景被砍了头。

杨氏就是这样的人。

只要想及这个,周三夫人就遍体生寒。

"三嫂回去好好查查,如果真是霉米一定要追究是谁的过错,我们施米是好事,如果用的是霉米,就丢尽了脸面,"杨茉声音清晰,"三嫂身子重,我劝三嫂一句,这样的事还是让别人来办的好,三嫂应该在家安心养胎。"

杨茉说完话屋子里立即安静下来。

没有一个人替她说话,好像所有人都在看她的笑话,周三夫人只想顺着地缝钻进去。

她已经丢尽了脸面。

周三夫人恼怒地看着杨茉,偏偏杨氏说的字字句句都在理,她想要反驳却无从下口。

周三夫人吞咽了一口,只觉得喉咙热辣辣地疼:"定然是哪里出了差错,我们是决计不会做出这样的事。"

到底有没有做,大家都看得明明白白,杨茉也不会在这时候跟周三夫人计较。

要嘴皮子又有什么用处。

她就要周三夫人清清楚楚地明白,只要伸手害人,就一定会被她抓住。

借着国难博名声,亏二太夫人一家想得出来。

樊老太太看向杨茉,难得会有这样的宗室妇。

都说杨氏出身低微,又抛头露面做那些事。

可就是这样的人,比哪个外表光鲜的夫人、奶奶都要心善。

"杨大小姐保合堂买的米粮和草药都已经运出城了?"樊老太太忽然问起来。

杨茉道:"送出去了几车,后面还要陆续送走一些。"

樊老太太立即来了精神:"这么说,现在我们凑些米粮和药材还不晚。"

"不晚,"杨茉笑道,"不只是现在要用,等到打完仗军队回来,伤兵都会被留在后面,我们是将这些东西准备给伤病用的。"

童大太太道："这事好，医治的都是伤兵……"

"是啊，我们也凑米粮和草药过去。"

大家笑着说话，将周三夫人晾在一旁。

周三夫人咬紧了牙，看到笑容满面的杨苿，此时此刻她恨不得伸出手来掐住杨氏的脖子，让杨氏也尝尝不得喘息的滋味。

周三夫人不知道怎么从樊家出来的，跌跌撞撞回到家中，见了周二太夫人就哭起来："娘，媳妇这次是没法出去见人了。"

二太夫人让人煮了一碗冰糖粳米粥正要吃，忽然听到周三夫人这样一哭，顿时没有了心情，挥挥手让妈妈将粥拿下去。

"这是怎么了？"

周三夫人道："那个杨氏，跑去樊老将军家里搬弄是非，说我们家用的是霉米，武将家的几位太太听了，都要将自家的米粮拿回来给杨氏，让杨氏开什么养乐堂。"周三夫人一口气说出来。

话说到最后，二太夫人的脸色也变了。

本来都安排得好好的，杨氏怎么会突然之间杀出来。

二太夫人挺起脊背看着周三夫人："你用霉米了？"

周三夫人点点头又慌忙摇头，眼泪从眼睑上掉下来，又是生气又是害怕："就是从庄子上运下来的米。"

二太夫人心里顿时咯噔一下，这个蠢货，她一句话没有嘱咐到就让三夫人惹出事来："你怎么那么蠢，第一天施米怎么能用陈米，应该用从商家那里买来的新米，如果能用陈米，我还让你去买米做什么？前几天开粥棚，所有人家都盯着，你这时候动手脚一定会被人抓住，这个道理也要我跟你说清楚？"

周三夫人被骂得浑身颤抖："我交代下去了，开始一定要少用陈米，不知道杨氏是怎么发现的，樊家还端了用陈米煮的粥上来，我就……我就……"她就慌了。

二太夫人仰起头："你就认了？"

二太夫人目光如鹰隼般锐利。

周三夫人这才打了个哆嗦，兀然想到一件事："娘……娘……你的意思是杨氏在陷害我。"她因为知道要用陈米，就没有多想，听到所有人要将米粮认领回来，她也就慌了，虽然当场没有说话，却等于是认了。

杨氏从来有一说一，没有什么心思，谁能想到从头到尾都是在诈她。

在武将内眷面前丢尽脸面，可是到现在她也没明白，到底是有人发现了她们用陈米，还是在骗她。

周三夫人的冷汗一下子从身上冒出来。

"娘，这件事媳妇一早就不该办，媳妇也办不好。"周三夫人不停地掉眼泪。

不该让她去做，这话说得一点没错。二太夫人已经恨得说不出话来，心头如同被针扎了般疼。

心疼得不行啊。

就这样稀里糊涂地认了。

管事妈妈从旁边道："要不然让人去问清楚，看看今天是不是掺了陈米煮粥，还是有什么生人去粥棚。"

"问什么？"二太夫人道，"说出去的话泼出去的水，就算改口也让人笑话。"

现在外面人已经在笑话他们家。

周三夫人硬着头皮："娘，要不然就认了算了，就说是下面婆子办事不力，有一袋米沾了水发霉了，别的都没问题，将陈米换成新米，施粥就……照每年的样子做几日就好。"

刚受了一点挫就要缩回来。

二太夫人怒其不争。

"没有别的人家施米，我们也要撑下去，你半途而废就会让杨氏抓住话柄，只有心里有鬼的人才会不了了之。"

二太夫人冷声道："你好生操持，不要让杨氏看了笑话，等到拿了功劳，我自然去找杨氏算账，"说到这里顿了顿，"现在就去献王太妃那里去哭诉，告诉献王太妃，杨氏欺负你这个怀孕的嫂子。"

周三夫人跑了两日觉得腿软："娘，媳妇能不能歇歇再去？"

二太夫人皱起眉头看着周三夫人的肚子："你身子不舒服？"

太夫人最讨厌她说不舒服，管事妈妈说过，太夫人年轻的时候大着肚子办宴席，结果摔在雪地里，将下人都吓坏了，太夫人却自己站起来。

太夫人常说，越娇气孩子越容易掉，现在的年轻人就是太娇惯。

周三夫人忙摇头："没有，没有。"

"没有就回来再歇着，两家也相隔不远。"

周三夫人应下来，周五夫人正好进门，听得这话，忙道："娘还是让三嫂歇着，我替三嫂去说。"

二太夫人看着周三夫人抖得如同秋风中的树叶只好叹气："那你就跑一趟。"

周五夫人应下来，不敢耽搁径直去了献王府。

献王太妃仔仔细细地听周五夫人将话说了。

"果然是用了陈米？"

"没有，没有，"周五夫人急忙否认，"应该是在运的时候，下面半袋沾了水，到底是怎么样还没查清楚，今天施出去的米根本不像樊家拿到的那些米……是冤枉了我三嫂，十弟妹也是，不应该在那么多人面前说三嫂的不是，让我们宗室的脸面摆在哪里，我们太夫人让我来和太妃说一说，我们家会将坏掉的米粮换了。"

"可怜我三嫂大着肚子……十弟妹应该护着她些才是……"

献王太妃看向周五夫人："你是说兰丫头欺负了三夫人？"

献王太妃偏袒杨氏，连称呼也叫兰丫头，这样一来亲疏立分。

帘子掀开，杨茉从外面端药进来，听得献王太妃的话不禁迎上周五夫人的目光。

"五嫂来了。"

周五夫人忙和杨茉两个人互相见礼。

杨茉将药碗放在矮桌上，声音清澈："要说欺负，什么叫欺负，那些灾民本来已经走投无路，饥肠辘辘地缩在街面上，粥棚里拿出霉米做的粥，让他们在忍饥挨饿还是毒死中选一条路，那种才是欺负，明知道他们无从选择只有接受，还觉得是做了善事，听着别人奉承和称赞。

"难道就不觉得心里愧疚？

"我不劝三嫂，难不成还要在一旁看笑话？"

周五夫人抬起头，愕然发现杨氏不似她们想的那样好对付。杨氏不但让武将家眷站在她这边，还当众打了三嫂的脸，做了这么多事，还能在长辈面前说出道理来。

让人哑口无言。

献王太妃颔首："兰丫头说的有道理，依我看现在搭粥棚就不好，现在是战乱在前又不是发了大饥荒，开养乐堂就很好，是解决眼下之急。"

"我说也是，"周七夫人进来道，"别的不说，我家中十来个婆子倒是有的，都是快手，都给十弟妹调用，如今人都带去抱厦了，等着十弟妹过去吩咐。"

所有的人都在张罗杨氏的养乐堂。

根本就没有人在意他们家开的粥棚，献王太妃是一早就料定会有这样的结果。

献王太妃看向周五夫人："也难怪你们想岔了，这次成陵是主将。"

杨茉笑着看周五夫人，周成陵是主将，周三老爷不过是点了副将而已。

二老太爷一家不会忘记这件事吧。

周五夫人被看得脸色讪然。

这样一来好像他们是要和周成陵这个主将抢功劳。

这话已经说不下去了。

说得越多，他们错得越多。

既然被人握住了痛脚，只能打掉牙往肚子里吞。

周五夫人回到家中，将献王府的事和二太夫人说了。

二太夫人伸手拍在桌案上："我还就跟她争到底了，她一个保合堂还能闹出多大的事来，我们就对着来，看谁能得来功劳。"

杨茉走进保合堂安排去保定的事。

她原想着有安乐堂的先例办养乐堂应该很容易，谁知道做起来也不容易，一转眼的工夫就半个月过去了。

等收到了姚御医的书信，知晓已经有了伤兵，杨茉带着魏卯几个一起出城去养乐堂。

保合堂的马车出了京，也带走了不少京城中的大夫。

魏卯眼看着周围的目光落在他身上，不由得有几分羞赧。

"各位先生要早些回来啊。"

"要早些回来。"

"多救些人。"

不知是谁喊了声好,叫好声开始在人群中此起彼伏。

听得这些话,跟着杨茉一起出城的大夫们不禁有些激动。

眼看着杨茉的马车越来越远,魏卯刚要快走几步追上去,旁边就有个老妇人拦住他的去路,老妇人手里拿着小半袋米粮一下子就塞进魏卯怀里。

魏卯还没询问。

旁边的妇人已经开口道:"徐老娘的儿子跟着一起去打仗了,徐老娘这是要将自家的口粮捎去给儿子吧?"

另一个妇人道:"打仗都有军粮,粮食就是给伤兵吃的,徐老娘是怕儿子受伤……"

谁不怕自家的亲人受伤。

魏卯忙道:"我们行医,并不能将东西捎给您儿子。"

老妇人立即摇头:"不是,不是……这是给伤兵吃的,我吃不了那么多,给伤兵用,不一定给我儿。"

"如果伤兵都有吃的,我儿受了伤也一定会有吃的。"

就这样简单。

如果大家都有了,我也会有。

魏卯不禁鼻子发酸,布袋的米粮顿时也变得沉甸甸的。

"大娘放心,这些米都会给伤兵吃。"

老妇人笑着点头:"好……好……这就好……"

杨茉不时地掀开帘子看车外。

跟着马车的蒋平紧紧地板着脸,早知道会这样,他说什么也要跟着十爷去打仗,哪怕是像阿玖那样死缠烂打。

呜呜呜。

如果十爷知道十奶奶出了京会怎么样?会不会将他一脚踢回老家?

可是他又拦不住十奶奶。

十奶奶要走,他还能将十奶奶绑在椅子上不成?这根本就是完不成的差事。

现在他只有仔细保护十奶奶,好让十奶奶千万不要伤到一根毫毛。

前方开了战事,伤兵越来越多起来,每天看着前方兵将往来,伤情比较轻的兵将伤口处理之后拿起刀枪重归战场,换来一些伤得更重的兵将。

姚御医从来没做过军医,眼前见到的情形早已经超出他的想象。

煮布巾和外科工具的几口大锅就从来没停歇过。

浓烟滚滚从他的眼睛、口鼻冲进去,然后变成眼泪出来。

到处都是伤兵,眼前是血淋淋的一片。

他开始将药足足地用,然后到一分为二,然后一分为三,到最后用一丁点草药都要算计,如果不来战场,他永远不知道自己会被这里震慑住。

这几日他处理的伤兵，比他入太医院以来见的病患都要多。

看着周围等着被救治的伤兵，姚御医站起身来和旁边的卫指挥使商量："还是将伤兵运离战场，一来京城那边有人接应，二来留在这边没有药石只能等死。"

姚御医说出这话，周围顿时一片死寂。

卫指挥使抬起头看姚御医："姚御医总说会有医生来接应，"说着顿了顿，"是来之前太医院说了会增派人手和药石？"

不是太医院，姚御医只能摇头。

卫指挥使皱起眉头："我就不明白了，姚御医为何这样肯定会有人来，要知道这些伤兵向后转移没问题，但是如果没有人救助，就会死在路上。"

姚御医点头："我知道，我知道会这样，但是我肯定会有人接应。"

卫指挥使："就算姚御医来之前和别人商量过，但是要知道情形瞬息万变，没有什么事是绝对靠得住的。"

"靠得住。"姚御医睁大了满是红丝的眼睛。

谁都靠不住，但是杨大小姐说出去的话一定会做到。

所有的伤兵抬起头看着姚御医，从他们眼睛里露出怀疑的目光。

没有人相信，没有人相信他。

"列位，姚某在这里给你们行礼了，都是姚某无能才不能救治所有人，不过大家只要离开这里，就有一线希望，我会将大家的伤以轻重区分开，只要这里能救治的就不用走，有危险的也只能离开这里才能有生路。"姚御医说着向周围拜过去。

议论的声音开始传过来。

但是依旧没有人愿意走。

姚御医不知道要怎么说服大家，以心换心，只有说掏心窝子的话，才能让人相信："列位，不怕大家笑话，来做军医的时候我也有些害怕，遇到难题我也想过要退缩，可是只要想想心里尊敬、信任的那个人，如果她在这里一定会想尽办法救活每个伤兵，心里就会生出勇气来，哪怕能变成她一天，我也愿意用命去换。"

"大家心里一定会有一个这样的人。"

"我姚某，不求变成大家心里的这个人，只求大家能相信我，此时此刻相信我，信我是千方百计想要救大家的性命，哪怕只信我这一次。"

"姚某求大家了。"

"我去。"伤兵里终于有人举起手。

"我也去……"

大家纷纷举起手来。

姚御医热泪夺眶而出。

没有杨大小姐，他不会说出这样的话，不会信誓旦旦地说出会千方百计救大家的性命。

不是发自内心说出来，也不会有人相信他。

如果这些人得到了救治，救人的不是他，而是杨大小姐。

杨大小姐就是那个让他一辈子尊敬、信任的人，那个他想要变成的人。

从保定到京城路途遥远，那些伤兵不可能走到京城，如果一直没有药医治定会死在路上。

陈德和陆兴两个人互相搀扶着向前走，不时地看向远处，没有见到一个人影。

陈德吐出嘴里的草叶："妈的，就知道太医院的人靠不住，说什么会有郎中接应，就是不想管我们，让我们自生自灭。"

陆兴眼睛有些红："我还想着给我家的哥儿带一双虎头鞋……看来……是不行了。"

陈德皱起眉头怒骂陆兴："哭什么，没骨气的东西，让人见到以为我们怕死，那些该死的太医，就不应该骗我们，如果我们不走，死在战场上还是好汉一条，家中也能得到抚恤，现在这算什么？"

不会有人救他们。

根本就没有人接应，他们本不该相信。

可是看到姚御医恳切的模样，他们就鬼使神差地点头答应了。

总要有人相信姚御医的话。

总要有人先迈出第一步。

否则营里的伤兵太多，姚御医就差将自己剁成药来给人使用。

陈德想起姚御医红着眼睛，看着他们说："如果我的骨肉能做药，我也捣烂给你们用，可是眼下是……我们实在没有多少药材，大家能不能向京城方向走，那里会有郎中接应，我保证定会有药给大家用，定然会有人不顾一切救大家的性命。

"定然会有人这样做。

"那个人比我姚某更加厉害。"

他们听到这些话，看着姚御医闪烁的泪光，决定要带着一部分伤兵向后走，将仅剩下的一点点伤药留给后面的人。

因为董将军还没有被救出来，他们不该等死，那些死守保定的兵将更不应该等死。

所以明知道朝廷从来没有这样的惯例，他们还是互相扶持着走出来。

省下口粮，省下草药。

陈德伸出手拍陆兴的肩膀："早知道有今日，何必现在才伤悲。"

是啊，何必现在难过，就当早就不抱任何希望。

两个人又向前走了两步，不知怎么的陈德闻到一股药香："是什么味道？"

"是草药？是不是草药的味道？"

有草药的味道，这种味道就像姚御医用的药酒。

陈德睁大眼睛向前走。

一步，两步，三步。

药味越来越浓烈，终于……他眼前出现了热闹的一幕。

这是谁？

这是在哪里？

陈德不敢相信自己的眼睛，手指捏紧了自己的皮肉使劲地拧。

好疼，他不是在做梦。

一个大大的"医"字旗迎风招展。

打扮怪模怪样的人穿梭在伤兵中间，其中一个挽着发髻，是个……女子……

眼前的那个女子不抬头低声吩咐："魏卯再多准备些药酒，朱善将蛆虫用布巾裹好拿出来，胡灵……拿我的刀……"

药酒随即洒了上去，然后那女子握着一柄刀划开伤兵的腹部，脓血顿时流出来。

伤兵忽然大声哀嚎起来。

这样的声音让陈德颤抖。

他很难相信，此时此刻他是在欢喜地颤抖，不会有人想要主动尝到苦头，可是陈德现在太怀念这种剜肉刮骨的疼痛。

因为这样的疼痛证明他们没有被人遗忘。

他们会得到救治。

他们会活下去。

或许还能回到战场上，或许能跟着将军打胜仗，或许能坚持到归家，和这些相比，那些苦痛根本算不得什么。

看着这样如同刑场般的场面。

陈德咧开嘴笑起来。

杨茉检查了陈德的肩膀，伤口极深能看到里面的白骨，右手少了两根手指，腹部有枪伤。

"破伤风血清拿来。"杨茉向裴度道。

裴度应了一声立即拿来血清给陈德做皮试。

铁器伤，伤口深，首先要预防破伤风。

"你伤了几日？"

陈德呆愣地看着杨茉，只觉得那女子比平日里他见过的女子都要婉约，五官精细得如同雕琢一般，却拿着刀子在给他看伤。

杨茉重复了一遍。

陈德才如梦方醒："是……有三四日了。"

三四日了，抗破伤风血清只能起到微弱的效果，但是也好过没有。

杨茉将目光放在陈德的肩膀上："衣襟里缝的是什么？女子的帕子？"

陈德听得这话脸上不禁讪然："是我娘给我的平安符，我临走之前，我娘给我缝在贴身的衣服上。"

"你就不怕被人发现？"杨茉接着问。

陈德摇摇头："本来害怕，但是咱们的周将军不一样，周将军发现我们偷偷带着亲人的东西，没有责罚我们，反而说，为了亲人我们也要活着回去，"说着顿了顿，"为了挂念的人也要打胜仗，周将军还将夫人的蝴蝶发钗别在袖口呢。"

趁着陈德说话，杨茉向萧全点头，萧全立即拉起陈德的胳膊，手腕一转将陈德断了的锁骨接了上去。

陡然的动作让陈德闷哼一声。

让病患猝不及防地接骨会减少疼痛。

看着萧全快速将断骨固定好,杨茉才想到陈德刚才说的话:"你说的周将军是周成陵?"

那女子说出主将的名字,陈德心里却没有排斥,没有觉得那女子对主将不尊敬,而是鬼使神差地点头:"是啊,是我们周将军。"

周成陵,没想到会在这时候听到周成陵的消息。

突如其来的惊喜,让她觉得他们就近在咫尺之间。

"周将军怎么样?打了胜仗没有?"

"自然,"陈德道,"我们周将军一定会打胜仗,会向鞑靼报仇,会救出董将军。"

陈德骄傲的语调一下子烧到杨茉脸上,让杨茉不由得抬起头向保定方向望去。

周成陵一定会打胜仗。

而她比京城中的皇帝和达官显贵都要先知道这个消息。

陈德的伤口上用了药,开始觉得热辣辣的疼,慢慢地疼痛越来越轻,他靠在简陋的床上迷迷糊糊地睡了一觉,等到醒来的时候屋子里的郎中已经走了大半。

只有两个小郎中在一旁熬药。

陈德听得陆兴和小郎中说话:"方才那个女医是什么人?为何能说出我们将军的名字?"

陆兴这话刚说完,小郎中就笑起来。

陆兴被笑得一头雾水。

"你连这个都不知道?"小郎中道,"你不是京城人吧?"

陆兴摇了摇头,然后又点了点头:"小时候生在京中,后来就离开了。"

"怪不得你不知道。"

小郎中伸手指指插在外面的另一面旗子:"你看上面写的是什么?"

是什么?这和周将军有什么关系,陆兴和陈德一起看过去,旗子上写着三个字"保合堂"。

"保合堂。"

"保合堂的东家就是方才你说的女医,娘家姓杨,夫家姓周。"

陆兴听得一头雾水。

小郎中咧开嘴露出笑容:"我们保合堂的东家是周十奶奶,就是你们说的周将军的妻室。"

周将军的妻室。

陆兴傻愣在那里,就像一尊泥塑。

周十奶奶。

那不就是宗室夫人。

天哪,宗室夫人给他看诊,亲手给他包扎了伤口,还听他们说那么多话。陆兴一时反应不过来,陈德一屁股坐起来:"你说的是真的?"

"当然是真的，我骗你做什么？你没看到，我们这些人都是跟着十奶奶才会来这里的，在京城谁都知道保合堂，谁都知道十奶奶。"

宗室妇，在他们心里就是养尊处优、高高在上的妇人，怎么会带着这么多人在这里给他们这些兵卒治病。

"你们不信？我们十奶奶不只给你们治病，还在京城施药咧，你知道周将军给我们十奶奶的聘礼是什么？是从京城摆到城外施粥的粥棚和药棚。"

这一路上来，但凡是家业稍大的人家都已经搬迁避祸，谁还会迎上来。

没想到宗室贵族里也有这样的人。

怪不得周将军会将妻子的发钗别在袖口上。

如果他有这样的妻，也会这样做。

刘砚田在屋子里等消息，虽然今日皇上大笔一挥让他入了阁，可是他还是觉得没那么畅快，因为周成陵引兵在外打仗。

如果周成陵胜了会怎么样？不管如何对他们来说都不是好事。

一山容不得二虎，更何况他们一直就和周成陵对立。

刘砚田在屋子里打转。

刘妍宁抬起头看着一脸忧色的父亲："父亲何不先发制人？"

先发制人他如何不想，关键是保定的战事需要周成陵，如果战事平稳他早就想方设法弹劾周成陵。

"要等时机，"刘砚田咬紧牙，"我已经和周三老爷说好，只要战事见平稳他立即就会让人进京知会，到时候我想方设法断了他的军需，向皇上禀告周成陵领兵失职，让徐将军代替周成陵，这样一来一举两得。"

刘妍宁低头想了想，父亲总是想要一个两全之策，但是有时候并不是每一步都能算得精准，就像冯国昌的事最终就算落了空。

"父亲何不现在就请徐将军带兵去保定。"

刘砚田立即道："现在还不行，保定那边战事吃紧，我们不能像周成陵一样糊里糊涂地就带兵过去。"

说到这里刘砚田声音颇为不屑："一心想要谋得官爵已经红了眼，只要少了算计，他就什么也不是。"

刘妍宁低声道："父亲已经安排好了？"

刘砚田点点头："我不会让周成陵一人独揽军功，等到时候差不多，就让人乱了军心，临时凑起来的军队只要军心一乱就算完了。"

现在那封信函已经到了周三老爷手里，就看周三老爷要怎么做。

周三老爷看着眼前的粥，一伸手就将粥碗扣在地上："都是些什么东西，竟然拿这样的东西来糊弄我？"

旁边的随从立即道："不过是一碗粥，老爷不用在意，等一会儿我让厨房再去弄些新的来。"

"这是陈米，"周三老爷瞪圆了眼睛，"周成陵想要害死我不成？他是什么心肠，竟然给我吃陈米。"

他从小到大都是吃内务府送来的米粮，什么时候吃过这样的东西，就算他家的狗都不会吃这样的东西。

周成陵欺人太甚，出征之后处处压制他，哪里将他当做什么副将，在大帐里商议军情，他不过稍稍走神，周成陵就抬起眼睛当着所有武将的面问他："周副将做了什么梦？不妨说给大家听听。"

周副将。

连三哥也不叫一声。

就因为他的副将之职是周成陵点的。

周三老爷想到这里就气得发抖，肚子更是不堪饥饿地咕咕叫起来。

"快去，"周三老爷转身瞪了一眼随从，"两天了都送来这样的东西，要饿死爷不成？"

说完话周三老爷鼻子一皱，似是闻到了肉香。

有肉。

好久都没吃过肉了，现在闻到肉的味道口水一下子涌满了嘴。

周三老爷吞咽一口打发随从："快……快去看看是不是有肉。"

随从应了一声立即撩开军帐向外走去，不多一会儿又快步走回来："是有肉，从鞑靼那里得来的肉干，厨房里炖了五大锅，我去看了，煮得都泛起了油花。"

周三老爷就想将随从一脚踹出去："快去给我弄一碗尝尝。"

随从立即又出去，不过很快垂头丧气地回来："厨房不肯给，让副将军去跟周将军说一声才会给。"

"妈的，什么时候老子吃肉也要周成陵点头。老子喝酒、吃肉、嫖女人，从来没跟谁说过。"

随从道："那些人说，这是用来犒赏有功的兵将，好让大家暖了身子，明日接着打胜仗，其他人就……不给了。"

犒赏有功的兵将，周成陵的意思他是无用之人，所以也不用吃这些东西。

周三老爷顿时热血冲头拿起桌上的佩剑就向外走："我去问问周成陵，看他哪里来的胆子，竟然这样对我。"

随从听得这话吓得脸色也变了："老爷，老爷不可啊，再怎么说现在十爷也是主帅，军营里的事十爷说了算，我们若是硬着来只会吃亏，老爷千万要忍一忍。"

周三老爷冷哼一声，仿佛对随从的话很不满："他敢，谁不知道凡是来打仗就是壮军威，哪个真正要打仗，要是我出了差错回到京里我爹不会饶了他，他还想着立功呢，无非是在这里跟我打打口水战。"

肉香越来越浓郁，周三老爷觉得越来越饿，可是看到那碗陈米熬的粥就完全没有了胃口。

"他是祖上缺了八辈子的德，才给我吃这样的东西。"

随从急忙点头："是，是，是，老爷就在这里痛快痛快，千万不要出去说。"

先忍一时之气，等到了合适时机，看他怎么弄死周成陵。

周成陵出了差错，他就可以顺势而起，拿了周成陵的功劳。

这里宗室就是周成陵和他，没有人敢和他抢功。

周三老爷想到这里看向随从："去做正经的事，打听打听鞑靼的情形，我们要及时下手，千万不能错过时机。"

随从低声应了。

周三老爷重新坐下来，想及日后的风光，他只能暂时压住心中不快。

"老爷。"

周三老爷迷迷糊糊地睁开眼睛，不知什么时候他已经睡着了。

"老爷，谭将军来了。"

周三老爷转头看过去，旁边的谭子琪立即上前行礼："三老爷，我有重要军情。"

周三老爷来了兴致，好似大冷天里尿了一泡热尿，他激灵一下打了个冷战，别提多爽了："怎么样？快说来。"

随从出去看着人，谭子琪低声道："听说董将军那边支持不住了，樊老将军去营救也是有去无回，主帅……周将军……准备明日自己亲自带兵攻打鞑靼，看那气势定然会重创鞑靼。"

周三老爷听得咬紧牙关："周成陵就真的次次都能打胜仗？"

谭子琪看着周三老爷咬牙切齿的模样，顿了顿："也不一定……但是这次是……败了几次鞑靼已经没了威势，我军却军威已振，势如破竹，这次虽然长驱深入，也有十足的把握，除非……后军增援不力……"

除非后军增援不力。

周三老爷听得眼睛冒光："那会怎么样？让鞑靼趁机打过来？"

谭子琪摇摇头："不会了，鞑靼这次已经没有了气数，决计不会来，但是董将军、樊老将军、周将军说不定会折损，就算不死也会吃败仗。"

他要的就是周成陵吃败仗。

不管怎么样，回到京中都能参周成陵一本，就参周成陵孤军深入，才折兵损将，本来这时候就该回京复命，不该想尽办法去救董昭。

依靠这件事，还能救保定府的总兵，总兵不去理会董昭，也是为了大周朝的安定，否则就会像周成陵一样。

周三老爷想到这里，顿时觉得心上开了朵朵鲜花。

"三更造饭，四更拔营，等前面战事一起，我们就依计行事，"周三老爷说到这里，"谁领兵增援？"

谭子琪笑道："正是末将。"

周三老爷忍不住一拍大腿："真是天助我也，人有七分命别去求一斗，周成陵天生就不是富贵命，这功劳必定要掉到我头上，到时候我们就说前方兵败，拉着军队后退，让周成陵孤立无援。"

第十六章　胜仗

周三老爷一大早就起来，穿戴整齐去看周成陵点兵，看着大军远去周三老爷觉得心脏都要飞起来。

太好了，一切都按照他预想的进行。

只要周成陵去打鞑靼，后面的事还不是他说了算，他只要和谭子琪见机行事，恰当时候推波助澜。

周三老爷立即催马去和谭子琪会合，两个人就在营帐中听前面的消息。

终于等到增援的消息传来。

谭子琪立即吩咐身边的人："出去就说周将军战败，鞑靼打过来了。"

听得这话，周三老爷几乎看到了周成陵等不到援军气得瑟瑟发抖的模样，最好鞑靼能用一把力，将周成陵杀死在那里，这样他们就都省了力气。

"接下来怎么办？"周三老爷道。

谭子琪将手指在地图上："我们带着人向京城方向跑，到这里停下，然后听那边的消息，到时候我们随机应变，刘太傅会搬来援军，到时候周成陵就随我们处置，我们想让他死，就将他当鞑靼一样杀了，离得这么远朝廷也不知晓，我们想怎么说就怎么说。"

想怎么说就怎么说。

周成陵的生死都攥在他手心里，只要想到这个周三老爷顿时热血沸腾。

"好，就这样办。"

周三老爷拿起桌上的剑："事不宜迟，我们立即就走。"

粮草都在他们手里，看周成陵怎么办，到时候真是叫天天不应，叫地地不灵。

周三老爷心里已经乐开了花。

听说要撤退，军队里顿时乱起来。

这和打胜仗不一样，这是前面吃了败仗要撤退。

谭子琪和周三老爷先驱马前行，士兵们立即丢盔卸甲般跟着跑起来，周三老爷转过头看到一片尘土，冲锋陷阵他不会，现在不过是个跑……跑谁不会……让他带着人向前跑，比谁跑得都快。

不知道跑了多远，周三老爷远远地看到一面旗子不禁停下来。

一面旗子迎风招展，上面的字迹再清楚不过。

"保合堂"。

竟然是保合堂。

是杨氏的药铺。

周三老爷看向旁边的随从："怎么会有保合堂的旗子？"

随从也是一头雾水，半晌才道："小的这就去问问。"

片刻工夫随从过来道:"是保合堂的郎中,杨氏带着京里许多的医生过来救治伤兵,已经到了好几日。"

杨氏这时候带人来给伤兵治病,这是要谋求一个好名声。

真是好算计,周成陵在前面打仗,杨氏在后面救人。

周三老爷想到这里就冷笑,杨氏一定没想到会在这里遇见他,想到杨氏之前咄咄逼人的模样,周三老爷的血似煮沸了般一下子涌到脸上。

真是老天有眼,他本来只是要对付周成陵,哪里想到杨氏也送上门来。

这样他就可以一箭双雕。

周三老爷看向随从:"带几个人去问问杨氏在哪里,若是他们不肯说,就说有重症的伤兵请杨氏诊治。"

杨氏不是最喜欢给人治病,眼下他就用这个将杨氏骗出来。

随从应一声立即带着人去询问。

周三老爷亲眼看到有郎中伸出手来向前指去。

杨氏就在前面。

这个女人一定想不到有一天会落在他的手心里,这可不是京城,也不是内宅,没有献王太妃和周成陵护着,杨氏不过就是砧板上的鱼肉,任由他宰割。

让她猖狂,让她不将他放在眼里。

这次他就和她算个清楚。

"病患在哪里?"杨茉抬起头向前看去。

"方才说就要抬过来。"小郎中低声道。

杨茉刚要转头吩咐魏卯去拿更多的布巾和药水备着,立即就听到有一个熟悉的声音:"这是谁啊?十弟妹?十弟妹怎么会在这里?"

杨茉抬起头立即看到从马背上下来的周三老爷。

周三老爷脸上满是胡须,一双眼睛如同滑腻冰冷的蛇,向她吐着芯子,好像随时随地都能张开嘴咬她一口。

没想到会在这里遇见周三老爷。

杨茉微微皱起眉头,旁边的魏卯也看出了端倪下意识地挡在杨茉身边,然后四处张望着寻找蒋平。

蒋平腿脚快,师父让他帮忙来回拿药物,现在正好不在这边。

周三老爷看着魏卯几个就想笑,不过是几个郎中还能挡住他和他身后的兵卒么?!

"杨氏,"周三老爷强忍着笑意,"你这样抛头露面在外可向二太夫人禀告?"

向二太夫人禀告?当然没有。杨茉迎上周三老爷得意扬扬的视线:"献王太妃已经知晓我来这里开养乐堂。"

养乐堂是什么东西?

既然在这里自然就撕破脸皮,也用不着顾忌别的,周三老爷道:"谁都知道献王太妃病重,不知你是怎么哄骗了太妃,莫说是宗室妇,就是普通人家的妇人也绝不敢如此,你这是妇德有失，现在没有别的长辈在，我就替周氏的祖宗教训教训你这个妇人。"

周三老爷说着挽起了袖子，等他打了杨氏，再让人将杨氏送回京，回京的路上会出什么事他又怎么知道。

就算有事也是因为杨氏出京在先，到时候去了长辈面前他就说杨氏和一群男人同食同宿，已经丢尽周氏脸面，这样的女子死了不足为惜。

听得这话，魏卯和萧全几个立即站出来："我们师父来这里是经过宗室长辈应允的。"

"去，"周三老爷额头青筋暴起，看起来十分的凶恶，"将杨氏给我绑过来。"

三个随从顿时上前，周三老爷站在一旁准备看好戏，那些不长眼的郎中，也不抬起头来看看他身后有多少人。

别说保合堂里的几个人，就是整个大周朝的郎中都来了也挡不住他。

魏卯被推到一旁，周三老爷的随从眼看就要到杨茉跟前。

却不知道哪里伸出来的手抓住了随从的手腕。

陈德用一只手将那随从握得眼泪都淌下来，同样都是穿着大周朝兵卒的皮布罩甲，那随从却像纸片般虚弱，被一只手就这样攥皱了。

陈德瞪圆了眼睛："你敢动手试试，别以为你们是宗室的家人老子就怕了，老子冲锋陷阵的时候，你们就在后面尿裤子，那臊味都传遍了军营，这时候你们耍起威风了，要问老子肯不肯点头。"

陈德话音刚落周围顿时传来一阵笑声。

陈德接着道："我看你们谁敢动十奶奶一根手指头，谁敢，我用一只手也能撕了他。"陈德说完突然将头向前冲去，顿时撞在那随从的鼻子上，那随从的鼻子顿时冒出血来，再也顾不得别的，抽出手捂住鼻子哀叫。

"也不看看你们都是些什么东西。"

"也敢在十奶奶面前指指点点。"

"女子怎么样？女子能救人性命，你们能吗？不过是围着骨头转的癞皮狗，也敢装成人。"

不过是一个兵卒竟然敢这样说话。

周三老爷瞪圆了眼睛："你们要造反不成？"

暴喝的威视似是将众人都吓坏了，大家都抬起头向周三老爷看过来，周三老爷第一次从别人眼珠里看到了惧怕。

第一次这么多人一起怕他。

周三老爷挺直了脊背向杨茉看去，杨茉也正看着他出神，眼睛里甚至带着水光，一副就要掉眼泪的模样。

杨氏也怕了。

哈哈，杨氏终于怕了。

周三老爷恨不得将新仇旧恨一股脑算给杨茉，这该死的女人，自从进了周家的门，就一直和他作对，如果不是这女人，他何必要这样算计才能得来军功，他本来就是名正言顺的征讨大将军。

周三老爷刚想要再张口吆喝，忽然觉得领边凉凉的，不知道什么东西贴在上面。

周三老爷抬起手还没有摸上去就看到不远处的小厮一脸惊恐的神情。

惊恐的目光径直落在他身后。

仿佛他身后有什么恐怖的东西。

忽然之间周三老爷身上的汗毛根根竖立起来。

周三老爷想要向前跑几步再回头去看，却发现自己的双脚不听使唤，衣领紧紧地勒住他的脖子，有一股大力将衣领挑起来，他就如同挂着等着晾干的死鱼般，他的双脚已经离地，可是他不敢挣扎，生怕他一动抵在脖子上的东西就会扎进来，然后穿破他的喉咙。

"周副将在骂谁？"

冷冷的声音就如同一盆冰水彻底将周三老爷从头到脚浇了个透。

这是周成陵的声音，周三老爷整个人都颤抖起来。

原来这些人怕的不是他，而是周成陵，杨氏也是因为看到周成陵才会眼睛泛起泪光。

周三老爷急忙向谭子琪招手，想要谭子琪将他救下来，谁知道谭子琪板着脸就仿佛没有看见般。

这是怎么回事？

他早就和谭子琪商量好了，怎么好像一切都变了模样。

周成陵将枪尖一缩，周三老爷顿时掉在地上。

周三老爷庞大的身躯仿佛要将地上摔出个大坑，周三老爷只觉得屁股上一阵尖锐的疼痛，仿佛骨头断裂了："来人……来人……"

周三老爷已经口齿不清地叫喊。

"谭子琪，你愣着做什么？"

周成陵威风凛凛地骑在白马上，周围已经站满了身穿甲胄的士兵。

周三老爷睁大了眼睛，没错这些士兵都是跟着他跑到这里的，是谭子琪的军队，可是这些人却对他说的话置若罔闻。

"周副将，"周成陵倾身过来，"你叫我麾下的将军做什么？"

周三老爷看向谭子琪，谭子琪脸上是轻蔑的笑容。

周三老爷浑身的血液仿佛停滞住了，这是周成陵设下的陷阱，他就这样一脚跨了进去。

"周副将，你倒说说，临阵脱逃该如何处置？"

临阵脱逃，周三老爷嘴唇打战。

周成陵面无表情："应该悬尸辕门，以儆效尤。"

周三老爷张口反驳："是你害我，是你故意害我……"

周成陵看向身边的副将，副将立即抽出腰间的佩剑一步步向周三老爷走去。

周三老爷想要站起身来逃跑，却腿脚发软，也顾不得别的只好跪着向前爬去。

周围立即又传来哄笑声。

这次他也跑不出去了，周成陵不会放过他。

周三老爷只觉得眼前发黑，冷汗已经将他的衣服湿透了。之前他还兴冲冲地要对付杨氏，谁知道转眼之间周成陵的刀就落在他的脖子上。

周三老爷眼看着眼前钢刀晃动。

他几乎能听到他脖子断裂的声音。

然后有一股热流从身体里冲出来。

他的脖子断了。

一定是他的脖子断了，脖子断了，他却还能喘息还能眨眼睛，还能……

周三老爷只觉得自己的头要炸开来。

要掉了，他的头要掉了。

想到这里周三老爷眼前一黑。

掉了。

他的头一定掉了。

他顿时摔在地上。

不过是用刀背碰了周三老爷的脖子，周三老爷吓得倒在地上，屎尿也流出来。

一个堂堂的宗室老爷，就有这样大的胆色。

周成陵吩咐身边人："将逃兵绑在战车上，明日我们攻打鞑靼，谁再想做逃兵，这便是下场。"

连宗室都如此，更何况别人。

周成陵这是要利用周三老爷杀鸡儆猴。

这是最好的稳固军心的法子。

杨茉正想着，周成陵已经走到她跟前，周成陵看起来消瘦了许多，脸上长出了青青的胡楂，整个人看起来更加的威武。

"不是不让你来保定。"清冷的声音传过来。

杨茉早就想好了对策："本来是没想到保定，只是在京城周边接治伤兵，谁知道伤兵太多，就这样不知不觉一路治了过来，要不是看到周三老爷，我还不知道已经到了保定。"

怎么可能不知道。

看着她目光闪烁的模样，定然是这样骗过了宗室营的长辈。

"明日要攻打鞑靼？"杨茉低声问。

周成陵没有回话，忽然倾过身来，杨茉只觉得身体一轻，眼前仿佛天旋地转，等她回过神来已经被周成陵抱上了马。

马儿欢快地跑起来。

魏卯、萧全几个愣怔在原地，眼睁睁地看着周成陵的马跑远。

半晌魏卯忽然跳起来："师父，快拿好东西去追师父啊。"

杨茉还是第一次进军营。

看起来比她的养乐堂也好不到哪里去。

和周成陵对视了一会儿，杨茉有些心虚地低下头："董昭那边怎么样？明日有没有把握将人救出来？"

周成陵板着脸颔首:"能,不过那边已经断了粮草又被鞑靼围困许久,不知道到底是什么情形。"

杨茉立即抬起眼睛:"那我让人多准备些草药以防万一。"

见到周成陵,杨茉的习惯动作是手指向他手腕上爬,爬到他的脉搏上,谁知道周成陵身上的甲胄将他的胳膊挡得严严实实。

"做什么?"眼看着杨茉的手摸上他的头,周成陵皱起眉头。

周成陵还在生气。

杨茉刚要说话,阿玖进来道:"蒋平来了。"

周成陵背着手不说话。

阿玖一步步退出去。

杨茉急忙道:"不关蒋平的事,是我用药将他迷晕了带来的。"

周成陵低头看向杨茉,冷声冷气:"你可真是越来越出息了。"

杨茉倾过身子,不声不响地将额头放在周成陵的后背上,就这样靠着他,然后伸出手来搂住他的腰:"我就是胆子大,你不是早就知道,我出了京你这边大约就收到了消息,否则怎么正好赶在这时候过来。"

别看她身子弱小,可是就这样被她搂着,他觉得后背暖和和的,硬起来的心肠也软了大半:"如果不是我带兵过来,你还会来吗?"

这人就戳她的心窝子,杨茉向前凑了凑脸,就不信这样他还能和她犟:"你这甲胄真凉。"

她是所答非所问,可是想到她整个人风尘仆仆的模样,他就又不忍心骂她。

"你这样胡闹,让我放心不下。"周成陵低声道,伸出手要将杨茉从背后拉过来。

杨茉却动也不动:"别,就这样待一会儿,我想你了。"

听得她说这样的话,周成陵的心脏兀然一阵乱跳,血一下子都冲到脸上,心彻底地软下来。

好不容易和她见到这时候较劲做什么。

也就一个杨茉兰敢在这时候上战场,谁还能做得到,也就是他能在大战前见到家眷。旁人知晓不知道要多么羡慕。

见到她心里明明感动却还要绷着脸。

不这样压着她,她不知道还要做出什么危险的事。

"我看到姚御医让伤兵回京,说是路上有人接应,就知道是你,大周朝的御医别的不会,躲在家里享清福做得最好,若是一个个都想来帮忙,哪里用得着接应,早就跟着姚御医一起过来了。"

他倒是想得通彻。

"想来想去,提起病患就不管不顾,也就只有你和你的保合堂。"

这话怎么听起来不对劲,像是在夸她又不太像,杨茉想要拧周成陵一把,却隔着甲胄什么也做不了,只好给他记下这笔账。

周成陵道:"让蒋平跟着你回京,今天就走。"

杨茉使劲摇头："不行，养乐堂才开起来，不能半途而废，反正你也要打胜仗回京，我不过就再待上几日。"

"求求你了，就这一次，等养乐堂开起来，我就不会跟着上战场。"

她刻意压着声音，带着浓浓的鼻音。

"我在的时候护着你，若是我……"

"乱说。"周成陵的手一下子被杨茉握住。

"我嫁给你了，你要一辈子护着我。"

"任性。"

杨茉低头笑："任性有什么不好，有人宠着才任性，有依靠才能任性，太有出息了反而不好，那是没人疼。"边说着边去捏周成陵的手指。

"人就是要趁着有人疼的时候，胡作非为。"

周成陵被气得笑出来："还有你这样说道理的。"

两个人挽着手坐下，杨茉道："怎么今天将我接过来？"周成陵肯定都是安排好的。

周成陵道："明日打仗，今天吃好的。"说着用手去蹭她脸上的污迹。

杨茉不用照镜子也知道自己是什么模样，跟魏卯、萧全、梅香几个都差不多，灰头土脸。

"我让人备了水，一会儿你洗个澡，吃过饭我们好好歇一歇。"

杨茉本来觉得这样太麻烦，可是想到暖暖的洗澡水，便觉得心上痒得难受，实在想要洗个澡换身衣服。

在这时候，平日里随随便便一件事，都让人觉得十分的幸福。

杨茉跨进简陋的澡桶里，坐在温暖的水里觉得实在太舒服了，全身心仿佛都松懈下来。舒舒服服洗了个澡，恋恋不舍从里面出来的时候发现水都凉了。

换好衣服，正准备出来发现周成陵在脱衣服。

杨茉不禁有些诧异："这是在做什么？"

周成陵也不抬头："借着你的水洗个澡。"

他不说她还想不起来，他身上的味道是稍稍有些重。

"水已经凉了，而且还很脏，还是让人换一下吧。"

看着她红透的脸，周成陵笑出来："怕什么，每天我都用凉水，我看看能有多脏。"说着一脚跨过去。

半晌杨茉听到水声，她才捧着布巾进去，看着周成陵宽阔的后背，杨茉想到两个人在一起的那些胡作非为的夜晚，不禁红透了脸。

"脏不脏？"

"是有点脏，下面都是一层，看不出来你白白净净的能有这么多泥球。"

杨茉将布巾用水沾了给周成陵擦后背："该，我说了你不肯听。"

周成陵笑起来："用点力气，多给我搓下来些。"

一下子说中了她的心事，不过既然他这样说，她也不用客气，挽起袖子用足了力气给他搓下去。

洗完了澡，两个人坐下来，立即就有兵卒端了两碗面条来。

两只大海碗，清亮的汤，里面的面条煮得晶莹剔透，上面只撒了一丁点的肉末和葱花。

杨茉却觉得闻起来香气扑鼻。

只是碗太大，里面的面条她吃不完，再看看周成陵的，也不比她的多。

杨茉用筷子夹了一筷子就送到周成陵的碗里："我吃不掉这么多的面，只是想多喝点面汤。"

说完杨茉端起碗喝了一小口，汤到了嘴里是甘甜的。

她吃面喜欢吃酸辣黄瓜条和一些小酱菜。

不过遇到这样的面条，什么小菜都不用吃，就用筷子夹起来往嘴里送。

两个人紧挨着吃着面条，不一会儿两只海碗就空出来，杨茉觉得肚子都要被撑开，周成陵伸出手给杨茉揉肚子。

"这面条真好吃，是我吃过最好吃的。"

两个人吃饱了依靠在一起。

"冷不冷？"周成陵低声问，"这边总是比京城冷一些。"

杨茉摇摇头："不冷，"她的心现在就像种子好像要发出绿芽来一样，"现在是春天了，哪里会冷。"

到了三更天，周成陵穿好甲胄走出大帐，杨茉也让梅香背起了药箱。

还没走出营地，杨茉就看到匆匆走过来的姚御医。

姚御医跑得满头大汗，见到杨茉立即露出笑容。

真的是杨大小姐。

真是杨大小姐来了。

真要在这里见到保合堂的旗子。

他虽然心里肯定，但是见到眼前这样的情景还是忍不住心里颤抖，想笑但眼泪却又涌出来。

杨茉看向魏卯："魏卯，告诉姚御医，我们接诊了多少伤兵，有多少回到军营，有多少伤势稳定。"

魏卯立即从怀里拿出一本册子送到姚御医手里。

"姚御医，这都是你让伤病来找我们，才有这样的结果。"

姚御医哆哆嗦嗦地打开册子，这里记的哪里是数字，是一条条性命啊，他们不能造出性命，但是能尽力保住人的命。

让他们回家见到自己的妻儿老小。

"杨大小姐……十奶奶这是还要去哪里？"姚御医看着杨茉要走急忙问。

杨茉道："要去养乐堂，我们从京城沿路开过来，已经开了五间养乐堂，里面都是伤兵，等到前面战事一开，伤兵又会陆续过来。"

姚御医连连点头，不知怎的眼睛黏在杨茉身上都是离不开。

"十奶奶……"见到杨茉将走远，姚御医忽然开口。

杨茉转过头来。

姚御医双手过头拜下去："十奶奶定要保重身子，"说着又向魏卯几个行礼："无论

如何照应好十奶奶。"一定要保重身子，因为只有十奶奶在，才能救这么多人。

魏卯急忙还礼。

他们都明白，今天能站在这里，都是因为师父，没有师父就没有养乐堂，更没有他们这些人。

没有师父，他还只是一个普通的学徒，根本不知道能做出今天这样的事。

也不知道他这辈子能有这样的成就。

姚御医说完后退几步才转身去追军队。

杨茉也给姚御医还了个礼，带着魏卯几个去救人，几个人又才走了不远就听到有"呜呜呜呜"的声音。

杨茉抬起头看到绑在车上的周三老爷。

周三老爷发冠散乱，身上的衣袍凌乱，嘴里被塞了东西，只能发出含糊的声音，车上还有几颗血淋淋的头颅。

应该是周三老爷从家中带来的随从。

"活该，"魏卯骂了一句，"别人都拼命打仗，他却当逃兵，还要害师父，这样的人就应该有这种下场。"

周三老爷应该没想到他那个宗室的身份在战场上什么都不是，就这样被绑着一起去战场，就算不死估计也要吓得魂飞魄散。

在京中用陈米开粥棚的周三夫人一定没想到，周三老爷已经做了阶下囚。

只要开始救治病患时间就过得飞快。

杨茉不知道一连忙了几个日夜。

"奶奶，有好消息了，"梅香走过来低声道，"大将军打胜仗了，听说将人都救回来了。"

董昭救回来了？

杨茉心里不禁轻松。

"师父，师父，将军让人来知会，董将军和樊老将军都受了伤，一会儿就要抬过来这里。"

杨茉立即吩咐魏卯几个将东西都准备好，只等着那边送樊老将军和董昭过来。

"来了，来了。"

陈德的声音从外面传来。

杨茉等不及掀开帘子出去看。

兵卒抬着两个人快速地跑过来，杨茉紧紧地盯着木板上的人半晌才看出来那堆甲胄之下是董昭。

董昭看起来十分的虚弱，脸上满是胡须，眼睛紧紧地闭着，仿佛已经没有了呼吸。

"送上诊床，快！"

杨茉急忙催促。

董昭被抬上去，紧接着后面是胡须花白的樊老将军。

梅香从诊箱里拿出用木头做的圆筒听诊器递给杨茉，杨茉这边看向萧全："快将甲胄卸下来，看看身上有没有伤口。"

甲胄上沾满了鲜血，已经分不清楚是别人的还是董昭身上的，魏卯几个顿时乱起来，有人去解甲胄，有人去看腿和脚。

"别慌，"杨茉皱起眉头，"看血是从哪里淌下来的。"

从哪里淌下来的就是那里有破损，若是别人的血不会这样流淌。

"在腹部。"萧全大声道。

腹部的甲胄已经破损，外面用披风系着，萧全用剪刀剪开披风，立即就有东西冒出来。

大家顿时吓了一跳。

屋子里一瞬间安静下来。

静得仿佛能听到彼此的心跳声。

天哪，这是什么，什么掉出来了。

是什么。

张戈几个正带人看樊老将军的伤情，听得这话也转过头来看。

那是什么东西啊。

魏卯颤声道："是肠子，董将军肚子破了，肠子滑了出来。"他跟着师父做仵作那段日子见过这样的肠子，不过这只是在死人身上才会有的，活人的肠子不是这个模样。

董将军已经死了吗？

所有人都怔愣的时候，杨茉已经低头检查。

董昭呼吸虽然微弱，但是心跳还算正常，瞳孔反射也正常，证明现在只是轻度昏迷，要进行紧急救治才能防止病情发展。

"师父，师父……这要怎么办？"

杨茉看向董昭的伤口，外露的肠子变成了紫色，是肠坏死的症状，董昭伤了之后只用披风系住伤口，完全没有经过任何医治。

"去拿盐水我们要进行伤口清洗。"

盐水，这里用的盐水都不是用蒸馏水做的，冲洗效果就小了很多，董昭这样重的伤，光是这样冲洗是不够的，要进行紧急开腹探查手术，切掉坏死的小肠，并且要用抗生素治疗，才可能会有一线生机。

杨茉转头去看另一张床上的樊老将军。

樊老将军的一条胳膊几乎要掉下来，如今用布巾死死地按住却还在不停地渗血。

要救樊老将军就要暂时放下董昭。

要救董昭就要立即回京。

要怎么办才好？

杨茉一时失神，突然手仿佛被人拽了一下，她立即就清醒过来，低下头对上董昭的眼睛。

自从认识董昭，董昭看她的时候总是彬彬有礼，就像沈微言一样，有些尊敬有些关切，她已经熟悉了这样的神情，可是这一次董昭的目光却比平日里要急切、强烈，就这样怔怔地看着她，径直看进她的眼睛，仿佛永远都不会挪开。

眼睛里有一团闪烁的光，深深的，除了惊讶更多的是喜悦，如同失而复得，情难自禁地欢喜。

杨茉吓了一跳，心脏顿时突突跳起来，董昭这是怎么了？

"董世子，"杨茉低声道，"能不能听到我的声音？周成陵将你救了回来，现在我要给你治伤。"

董世子。

她的声音还是一如既往的清脆。

她的面孔还是那样的清晰，就算一切都离他远去，她的脸还是那样的清楚，自从上次她将他救活那一刻起，他看到的她从来都是这样的模样。

只要有她在，别的一切都失去了颜色。

那时候他就知道，他此生必定要追逐她的身影。

见到喜欢的那个人，不是心头突突地跳个不停，也不是心潮汹涌，而是一切都安静下来，就这样安宁。

不管他是快乐，还是难过，看到她的目光他总是觉得一切都那般温和，如同暖流一般能熨平他所有的愁苦，让他觉得轻松，这次来保定被围困，他记不清多少次想起朝廷安危，多少次想起她。

也许想她的时间更多。

听说她要嫁给周成陵，那一刻他心底的泉水忽然之间就干涸了，他仿佛已经垂垂老矣。

真是奇怪，就如同父亲所说，杨茉兰不过像平常的郎中一样救了他性命，他怎么就会这样放不下。

杨茉兰这个奇怪的女人，一举一动都是那么惊世骇俗，开始他也对她有所怀疑，可是后来他慢慢发现，这样的女人让人接受不容易，可是一旦接受就会难以忘记，因为这世上不会再有第二个。

她惊世骇俗，她也独一无二。

他早该放下心里的犹豫，放手一搏。

如今却只能看着他眼前这一抹唯一的颜色离他越来越远。

非要等到这时候他才想明白。

人非要等到死的那一刻，才知道心里最牵挂的那个人是谁，可笑的是，知道的时候已经是遗憾。

时间经得起蹉跎，人却经不起。

董昭嘴唇嚅动。

杨茉低下头来倾听，她要知道董昭这时候是不是清醒。

"是梦吗？"董昭轻声道，"是不是我不舍得走，做了这样的梦，我……这辈子……有遗憾……所以……舍不得离开，我没有……成亲……但是我……有喜欢的人……"

看着董昭一瞬间清亮的眼睛，杨茉怔愣住了。

董夫人连续好几晚都睡得不踏实，刚阖上眼睛睡了一会儿，就好像有人用针扎了她一下，她立即心惊肉跳地醒来。

"夫人，"外面的管事妈妈进屋禀告，"国公爷回来了。"

董夫人急忙站起身，起得太急眼前不禁一花差点就摔倒，多亏扶住了旁边的矮桌。

管事妈妈也吓了一跳忙上前搀起董夫人，主仆两个人才走到院子里，文正公董绩已经迎面走过来。

"国公爷。"董夫人看到董绩眼泪顿时涌出来。

董绩沉着脸一言不发，夫妻两个到了屋子里坐下，董绩才道："保定那边有消息传回来吗？"

董夫人摇头："没……没有。"

没有。

董绩的脸色十分难看。

"国公爷，咱们昭儿不会有事吧，我们要怎么办才好，国公爷……"

董绩不耐烦地抬起眼睛："哭什么哭，还不知道情况就哭，文死谏武死战，我跟你说过多少遍，现在就看保定会不会打胜仗，周十爷能不能回来。"

董夫人惊讶地睁大眼睛："国公爷心里只是惦记着周十爷？"

董绩皱起眉头："你这个妇人就是头发长见识短，那边消息还没传来，真正该担心的不是你儿能不能打胜仗，而是我们有没有站错队。"

如果周十爷死了，他们就算站错了位置。

这几天刘砚田写了几封信函给他，皇上有心要从宗室中过继子嗣，如果是这样，皇位再怎么也不会落到周成陵头上。

他的拥立之功不但没有，将来还会成为刘砚田眼中钉肉中刺。

董夫人仿佛不认识了董绩："老爷，你到底怎么了？几年时间，你怎么变成了这样？"

变成什么样？听得这话董绩就气血上涌，恶狠狠地看着董夫人："你懂得什么？我将家交给你，你管成什么模样？先是养出一个不知进取的儿子，总是打败仗，然后又引一个妖女迷惑他，将家中闹得鸡飞狗跳，我早说那个杨氏不是个东西，你看如今周十爷娶了她之后落得什么下场？"

"妻贤夫祸少，你不知道这个道理？"

董夫人手颤抖："闹成什么模样？宗室那边不是好端端的，十奶奶还去了保定救治伤兵。"

"她一个女子能做什么，不过是去摆摆样子，说到底丢尽了宗室的脸面，等回来京里不知道要被宗室长辈怎么责罚。"

董夫人不知道丈夫到底怎么了，她嫁到董家来之后，她就觉得国公爷虽然脾气不好，却是一个耿直的人，为人公正，行事是有分寸，可是近年来却变了个模样，一心想着从龙之功，之前死心塌地跟着周成陵，现在却又因刘砚田几封书信动摇了。

为什么会是这样？

"国公爷，你到底怎么了？"

董绩瞪圆了眼睛："我还不是为了你们……"

话音刚落，廊下就传来一阵孩子的啼哭声。

董夫人顿时心头一跳，转过脸就看到站在帘子外的穿着嫩绿色妆花褙子，披着孔雀裘看起来十分清丽的女子,她手牵着一个几岁大的孩子,那孩子正看着董绩哭泣。

这就是国公爷在外面纳的妾室。

董夫人的头如同被车碾过,嗡嗡的疼痛。

"国公爷不在意昭儿的性命,是不是因为有了老来子?"董夫人只是听到自己的声音,分辨不出自己在说什么。

"你这话是什么意思?"董绩声音低沉。

董夫人不知道该说什么好,尤其是外面站着的妇人满脸泪花,拉着孩子就跪下来。

这样谦卑地求她谅解,她还能说些什么。

董夫人正僵立着,外面的管事进来禀告:"老爷,保定的捷报进京了,周大将军打了大胜仗,将鞑靼部落的什么太师给杀了。"

董绩霍然站起身:"那……世子有没有立战功?"

管事的摇头:"不,不知道……没消息传过来,只是说周大将军救了世子爷。"

董绩心中立即裂开了一个大洞,将他所有的希望一下子吸了进去:"这个逆子,若是有我年轻时一半的本事也早就立了军功回来,何须别人去救他。"

董夫人抬起头直盯盯地看着董绩,仿佛恨不得一头撞进董绩的怀里去挖他的心出来瞧瞧:"这都什么时候了,国公爷还说出这样的话!"

董绩脸色顿时变得青白:"都是有你这样的母亲,才会生出那样不争气的儿子。"

什么样的母亲能生出好儿子,董夫人讥诮地看着门口的母子两个。

从前只是听到别人家的笑话,有了宠爱的妾室,正室连同儿女都会被嫌弃,而今这件事就发生在她身上,让她觉得可笑极了,她这辈子最信任的人,竟然做出这种事。

"昭儿无论怎么样,都比老爷强,至少老爷在外打仗的时候,我们母子两个一心祈求老爷平安归来,荣华富贵都是过眼烟云,只有人在才是最好的,那些年……老爷只要打仗回来第一件事就是将昭儿举起来,所以每次昭儿都跑在前面,就为了先见到老爷。"再后来父子两个见面就没有那么亲密了,因为孩子长得太快,父子两个错过了太多的时间,于是就成了生疏。

董夫人看着那个扑在母亲怀里哭的幼子,不知道哪点比昭儿强,也许是因为一直在国公爷面前长大。

董夫人站起身让管事妈妈扶着就要向外走。

"你这是要做什么?"董绩一声呼喝。

董夫人脸上露出凄然的笑容:"国公爷在妾身身边时间短,妾身只生了昭儿一个,若是昭儿有三长两短,国公爷还有老来子在身边,妾身就什么都没有了,妾身得让人去打听昭儿的消息,"董夫人说着仰起头尽量不让眼睛里的泪水掉下来,免得让她显得软弱,"若是上天怜悯让我们母子团聚,我想要立即见到儿子,若是老天要让我白发人送黑发人,我期望能赶着见儿子最后一面,也算全了我们母子的情分。"

董夫人说完话头也不回地走出去。

董绩看着妻子的身影在眼前消失,想起这些年的风风雨雨,忽然之间心里一酸,眼前也浮现起董昭小时候的模样。

昭儿小时候躲在廊下看他练枪，他装作没有看见心里已经乐开了花，转眼之间这么多年过去了……

"老爷。"

娇滴滴的声音将董绩从思量中拉回来，妾室和儿子还跪在院子里凄然地看着他。

"夫人若是不愿意我们在这里，我们还是回去吧！"

董绩立即又皱起眉头："这个家还是我做主，"说着吩咐下人安排妾室和儿子住下："要仔细照应，不能出半点差错。"

董夫人回到房里收拾东西，管事妈妈打听了消息回来道："听说世子爷是受了重伤，保定府虽然离京城近可是有些消息也做不准，还是再等一等……"

董夫人已经慌起来，冷汗从身体里涌出，心里如同爬了许多小虫，密密麻麻挤在那里说不出的难受，站不住也坐不下："去保合堂，去保合堂吧！"

夫人这是怎么了，是不是急疯了："夫人，这时候去保合堂做什么？"

"昭儿若是受了伤，能救他的定然是杨氏，只有杨氏能救他性命，只要我早去了保合堂，就能早见到昭儿。"

管事妈妈手颤抖："那如果……世子爷没事……"

董夫人的目光落在管事妈妈脸上："你是想说若是昭儿死了就会抬来府里是吧？"

管事妈妈眼睛一红急忙摇头："奴婢不是这个意思，世子爷吉人天相一定不会有事。"

董夫人恍然一笑："那我也不相信，除非抬去保合堂十奶奶说没救了我才信，所以若是直接回府，就让人直接抬去保合堂，我在那里等着他。"

夫人真是急疯了，管事妈妈心口如同压了一块石头，忙伸出手来给董夫人顺背："夫人，你可要想开些，不要太伤心。"

"我后悔，"董夫人眼泪要掉下来，"我后悔没有为昭儿去向杨氏提亲，如果杨氏进了我们家门，现在杨氏就在保定，跟昭儿在一起，我心里就不会这样慌张，只要想着无论生死他们两个在一起，昭儿不会觉得孤单，我心里……就舒服多了……昭儿出生的时候，身边热热闹闹，文正公府得了子嗣，老太爷和老夫人多高兴，如果昭儿真的年纪轻轻就走了，也不能太冷清，也该有人陪着他走最后一程。"

说到这里董夫人忍不住哭起来："我舍不得他啊。"

杨茉坐在马车上，不时地去看董昭的气息。

快点，快点，要快点到保合堂才行，董昭需要青霉素治疗感染，这里的恶劣环境不能做腹部探查手术，一定要到了保合堂，有了基本的手术条件才能开刀。

看着董昭，杨茉就担心起周成陵来，如果再在这里待上一两日就能看到周成陵，就能知道周成陵的情形。

可是董昭和樊老将军已经等不得了。

现在她只希望周成陵那边一切顺利，她才能将所有的心思放在董昭和樊老将军身上。

盐水源源不断地送进董昭的身体，维持他身体内的循环。

外面传来魏卯的声音。

杨茉已经吩咐每隔一段时间魏卯就要来知会她樊老将军的情形。

"怎么样？"

"呼吸还好，心跳也正常，用了一瓶血、一瓶盐水。"

杨茉道："还有多久才能到京城？"

"大约一个时辰。"

杨茉撩起帘子看看天空，天黑之前不能到京里，要怎么手术。

"蒋平。"杨茉低声喊。

马车外的蒋平立即应声，杨茉接着道："你先骑马去保合堂让江掌柜多找些水晶灯出来，晚上我恐怕要点着灯手术。"

杨茉话音刚落，蒋平立即道："十爷已经吩咐了，如果天黑之前不能进京，就让十奶奶回去杨家祖宅，爷生病之前本来在祖宅给奶奶准备了一间手……术室，后来爷发现病了，就让人将东西收走了，这段时日爷让人商量要怎么将手术室做得更好，现在奶奶着急用，方才……爷就吩咐人回去准备，等到奶奶到京中，定然就能用了。"

周成陵生病之前，说要准备带她去看什么，难道就是这个？

这个笨蛋，那时候将东西收走，是已经抱着心思不娶她进门，杨茉只觉得心中又是酸涩又是欢喜。

马车很快进了京。

本来繁华的街面一下子安静下来，杨茉撩开帘子看去，只见人群自动向两边分开，保合堂的马车这样才能顺利通过。

车到杨家祖宅停下来，杨家门前亮着火把，将周围一切照得无比清晰。

杨茉立即下车，吩咐人将董昭和樊老将军抬进门。

等在那里的陆姨娘立即迎上来看杨茉，"说你要回来了，我都不敢相信。"

"屋子准备好了吗？"杨茉急忙问。

陆姨娘点头："好了，好了。"

杨茉忙向院子里走去，济子篆正好迎过来："外科工具都准备好了，还有用的布巾和消毒水。"

杨茉道："我们先要准备血，如果术中出血要立即输血，还要准备青霉素和麻药，如果术中病患醒来定然要给麻药。"

济子篆道："樊老将军和董世子两个，十奶奶准备先要给谁动手术？"

不论先给谁做，剩下那个人都等不及了。

为了今天这样的情形，她一直在做准备。

她一直将自己在现代所学尽可能地传授给大家，为的就是能救更多的人，她一个人的力量、生命都是有限的，众人聚合在一起才能力量无穷，感谢她身边有一群这样的人。

他们和她一样视病患的生命、尊严高于一切。

杨茉道："我们要分开做手术，济先生带着魏卯、萧全和胡灵，我带着张戈、秦冲、梅香几个，让剩下的郎中都换好衣服站在一旁准备，哪边有了紧急情况就要立即过去帮忙处理。"

一间手术室做两个手术。

紧急情况下只能这样安排。

济子篆觉得肩膀立即重起来，可是随之而来的是浑身上下都充满了沸腾的血液。

十奶奶信任他，他也要尽所能做到最好。

换好衣服，杨茉走进布置好的房间，撩开帘子她不禁被晃得眯起了眼睛，头顶满是水晶灯，屋子中间还有八盏如同花瓣般的灯垂下来。

她说的每句话周成陵都记得，否则断不会做出这样的手术室。

如果现代的同僚看到这样一间屋子，定然会惊讶得说不出话来。

这里不是皇宫内院。

不是天庭仙境。

而是一间能救死扶伤的手术室，在这里他们会保住一条条的生命，能让病人接着活下去，这里是能见到奇迹的地方。

这样想着再看着这里，就会觉得这里很美。

杨茉在心里忍不住称赞它。

它真是一个很美的地方，她这辈子见过最美的地方。

现在天时地利人和都具备，杨茉看向床上躺着的董昭，低下头来："我救过你一次，不是要让你说句稀里糊涂的话，就在我面前死去，多少人都等着你回来，多少人都想要救你性命。现在是我来给你手术，我救活了那么多人，所以董昭你最好不要给我要花样，你要好好地醒过来，做你的文正公世子，将来做你的文正公，你要子孙满堂享尽天伦，你必须这样才能报答我的救命之恩。"

手术室里消毒做准备工作，杨茉仔细去检查将要拿进手术室的器械。

"师父，"魏卯进来道，"董夫人来了。"

董夫人一定是担忧董昭，这时候她要出去和董夫人说句话，才能让董夫人安心。

杨茉放下手里的东西脱掉身上的长袍迎出去。

董夫人脸色青白，嘴唇哆嗦着，见到杨茉忙颤声道："十奶奶，昭儿怎么样了？伤得重不重？"

杨茉看着董夫人轻声道："世子爷现在的情形要立即做手术，如果不手术会很危险。"

董夫人慌忙不迭地点头："手术……手术……请十奶奶给昭儿做手术，"说着眼泪就不自觉地淌下来，却强忍着哽咽的声音，怔怔地看着杨茉，生怕错过杨茉说的每一个字，对她来说，杨茉说的话就是救命稻草，只要抓住了，昭儿就会平安无事，"手术之后就会好了吗？"

杨茉不想给董夫人太多压力："手术是第一步，后面还有治疗，现在我们要做的就是顺利地开展手术，有些文书要夫人签好。"

董夫人连声道："好，好，我立即就签，快，拿笔来，"然后看着杨茉，"十奶奶快去救昭儿，我……我在这里我立即就签文书。"

杨茉将董夫人搀扶着坐下："夫人先别急，里面都在准备，一会儿我进去手术，有什么消息随时就会让人出来知会。"

董夫人看着保合堂的郎中将准备好的器械送进去，冷汗一下子从身上冒出来，要用这么多东西，上次十奶奶在家中给昭儿治病，只是用了一根管子，现在却要用这些刀刀剪剪，董夫人只觉得耳边忽然嗡鸣声响，然后看着杨茉的嘴一开一合什么也听不到。

董夫人不停地摇头："大小姐……十奶奶……这会不会有危险？"

杨茉拉紧董夫人的手："但凡是手术都会有危险，但是如果不做手术就没有一点的希望，不知道世子爷还能不能醒过来，只有做手术伤口才会有机会痊愈，我们是要将不好的地方切掉，这样身体才能好起来。"

董夫人半晌才点头。

正说着话，外面传来樊老太太的声音："十奶奶在哪里？"

杨茉抬起头就看到樊大太太扶着樊老太太进门，樊大太太眼睛通红，樊老太太却目光清澈，看起来十分地镇定。

紧接着身后是童家、朱家、傅家、胡家的几位夫人。

杨茉上前道："老太太，我在这里。"

樊老太太看着杨茉脸上露出些欣慰的笑容："回来就好，"说着向屋子里望去，"我们家老将军可还好？"

杨茉点头："樊老将军伤到了胳膊，我们已经止了血，现在正准备让济子篆先生给樊老将军缝合伤口。"

樊老将军虽然伤得轻些，毕竟年纪大了，身体不如董昭又失血太多，也是很危险。

樊老太太点点头："那就好，我们就在这里等消息。"

杨茉颔首，魏卯上来道："都准备好了，就等师父了。"

樊老太太立即松开杨茉的手："快去，快去，不用管我们。"樊大太太想要多问几句，却还没有开口立即就被樊老太太攥住。

杨茉向周围人点点头。

所有人的目光都落在她身上，尤其是樊老太太，即便是心里焦急也没有问她太多话，生怕会让她紧张。

樊老将军伤成这样，樊家人却还顾及她的情绪。

杨茉就觉得眼睛发热。

"魏卯，"杨茉轻声吩咐，"樊老将军那边有什么消息你要出来告诉樊老太太。"

魏卯应下来。

樊大太太听得这话才算松了口气。

董夫人如同置身冰窖，全身上下不停止地颤抖，正死死地咬着牙，手立即感觉到一阵暖和，樊老太太上前握住董夫人的手，看向樊大太太："快将我的氅衣给董夫人穿上。"说着慈祥的目光落在董夫人身上，"你这孩子，怎么冷成这样，别急别急，你看这么多人都在等好消息，一定不会有事的。"

"是啊，"胡夫人上前道，"夫人别急，世子爷上次生病就是十奶奶治好的，既然十奶奶说能手术，定然就会有把握治好，我家的老爷上次回来腰上受了伤，御医都说站不起来了，我们家哭得不行，哪知道我们老爷的伤不但养好了，还能再去打仗。"

董夫人抬起头看着胡夫人，仿佛感到了些许安慰，在大家注视下点头。

昭儿，你一定要醒过来。

一定要好起来。

母亲就在这里等着你。

想到董绩的无情，董夫人的眼泪又淌下来，不要伤心，不要为不关心自己的人伤心，因为无论你怎么做都不能让那些人动容。

你已经让母亲骄傲。

杨茉用手术刀将董昭的伤口扩大，张戈低头看过去顿时倒抽一口冷气。

伤口已经感染，现在看清楚是左半结肠坏死，要切除左半结肠然后做肠吻合术，这样的手术她和济子篆先生一起做过，只是当时病患感染得不重没有切除结肠。

杨茉抬起头看看水晶灯："将灯放低。"

立即就有人将灯摇下来一些，这样看得更加清楚了。

"清创。"

梅香立即递过盐水。

清洗之后，杨茉抬起头看向张戈："清创之后我们就要将坏死的肠切除。"

张戈只觉得浑身发热，汗水沿着脊背淌下来，真的要进行肠切除，切掉这么多的肠子人还能安然无恙？

杨茉从梅香手里接过深拉钩递给张戈："一会儿我要扩开大网膜，好将结肠全都显露出来，你要拿着深拉钩千万不能太用力，要适当暴露手术位置，我要先结扎血管。"

张戈点头，手心却已经出了汗。

要一动不动地拉着这个钩子，说起来容易，可是眼睛要紧紧地盯着不放松，稍微有一丁点的挪动都可能会影响到师父。

杨茉看向张戈："能不能做好？"

张戈深吸一口气然后点头："师父放心，我能做好。"这个深拉钩他很熟悉，因为上次用牲畜练习的时候他就因为过度用力才造成伤口出血，然后他怔愣在那里不知道做什么才好。

连自己做什么都不知道怎么能帮师父。

这一次，不是练习，他一定要做好。

杨茉向张戈点点头："开始吧！"

杨茉这边开始手术，那边济子篆也开始清创。

"布巾，快。"

声音开始在手术室里响起来。

梅香只记得不停地将布巾压在伤口上，布巾被血湿透又要换一块新的，很多的血，很多的血，沾在她的手上，衣服上。

那些血好像比她身体里流淌的要烫，热腾腾地冒着热气。

梅香慌乱地看向杨茉。

杨茉头上满是汗珠："输血。"

秦冲立即挂上血浆。

屋子里的气氛十分紧张，连张戈的手都开始抖动。

杨茉也觉得手指说不出的疼，汗落在她眼睛里，又痒又疼，这时候她要镇定。

"你们知道董将军被鞑靼围困了多久？"

"京里接到战报到现在已经有近一个月，你们知道董将军怎么活下来的？"杨茉摇摇头，"我不知道，因为现在我们已经打开他的身体，却看不到一粒米。"

"医学上来讲，人只要三天不喝水七天不吃饭就会面临生命的危险，更何况还要带着兵将一起抵御鞑靼大军。"

"这是什么样的信念让他坚持下来，现在他坚持到了朝廷的援军，坚持到了京城，我们不能让他死在手术床上，我们要将他救活，所以无论怎么害怕，想想躺在这里的是个什么样的人。"

这样的人应该活着，应该长命百岁。

都说医生不能给关心的人治病，可是她觉得就是这份关切才能更好地治病救人。

董夫人眼睁睁地看着那扇门，希望那扇门打开的时候能从里面传出好消息。

时间过得缓慢，沙漏仿佛一动不动，董夫人越来越喘不过气来。

要不是樊大太太紧紧地握着她，她几乎要晕厥过去。

终于那扇门打开了。

董夫人立即站起身，她不知道怎么走到张戈面前，她只是哆嗦着嘴唇紧紧地看着张戈。

"手术顺利，师父现在里面缝合。"

张戈声音清晰。

董夫人霍然睁大了眼睛，手术顺利，她想要多问张戈几句，张戈却推开人群快速地向后院跑去。

紧接着出来的萧全弄不清楚情形急忙跟过去。

张戈在后院打转，双手仍旧提在胸前，保持着消毒后的姿势。

这是怎么了？

难不成是因为手术中受了惊吓。

萧全想着上前去拉张戈的手："张师弟这是怎么了？你要找什么？我帮你找。"

找什么，他要找什么，张戈一时也想不出来，他到底要找什么，他帮师父完成手术，然后出来找一样东西。

是什么东西？

张戈茫然地看着萧全，不知过了多久他忽然瞪大了眼睛，五官以一种奇异的方式皱在一起，羞愧又尴尬，仿佛所有的血液冲上头，脸颊也涨得通红。

紧接着萧全闻到一股奇怪的味道，低下头来看，只见张戈的裤子和鞋已经湿透，还有源源不断的水沿着他的裤腿淌下来。

"我要找厕所,我要找厕所……"张戈带着哭腔。

他要去厕所,可是他脑子里只记得用拉钩、打结、剪线,忘记了要去找厕所,他就在别人面前尿了裤子。

他从懂事之后就没尿过裤子,现在却把裤裆尿湿了,那种又湿又热的感觉,让他恨不得一头钻进地缝里。

张戈开始四处找地方躲藏。

"藏什么,"萧全一把拉住张戈,眼睛里冒着光,"跟着师父治病救人尿裤子没什么好丢人的,我们想要尿还没机会呢,只要将病患治好尿裤子怎么了?"说着去解自己的裤带,"来,来,来,把我的裤子给你,下次师父做手术,你将对面的位置让给我。"

张戈听得这话一把捂住裤子:"不给,不给,你想得美。"

萧全哈哈大笑。

为了一个手术尿裤子,宁愿尿裤子也要争抢着做一件事,这样的事可笑吗?如果人这辈子没有遇到这样的事才可笑。

萧全羡慕地看着张戈:"用深拉钩会了吧?打结缝合也跟着师父又学了一遍,你还想怎么样?"

张戈只觉得身上的羞臊去得干干净净,变成了说不出的自豪,从此之后他就真的能帮师父了。

说完这话,萧全忽然想起什么:"你去换裤子,我去帮师父。"说着转头急匆匆地向前走。

张戈又是羡慕又是嫉妒,他多想要追上去和萧全一起重新走进那间屋子。

可是他不能带着尿臊味冲进去。

张戈低下头看着地上的一摊尿,从上面看出自己的影子,是多么的意气风发。

哈哈,他疯了,真是疯了。

但是,他愿意一辈子这样疯疯癫癫。

杨茉仔细地缝合,又将引流管固定好,然后才直起腰。

术中董昭皱着眉头哼了几声,杨茉就让梅香用了少量的乙醚,她不想董昭再受苦。用乙醚就代表着接下来一段时间要一直检测董昭的呼吸。

没有仪器的古代,只能动用人力,杨茉看向秦冲:"保合堂学会急救的郎中不多,大家要轮换着一直看护到董昭醒过来。"

秦冲立即应下来。

杨茉看向董昭略显得苍白的脸。

第一次见到董昭就是在病床上,不知怎么的,董昭躺在床上的模样就一直深深地印在她的脑海里。

后来无论再怎么见面,她第一感觉董昭就是她的病患,她真正意义上的第一个病患。

她虽然也给周成陵治病,可是周成陵却没有给她这种感觉。

也许人和人之间的关系不是能用准确的言语表达的。

她心里一直信任董昭,一直将董昭当做朋友来看待。

杨茉刚想到这里,只听外面传来董绩的声音:"世子呢?可醒过来了?"

董绩的声音很高,屋子里能听得清清楚楚,杨茉立即吩咐梅香:"将世子爷挪到里屋去歇着,要用上盐水。"

梅香点了点头。

"朱善呢?朱善有没有将药拿过来。"杨茉进京就让朱善去看有多少青霉素,朱善和她一起去保定,新药的事就交给了裴度。

屋子里的人互相看看,那边已经给樊老将军缝合好伤口的魏卯道:"还没有过来。"

这么长时间没有将青霉素拿来。

杨茉有些担忧。

以董昭和樊老将军的伤情一定要用青霉素抗感染,战场上耽搁了太长时间给了细菌繁殖的机会,她带去保定的青霉素早就给伤兵用完了。

"快去催催。"杨茉吩咐魏卯,然后过去看樊老将军。

济子篆道:"已经止了血,要看一两日,若是伤情没有好转,就要截肢。"

对武将来说,截肢就代表着永远不能上战场,虽然樊老将军年纪已经大了,可是这样的结果还是让人难以接受。

杨茉点点头:"保命要紧。"济先生将樊老将军的伤口缝合得很好,让这条伤臂也有了血色,这就证明这条手臂现在和身体血脉相通没有坏死。

"济先生缝合得好,下一步就是控制住感染。"

济子篆长长地舒了口气:"十奶奶说行我才放心。"不知道从什么时候开始,身边没有十奶奶他就不踏实。

就算做得再好,他觉得也是比不上十奶奶。

缝合完了他本来觉得很是完美,可是再转头看十奶奶打结的动作,又觉得自己的结打得太死,可能会破坏血管。

如果这是十奶奶来做,一定会更加好。

他行医这么多年算是大周朝数一数二的外科大夫,可是在十奶奶身边久了,就会觉得畏惧,还有多少东西是他没有见过的。

初生牛犊不怕虎。

他从前之所以胸有成竹,那是因为没有见识到更加高超的医术。

他虽然一辈子行医,却仍旧还是一头初生的牛犊。

杨茉和济子篆从屋子里走出来。

董夫人先一步迎上来:"十奶奶我们昭儿怎么样?可醒过来了?"

杨茉展开一个笑容:"我已经做好了手术。"

十奶奶这个笑容就如同第一次给昭儿治病时一样,这样明亮的笑容仿佛要将董夫人的心融化了,多少次她心里对十奶奶又爱又恨,十奶奶救了昭儿的命,却也在她家中掀起了不小的风波。

可是如今十奶奶又一次救了昭儿,她不敢去看十奶奶的眼睛,她怕从十奶奶眼睛里看出自己的羞愧。

真是臊，对救了昭儿的恩人就那般看待，昭儿被救活时她千恩万谢，渡过难关之后她立即将恩情放在了脑后。

甚至在十奶奶去保定开养乐堂的时候，她还觉得十奶奶带着保合堂的人闹得有点过头，一个女子若是开粥棚还算说得过去，跟着那么多男人去军营，一定会遭人非议。

真可笑，那时候她就没想，十奶奶去养乐堂会救昭儿。

说到底她也是个忘恩负义的人，多亏十奶奶没有进董家门，董家这样的人家，有老爷和她这样的公婆，十奶奶哪里会做出今天的事。

他们董家没有这样的福气。

不一会儿工夫朱善带着人将青霉素捧来。

杨茉看看郎中们拿着的四只药瓶："就这样多？"

朱善点头："就这样多了，那药真的不好做，我们走的这段日子的确做了不少，可是都……都没有效用啊……"

分段、分量取青霉素混合液，然后从中找到含青霉素成分的那一罐液体，如果之前的步骤有一丁点的差错，都不能提取出一定含量的青霉素，只要抗菌效果不明显，青霉素液就不能用。

朱善显得很失落，眼睁睁地看着杨茉像是一个做错事的孩子。

"是我走的时候没交代好，现在只能试出这几瓶是有效的。"

杨茉看着仅有的青霉素："这些药我们先用，事不宜迟你们回去接着做药，能做出多少是多少。"

朱善立即点头："我……这就回去。"

朱善和裴度几个离开，杨茉和济子篆商量："只能盼着感染不是太重，用不着太多的青霉素。"

否则药量只能够一个人使用。

杨茉正和济子篆说话，魏卯掀开帘子进门，径直看向杨茉："师父，董世子醒过来了。"

董昭醒来的消息传出来，董绩从董夫人身边走过去大步跨进内室，董夫人顿时被撞了一个趔趄。

内室里杨茉正在看董昭的情况："怎么样？可觉得身上疼？"

董昭轻微颔首。

"过两日就会好，这两天不能起来必须要卧床好好将养，要听保合堂的郎中安排。"

杨茉话音刚落，董绩就走了进来。

董昭看到父亲撑着身体就要起来，杨茉按住董昭的胳膊："我才说完，要卧床将养不能起身。"

杨茉说完转头看向董绩。

董绩显得有些焦急，皱着浓黑的眉毛，来来回回将董昭看了两遍立即道："你们被鞑靼围困，就你一个人回来了？"

听得这话杨茉诧异地看向董绩。

她以为董绩会说一些关切的话，流露出一些舐犊之情，没想到冲头就是这样一句。

这话是什么意思？

是嫌董昭没有战死，还是说董昭是贪生怕死之人？

好不容易死里逃生，见到亲人竟然劈头就是这样的叱问。

这话只要想想都会让人心寒，杨茉转头刚要去看董昭的神情却发现樊老将军也已经醒来。

樊老将军皱着眉头，怒目看着董绩，要不是董昭拖住了鞑靼大军，朝廷攻打鞑靼何以这样顺利，这几十年都没见过这样的胜仗，他本还要夸奖董绩虎父无犬子，养了一个好儿子，这下子定要给董家增光添彩……

要知道千金易得，一将难求，大周朝出过几个良将。

若是他有董昭这样的儿子，就算睡觉也会笑醒。

董绩这个匹夫竟然还不知足。

樊老将军想到这里几乎要气得跳起来，正要说话就看到杨茉走过来向他摇了摇头。

董昭显然有话想要和董绩说，如果这时候被人插嘴，不知道什么时候才能倾吐心声，更何况杨茉期望能看到董绩错愕的神情。

董绩无非是嫌弃董昭没有拿到功劳，他若是知道整件事的来龙去脉，董昭拖住了鞑靼大军，已经为朝廷立下大功，就不会露出如此丑恶的嘴脸。

"我问你，"董绩皱起眉头，"朝廷是不是为了救你损兵折将？你准备要如何向朝廷交代？"

听着董绩说话，杨茉和樊老将军面面相觑。

董绩的为人，现在完全暴露出来。

杨茉看向梅香："将魏卯几个叫过来，将樊老将军挪到外面的诊室去。"

现在的时间应该给董昭，董昭现在还没脱离危险，能不能好起来谁也不知道，也许现在是他向董绩吐露心声的时候，她不应该在这里妨碍，更何况现在樊家人也想立即见到清醒后的老将军。

屋子里没有了旁人，董昭舒一口气："父亲是担心朝廷会责怪我，还是因为我没有和从前一样顺着父亲的意思握住兵权见机行事？"

董绩脸上一僵，很快就被暴怒的表情代替："你这话是什么意思？我是在和你说战事，你当成什么？"

董昭摇头："父亲不是在和我说战事，父亲从京中离开时就已经对我失望……父亲觉得现在已经是争求富贵的好时机，父亲为的是富贵荣华……生怕我兵败坏了你的大局，所以父亲不是在跟我说战事。"

董绩睁大了眼睛看儿子。

董昭道："父亲想做什么，你我心知肚明。"

董绩只觉得全身的血液几乎要冲出来："你就这样和父亲说话？不管是战事还是家族的利益都是一样，你若是大意打了败仗，我就要想方设法帮你遮掩，免得朝廷怪罪下来。"

董昭摇头："那不一样……我打败仗是我的耻辱，父亲现在宁可舍弃我这个儿子，也要谋求你的前程，父亲我说的可对？"

董绩的脸色一阵红一阵白，他想要斥责董昭，董昭却已经是奄奄一息的模样。

董昭喘口气接着道："年轻时候，你在外戍边……回到家里就跟我讲兵法……现在你回来说的都是文臣那些钩心斗角的话，父亲，你是不是有什么心结？有心结就和我说……我们想办法解决。"

董绩半晌没有说话，白了一大半的胡子翘起来，然后露出一丝冷笑："你若是能有半点出息也不会落得今天的地步，你帮我想办法？想什么办法？你只要管好你自己的事，不要给董家丢人……"

"父亲，你忘记从前的事了？"董昭忍着疼痛抬起身子，这样仿佛能离父亲更近一些。

"忘记了从前说过这辈子最大的心愿就是戎马一生。"

那些话，都是年轻时随便说的，如今过了这么多年，有些事早已经变了。

董绩沉着脸。

本来是他来问话，却被这样质问。

"父亲，你到底是怎么了？"

董昭不明白，有些事为什么一下子就变了。

董昭眼睛中质疑的目光仿佛深深地刺痛了董绩。

"父亲还记得从前只要听到打仗，就会眼睛发亮，从来不计较会有什么结果，一心只是想要为朝廷打胜仗。"

"那些日子，父亲都忘记了？"

董绩恼怒地拂一下袖子："我不会听你说这些。"

"父亲，我带着人拖着辎軿打仗，我从来没想过会活着回来，我不是不怕，我只是没时间去惧怕，上了战场……人所依靠的是热血，热血能指引你做该做的事，不会计较得失，也不会衡量结果，就算死又怎么样，只要在死之前，尽全力做好该做的事……也许人活着这辈子，都在向死亡的那一刻致敬，你是尽心竭力，还是漫不经心，到底对不对得起这条命，死的时候会有分晓。"

"那时候，富贵荣华都是过眼云烟……真正值得人敬佩的是尊严，当你提起一个人，不是能说出他有多少钱财，而是他有什么样的操守、有什么样的人品德行。"

董昭咬着牙尽量将一个个字说得清楚。

董绩涨红了脸，伸出手来指董昭："你听听这是什么话，自从那个杨氏救了你，你就变成这样的模样，凡是杨氏身边的人都是疯疯癫癫，你也要和他们一样。"

董昭摇摇头："这和杨氏无关……更和保合堂无关。父亲不该意外你眼前的儿子是这样的模样。"

董昭神情平静："我小时候你就跟我讲那些事……苗疆叛乱时，你还是个副将，被叛党围住整整二十多天，你们没有屈服……最后你带着二十五个兵卒冲了出来，而后又跟着主帅平了叛乱。这是你年轻时做的一件最引以为傲的事……就因为这件事才有现在的文正公，你常跟我讲这件事，因此我才想和你一样做个武将……不只靠祖荫活着。"

"你从来就是我的信仰。"

董昭脑子里开始变得模糊不清，他只觉得疲累，眼前的董绩仿佛离他越来越远，董昭不知道自己是在说话还是呢喃。

声音微小得只有董绩和他自己才能听到。

但是他一定要说，这一路来他翻来覆去想的就是这些，他一定要在这时候说出口。

"我尊敬、仰望你，笃信将来会成你，你教会我要勇敢、坚强、正直，要精忠报国，对得起朝廷和祖宗，在我还不懂得这些话的意思时，我只知道要成为你期盼的儿子。

"直到当我想要娶我喜欢的女子……你无论如何也不肯答应，只因为她在外抛头露面治病救人，现在我才明白……你不是嫌弃她在外抛头露面，有违礼教……而是你嫌弃她娘家不够显赫，不能为你将来的富贵垫脚。

"可是现在你变了，你只有熊熊野心，在意的只是权力和富贵，我拼着命回来只为了见到你，因为你养育了我，你给了我生命，而我……对你没有任何的回报，子女会想方设法报答父母的恩情，无论他的父母是什么样的人，对我来说，我能做的就是告诉你……父亲，你错了，你要改正，你余下的生命不应该掩盖你年轻时的光辉……请你万万珍惜生命，不要再失去自己，我怕你再上战场……我怕你会遇到危险，因为我知道你已经无力抗争，你会死，我要你好好活着，你只有改正才能长命百岁，才能活下去。

"如果我死了没关系，我要你活着。

"如果我死了……你不用羞愧，"董昭说着露出笑容，"我没有做逃兵……也没有屈服，更没有让董家蒙羞……朝廷不会怪罪……董家，更不会怪罪父亲，父亲安心……我还是你那个你所期望的……儿子。"

董绩的手忽然之间颤起来。

那个小小的董昭一下子回到他的眼前，从那么小到这么大，从前他教导儿子，如今儿子说出的话让他无法反驳。

在边关这么多年，他已经麻木了，早已经没有了年轻时的意气风发，尤其是现在他越发觉得力不从心，年轻期盼打仗，现在却有些害怕，特别是又有了孩子，他期望做一个父亲胜过做一个守将。

他已经变了。

可是他又怕不再带兵打仗，那样他就会被人遗忘，再也不会被朝廷重用，于是他想要更大的功劳，能享受一辈子的功劳。

儿子说得对，他已经变了。

他变得贪婪、胆小、懦弱，他老了，他其实已经做了逃兵，他已经打了败仗，他却一直没有看清楚，非要等到现在。

董昭疲惫地重新躺在床上，身上没有了半点的力气，连睁开眼睛都觉得艰难。

眼看着董昭虚弱地闭上眼睛，董绩忽然之间有一种要失去他的感觉，仿佛有人要将他身上最重要的一块肉挖出去。

后悔，董绩说不出的后悔，他竟然没有发现儿子已经变得这样出众，他没有好好和妻儿团聚，更没有仔细地看已经长大的儿子。

他没有做好一个父亲该做的事。

董绩只觉得眼前发热,想要上前和董昭说话,却发现董昭一动不动地躺在那里。

"昭儿,昭儿。"董绩忽然惊慌地喊起来。

床上的董昭没有半点的反应。

昭儿这是怎么了?不是已经从保定回来,身上的伤已经让杨氏治好了吗?这是怎么回事儿?

董绩觉得心脏已经要从胸口跳出来,手不停地颤抖半晌才去摸董昭的鼻息。

"昭儿。"他几乎感觉不到董昭的呼吸。

董绩慌张地转身向前走,几乎摔在地上,他顾不得别的,一把攥住帘子,脑子里一片空白不知道要去喊谁,只是尖叫:"快……快来人啊……快来人看看……"

刘砚田将手里的奏折反反复复看了几遍,霍然站起身:"我这就去上清院请皇上派徐将军领兵趁机剿灭鞑靼。"

徐青立即站起身:"阁老,现在已经来不及了,周成陵已经从保定回京,我们再请兵已经晚了。"

周三老爷明明说这场仗还要打一段时日,到底是怎么回事,突然一下子就打了胜仗,还杀了鞑靼的太师。

想到这里刘砚田只觉得头发都要根根竖立起来。

徐青沉吟片刻才低声道:"阁老也不用太担心,我们现在攥住了董绩的把柄,不怕董绩不站到我们这边来。"幸亏早有谋算,这边不行就用别的法子。

刘砚田听得这话点点头:"董昭现在在何处?"

"在杨家祖宅,董昭和樊老将军都受了伤,现在正在杨家医治。"

又是杨氏,提起杨氏,刘砚田目光锐利起来:"笑话,杨氏是什么人,朝廷官员受了伤,岂容她在一旁治症,拿着我的帖子立即去太医院,让太医院接治董昭和樊老将军。"

听刘砚田这样一说,徐青心里就更有把握了,刘阁老早就有算计,不会让周成陵顺利立了这个大功。

刘砚田遣人去太医院知会。

陈老院使看向丁院判:"保合堂那边你也常来常往,你可知这样的事?"

但凡官员看症无不经过太医院,现在却去了杨家,这将太医院置于何地。

丁院判站起身向陈老院使行礼:"周十爷打了胜仗,保定的军情已经入京,"丁院判说着看向太医院的众人,"院使大人有疾在身,深居简出大约不知晓,我们太医院的诸位应该都有耳闻。"

岂止是有所耳闻。

听到樊老将军和董世子的事,太医院不少人去杨家打听情形,都想要知道这一次周十奶奶能不能将人救活。

自从有了保合堂,太医院已经做惯这种事。

陈老院使捋着花白的胡子向周围看去,太医院的御医们有的装作低头喝茶,有的翻看手里的书籍,有的目光闪烁,没有谁站出来说话。

陈老院使咳嗽一声："怎么都没有人说话？"

丁院判道："院使大人，这也怪不得诸位大人，就说十奶奶带着民间大夫去保定建养乐堂的事，先不说花费了多少草药和米粮，就是冒着危险去军营给伤兵治病，这是谁能做到的？"

"军营里缺少医工，太医院里不过只是有姚御医愿意带着学生前往，我们这些人躲在衙门里，风吹不着日晒不着，有什么立场说伤兵的事，只要求着别人不在背后指指点点就不错了。"

这话说出来，所有人都无法反驳。

事实如此。

丁院判从桌子上拿起一张名册："提到去军营做医工，太医院立即'病'了不少的老母亲，更别提有腿疾的太医有多少，如今别说有功劳我们不能去抢，就说能去抢，谁敢去抢？"

谁敢去抢。

陈老院使皱起眉头。

丁院判仔仔细细地将话说清楚："谁能保证将人从杨家接出来就能将伤治好？若是保证能医治，我就豁出脸面去问周十奶奶。"

屋子里顿时一阵安静。

谁都见识过周十奶奶的医术，平日里空口议论也就罢了，真到见真章的时候谁还敢说话。

醇郡王世子爷的病，周七老爷家少爷和小姐的病，破伤风症，就连周十爷的脑疾都是亏了有周十奶奶的医术。

到今天为止，谁还敢去跟周十奶奶辨症。

陈老院使环顾四周，不管是老御医还是年轻的御医都不过是互相看着小声议论，谁也不敢明着反驳丁院判的话。

看到这里陈老院使不禁叹息，从前太医院吵吵嚷嚷，因为一个病症两个御医唇枪舌剑争得面红耳赤。

几个人互相较劲，见面甚至不屑地冷哼拂袖而去。

当年的院使大人走到太医院就被人拉着辨症，那时候觉得太医院气氛不好。

现在才知道，如今一潭死水才是真的不好。

败落了。

不过几年的工夫就败落到这样的地步，他也年迈，没有心力去改变太医院，太医院要有一个有作为的院使掌管。

陈老院使清清嗓子慢慢道："就算我们不能救治，也不该袖手旁观，丁院判就带着些人去杨府，看看有什么我们能帮衬，一切都听周十奶奶的安排。"

陈老院判话音刚落，太医们惊讶地抬起眼睛："院判大人，那是民间的医铺，那杨氏还是个女子，我们去帮忙……日后太医院要怎么抬起头来。"

"是啊，哪有太医院帮民间郎中的做法。"

陈老院判倒垂下眼皮："现在都有精神了？你们以为现在就没有人笑话太医院？将这个月的脉案拿出来数数，有多少达官显贵请你们去看症？就说太后娘娘那里现在用的可是诸位开的方子？"

"行医治病……"陈老院判嗓子一痒，不禁又低头咳嗽，"我这辈子是攒够了名声……你们呢？不给人看诊还是什么医生，更别提自诩御医，什么都不是。"

陈老院判这是怎么了，怎么忽然变了一个态度，之前明明还对杨氏的医术多有异议。

陈老院判挥挥手，立即就有学生从外面抱了厚厚一摞书函进来。

陈老院判道："都去看看，这是从保定拿回来的脉案，大多数出自养乐堂，少部分是姚御医带着医工所写，朝廷在保定打仗，离京城如此之近，我们太医院除了姚御医，连一个伤兵都没诊治过。"

"汗颜，我替你们汗颜。"

不知是谁先起身去桌子旁看脉案，紧接着更多人陆陆续续地走过去。

那些脉案用的纸张带着污渍，记录的字迹潦草，不过仍旧清清楚楚地写着每一个病患的病情。

三月初三，晴，从京城出发已经一日，沿着官路向保定走，没有遇到伤兵，接诊灾民三人。

三月初四，阴，临时征用民居建养乐堂，天将黑时下起小雨，接诊重伤病患三名，两人可行走神志尚清，一人高热昏迷，病案如下……

写到病案处字迹明显变了，从之前的规规矩矩变得有些潦草，显然是紧急记录的，病案上有湿润的痕迹。

看到这里，丁院判仿佛见到那个情景，杨氏带着一群大夫接诊才遇到的伤兵，那时候的心情定然是又紧张又高兴。

杨氏带着保合堂终于做到了他们想要做的事。

三月初五接诊重伤病患五名，三人能行走，一人拖行，一人亡故，病案如下……
……

三月十日接诊重伤病患二十二名……

越来越多的病患记录，从开始零星几个到后面几十名病患，养乐堂的医生一边救人一边走向保定战场上。

大家越来越快速地看脉案。

到了最后只顾得看人数，看多少能得到救治，多少人亡故，用了多少草药，还剩余多少草药。

"这里的方子不对，应该多用仙鹤草……哦，仙鹤草数量不多了。"

"没止血的草药了，怎么办？"

"我这边也写着没有了。"

"用了这么多药，米粮也不多了。"

"还陆续有伤兵，源源不断的伤兵啊。"

不管是胜仗还是败仗，只要打仗就一定会有人受伤，他们在京里不过听到的是大体的消息，现在捧着脉案看着的却是一个个真实的记录。

"仙鹤草带得太少，我们太医院有不少这样的药……"

现在说出来又有什么用，这些药放在太医院没有用处，年年换陈药都白白浪费了，那边救治伤兵却药不够。

都是治病救人的医生，都是同样的草药，却这般的不同。

不用别人说，真该是他们觉得羞愧的时候。

他们比民间医生多的是一身官服，少的却太多太多了。

刘砚田才坐下来喝了些茶，管事的就急匆匆地跑进来："老爷让我去打探杨家那边的消息……"

刘砚田抬起头，"怎么样？太医院的御医可去了杨家？"

管事的立即道："去了，去了，只是丁院判带着御医……不是去杨家抬樊老将军和文正公世子，而是去帮忙，"

去帮忙是什么意思？太医院和保合堂不是素来水火不容，太医院怎么可能帮衬保合堂，该不会是杨氏眨眼之间将整个太医院都收买了。

管事的道："是真的，小的亲耳听见丁院判这样说。"

刘砚田霍然站起身，冯国昌死了之后太医院也有些御医被牵连进去，现在剩下的御医大多没有立场，尤其是那个陈老院使钻研了一辈子医术，根本不理什么朝局，这该如何是好。

刘砚田正觉得心急如焚，刘夫人和刘妍宁从内室里走出来。

管事的立即退下去。

刘妍宁换了杯新茶给刘砚田："父亲，眼下怎么不让人叫江氏来说话。"

江氏是董绩的妾室，现在也进京来了。

董绩宠着江氏和庶子，现在这样的关节江氏的话比什么都有用，更何况现在董昭重伤，董绩和董夫人都在杨家，没有比这更好的时机。

刘砚田点点头："幸亏安排得早，这么多年了，不怕江氏不听话。"

刘砚田话音刚落，外面的管事又匆匆忙忙跑进来："老爷，兵部来递送文书了。"

刘砚田伸手将文书拿出来看。

刘妍宁看着父亲的神情愈发深沉，心跳也跟着加快："捷报才进京三日，兵部就向上清院递送了文书，皇上已经下旨让周成陵带着鞑靼太师人头回京，还命兵部准备犒赏三军。"

刘夫人诧异："怎么会这么快。"

刘砚田咬牙切齿："那个兵部侍郎秦钺，不知发了什么疯，一封封的奏折写上去，平日里也就罢了，皇上可能不闻不问，现在是打了胜仗。皇上就是再不顾朝政，听说胜仗也会高兴，鞑靼扰边这么多年，那个保定总兵每次都是等鞑靼抢了东西退走时候做做样子驱赶，什么时候打过一个正经的仗，虽说是周成陵立了大功，这件事发生在皇上当政时，皇上脸上也有光。"

说到这里刘砚田就觉得闹心，他怎么都喘不过气来。

他小心安排这么多年，阁老的座位还没有坐暖和，那边周成陵不过打了个胜仗，就已经等着加官晋爵。

刘砚田两侧额头青筋暴出。

他是赌上了女儿的名节才将周成陵的爵位夺走，这才多久，他的努力就要付诸东流。

这让他如何甘心。

"这真是要气死我。"

第十七章 胜负

董夫人见到杨茉从诊室里出来立即迎了上去："十奶奶，里面怎么样？"

守了一夜，董夫人又急又累神情有些恍惚，坐在这里总是想起董昭小时候的事，都说母子连心，她总觉得这不是好兆头。

杨茉携了董夫人的手，进屋子里坐下："世子爷只是昏睡过去，脉象看着还好。"

董夫人整个身体抖起来，杨茉忙从梅香手里接过手炉放进董夫人怀中："夫人要保重身子，世子爷好了还要夫人照应，我让人将内室收拾出来，夫人去歇一会儿。"

董夫人抬起头看着来安慰的杨茉，十奶奶救着昭儿，还不忘了照应她，这份恩情他们母子不知道怎么才能报答。

"怪不得……"董夫人差点脱口而出，立即掩饰，"怪不得周十爷说什么也要娶十奶奶，十奶奶真是个世上难寻的好人，十奶奶这样对董家，倒让我抬不起头来。"

京里是没有秘密的，他们家曾那样防备杨氏，杨氏不可能不知晓，说到底他们真正可笑，昭儿说要娶杨氏他们吓得不得了，生怕杨氏借着对昭儿有恩赖上董家，这样才从常家搬出来，现在想想……

周十爷的身份如何？求娶杨氏都费尽了心思，杨氏又怎么会赖上董家……

她不过就是个内宅妇人，荣华富贵都是嫁人才有的，杨氏却是靠着自己得了这么多人信任，连太医院的院判都来杨家帮忙。

周三夫人在京里又是搭粥棚又是给菩萨塑金身，做尽了好事，结果京城街头巷尾议论的却都是杨氏带着人从保定到京城沿路建养乐堂。

这么大的事就被杨氏一下子做成了。

现在无论杨氏走到哪里，都有人等着听杨氏的安排。

杨茉出去照应董昭和樊老将军，董夫人睡不下只好让人扶着去庭院里走走，刚走出院子就发现到处都是灯笼。

再一看才知道是提着灯笼的人站在那里。

在屋子里还不觉得，出来才愕然发现，原来有这么多人帮忙，任谁家再显贵也不一定能请到这么多医生来辨症，就算来了这么多人，也不一定会倾尽全力。

董夫人叫住来往的小郎中："这是要做什么？"

小郎中立即道："帮保合堂做药啊，保合堂的药不够救人用，京里的酿酒铺，有炼药炉的药铺都过来帮忙，十奶奶脱不开身，就将东西都搬过来，十奶奶边治病边看着大家做药。"

原来是这样，看着这么多人低头议论，一心想要帮忙做出药来，董夫人颤抖的身体忽然不再抖了。

她不该害怕，这么多人在努力救昭儿，她应该变得坚强，少给十奶奶添麻烦，少让人来照应她，她应该做好她能做的事。

董夫人想着看向身边的妈妈："大家都还没吃饭吧？"

管事妈妈立即道："夫人可是饿了？十奶奶已经吩咐准备饭菜，一会儿就能送上来。"

"这么多人在，"董夫人看了看周围，"杨家怎么能准备出来那么多饭菜，不如我们过去帮忙。"

管事妈妈一怔，在这里帮忙做饭？

董夫人道："我们过去看看，能帮衬上就伸伸手。"

管事妈妈应了一声忙扶着董夫人去后院，杨家祖宅很大，很多地方还没来得及收拾，现在只有东院的小厨房和前面的大厨房开着，杨名氏和陆姨娘正让厨娘尽量多做些饭食出来。

杨家好久没来过这么多人，人手一下子紧张起来。

陆姨娘正忙着安排抬起头看到董夫人，急忙迎过来："夫人怎么来了。"

董夫人强露出一丝轻松的神情："前面没有我的事，我就想着这边能不能帮上忙，那边都熬了一宿，总要准备些饭食才好。"

陆姨娘不禁脸一红："我也是这样想，只是人手不够。"

"府里的女眷倒是有不少，大家都是做过中馈的，张罗些饭菜倒是容易，"董夫人说着顿了顿，"别的我不好说，这些我倒是能做，平日里在家中也没事做，经常准备些宴席。"

陆姨娘想要劝说董夫人去歇着，却也劝不动只好和董夫人一起去了厨房。

樊家太太和几个女眷也来帮衬。

"十奶奶从回来还没吃饭吧？"

陆姨娘颔首："只是随便吃了些，我想着这样身子定然受不住，我正准备让厨娘做些面条，给茉兰和济先生几个吃。"

董夫人看着厨娘准备出来的白面："十奶奶爱吃面条？那不如我来做吧，我娘家在扬州，我在家中经常做阳春面。"

热腾腾的阳春面，也是昭儿爱吃的。

董夫人将面条切好送进锅里，不肯让管事妈妈帮忙，直到将面条盛进碗中。

昭儿快醒过来，看母亲今天做这碗面条格外的漂亮，董夫人抬起头看向陆姨娘："我怎么觉得，今天这些面条是我做得最好的。"

看着董夫人苍白的嘴唇，陆姨娘眼睛仿佛被热气扑了，急忙转头用袖子去擦。

樊大太太忙劝董夫人："这是好兆头……"

樊大太太话音刚落，下人过来传话："十奶奶让我和夫人说一声，世子爷好转了。"

董夫人顾不得别的，立即跑出厨房直接奔向东院。

进了屋子，董夫人才见到董昭。

屋子里是一盆盆的冰水，董昭身上的衣服已经被水打湿了。

看着被布条层层包裹的董昭，董夫人的眼泪一下子涌出来："昭儿。"声音也忍不住哽咽，一双眼睛已经哭得红肿。

"昭儿，你醒醒啊，你看看母亲，母亲就在你身边。"

只要你能醒过来怎么都好。

我的儿。

杨茉看向董夫人："夫人别急，慢慢来，慢慢叫世子爷的名字，世子爷能听到。"

董夫人屏住了呼吸，将董昭仔细地看清楚。董昭眼睛一颤，慢慢地睁开，明亮的光让他立即又将眼睛合起来几分，然后他看到僵立在一旁的董夫人。

好了，好了。

我的儿睁开眼睛了。

好了，他好起来了。

她还能看着他娶妻生子，还能让他吃她做的阳春面。

董夫人转头看向杨茉，只觉得双膝一软，顿时向杨茉跪下去，她做牛做马也不能报答这份恩情。

周三夫人忙得额头也出了冷汗。

这些日子施米开粥棚，她累得团团转，为了掩盖陈米的事，她每日都要去粥棚查看。

现在保定那边终于有了消息，总算是打了胜仗，她终于能喘口气。

周三夫人正想着，管事妈妈进来道："三夫人，太夫人请您去一趟，刘阁老的夫人来了。"

刘阁老的夫人这时候过来不知到底是为什么事。

周三夫人强忍着腰酸，让人换了衣服去了二太夫人房里。

撩开帘子进门，周三夫人立即感觉到屋子里的紧张气氛，坐在椅子上的周五夫人已经露出惶恐的神情。

周三夫人心里顿时一沉，冷汗从脊背冒出来，脸上的汗毛也是根根竖立，周三夫人上前行了礼："娘，这是怎么了？"

二太夫人脸色难看，嘴唇紧紧地抿起来，顾不得和周三夫人说话径直看向刘夫人："夫人这消息可做得准？"

"作准了，若不然我也不会过来知会，"刘夫人说着顿了顿，"我们老爷是看到了周十爷给兵部的奏折，兵部上呈给皇上……三老爷已经被周十爷定了罪，身边带着的家人就地正法，现在三老爷是什么情形还不清楚。"

就地正法。

听得这几个字，周三夫人腿脚一软只觉得眼前发黑一下子身体摇摇欲坠。

旁边的管事妈妈吓得一跳立即上前搀扶，周三夫人身子重还是瘫坐在地上，胸口顿时有一种撕心裂肺的疼，她也顾不得许多强忍着疼痛："老爷怎么了？老爷定了什么罪，为什么要将带去的家人……就地正法……到底是怎么了？"

屋子里登时乱起来，下人七手八脚去搀扶周三夫人，二太夫人也站起身立即去看周三夫人的情形。

刘夫人吓得脸色苍白不知道如何是好。

"三夫人，您有没有哪里不舒服，快……快去请太医过来，快去啊……"

周三夫人红着眼睛还要挣扎着起身："娘，老爷到底怎么样了，娘……"说着转头去看刘夫人，"刘夫人……到底有什么消息……快告诉我啊。"

刘夫人不知怎么说才好："要说都是宗室，怎么能下得了这样的狠心，若是出了差池可如何是好，这家中老的老小的小，三夫人身上还怀着一个。"

周三夫人耳边顿时一阵嗡鸣，看着刘夫人的嘴唇开了合，合上又开启，紧接着她觉得身下一股暖流淌出来，胸口立即不疼了。

"这是……这是……"

"快来人啊，三夫人这是……这是要生产了。"

才七个月，七个月就要生产，二太夫人不受控制地抖成一团，老三做了逃兵，老三媳妇再小产，他们家的天要塌了。

二太夫人让人搀扶着等在外屋里，不一会儿工夫太医院的何太医从里面诊脉出来。

"怎么样？"二太夫人急忙迎上去。

何太医摇了摇头，一脸为难的神情："保胎是保不住了，眼见是要生产了。"

二太夫人攥紧了身边妈妈的胳膊，将管事妈妈攥得皱起眉头来："这可怎么办？生下来还能不能……"

二太夫人是问孩子还能不能活。

毕竟不是足月。

何太医道："这个不好说，要看情形，大多数是使不得的。"

好端端的孩子就要这样没了，二太夫人只觉得一阵晕眩："就没有了别的法子？我们家保胎的药还有。"

"现在羊水已出，无论什么药都无用了，府里还是尽早让稳婆接生。"

何太医说到这里，二太夫人眼睛已经红起来，刘夫人立即道："好不容易到了七个月，难道就要眼睁睁地看着……"

刘夫人的话深深地刺了二太夫人心窝。

好不容易盼着老三媳妇怀孕，只要老三媳妇生下儿子他们安排的事就能顺利进行，沣哥这样才能被选进宫过继给皇上。

老三的爵位眼见就要到手了，老三媳妇也怀了身孕，这一切本来顺风顺水，哪知却一下子翻天覆地。

二太夫人脸上如同罩了一层阴霾，刘夫人目光闪烁拉着二太夫人："太夫人这时候可不能慌张，家里还都要你做主。"

说完刘夫人看向何太医："太医再想想别的法子啊。"

何太医低下头，突然想起什么："二太夫人何不去请周十奶奶来，醇郡王世子爷也是早产，经过十奶奶诊治，现在不是好端端的吗？"

杨氏，二太夫人整个人像被扎了一下，脸上五官扭曲最终露出奇异的神情："杨氏怎么可能来诊治，若是听说老三媳妇要小产，她不知道要多高兴，要不是因为他们夫妻，老三媳妇也不会受惊吓。"

刘夫人不知怎么劝说才好："我看，二太夫人还是让人去请十奶奶，总是同族同宗，不能就这样眼睁睁地瞧着不管吧！"

二太夫人胸口犹如一股气堵在那里不吐不快，看向身边的管事妈妈："去让人将这里的情形告诉老太爷，让老太爷做主。"

周五老爷才从庄子上回来，顾不得换下身上的短衫就带着人一路到了杨家，进了杨家大门，身边的管事就大声喊起来："十奶奶可在？"

先是门口的杨家家人互相看看，其中一个上前："你们这是来帮忙还是看诊的？若是帮忙我们引路去东院，若是看诊就要等等，我们十奶奶现在正忙着。"

听得这话，周五老爷一股怒火顿时从眼睛里烧出来，一把将杨家家人推了个趔趄："不长眼睛的东西，连爷也敢盘问。"

这两天进进出出杨家的不知有多少，没有一个像是这样，这是要做什么？怔愣间，周五老爷带着人已经跨进内院。

走进内宅，才发现来来往往都是人。

这是杨家的内宅，真像外面人传的那样到处都是外男，这个杨氏还真敢这样做，就不怕别人议论。

既然人人都能进杨家，他也不用客气，大可以径直去找杨氏，杨氏在外抛头露面早就没有了名声可言，他也不用将杨氏做内宅妇人对待，这样就算周成陵问起来，他也有话可说。

周五老爷这样想着顺着人流跨进东院。

朱善正要带着人做新药，隐约听到喊声："有没有看到那几个人往哪里去了？"

"去了东院，"杨家家人一瘸一拐地向前走，"说是找十奶奶，我问了一句就推了我一把。"

杨家这几天为了救董世子、樊老将军和几个伤兵大门敞开，来来往往的人也并不多加盘问，万一出了事可怎么得了。

"快，"朱善抬起头，"我们去看看。"

朱善正喊人去东院，周五老爷气得七窍生烟，东院人不少，就是不见女眷的踪影，随便叫一个人来问，都说："十奶奶正忙着。"

一句话打发他了事。

杨氏竟然就这样敷衍他，那边府上心急如焚，这边他连杨氏的面也见不到。

杨氏定然是故意这样安排。

这么多人不可能没有人认识他周五老爷，尤其是杨家家人，见到他怎么可能不去向杨氏禀告。

杨氏是有意托大，要借着这个机会好好地为难他们。

周五老爷从来没有受过这样的气，从他生下来开始就是宗室，走到哪里都有人弯腰伺候，现在一句话就让他等。

周五老爷看着乱成一团的杨家，一股轻视之意顿时从心中流出来，不是他不尊重杨氏这个弟妹，而是杨氏不值得他尊重，杨氏靠着献王太妃和周成陵就这样为所欲为，他也不能按照规矩对待杨氏。

周五老爷想到这里带着人向前走去。

才走了几步就立即有人来阻拦："前面是手术室，十奶奶在做手术，谁也不能进去。"

周五老爷板起脸来。

这已经是第二次阻拦他。

杨家到底懂不懂得规矩，不但没有人礼待，还这样阻挡。

"我有事找十奶奶，让我进去说话。"

那人立即摇头："不行，现在不能进去。"

那人话音刚落就有穿着奇怪长袍的人撩开帘子走进去。

凭什么有人能进他就进不得。

周五老爷立即怒火上涌伸出手来就要去推眼前的人："给我让开。"

"手术室谁也不能进。"

朱善大喊一声带着人上前一把抓住周五老爷："懂不懂得规矩。"

"你们知不知道我是谁，我是……"周五老爷鼻端顿时闻到一股恶心的味道，好像是油味又带着股酸酸的醋味，抬起眼睛就看到发髻凌乱，满脸胡须，脸皮黝黑如同睡在街面上等泔水吃的乞丐。

什么东西。

这样的人也敢碰他。

周五老爷的话说到这里戛然而止，抬起脚就要踹在朱善身上，这一脚还没有踹实，周五老爷只觉得眼前天翻地覆，紧接着屁股一阵剧痛，整个人已经摔在地上。

周家的下人吓得怔愣在一旁。

这个人摔了五爷。

这个人敢动五爷。

谁也想不到会出这样的事。

"怎么这样不讲理，说不通还要打人，"朱善晃动着大大的脑袋，他们熬了两天两夜终于将药做出来，现在十奶奶在里面给樊老将军动手术，要清掉手臂感染的部分然后用青霉素治疗，关键时刻他怎么能让人这样闯进去。

破坏了手术，这么多人的辛苦白费了不说，那是一条人命。

不管是谁想要进去就要问问他朱善答不答应。

周五老爷面如金纸，心中油然生出一种被侮辱的感觉，他这样显赫的身份，被一个乞丐摔倒在地，身上的尊贵一下子被摔得粉碎："你敢……找死，"周五老爷气急败坏地向下人大吼："还愣着做什么，将他绑起来狠狠地打。"

周家下人立即向朱善抓过去。

周家人才动手，院子里的人就"咦"了一声，怎么眨眼之间几个人就这样打起来，众人全然不知道发生了什么。

不过保合堂和杨家的人挨打，他们怎么能坐视不管，众人忙互相呼喊着凑过去……

杨家顿时满是嘈杂的声音。

周五老爷才爬起来后背不知被谁打了一拳，他人堪堪摔下去，立即就被人揪住了领子向外拖。

他腿脚乱蹬着，好几次都没站起来。

"知不知道这是什么地方？敢来这里打人。"

"哪有你们这样的人，长着一张嘴不会好好说话。"

"就是，哪有这样不讲理的人。"

不知是谁冷笑一声："不要和这样的人说理，长得就不像是好人的模样，进门就打人，当这里是什么地方。"

周五老爷被提着领口喘不过气来，任凭他再想说话，嗓子里只能发出"嗬嗬"的声音。

这些人疯了，这些人竟敢这样对他。

他们不知道他们打的是谁，他是宗室，一个堂堂的宗室。

想到这里周五老爷忽然想到一件事。

他没有照常理进杨家，此时此刻他身上还穿着一身短衫，也就是说……真的没有人知道他是谁。

没有人知道他们现在提着的是周五老爷。

他想要轻慢杨氏，才这样闯进杨家，却没承想杨家里的这些人会这样维护杨氏……

这到底是怎么了？

世道变了吗？

周五老爷刚想到这里，整个身体"飞"了出去顿时撞在硬硬的石路上。

周围传来一阵笑声："想要欺负妇孺，看你再猖狂。"

周二太夫人眼看着内室里端出来一盆盆血水，屋子里传来周三夫人阵阵哀嚎。

稳婆擦着汗出来回话："太夫人，三夫人不太好，羊水虽然破了，可是怎么也不见生。"

二太夫人强打精神："有没有揉肚子，有没有向下挤。"

稳婆嘴角翕动，喘口气才道："下身没有动静，红门不开，怎么揉也没用啊，三夫人这样下去恐是要难产。"

二太夫人伸出手来："快，快让太医写一张催产的方子，快啊……"

下人忙去要方子熬药。

二太夫人向院子外望去，老太爷那边没有半点的动静，二太夫人正要打发人去问，管事妈妈急匆匆地走过来："太夫人，不好了，五爷被杨家人打了。"

二太夫人顿时脑子一阵嗡鸣声，诧异地看着管事妈妈："你说什么？五爷被杨家人打了？杨氏哪里来的胆子……"

刘夫人也惊呼一声，脸色顿时变得难看："还有这样的事？"

话音刚落，门口的管事就传来话："献王太妃和献王妃来了，三太夫人也来了。"

来得正好，看献王太妃现在还有什么话说，难不成献王太妃还能纵着杨氏打人。

二太夫人让人搀扶着迎出去，刚走到月亮门就看到献王太妃和三太夫人。

二太夫人的眼泪一下子涌出来。

三太夫人急忙上前："这是怎么说的，昨儿我还看到过，怎么一下子就听说小产了。"

献王太妃目光落在刘夫人身上，刘夫人穿着藕色的褙子，梳着圆髻，看起来很是平易近人，尤其是现在紧皱着眉头，一脸的心疼和担忧。

献王太妃就觉得可笑。

刘夫人这是在人前演起慈母来，若真是慈母当年就不会将刘妍宁嫁给成陵，谁会将女儿嫁给一个要死的人。

几个人边说话边向院子里走，走进周三夫人的院子，隐隐约约就听到周三夫人呻吟的声音。

三太夫人皱起眉头："可请了太医来？有没有请陈老院使？"

二太夫人颔首："请了，陈老院使身上不自在几个月不曾看诊的，让何太医来诊脉。"

"那何太医呢？"献王太妃接话过去，"让何太医过来说说话。"

下人立即去喊。

何太医还没站稳，献王太妃已经道："三夫人是什么情形你仔细说说。"

何太医将和二太夫人说的话又重复了一遍。

"但凡女人小产都有征兆，三夫人之前脉象可好？"

听得献王太妃这话，二太夫人一脸诧异。

献王太妃看向献王妃："我之前让你怎么和二太夫人说的？你可都将我的话传到了？"

献王妃急忙点头："媳妇都说过了，太妃说三夫人的脸色不好，让我和二太夫人说，让三夫人好生在家将养，不要再出门奔波。"

二太夫人听得这话兀然想起来，顿时出了一身的冷汗，这话献王妃来说过……

献王太妃冷冷地看向二太夫人："我说的话，你们就没放在心上，才会有今天的事，从前老三媳妇生沣哥时就从我手里拿的保胎药。"

老三媳妇什么时候去献王府要过保胎药，这她半点不知晓，二太夫人慌忙看向身边的管事妈妈。

管事妈妈也摇头。

这到底是怎么回事，老三媳妇从来没跟她说过身上不舒服。

献王太妃目光在刘夫人脸上一掠而过："家里出了事，就不好再留刘夫人，让门房备车，将刘夫人送回去吧！"

清清楚楚的逐客令，刘夫人顿时脸上一热，众目睽睽之下她也不好说什么，只是诧异地和二太夫人对视一眼，在二太夫人眼睛里看到些歉意，然后才低下头给献王太妃行礼："我改日再去看太妃。"

刘夫人带着下人上了马车，一路回到刘家，刘妍宁已经等在垂花门。

母女两个进了内室，将下人遣下去。

刘妍宁急忙问:"三夫人怎么样?"

刘夫人摇头:"看样子是保不住了,不知道大人会怎么样。"这话没有一点的惋惜反而有些期望。

如果周三夫人死了,就算这件事和杨氏再没有关联,也是两家斗法才有的结果,太后娘娘那里杨氏也落不下什么好处,三老太爷,二老太爷两家心里也不会饶了周成陵和杨氏。

周三老爷做了逃兵,就算不死也是一败涂地,不但不能承爵,有了这样的错处皇上也不会再要沣哥。

已经是一张坏牌,现在就期望能舍弃得有些价值。

想到这里刘夫人又有些丧气:"这可怎么办?一下子可全被打乱了,哪里去寻这样好的人选。"

这些年就像是在布线,从济宁侯府到周二太夫人府上,再到太后娘娘和皇上那里,父亲一步都是算好的,只等到适当时机拉网,一个环节出了差错这网也就破了。

刘妍宁道:"也不是没有办法,父亲说只要周三老爷没到京城就还有转机。"

刘夫人听得眼前发亮:"是真的?"她故意在周三夫人面前提起周三老爷的事,好让周三夫人受了惊吓,她能做的都已经做了。

现在二老太爷一家越恨周成陵越好,这样的恨意是如何也化解不了的,因为二老太爷现在看到的只有金光闪闪的皇帝宝座。

献王太妃仔细端详着二太夫人,仿佛不认识了她般:"我们嫁进周家几十年了,我一直觉得你是个伶俐剔透的,怎么能做出这样的事?自家的孩子顾不好你要怨谁?我怎么就从来不让媳妇挺着肚子出去张罗,三老爷的消息才进京,到底怎么样谁也不清楚,你怎么就让老三媳妇知晓了?"

二太夫人被说得哑口无言。

"莫要被利益冲昏了头,为了争些功劳不管不顾,我不是没有劝说你。"

二太夫人攥紧了手:"就算之前的事是我没有安排好,可是老三媳妇这样的关节,我让老五去杨家请十奶奶过来诊治,杨家人却将老五打了一顿。"

献王妃睁大了眼睛,这件事她们可没听到过。

到底是因为什么?

二老太爷气得胡须竖立,周五老爷也是脸色难看。

"哪有这样的规矩?府里招了一群不三不四的人,二话不说就将人打了,要不是看在杨氏嫁进了宗室营,我立即就将这些人都抓起来。"

献王太妃看着周五老爷:"你去杨家可说了你是谁,要找茉兰做什么?"

周五老爷立即点头:"说了,我是去求十弟妹来救人的。"

听到周五老爷这样说,二太夫人立即大声哭起来:"天哪,我这是作了什么孽,家里出了这样的事,好端端的媳妇小产,儿子出去请郎中也会被打。"

献王妃看向献王太妃,莫不是这次老十媳妇真的失了分寸?

献王太妃还没说话,只听得门外传来呕吐的声音。

二老太爷腾地一下抬起眼睛:"是谁在外面?"

话音刚落,帘子立即掀起来,周五夫人身边的妈妈忙进屋禀告:"是五夫人,五夫人身上不舒服,刚让府里的大夫看了,说是……有喜了。"

二太夫人悲戚的脸上一下子有了惊喜的笑容,忙伸手:"快,将五夫人扶着下去歇着,不可有半点的闪失。"

周三夫人疼得捂住肚子在床上翻来覆去。

两个稳婆束手无策地站在一旁。

太医用了两次针就退了下去,汤药也送了两碗就是不见动静。

周三夫人只觉得肚子沉甸甸的,扯得她五脏六腑都要掉出来,她是不是要死了,周三夫人抬起头看到两个稳婆仓皇的模样。

"沣哥呢?将我的沣哥叫过来。"周三夫人有气无力地说话。

管事妈妈立即低下头:"夫人先安心生产,等一会儿奴婢将二爷请过来。"

周三夫人摇头,眼泪淌进鬓角:"我现在就要见沣哥,若是迟一些说不得我就见不到了。"

管事妈妈听得心里酸涩,想想二太夫人正在那边和献王太妃争论也顾不得这里,立即低下头:"夫人别慌,奴婢去找二爷就是。"

一会儿工夫沣哥被带来床前,两个稳婆先退下去。

周三夫人看着儿子,幼嫩的脸上仿佛有一丝的仓皇,眼睛向周围看过去,最后才落在周三夫人脸上:"母亲身上不舒服?怎么躺在床上?"小小的手抬起来就去摸周三夫人的脸。

这么小的孩子就要没有母亲了。

沣哥,她都是为了沣哥啊。

谁不是望子成龙,这话对于沣哥不是随便说的,沣哥真的可能会被过继给皇上,将来会承继大统坐在皇位上。

只要想到这个,再辛苦也值得。

可是以后要怎么办?老爷做了逃兵,不可能再承爵,一个身上有过错的宗室的子嗣怎么能过继给皇上。

而她也快死了。

周三夫人想想母亲给她写的信,要让她惜福,惜福就是这个意思。

求的太多,承受不住,就会落得凄惨的下场。

到底是谁的错,她比谁都清楚,是太夫人要她去施粥,是她自己明明身上难受还在支撑,希望侥幸能保住孩子又做好善事名利双收。

这世上根本就没有两全的事。

非要临到死,她才想明白。

"沣哥,如果娘走了,你怎么办?"

听得这话,管事妈妈吓了一跳,夫人这是糊涂了,怎么能当着二爷说出这种话。

沣哥睁大了眼睛:"娘,你要去哪里啊?"

要去哪里?她要怎么和孩子说,她要永远地离开孩子,离开这里,她不但害死了肚子里的孩子,还害死了自己,又让沣哥没有了娘。

周三夫人身体里的酸涩一下子都涌进心窝。

好疼,好疼,早知今日何必当初,就是后悔也来不及了。

"三夫人,"管事妈妈哭着,"您要保重身子啊,千万不能放弃,"说着顿了顿,"五夫人身上也有喜了,您若是走了,二爷要怎么办?"

管事妈妈让人将沣哥带下去,低下头轻声道:"三夫人要为二爷想一想,奴婢听说太夫人让五老爷去请周十奶奶过来,结果五爷没有和十奶奶好好说就被杨家赶了出来,现在太夫人想要为五老爷讨个公道。"

周三夫人眼前一阵迷茫,紧接着肚子又疼起来,紧紧地握住管事妈妈的手,半晌整个身体才放松下来。

"三夫人,您想想,周七老爷家的小姐是怎么治好的,那是周七老爷和夫人亲自去保合堂将十奶奶请过来的啊,现在……这个家里,只顾得和十奶奶斗,已经……已经没有将夫人的生死放在前面,奴婢是夫人的陪房,只有奴婢跟夫人说这些,夫人……千万要自己保重身子。"

周三夫人转过头看向管事妈妈,嘴唇哆嗦了两下:"是……这样?"

管事妈妈强忍着眼泪:"救命要紧啊,什么事不能先放下,我的好夫人,现在能将您的性命放在心上的就只有夫人您,还有没长大的二爷啊。"

周三夫人睁大了眼睛:"那我要怎么办?"

二太夫人擦着眼泪,好像听到周五老爷被打就伤心,看向周五老爷:"快去看看你媳妇,好让你媳妇放心。"

周五老爷站起身正要出去,管事妈妈进来道:"太夫人,不好了,三夫人自己出去了。"

二太夫人睁大了眼睛,一下子怔愣在那里和二老太爷面面相觑。

二太夫人道:"她不好好躺在床上,去哪里?"说着站起身,"这孩子糊涂了不成?"

管事妈妈低声道:"三夫人说要去杨家,若是门上不准备车马,她就要自己走着去。"

屋子里一下子安静下来。

只有献王太妃将茶碗放在矮桌上时清脆的碰瓷声。

"有没有跟三夫人说,我们去请过杨氏?"

"说了,"管事妈妈道,"说了,三夫人不肯听,说什么也要自己去,这要是半路上有什么闪失可怎么得了啊。"

管事妈妈话音刚落,二太夫人立即伸出手:"快,快将人给我拦回来,给我拦回来。"

管事妈妈已经向外走,顿时被冲进来的徐妈妈撞了个趔趄。

徐妈妈是三夫人身边的管事,见到二太夫人就扑过来跪下:"太夫人您就让三夫人自己去杨家吧,京里所有的大夫都在杨家,去了杨家三夫人才能有活路啊。"

徐妈妈哭得满脸都是眼泪,巴巴地看着二太夫人。

二太夫人只觉得那双眼睛如同烧滚的油，直往她身上泼。

她才向献王太妃说杨氏的错处，现在三夫人就自己跑去了杨家，这个徐妈妈还说出这样一通话。

这话的意思仿佛是她不愿意请杨氏，才逼得三夫人拼死出府。

二太夫人眼眶仿佛都要瞪裂开来："不是我不去请，是杨氏不肯来，我们又有什么办法，就算她过去，杨氏也不会让她进门，他们只会眼看着不管。"

"不会，不会，"徐妈妈拼命地摇头，"十奶奶不是那样的人，京里多少人都被十奶奶治好了，只要是诚心诚意求上门，十奶奶都会医治，您不知道京里人都在说，想要活命就去保合堂。"

"五爷从庄子上回来，没有换衣服，这样风尘仆仆地过去，说不定杨家那边是误解了。"

"这是三夫人和肚子里的孩子活命的机会啊。"

二太夫人被气得眼前发黑。

徐妈妈分明是一副不管不顾的模样，不停地向地上磕头。

如果她不让老三媳妇去杨家，老三媳妇出了差池就要怪在她头上，尤其是献王妃和献王太妃也在跟前。

二老太爷勃然大怒："我看你这是被鬼迷了心窍说出这样的话，将她给我带下去，"说着顿了顿，"请来的稳婆呢？就这样看着三夫人走出去？越来越没有规矩。"

徐妈妈一头扎在地上呜呜地哭起来。

周三夫人每一步都好像走在刀刃上，说不出的疼，多亏有两个妈妈搀扶着，她才勉强能迈开步子。

门房惊呆地看着三夫人，不知道该不该安排车马。

周三夫人强打精神："准备车，听到没有？"

门房不敢再怠慢急忙将车牵出来让人扶着周三夫人上车，车还没向前走，已经有下人追出来，周三夫人身上的衣服已经被汗打湿，有气无力地吩咐婆子："快，去杨家。"

去杨家。

一定要去杨家。

这是她最后的机会。

从前她一心盼着杨氏出差错，盼着杨氏的医术是徒有其表，现在她却期望杨氏能有起死回生的医术，能让她好起来，能让她将孩子顺利地生下来。

她一心恨着的人，现在却成了她的希望。

马车才出了胡同，却突然之间停下来。

周三夫人刚要向外看，车外传来管事的声音："老太爷让回去，快，将马车牵回去。"

回去，让她回去。

周三夫人顿时周身冰凉。

杨茉不知道自己站了多久，也不知道到底过了几个时辰，这场手术格外的漫长。

只因为樊老将军不肯用青霉素，将所有的青霉素都让给了董昭。

樊老将军这样安排，樊家人先是沉默而后却安静地答应下来，樊家人这份心思，让杨茉心里沉甸甸的。

董绩对董昭只是一心责问。

樊老将军却像对待子嗣一样爱护董昭。

人和人就是这样不同。

朱善带着人不眠不休地做药，几个人就好像在油和醋里泡了几天，终于又做出两瓶青霉素。

杨茉看向旁边的药，用力攥了攥手指，缓解手指的麻痛，这世上可能没有两全其美的事，可她却想要董昭和樊老将军都活下来。

济子篆担忧地看着杨茉："十奶奶先歇歇吧。"

杨茉摇摇头："要一次将伤口清理干净。"蛆虫疗法为他们赢得了时间，现在是最关键的时刻。

"止血钳。"杨茉伸出手来。

止血钳刚放上去，魏卯立即惊呼起来："樊老将军没有呼吸了。"

怎么办，这可怎么办？

樊老将军脸色青紫，口唇发绀，这是呼吸停止的征兆。

手术还没做完，人就已经……

所有人都仿佛停止了心跳。

努力了这么长时间，难道还是救不回来。

魏卯不知道怎么办才好，该怎么办，进行心肺急救还是……"师父，这要怎么办？"

所有人都将目光落在杨茉身上。

无论什么时候，他们都要依靠师父。

杨茉仔细地看着樊老将军。

心跳还有，只是没有呼吸。

可能是分泌物堵塞呼吸道。

"魏卯，"杨茉抬起头，"快，照我们之前说的，给樊老将军清理呼吸道，快……"

魏卯顾不得多想，托起樊老将军的下颌，捏住樊老将军的鼻子，立即低头吸上去。

杨茉的衣服已经被汗打湿。

没有吸痰器，在紧急情况下只能口对口将病患喉咙里的分泌物吸出来。

所有人都看着魏卯。

魏卯记不清自己到底做了什么，吐出嘴里的东西，低下头立即发现樊老将军脸上的青紫慢慢地褪去，樊老将军又恢复了原样。

只是一眨眼的工夫。

生命去了又回来，只是这一瞬间。

好了，好了，魏卯听到自己心脏狂跳的声音。

这就好了。

他亲手将病患从鬼门关拉了回来。

"好样的魏卯，呼吸道顺畅病人才能呼吸。"

就是要这样不顾一切才能救人。

杨苿看了一眼魏卯，立即又拿起了持针器。

从手术室里出来，董夫人搀扶着樊老太太立即迎上来。

"怎么样？"樊老太太声音嘶哑。

杨苿点点头："最困难的一天我们熬过去了。"蛆虫疗法让她们有机会手术，现在又有了青霉素，就看后面几天的情况。

听得了好消息，樊老太太明亮的眼睛一下子红起来。

情形不好的时候她要挺着，因为她是整个樊家的支柱，只有听到好消息她才能哭，因为她终于可以将重担放下一些。

杨苿松懈下来，整个人仿佛也没有了半点的力气，回到后院就任由几个丫头折腾着换衣服。

"奶奶，十爷回来了。"

外面的声音传来，杨苿霍然站起身，身边拿着巾子的春和也怔愣在那里。

周成陵回来了，周成陵回来了。

杨苿立即撩开帘子向院子里走去。

一身甲胄的周成陵大步迎过来。

杨苿惊讶地看着周成陵："怎么会这么快回京，不是还要有几日？"

一张素白的俏脸，比他上次在军营见的时候又多了几分的疲累，只穿了一件水青色的褙子，这样呆愣地瞧着他。

"奶奶，鞋，鞋……"小丫头从屋子里追出来。

杨苿才发现自己忘记穿鞋，刚要转身去拿鞋，只觉得身上一轻顿时被抱起来，脸颊也贴上冰冷的甲胄。

甲胄虽然凉，可她的心却仿佛被烫热了般。

他这样回京是想要给她一个惊喜，见到她不管不顾地来迎他，他心里又是欢喜又是心疼，早知道应该让人先传话。

"这是怎么了？"周成陵将杨苿放在软榻上目光落在杨苿的脚上。

白色的袜子已经被血浸透了。

周成陵皱起眉头立即看向春和："快，去将济先生请过来。"

"没事，"杨苿忙将春和喊住，"可能是在手术室里沾了血。"

周成陵脸色难看，春和不敢怠慢还是行了礼去叫济子篆。

杨苿想要自己看看脚却被周成陵死死地攥住："不是沾的血，血从里面透到外面，颜色深浅都不一样。"

杨苿一愣，她还真的没感觉到。

周成陵虽然没有刮胡子，有些瘦，可是看着还是那么的英气，所以他皱眉头的时候她

也不害怕，她最害怕的是他在战场上，现在已经回到京里，就算发发脾气也不过是只纸老虎。

杨茉偏过头将药箱拿过来翻找里面的东西，脚上的伤大约是她去保定时行走过多才有的，有外伤用的药粉涂上就好。

药箱里的东西大多被翻了出来，瓶瓶罐罐不少就是没有了外伤用的药膏。

药膏都用完了。

之前她是觉得脚疼，没舍得拿出药来用，磨破的伤不过就是小伤，在战场上不值一提。

没有了药，杨茉干脆也不找了，抬起头仔细地看周成陵，分开了几天，却好像过了好久。

"不是说好了回来让济先生帮忙吗？"周成陵沉着脸问。

杨茉道："樊老将军的伤一直都是济先生治的，我也是今天才去帮忙。"

"进京几天了？"

杨茉一时被问住，是啊，进京几天了，她一直照应董昭和樊老将军，都忘记去数日子。

"这些日子一直都没有躺在床上睡觉？"

杨茉呆呆地看着周成陵。

他可真会问，让她搪塞不过去，要说睡过觉怎么没发现脚上有伤，要知道他今天回来，她一定会梳洗干净然后迎出去，谁知道让他就看到她这个模样。

周成陵凝视着杨茉，一言不发，眼底幽深仿佛要将她吸进去，让杨茉低下头不敢再直视。

片刻工夫济子篆带着药箱进门，打开箱子里面是外用的药粉和药膏。

"先用药水泡一泡，再将袜子脱下来看伤。"济子篆吩咐梅香。

梅香立即安排。

脚伸进药水里，开始还不觉得怎么样，然后就是渐重的刺痛。

杨茉微微蹙了蹙眉毛，抬起眼睛正好就望进周成陵的眼睛里。

他好像要清清楚楚地看到她到底疼不疼。

杨茉装不下去立即将脚拿出来："疼。"

知道脚上有伤就觉得疼得厉害，从泡脚的药水里拿出来，将袜子脱掉，旁边的梅香忍不住倒吸一口凉气。

没想到杨茉的脚肿得这么厉害。

梅香顿时出了一身的冷汗，要不是被十爷发现，说不定小丫鬟不注意还会愣头愣脑地去脱袜子，这样肯定会将伤口扯开。

"这可怎么办啊？"梅香和秋桐紧张起来。

几个丫头也太粗心了，现在才知道着急。

他第一眼就看到她的左脚和右脚不一样。

济子篆正色起来，仔细看了伤口："要清创才行，怎么旁边还生了冻疮，这么长时间不治，到了来年恐怕会痒。"他虽然几句话轻描淡写，但是伤口很厉害，开始只是一个破溃的水泡，现在整个脚底都好像肿起来。

周成陵的脸色更难看了。

杨茉抿着嘴向济子篆看去，又将济子篆的目光引向周成陵。

济子篆这才明白过来："现在上些药只要养好了就会没事。"

屋子里紧张的气氛明显地舒缓不少。

济子篆给杨茉清了创,又将药粉洒在伤口上,然后才让梅香仔仔细细地包起来。

济子篆站起身刚要走,周成陵转过头:"济先生还没说要怎么养伤。"

养伤要注意什么医生都知道,更不用说十奶奶,十奶奶的医术谁也比不上。

杨茉故意皱起眉头去看周成陵,周成陵却是铁石心肠不为所动,他这是故意要让济先生嘱咐一遍才肯甘休:"我都知道,不用济先生说了。"

"是吗?"周成陵满脸的疑问。

这时候她也不想和他理论,只好硬着头皮听济先生说:"三天之内不可走动,伤口痊愈之前不能沾水,要每天换药。"

周成陵突然问:"长时间坐着呢?"

"自然不行,"济子篆道,"不可太劳累,最好卧床抬高伤脚,十奶奶年纪尚轻万万不能留下病根,这可不是小事啊。"

不知道要说她什么好,进京之后连伤口也不看一下,这样不眠不休地忙了几天,就算是铁做的人也会倒下。

等济子篆出了门,周成陵站起身弯腰将杨茉抱起来走进内室,春和几个铺了褥子,周成陵才慢慢将杨茉放在临窗的大炕上,又拿出迎枕将杨茉的脚垫起来。

杨茉看着周成陵做得一丝不苟,这是关切她,就算板着脸脾气再臭,她也不能生气,说到底她也是挨着训还捧着一颗热腾腾的心。

"不是进京就要立即去见皇上吗?现在回来行不行?"

看着她捧着热茶可怜兮兮地看着他,他板着的脸也松下来,还能怎么样,众目睽睽之下打她一顿泄愤。

她也不会改,还要白白受罪。

他也不能因此心安。

都是没用的。

天生的倔脾气。

周成陵沉着脸回答杨茉的问话:"皇上在上清院闭关,明日才能传见,大军已经回京,兵部先接了兵符。"

这时候皇帝还想着闭关修炼,大约他也算得上是大周朝勤奋的道士了,不过他只是一心想要白日飞升,没有学到半点道家的真谛。从古到今有不少道学者影响了后世,华佗、葛洪、孙思邈,医学上有名的人物她知道的就有不少。

可见关键不在于信仰什么,关键在于人本身。

炼丹炉能用来做什么不死的金丹,也能用来做药,可惜了浪费那么多人力物力,若是都用在治病救人上,不知道会有一个什么样的将来。

杨茉刚想要让周成陵坐在床边,这样她也能顺便给他诊脉,她是一直惦记着他的病,没想到话还没说,周成陵已经拎起了她的手腕。

她倒忘了,他也学过医术。

周成陵仔细地问:"有没有觉得哪里难受?胸口疼不疼?"

奇怪，这是他第二次问她胸口疼不疼，胸口和背后疼是她在现代时经常有的，回到古代之后她就没有觉得不舒服。

杨茉摇头："没有，我没这样的病。"不知道他为何会笃信她一定会有这样的病，难不成他还能知晓她的后世不成。

周成陵翘起眼梢看她，好像有些不相信："杨茉兰，你说给病患的那些话，自己能记得三分我就算是求神拜佛。"

火辣辣的目光下杨茉吞咽一口，点头："我知道了，下次不会了，这次也是急着赶路，多亏有你准备好的手术室，否则还不能救回董昭和樊老将军。"

希望看在董昭和樊老将军的脸面上，他就睁只眼闭只眼过去算了。

周成陵长长地叹口气，浓眉还没有舒展开。

她是累极了，眼睛里满是红血丝，情绪在他面前也不加遮掩，略带央求地看着他。

周成陵转头吩咐春和："厨房有没有准备饭菜，拿过来给奶奶吃。"

春和应了一声刚要退下去，外面的齐妈妈进来道："十奶奶，周二老太爷家来人了，让十奶奶一定要看看三夫人刚生下的小少爷。"

周三夫人生了？照月份不应该啊，杨茉有些诧异："什么时候生产的？"

齐妈妈道："听说是才生下来，不过……丁先生说，已经没救了，恐是在娘胎里就已经夭折，三夫人身边的妈妈求十奶奶定要看一眼，听说三夫人那边也很凶险。"

丁先生说在娘胎里就夭折了，定然已经没救。

齐妈妈说完话只听外面献王太妃道："茉兰在里面歇着？"

杨茉下意识看了周成陵一眼，两颊也飞起了红晕，显得十分娇艳。

献王太妃进屋来，杨茉要行礼，献王太妃急忙挥手："你好好歇着别起来，"说着去看杨茉被布巾层层包裹的脚，"怎么伤成这样，你也太大意了。"

旁边的周成陵气势更足。

献王太妃拉着杨茉要说几句话，周三夫人身边的徐妈妈一下子跪下来，不停地在地上磕头："十奶奶，十奶奶求求您看看小少爷，求求您救救我们小少爷，能救我们小少爷的只有十奶奶您了。"

徐妈妈将头磕得"咚咚"响。

屋子里十分的安静，这声音就格外的大，其中夹杂着徐妈妈哽咽的声音，让人觉得心酸。

徐妈妈道："我们三夫人已经没有活的心思，说十奶奶定然能治病，就是抱着这样的念头才吊着一口气，若是小少爷没了，三夫人定然也活不成了。"

周三夫人这样奔波，现在为肚子里的孩子着想已经晚了。

既然孩子已经送来，杨茉就不能忍心不看，生下来的孩子是另一条性命，杨茉看向梅香："将孩子抱来我看看。"

梅香立即将襁褓从徐妈妈手里接过来。

杨茉低头看过去，孩子已经面色青紫，没有了半点呼吸，心脏也没有跳动，小小的身体冰凉。

就像丁先生说的那样，这孩子早就夭折了。

杨茉向徐妈妈摇摇头。

徐妈妈一下子瘫在旁边，她一直都不肯相信，现在看到十奶奶摇头她才信了，小少爷已经没了。

天哪，为什么会这样，三夫人拼着命生下的孩子啊。

若是太夫人能让三夫人早些到杨家，何至于此。

虽然孩子已经没有了气息，杨茉还是仔细检查了一遍，试着做了体外心脏按摩，却没有一丁点的作用，之前只是听齐妈妈这样一说还没觉得什么，看到哭得凄惨的徐妈妈和可怜的孩子，杨茉也皱起了眉头。

杨茉重新将褓褓包好，折下包裹的软布遮住孩子的脸，才递给梅香，梅香小心翼翼地将孩子送进徐妈妈怀里。

徐妈妈向杨茉磕了头："谢谢十奶奶看小少爷。"

从杨茉屋子里出来，立即就有太医和医生围上来询问，徐妈妈抬起头目光从一个个关切的脸上掠过，不知怎么的就是一心想要掉眼泪。

在府里她拼尽全力将小少爷带出来，进了杨家之后立即就有太医将孩子接过去，她还以为孩子一定有救了，谁知道还是晚了。

一切都已经来不及。

徐妈妈只觉得浑身冰凉。

早些送来就好了，杨家这里的人看见小少爷不像太医院那里一样推托，而是立即将小儿科的医生叫来诊脉，没有听她哀求，也没有盘问她是从哪里来。

这才是真的要救人。

徐妈妈的脚好似粘在了地上，怎么也不想走出这扇大门，出了杨家不知道还有什么等着她。

出了这样的事，太夫人不是单单关切三夫人也不是心疼小少爷，而是仍旧在算计。

从前她跟着三夫人一起算计，现在才知道，人命在那里，若是输了命还有什么可算的。

徐妈妈茫然地向前走着，眼前都是陌生的人，可不知怎么的，她忽然放声大哭起来："我们夫人也活不成了，我们夫人也活不成了。"

徐妈妈的哭声让屋子里的杨茉都听得清清楚楚。

献王太妃皱起眉头，看向旁边的管事妈妈，管事妈妈立即弯腰道："十奶奶，五老爷是不是来过府上？"

周五老爷？

杨茉摇摇头："没听下人说起。"

管事妈妈立即道："这就怪了，二太夫人一口咬定五老爷来求医，却被杨家人打了出去。"

被杨家人打了出去，这种事……杨茉看向梅香。

梅香立即下去询问。

献王太妃看向周成陵："看着瘦了不少，在外可好？"

周成陵声音清澈圆润，杨茉听起来熟悉又心安："都好，劳太妃挂念。"

献王太妃摇摇手："我就想着你们的事，旁的也记不住，都是她们提醒我，前些日子我连三夫人怀沣哥时跟我要保胎药的事都忘记了。"

献王太妃比较适应加强记忆的治疗，这些年又坚持让身边的妈妈将一天发生的事，事无巨细地记下来，第二日一大早就会翻看，不同程度上延缓了病情。

"我记不住，她们心里却是清楚得很，有今天的结果她们怨不得别人。"

献王太妃说完话，梅香已经打听了消息进门："是有一个被打出去的，是因为他们二话不说就要闯手术室……朱善几个被惹急了这才动了手。"

没想到打的却是周五老爷。

杨茉看向周成陵。

周成陵倒是十分沉着，提起二太夫人一家很不在意："既然没开口说自己是谁，朱善又不知晓，要说动手也是他们错在先。"

杨茉看向献王太妃："二太夫人要这样向我们问错？"

周五老爷一口咬定让人通传了却挨了打，这种无赖的做法，只怕一时不得消停，毕竟朱善身份低微打宗室怎么也是大罪。

杨茉嘴边浮起一丝笑容："那就让他们上门来理论。"

现在周成陵已经回来京里，她更没有什么可怕，更何况她已经知道二太夫人的用意，也明白过来为什么二太夫人要这样得意。

献王太妃不放心才会来到杨家，杨茉连哄带求："太妃回去歇着，我保证不会吃亏。"

对付二太夫人这种人她根本不怕，更不怕二太夫人背后的刘家。

在她看来早晚有这一天，她们愿意凑过来，她也不用躲开。

二太夫人在府里等着消息，好半天下人来道："有消息了，小少爷……没能救过来。"

二太夫人愣了一下，立即从椅子上坐起来，神情阴冷："不是说杨氏有起死回生之术，怎么现在不管用了？"

"是她不愿意给我们治，眼睁睁地看着孩子死了。"

外面的风格外的大，将树枝吹得呼呼作响。

二老太爷咬牙切齿："依我看她就是一个巫医，哪有什么本事，"说着想起来，"文正公世子和樊老将军怎么样？"

但愿人也一起死了，这样他就有了理由告杨氏。

是啊，到底是死是活，要是救活了定然早就有了消息，说不定已经死了。

屋子里一下子安静下来。

二太夫人也满脸期盼。

"听说，活了。"

活了？竟然活了？那么重的伤也能活？

这样的消息如同在火炭上浇了一盆冰水，激得人头上嗞嗞冒着白烟。

凭什么就活了。

这是什么道理，凭什么这些人都活了，只有他们家的人死了。

"等着，"半晌二太夫人才不甘心地伸出手来，"杨氏立即就会上门，没有救活人看她有什么脸面来解释。"

不但没有救活人还打了人，杨氏想要立足就必然会过来。

一切都准备停当，大家就等着门房来禀告，谁知道一等就是一个时辰。

二老太爷已经等不下去："走，我去杨家，我倒看看这件事能不能一笔勾销。"

周五老爷忙上前来阻拦，却被二老太爷一拐杖打过去："没用的东西，若是这件事让人知道了，看你还有什么脸面在宗室里立足，日后别想抬起头来。"

周五老爷被打得生疼，二老太爷又看过来："走，一起过去，周成陵也回来了，我们听听你三哥到底犯了什么错，为何在战场上就杀了我们家的家人。"

二老太爷让人搀扶着上了马车，车还没到杨家，忽然之间外面传来一阵爆竹声响让二老太爷吓得打了个哆嗦，撩起帘子看向外面跟车的下人："怎么回事？谁在放炮仗？"

街道两边都是人，大家嬉笑着看捂住耳朵听爆竹声响，不知道什么时候街边上挂了一串的红灯笼。

红得刺眼。

所有人都是喜气洋洋。

见到这样的笑容，二老太爷眼睛都要掉下来，这些人都在笑什么，都在闹什么。

"保合堂又救活了人。"

"救了好几天，终于好了，京城的崔家酒庄明天也开始酿酒了。"

"看你这点出息，没有酒喝是小事，人家大夫救人才是大事。"

二老太爷将帘子狠狠地落下来。

张狂，杨氏真是张狂，不过救活了两个人就敢这样，没有救活的人她却不敢说出口。

二老太爷下了车，立即走进杨家内院。

老五说的没错，杨家到处都是乱七八糟的人，真是世道变了，换做从前这样的女人早就应该被送去家庵。

"杨氏呢？"二老太爷看到杨名氏使劲地点着拐杖，"让杨氏出来见长辈。"

杨名氏也不含糊："这是周家的老太爷？我们十奶奶脚伤了不得出来。"

"这时候不敢出来见人，"二老太爷吹起胡子，"治死了人就躲起来，别以为这样就算了，去保定军营又回来娘家可向长辈禀告？在娘家见这些外男，已经丢尽了我们宗室的脸面。"

二老太爷说着操起了拐杖："看我这次不打她。"

二老太爷身边的下人忙上前扶住二老太爷的身子。

内院里顿时一阵喧哗声。

"老太爷要打谁？"樊老太太让樊大太太搀着走过来。

二老太爷凶神恶煞，眼底仿佛蒙了一层黑雾说不出的狰狞。

"二老太爷说谁治死了人？是我们十奶奶？"

我们十奶奶？

叫得这样亲切。

"定然不是十奶奶，"樊大太太忙道，"还有谁比十奶奶医术更高明，连太医院也不能治的病都让十奶奶治好了。"

"我们家老太爷若不是有十奶奶，别说胳膊保不住，性命也早就不保了，这么多天，我们还能阖眼歇歇，十奶奶却一直都在诊室和手术室里忙着。"

"要说感谢十奶奶还来不及，谁敢来闹杨家。"

二老太爷嘴角一抽："你们没看到，杨氏治死了我的孙儿，我孙儿尸骨未寒，杨氏还想不认……"

"自然是谁做的谁来认。"杨茉让梅香和秋桐搀扶着从屋里出来坐在软座上。

看到养尊处优，脸色不温不火的杨氏，二老太爷头上被浇了油，忽地一下烧起来："你说什么？"

"二老太爷，三夫人怀胎几月生产？是不是七个月？"

"胎儿不足月，不说大周朝就是京城里有多少不足月的胎儿生下就夭折。"

"三夫人从有孕是在哪里养着？"

"三夫人生子是在哪里？不是我的保合堂更不是杨家。"

"所以，孩子夭折，与我何干？"

杨茉定定地看着二老太爷，眼睛里是二老太爷气急败坏的神情。

"杨氏，"二老太爷气得变了声音，"谁让你有这样胆子说话。"说着目光落在走过来的周成陵身上。

一定是周成陵，是周成陵给杨氏撑腰。

杨茉道："说实话不需要胆子。"

樊老太太道："孩子送来不是就已经夭折了，二老太爷你可是冤枉十奶奶了，并不是人人都能起死回生。"

这些人都帮着杨氏说话，好像杨氏的医术就是神术。

第十八章 成就

"至于五哥来杨家，没有递帖子，更没说来意，径直就要闯手术室，这样朱善几个才将五哥送出了杨家大门，这件事五哥错在先，也怪不得朱善。"

周五老爷看着朱善，这个像乞丐一样的人打了他就算了？那他就真的成了笑话。

"不光不怪朱善，就是因为有朱善和大家帮忙才做出足量的青霉素，别说董世子和樊老将军有了救，从保定回来的伤兵也能医治了。"

杨茉并不在意二老太爷的目光。

二老太爷心里冷笑，他就知道杨氏会护短，他就知道来这一趟杨氏必然会像以往一样伶牙俐齿，但是他还是送上门来，这就是障眼法。

　　杨氏以为他就像常家一样好糊弄，杨氏会的那些不过是小儿科，周成陵也是，刚进京不去安排兵部的事，不去要兵权而是来给杨氏撑腰。

　　身为宗室子弟只有一点聪明是不够的，还要懂得权衡轻重，因为宗室子弟和那皇位只有一步之遥，身为皇子时是这样，过了多少年在宗支里也是这样。

　　只要想着皇位，什么都可以舍弃。

　　二老太爷眼睛里露出阴冷的神情，老三在外打仗做了逃兵，如果将整件事闹成了家事而不是国事，周成陵是和他们一家不和才会如此害老三，这样一来老三的错处就不算什么，宗室的事闹到最后不过是不了了之。

　　二老太爷假意气得站不稳让人扶着坐下来。

　　今天就这样耗着，等到老三那边有了消息，他这出戏才算唱完。

　　杨茉看向周成陵。

　　二老太爷看似是为了周三夫人死去的孩子而来，眼睛里却少了悲戚和愤怒，多的是假意和算计。

　　尤其是二老太爷身边的管事，总是向四处张望着。

　　二老太爷一家开始就不是为了周三夫人，周三夫人只是扔出来的一个引子，他们已经算计好了要来杨家闹出这一场。

　　周三夫人孩子出了事早就在他们意料之内。

　　杨茉想到那还没来得及喘上一口气就死了的孩子，这些人怎么就这样忍心，那可是他们家的骨血，利用起来却眼睛也不眨一下。

　　周五老爷低着头，好像已经没有了思量，只是一味地顺从二老太爷，不管是好的还是坏的，怎么都牵连不到他身上。

　　这才是真的聪明。

　　比起周三老爷和三夫人的蠢，周五老爷一直在装模作样地示弱。

　　杨茉霍然想明白，这次上门来求医，周五老爷是故意闹起来，为的就是让周三夫人得不到医治。

　　"老太爷回去吧，"杨茉看向二老太爷，"还有病患等着我医治。"

　　这话是什么意思，他比不上那些病患。

　　二老太爷瞪起眼睛。

　　杨茉却看向梅香："扶我回去。"

　　这样就要走，连一直沉默的周五老爷都抬起头，惊讶地看着杨茉，眼看着杨茉向屋子里走去。

　　就这样大摇大摆地走了。

　　将他们父子扔在院子里。

　　这个杨氏到底在想什么，莫不是她看出来他们的意图。

　　杨茉回到屋子里，周成陵也跟进来。

这下子一定将周二老太爷气坏了，不过从二老太爷进了杨家周成陵就一个字也没说过，不知道周成陵心里在想什么。

将下人遣下去，周成陵看向杨苿："别急，他们想要做什么我都知道，我们慢慢看。"

周成陵向来城府深，杨苿道："二老太爷应该已经知道周三老爷的事，按理说眼下最该问你周三老爷到底犯了什么错。"

这一点应该是周家最在意的，可是二老太爷好像只是气她对周成陵无动于衷，这只能有一个解释，就是二老太爷怕惊动周成陵，周家真正想要做的是替周三老爷开脱。

可是应该怎么开脱，杨苿思索片刻："该不会是……"

周成陵从杨苿眼睛里看到杨苿所想，点了点头："他们什么事都做得出来。"

周三老爷见到家中管事忍不住鼻涕眼泪都流出来。

管事上前跪拜："三老爷您受苦了。"管事抬起头立即闻到一股尿臊味儿，从周三老爷身上散发出来。

被绑在车上一起上战场，多少次眼见着鞑靼就骑马冲过来，周三老爷就控制不住地腿发颤立即尿出来。

周成陵，他这辈子都要记得这笔账，他从来没受过这样的苦，想到周成陵，周三老爷谨慎地向外看去："你来这里别人知不知道？"

"不知道不知道，老太爷托人都打点好了，现在兵将都等着庆功，谁也顾不得这边。"

周三老爷竖起耳朵果然听到外面热闹的声音，放下心来，周三老爷立即见到管事放在地上的食盒："快，将东西拿出来给我吃，我……快……饿死了……这几天……吃的都不知是什么……那个周成陵……说……董昭他们饿了那么多天，也让我……尝尝这里面的滋味，这个混账东西。"

管事立即将食盒打开，里面饭菜的香气冲鼻，周三老爷贪婪地闻了又闻，眼看着冰糖蹄膀被捧出来，还有蟹黄鲜菇，青瓜腰花，一小碟他爱吃的蜜饯。

真好，真好，都是他爱吃的。

下面是一大碗米饭，饭粒晶莹剔透，就跟剥皮的蛋一样。

周三老爷哆嗦地拿起筷子，顾不及吃菜直接吞了一大口米饭，吞得岔了气咳嗽起来。

看着周三老爷狼狈的模样，管事心里不禁不忍，放在腰上的手不禁抖了抖。

"慢点吃，三老爷慢点吃。"

"可惜了，可惜了，"周三老爷边吃边将胡子推到一旁，"凉，有点凉，如果是才从厨房里端出来的就好了。"

"您凑合些吧，这么远。"

周三老爷点头："以后就好了，"说着用袖子去擦眼角，"以后就好了，回到家里都会好的，爷再也不出去打仗，拼什么功名，爷够了。"

周三老爷如同风卷残云般将所有的饭菜都吃下肚。

吃饱的感觉真好，将肚子全都撑起来，好像塞满了，一点都不觉得空。

原来满足的感觉是这样，非要等到饿透了吃饭才这样的香。周三老爷满足地靠在墙上，

"我们什么时候回去？"说着顿了顿，"三夫人怎么样了？肚子里的少爷可还好？"

管事站起身来向周三老爷行礼："老爷，三夫人生下了小少爷。"

周三老爷立即来了精神："生了儿子？我又有了儿子？"忽然明白过来，"日子不对啊……孩子怎么样？"

"好着呢，"管事的低着头不去看周三老爷，"一会儿三老爷就会见到了。"

周三老爷听得这话欢喜地要站起身："走，我们就回府，回到京里我看周成陵还能对我们怎么样。"

周三老爷说完话，忽然觉得喉咙一紧，有什么东西缠了上去慢慢勒紧，让他喘不过气来，他伸出手紧紧地去抓那绳子，绳子纹丝不动，他又去抓拿着绳子的那双手。

管事的已经满身冷汗："三老爷您先走一步，小的随后就来，小的也是没有法子，这是老太爷吩咐小的做的，三老爷去了，咱们家的少爷才有可能进宫，将来才能承继大统，承继大统啊，那是做皇帝，老太爷说，让您想想以后，您也就不会太难过，要怪都怪周十爷，要不是他老太爷也不会想到这样的法子。

"真是没办法了。

"虽说虎毒不食子，老太爷也是没法子了啊，若是别的事，老太爷一定不会这样做，那是……那是……皇位啊。"

周三老爷"嗬嗬"地说不出话，眼睛向外瞪着，双脚拼命地蹬踹，仿佛这样就能让他重新呼吸，就能摆脱脖子上的绳子，整个身体都挺起来，表情狰狞可怕。

"您就想着，皇位，皇位，皇位……太后娘娘已经答应了，已经答应了，都已经答应了……"

周三老爷一个字也听不进去。

身体里的东西都争先恐后地向外涌去。

都安排好了，老太爷让人仿照周三老爷的字写了一封绝命书，诉说被周成陵陷害的冤屈，到时候他就说是三老爷要上路，定要让他动手，这样才能保住气节和名声。

只要人死了，别的都不重要。

管事正在做最后的努力，帘子一下子被掀开，有几个人走进来。

周三老爷还在微弱地挣扎着，管事不肯松开手。

二老太爷盘算着时间，现在该差不多了，他怎么也没想到最后要下这样的杀手，可是开弓没有回头箭，古往今来为了这个皇位多少人争得头破血流，死一个人不算什么，一家子的性命都搭进去也要争。

好不容易这个机会掉在了他们家头上，他们不可能轻易放弃，绝不能放弃。

"病患来了，让开。"声音从远处传来，院子的医生纷纷凑了过去。

"什么病患？"

二老太爷不在意地看了一眼就转过头。

"老太爷，老太爷，"管事忽然低声喊起来，"是……是……三老爷，是三老爷。"

二老太爷顿时站起身。

管事的立即去看情形。

"怎么样？"二老太爷声音有些发抖。

"三老爷不太好，但是……会不会被杨氏救活……就不知道了，杨氏可是有起死回生之术。"

杨氏可是有起死回生之术的人。

刘砚田心里反反复复在想这句话："确定死了吗？"

刘夫人将屋子里的人遣走，只剩下刘砚田的学生和几个幕僚说话。

刘砚田的学生，翰林院编修吴思泰摇摇头："不能确定，当时眼见是要咽气了，谁知道那个蒋平带人闯进来。"

刘砚田不想动气，他为官这么多年不论做什么都是慢条斯理，一点点地理清然后慢慢安排，这就是帝王之道，刘家出帝师，从小他就学着要如何教皇室子弟，他的学问可安邦定国可让他权倾朝野。

不管是周成陵还是那个杨氏，都不能坏了他的事，刘砚田道："快去打听，打听清楚周三老爷的情况。"

刘砚田正要静下心来写字，吴思泰让下属问得清清楚楚才来道："杨家那边在给周三老爷医治，听说还没有救活，我问了几个医生，那般情形应该是救不活了。"

寻常的医生救不活，杨氏呢？

刘砚田道："蒋平发现之后，就直接将人抬去了杨家？"如果耽搁了时间太长，就算是大罗金仙也没办法。

吴思泰这次特意问了个清楚，何况这种事实在是他想不记得也不容易："不是，是那个军中的姚御医救的人。"

刘砚田问得仔细："那个姚御医没有救活所以送去了杨家？"

下属又摇头，"也……也不是……那个姚御医……和寻常的御医好像也不太一样，我让人仔细打听才知道，那个姚御医一直骑在周三老爷身上，就这样一路让人抬着他和周三老爷两个一起送去的杨家。"

骑在人身上？

这是什么救治法子？

被一个大活人压着不死也少半条命，这是救人还是害人。

刘砚田也诧异地睁开眼睛："你说的是太医院出来的御医？"

下属不停地颔首："是啊，是啊，是太医院出来的御医。"

太医院出来的御医为什么举动也这样荒唐，从前只是杨氏一个女子奇怪，后来带动了整个保合堂，再后来药铺一条街上都挂着保合堂的旗子，现在连太医院也像着了魔一样，不但去杨家帮忙，太医院里的郎中也这样奇怪。

这个杨氏难道会什么专门蛊惑人的法术？

不能救活周三老爷，他本来已经算计得很好，不管皇上还会不会过继周二老太爷家的子嗣，周三老爷因此而死，二老太爷一家不会放过周成陵，他就是要搅浑这一池水。

可是杨氏如果救活了周三老爷，整个局面立即就变了。

二老太爷觉得一切正在改变，他本来已经准备好老三那边传来噩耗，他就在这里和周成陵大闹一场。

谁知道弄来弄去老三没死，还被人抬到了杨家。

人进了杨家，就在杨氏手心里，无论怎么想他仿佛都已经无力更改，现在一切都要看杨氏。

二老太爷手脚冰凉，不行，他不能这样坐以待毙，他是要对儿子痛下杀手，不这样做就保不住一家的将来，二老太爷咬咬牙，脸上才浮起了悲伤："怎么回事，我儿这是怎么了？"

周家下人听得这话才反应过来，忙去搀扶悲痛欲绝的二老太爷。

二老太爷伸出手："让太医院来给我儿诊治，去……快去请陈老院使，无论如何，要将老院使请来，我的儿啊，快来救救我的儿。"

吩咐完，二老太爷让人搀扶着向前去看周三老爷。

走到跟前，眼前的一切让二老太爷倒吸一口冷气。

这哪里是在救人。

板子上抬着的是两个人，周三老爷在下面，上面还有姚御医，姚御医双手在周三老爷胸口上不停地按，汗水从姚御医额头一滴滴地掉落在周三老爷身上。

怎么还有这种事。

这是在做什么？

二老太爷看得怔愣，周围人也是一阵静寂。

这是在治病救人？

这是治病救人的模样？哪个病患不是被好好地抬过来，病患已经垂死，姚御医却仿佛将全身所有力气都压在上面。

直到现在还不停地按压。

这样行吗？这是什么救命的方法。

所有人都看向杨茉。

就算是丁二这样在保合堂坐堂的医生也要怀疑，姚御医是不是做得过头了。

"人怎么样？"杨茉问向姚御医。

姚御医已经气喘吁吁："开始还有心跳，后来没有了，我一直在按压心脏，没有停下来过。"十奶奶说过，心脏停跳的病患就要这样急救，只要按压上就不能停。

"简直是胡闹，"二老太爷瞪圆了眼睛，"快将他从我儿身上拉下来，你们这哪是要救我儿，你们这是要害死我儿。"

"谁见过这样救人？"

"这是在救人吗？"

周三老爷被按得一颤一颤，就如同一头被宰杀完要被剔骨的死猪。

姚御医似是听不到周三老爷的声音，也没有看到张牙舞爪要上前来的周家下人，他脑子里只是不停地在重复几个字。

不能停，不能停，只要停下人就没救了，这是十奶奶教他的，无论如何都不能松手，他已经不知道按压了多久，双臂小心翼翼不敢用力太大，时间久了就成了下意识的按压，怎么也停不下来。

他已经停不下来了。

周家下人眼见就要上前去捉姚御医。

周成陵看向蒋平，蒋平伸出手拎起周家下人的领子一个个将他们扔出去。

周成陵看向二老太爷："太医正在救三哥性命，二伯父不想要三哥活着了？二伯父可知道家里人送饭菜给三哥？三哥就是被家里的下人勒成这个模样，我将兵权上交了兵部，现在兵部在查是谁买通了守卫放下人去给三哥送饭。"

周成陵声音冰冷："二伯父最好也回去查问查问，免得一会儿被问得难看。"

二老太爷一下子脸色铁青："你这是说谁，这是什么意思？"

周成陵的眼睛看过来，二老太爷只觉得身上如同被吹了寒冬腊月的凉风，彻骨的冷，周成陵这是知道了。

杨茉看向魏卯："用手推周三老爷的胸腹，将头后仰，开放呼吸道，除了胸外按压，还要将呼吸道畅通人才能醒过来。"

师父这是肯定了姚御医的做法。

魏卯不敢怠慢立即上前，依照杨茉说的医治。

"检查病患舌骨。"

魏卯和张戈仔细检查好，将周三老爷嘴里清理干净，整套动作十分的熟练，太医院的学生看得有些惊呆。

跟着姚御医在保定府帮军中医工，才知道保合堂和周十奶奶的医术有多厉害，那些包扎的方法和那些药不知救活了多少人。

每天都有新东西让他们学习，有许多他们从前根本闻所未闻的法子，这就是一个女子教的，一个民间的医生，要有什么样的医术才能超过太医院这么多。

救治周三老爷，他以为自己已经做了别人不能做的事，现在让保合堂的人接手，他才知道他有多笨拙。

这才是正经的医术，这样的医术才能救活人。

太医院的学生贪婪地看着魏卯、张戈几个的动作，眼睛一眨不眨。

"师父，都做好了。"魏卯抬起头看向杨茉。

所有人看着地上的周三老爷，周三老爷的脸色方才明明已经有了好转，现在却突然整个人颤动起来。

好像一条垂死的鱼在做最后的挣扎。

嘴唇青紫脸色苍白，魏卯用力将周三老爷按住，紧张地伸出手来检查周三老爷的脉搏。

"没有脉搏。"

二老太爷松了口气，没有脉搏，人要死了，他儿子要死了，都说老来丧子是人生最悲惨的事，可是这个"丧子"却是他亲手安排的，他没有疯，他是为了将来才这样安排，老三死了，一定会死得其所。

"胸外击打心脏。"

周围十分的安静，杨茉的声音就听起来异常的清澈。

胸外击打心脏，这是什么治法。

"快，魏卯，你来做，不要耽搁。"

魏卯惊讶，让他来击打心脏，虽然他在养乐堂的时候给伤兵治病用过这个法子，可那时候是事态紧急，现在师父却是亲口吩咐。

魏卯仿佛能听到自己心跳的声音，周围的目光有羡慕有质疑，但是他心里清清楚楚地知道，这件事他能做好。

他已经准备好了，一定能做好，魏卯攥起了拳头，张戈拉起姚御医，魏卯一拳打了上去。杨茉始终坐在椅子上动也不动地看着魏卯几个忙碌。

济子篆不停地看向杨茉，十奶奶就准备这样一直看着不动手？

是怕自己动手被周家抓住不放所以避嫌？

杨茉仔细地看着魏卯的动作，所有做法就像她亲手做的一样。

她就看着他们作为，一点点仔仔细细地做好每一步。

传承就是这样，要放开手让他们去做，他们才能学得更好。

这样击打。

一拳下去，周三老爷整个身体不再抖动，眼睛似是骨碌一下睁开，他的嘴唇也在翕动，魏卯正要去看个仔细，周三老爷张开嘴"咔"地一声吐出一口血沫来。

躺在地上毫无声息的人，突然就睁开了眼睛。

周家的下人几乎管不住自己的嘴巴，就要大喊，诈尸。

诈尸，真像是诈尸。

周三老爷只觉得疼，脖子仿佛要断裂了一样，他已经无法喘息，睁开眼睛，眼前一片迷蒙，好不容易他才将周围看清楚。

他这是在哪里？这些人他都不认识。

人群里，只有一双眼睛他熟悉，他再熟悉不过，因为那是他的父亲，周三老爷忽然之间觉得恐惧，他几乎吓得大叫，张开嘴他要大叫："不要杀我，不要杀我。"

不要杀我。

周三老爷仓皇的声音响起来，二老太爷顿时脸色难看，所有人都顺着周三老爷的视线看向二老太爷。

二老太爷神情有些紧张。

这是怎么回事，周三老爷看到二老太爷怎么会这样害怕。

"不要杀我。"周三老爷哆嗦着，声音沙哑，身体不停地向后退。

二老太爷红着眼睛："你这孩子，是被吓着了，我是你父亲，你好好看看，我是你父亲啊。"

周三老爷只记得被人勒住喉咙时的恐惧，那绳子仿佛要陷入他的喉咙，耳边是家中下人的声音："三老爷您怪不得我啊，我也是听命于老太爷，您死了，小的也活不成，到了那边小的做牛做马服侍您。"

周三老爷死死地盯着二老太爷："为什么，为什么要杀我，爹，你为什么要让人杀我？"

这下所有人都听了个清楚。

二老太爷整个心脏仿佛被人攥起来，让他的气息哽在那里喘息不得。

如果说方才周三老爷还说得含糊，现在就是再清楚不过，连赶过来的献王都听了个清清楚楚。

献王看向二老太爷："老太爷，这是怎么回事？您怎么要……要……"

二老太爷脸涨成了猪肝色。

周三老爷喊了几声，忽然弯下腰大吐起来。

刚吃进去的山珍海味通通吐在地上，看着地上的呕吐物，周三老爷忽然放声大哭起来，在战场上被周成陵绑在车上没有死，却差点死在自己父亲手上。

众目睽睽之下，二老太爷捂住心口忽然就摔下去。

二老太爷眼睛紧闭仿佛什么也不知道了。

周家下人顿时慌张起来："快，快去请太医来。"

这话说出来，献王就有点想笑，他看到二老太爷鼻翼翕动："用不着去请太医，杨家满院子都是医生。"

听得这话，二老太爷真的要背过气去，听到献王的询问，他下意识地就想起这一招，却忘记了他在杨家。

杨家是什么地方。

哪里没有郎中，杨家也从来不缺。

他是直接送上门来。

献王道："快抬去屋子里，请郎中把脉。"

二老太爷躺在床上身上满是金针，他依旧不敢睁开眼睛，睁开眼睛他不知道要怎么说辞，却没想到献王不给他喘息的时间。

"周家的下人抓起来了？"献王径直问周成陵。

周成陵道："听兵部的人说已经在审了，送来的饭菜和食盒都是二老太爷家里的，还有一封信函，三老爷说不是他所写。"

"方才已经让周三老爷写了几个字，兵部请了京里辨认字迹的程先生去看。"

听得这话二老太爷几乎一下子坐起来。

那封信函是关键，老三不认那是他写的，朝廷再让先生辨认出结果，他们就无法抵赖，完了，都完了，这件事不但没有做成，他们家还因此陷了进去。

献王故意看着床上的二老太爷："到底是因为什么？"

周成陵道："还是问问三老爷。"

听到问三老爷这话，床上的二老太爷深深地吸了口气一下子活过来。

不能让献王再去问老三，老三现在神志不清，不一定会说出什么话。

"我儿啊，"二老太爷哭起来，"快让我问问我儿，到底是怎么了。"

现在要见周三老爷，周成陵转过身背对着二老太爷："老太爷好好养着，在杨家，你和三哥都不会有事。"

明知道他怕什么，周成陵却这样说，这是向他心窝扎了一刀。

二老太爷又要躺下去。

周成陵忽然转过头："老太爷这时候要顾及身子，您还记得闫阁老是怎么救回来的？"

那是杨氏用手去抓心脏。

二老太爷顿时觉得心脏被拉扯得生疼，他不能让杨氏将手伸进他胸膛里，杨氏会将他的心一下子扯出来。

看着二老太爷眼睛中的惧意，周成陵忍不住想笑，二老太爷牺牲三老爷像是壮士断腕，其实不过是一心想着要荣华富贵，真的让他掉块肉他也会和周三老爷一样惧怕。

周三老爷被献王接去献王府歇着，听说这样的消息二老太爷顿时如同热锅上的蚂蚁，忙让人也将他抬出杨家。

从保定回来，杨茉第一次躺在床上，湿漉漉的头发垂下来，春和慢慢地擦着，杨茉有些昏昏欲睡。

春和低声道："奶奶不能睡，头发没干就睡对身子不好。"

杨茉嗯了一声，却不停地在眨眼睛。

真是困，好像一眨眼就能睡着，哪里还管什么头发湿不湿，悬了几天的心放下了，恨不得立即就去抱周公。

在她迷迷糊糊的时候，头上的小手已经换成了一双大手。

"现在知道困了？"周成陵的声音从头顶响起来。

杨茉老实地点点头。

"傻瓜，"周成陵的声音好像在叹气，"为了治病救人就拼命，别人的命是命，你的就不是？哪里见过你这样的女人，你应该躲在内宅里为男人担惊受怕。"

周成陵的手没有春和灵巧，但是十分小心，周成陵这个人表面上冷冰冰的，没想到能这样的温和。

好不容易擦干了头发，春和几个将屋子里的灯拿走，杨茉靠在周成陵的怀里，听着周成陵的心跳："真好，终于太平下来了。"

周成陵用手轻轻地拍着杨茉的肩膀。

这样的碰触让杨茉心里更加安宁下来："你瘦了，胸口硌得我不舒服。"杨茉故意挪动着头，拉着周成陵的手。

周成陵的祖辈去世得都很早，周成陵有头疾却还要在外面奔波，不知道怎么调养才能让他长寿，她真希望他永远地健康。

"人都说成亲第一年什么都是好的，我们才成亲多久，你就开始嫌弃。"周成陵说着收紧放在杨茉肩膀上的手，将杨茉往怀里拢着。

杨茉无声地笑："快点养回来就好了，免得让我担忧。"

不知道谁担忧谁。

杨茉想要再和周成陵说几句，周成陵看着她疲惫的模样："闭上眼睛歇一歇吧，有什么话明天再说。"

听到周成陵说闭上眼睛，杨茉一下子就睡着了。

片刻工夫，她就打起了呼噜，声音不大，但是喘息很粗，要累成什么样才睡成这个模样。

周成陵望着安睡的杨茉，也很快就睡着了。

杨茉睁开眼睛看向沙漏，竟然已经到了未时，周成陵早就已经不在屋子里。

杨茉忙起身穿衣服。

听到屋子里的动静，春和进来伺候："奶奶醒了，我让厨房去准备饭食。"

杨茉边系扣子边道："十爷呢？是不是回府了？"昨儿为了方便她就留在了杨家，没想到周成陵也陪着她住在娘家。

"没有，"春和道，"十爷和董世子在说话，一会儿就过来，"说着顿了顿，"魏卯让我和奶奶说，樊老将军和董世子情形都在好转，让您安心歇着。"

杨茉点点头："魏卯和张戈几个歇了没有？"

"歇了歇了，"春和想到这个就笑，"奶奶没看到，东院里睡了一屋子，听人说呼噜震天响。"

厨房将饭菜送上来，周成陵也从外面回来。

"你吃了没有？"杨茉下意识地给周成陵整理衣襟儿。

周成陵道："没有，等着你呢。"

都已经到中午了还等她，杨茉看着送上来的两碗肉丝面，想起在军营时两个人分吃面条的事，这一次周成陵将小碗送到她面前："慢慢吃，你胃口不好，白老先生说要吃些药慢慢调养，这两日你就忍忍，少吃些。"

什么时候周成陵让白老先生来给她看症。

为什么周成陵这样担心她的身体，生像是知道什么似的。

他能知道什么，要说预知也该是她。

一顿饭吃过，喝了些汤水周成陵就一眼扫过来，杨茉只好住嘴。

成了亲就有人管吃管住，不能像从前一样随性。

吃过饭，杨茉要去前面看病患，周成陵一把将她抱起来。

杨茉差点惊讶地喊出声，多亏屋子里没有下人，不然她要臊死了。

"我刚去看完，都没事，魏卯几个一会儿将脉案送来。"

杨茉刚要还嘴。

周成陵皱起眉头："说了脚上有伤不能起身，就是不听。"

外伤药很好，加上休息了好久，她觉得不太疼了就起身活动活动。

"三分治七分养这话是谁说的？"

望着周成陵硬气的神情，杨茉只好乖乖躺回床上："二老太爷那边怎么样了？"

不能去看病患，她就想起这茬事来，真是一个闲不住的人。

周成陵道："还没查个究竟，不过宗室营那边已经都知道二老太爷要将沣哥送去过继给皇上。"

宗室营都知道了，那还不闹开了锅。

都是周氏子弟，谁不想要将儿子送给皇上做储君。

这下有好戏看了，这么多人抢一块肉，还不头破血流。

杨荣看向周成陵："这下十爷省了事，周三老爷在保定府的作为就会有人替十爷说给皇上听，二老太爷命人杀子的事也不用大费周章地去查了。"

二老太爷一家成了众矢之的，上清院里的皇帝也别想接着清静，从前争储位只是皇上几个儿子的事，现在只要血脉正统一点的宗室就人人有份。

不管是谁出的主意要将沣哥给皇上，都算是捅了马蜂窝。

皇帝刚醒来就听到上清院外一片嘈杂。

"怎么回事？"皇帝的声音格外明亮，将整个大殿都震得嗡嗡作响。

"有几位宗室太爷想要见皇上，还有几位王爷……都在外面等着呢。"

还以为又是兵部的秦钺，皇帝松了口气，不过不管是家事还是国事他一律不愿意理睬。

皇帝正要吩咐内侍撵人。

外面就一阵吆喝："你说谁是妾生子？你说谁不是纯粹的皇族血脉？"

只听得哎哟一声，不一会儿工夫韩公公让人搀扶着进门。

看到韩公公的乌眼青，黄公公不禁道："这是怎么了？谁敢在上清院动手？"

"是两位郡王爷，一位是成祖爷的四子，成祖爷的亲弟弟那支，皇上登基时抬的顺郡王，一位是太祖爷的十二子那支，现在承了端郡王的爵位，两个人因为祖上血脉的事打起来了，献王爷和醇郡王让人拉都拉不住，奴婢也上前帮忙，不知道被谁打了一拳。"

宗室的这些血脉，从兴祖、元祖、太祖、成祖、高宗、肃宗、宣帝到先皇成帝，虽然有些族人已经去了陪都，但是留在京里的这些也是一锅粥。

皇帝平日里就懒得去算计谁跟谁，现在被韩公公一说顿时一个头两个大。

"算血脉做什么？宗人府不是一直按时发着银子吗？朝廷养着他们，他们还有什么好闹的。"

难道是没有了银子？

皇帝才想到这里，韩公公为难地看着黄公公，仿佛有些话不敢说，却又想要禀告。

皇帝将韩公公的神情看在眼里。

"老狗，有什么瞒着朕？当朕是一尊泥菩萨，不懂得看眼色不成？你们这些狗东西。"

韩公公立即跪下来："皇上奴婢不敢说，奴婢听来那些话……不敢在皇上面前说……"

皇帝顿时动怒，一下子从莲花座上站起来："什么话？说出来，看朕有什么不能听的。"

黄公公在一旁使眼色，韩公公却当做没看见："奴才听顺郡王说，要选出血脉最纯的周氏子弟才能过继给皇上做储君。"

皇帝顿时抬起了眼睛，脸上闪过浓浓的杀意："谁说朕要过继子嗣？是谁说的？"

二老太爷躺在床上听着窗外嘈杂的议论声。

"二伯父呢？是谁说的皇上要从宗室营选子嗣过继，是谁说的？"皇上什么事都做得出来，为了能成仙，登基时连年号也不改一下，说是这样能将先皇的功德都承继在身上。

如今还是春秋鼎盛就已经天天留在上清院不去内宫，如何能生出子嗣？出了冯皇后的丑事，皇上说不定真的心灰意冷，想要过继一个嗣子。

宗室营里谁有爵位过继嗣子都会抢破了头，现在是皇上，皇上过继嗣子承继的是大周江山。

二老太爷想要转过身眼不见为净，却忽然一阵脚步声响起，他还没转头去看，手腕就被人握住，整个人被人从床上拖起来："二哥你说说，这是怎么回事？不声不响就将事办了，将我们扔在一旁。"

二老太爷脸色难看，想要将手夺过来那边却不肯放松。

"我们老太爷病了。"下人忙在一旁劝说。

"病了？"成郡王冷笑，"二十年前二伯父就用这招争了祖产，要是有事怎么不见保合堂的医生。"

"对，二伯父别不说话，这事从你而起，现在都已经闹去了上清院，二伯父还想清静不成？"

二老太爷瞪圆了眼睛，故意露出凶相："谁说要将孩子过继给皇上，谁说的？"

屋子里一片静寂，很快成郡王就道："二伯父现在别吓我们，我们也不是吓大的，不是为了过继孩子，怎么可能下杀手杀儿子，现在三哥那边疯疯癫癫什么都说了，没有不透风的墙，现在还想按着，按不住了。"

二老太爷看着满屋子的眼睛，那些眼睛里都满是红血丝，仿佛随时能将他拆了骨肉吞下肚。

"说，到底是怎么回事？"

没事的时候这些人都对他毕恭毕敬，他说什么宗室营都要震一震，他是长辈谁都要给他几分颜面，这家的家事，那家的案子他没少掺和过，二老太爷早就习惯了那种被人迎合的日子，可是今天无论他用什么手段都压不住这些人。

成郡王向外拽二老太爷，二老太爷顿时想要起身却被被子绊住，整个人一下子从床上掉下来。

二老太爷"哎哟"一声摔在地上，屁股顿时如同裂开般的疼。

醇郡王妃拉着杨茉说话："现在二老太爷家的房顶要被掀了。"

杨茉靠在软榻上拿了抹了糖霜的柿饼给醇郡王妃吃。

醇郡王妃看了看外面："三老爷的病还能不能治好？"

周三老爷受了惊吓，见到人就说被家人勒脖子的事，吵吵嚷嚷没完没了，在献王府闹了一整夜，还是丁二去了用了针人才安静下来。

醇郡王妃目光闪烁："二老太爷心真狠，连自己儿子都要杀，这三老爷死了，沣哥就能名正言顺地过继给皇上？"

杨茉笑道："这些事谁说得准。"人心不足蛇吞象，二老太爷除了皇位什么都看不到，周三老爷出了事，二老太爷就想了这样的昏招，就算周三老爷死了，沣哥也不一定会成为储君。

"十爷这次立了大功听说兵部已经上了奏折，皇上那边必然要嘉奖，我听老爷说，宗人府都已经着手准备，就等朝廷的旨意下来。"

杨茉点了点头。

醇郡王妃笑道："所以你要好好准备准备。"

说到准备，杨茉抬起头："都要准备些什么？"

"你啊，这些事你都不在意，"醇郡王妃拉起杨茉的手，"要准备做康王妃啊。"

原来是准备做康王妃，她早知道周成陵会立功，从心理上她早已经准备好和他同甘共苦，所以无论是什么事，她早已经准备好了。

晚上等周成陵回来，杨茉吩咐小厨房准备了几个精致的菜，夫妻两个人坐在一起好好吃了顿晚餐。

周成陵吃得格外慢，只要看到杨茉吃得稍快些就停下来看杨茉，杨茉只好放慢了速度。这样吃饭的方式是现代人的通病。

吃过饭梳洗之后杨茉和周成陵坐在一起，周成陵额头有些伤，不知是怎么碰撞到了，杨茉涂了些药上去，然后将手贴在周成陵脸上。

她的手在他脸上轻轻蹭着，让他觉得心痒，伸出手就将她抱在怀里，杨茉将手放下来转了个身就靠在周成陵怀里。

"事情办得怎么样？可还顺利？"

周成陵点头："爵位定然拿回来，宗人府和兵部都已经递了折子，照旧例就该这样办，否则立功的将领更无法交代，大周朝还能打仗的武将不多，皇上想不想嘉奖都由不得他，不给我爵位就要给我军权。"

周成陵信心十足，杨茉听着也高兴。

"等康王府收拾出来我们就搬过去住。"

这么快就要搬家了，她在这个院子里才住了没多久，杨茉看向窗外："这么说，有空我要在园子里转一转，不然等到搬走了我还没有将园子走全。"

周成陵缠住杨茉的手指，闻着她领子里的馨香："将这个院子留给你安排，你可以让朱善几个搬进来。"

她正愁没有好地方，朱善那里地方太小有些施展不开。

杨茉抬起头看向周成陵："你就不怕我惹出麻烦？外面说闲话的不少，宗室营也有很多人要看你笑话，你现在是闲散宗室，等有了爵位就是王爷，我在外抛头露面你脸上多少无光……"

杨茉说着话，身后传来周成陵轻笑的声音。

"若是我图个贤妻良母就不会费尽心思娶你了，能安分守己在内宅的女人不少，能带着这么多人折腾的人就你杨茉兰一个。"

"我们将大宅子腾出来，给你可劲儿折腾。"

原来她是在折腾。

"不过是还我的王爷爵位，更大的事还在后面，只要我站在前面就没有人敢说你，"周成陵垂下头在杨苿耳边，"现在如此，将来亦如此，所以你永远都不用害怕。"

周成陵边说边伸手去解杨苿的小衣。

杨苿看了看沙漏："还早着呢，一会儿说不定有人进来。"

周成陵手指不停："我已经交代好了，让她们去歇了。"

什么时候交代的，她怎么半点不知道。

杨苿觉得眼前一花整个人就翻过来靠在周成陵怀里，哪有这样急的，杨苿刚要开口说话，周成陵就亲吻下来。

立即将她亲得气喘吁吁，天旋地转。

想到他眼睛里宠溺，旁人的羡艳，她对他的牵肠挂肚，庆幸她在这里遇到他，庆幸嫁给了他。

杨苿看着周成陵："我有没有和你说，我觉得你很面熟。"

周成陵的目光真的很像她遇到的一个病患，那个大家认为已经醒不过来，她却觉得还有希望的病患。

那病患长期卧床，瘦骨嶙峋，脸色灰白，已经看不出到底是什么面容，但是目光却和周成陵很像。

周成陵一时之间有些怔愣，很快他的神情如冰融般重新恢复平常："没说过。"

杨苿低头："有点像，但肯定不是。"她不可能在以前遇到周成陵，认识周成陵这么久，她很清楚地知道。

周成陵拉起杨苿的手："没有你就没有今日的我，你让我变得有耐心，我将来的一切都是因为有你，所以你永远不用害怕我会束缚你，我不会，我只会想方设法爱你，给你我的一切。"

杨苿突然有些鼻子发堵，心慌得说不出话来，她转过头看到周成陵的微笑。

那笑容安静、慢慢地沉淀下来，仿佛等待了几百年，等着她转头看过来，那一刻他的目光如此明亮，让她发现这世界上再也没有如此让她心安、温暖的东西，她的眼泪霍然夺眶而出。

人这辈子就是在等到这一刻，不知它什么时候会来，怎么到来，就是为了这一瞬间的安宁，让你知道为何而生，因何而生。

杨苿抬起身子将嘴唇印在周成陵的唇上。

"皇上找太后娘娘说话了。"济宁侯夫人紧张地看着刘夫人。

刘夫人也是一阵紧张："怎么？都说了些什么？"

济宁侯夫人脸色难看，她也是才从宫里回来，许多事都在脑子里没有理清，没想到宗室营里闹得这样厉害，他们也是用尽了法子就是不能将这件事压下去。

从周三老爷死而复生到现在不过才三天。

三天时间宗室营打起来好几次，周二老太爷也摔断了胯骨。

到处乱成一团，折子就像雪片一样递进上清院，没有别的都是宗室为自己的血脉正名，就连陪都的宗室也回到京中。

宗室拉拢礼部官员写奏折，顺道将周三老爷做逃兵的罪名也定下来，就连刘砚田这个阁老也束手无策。

大势所趋，已经不是人力能挽回了，现在就看皇上会不会有什么反应，这把火最终会烧到谁身上。

刘家和济宁侯府都是惴惴不安。

这几天刘夫人几乎就没睡着觉，刘砚田更是整夜和幕僚密谈。

"到底怎么办才好？"济宁侯夫人已经没有了主意，只要太后娘娘那里出了事，他们就没有了靠山。

他们这些年全都是靠着太后娘娘。

在宫里唯一能和皇上说上话的只有太后，他们就是仗着这一点才会谋划将周三老爷的长子沣哥送进宫内。

刘夫人心里如同生了草，再也忍不住："到底说了些什么啊？"

济宁侯夫人看了看屋子里，刘夫人道："夫人放心说吧，不会有人听到。"

济宁侯夫人道："皇上质问太后为何私下里要安排过继储君，莫不是觉得宫中生不出子嗣。"

刘夫人顿时惊呼："皇上……不知道要过继？"这怎么行，如果皇上不知道过继的事，这件事就闹大了。

济宁侯夫人眼眶也红了："我也不知道是这样，太后娘娘说没想要过继储君，只是想过继一个皇子为宫中冲冲喜，可是皇上不肯听，只说后宫不得干政，甩甩袖子就走了。"

刘夫人听得出了一身的冷汗，老爷这几天担心的事现在就发生了。

虽然太后娘娘示意娘家人和周三老爷一家亲近，又频频让沣哥进宫，是准备要将沣哥过继给皇上，但是却未必找了机会与皇上说明。

也就是说，看起来沟渠都挖好了，却没有到最好的时机，万一皇上那里是先通过别人的嘴知晓了这事，他们就算是背着皇上谋算，这罪名就大了。

现在果然如此。

这是最坏的情况。

刘夫人忽然害怕起来："夫人从慈宁宫出来就直接来了我们家？"

济宁侯夫人一怔，立即道："是啊，我没有了主意，忙找你来商量。"

济宁侯夫人向来都是一条筋，就因为这样她才觉得济宁侯府好利用，谁知道现在这一根筋直接就祸害在她头上，刘夫人忽然痛恨起济宁侯夫人来，如果让皇上知道济宁侯夫人直接来了刘家，那么他们刘家也会被牵连进去。

刘夫人急忙道："夫人快回去找侯爷商量商量，我这边也想想办法。"

济宁侯夫人手脚冰凉："你可知道，还有一件事……听说周成陵要被封为康王了。"

刘夫人没想会听到这个消息，"啊"地一声张开了嘴："怎么……怎么……什么时候的事？"

"是太后娘娘才说的，从前的康王府也收拾出来，这两天就要赐还了。"

刘夫人突然有想哭的冲动，谋算了半天却一败涂地，周成陵不但拿回了王爷的爵位，太后这条线还出了事。

将济宁侯夫人送出府，刘夫人等到刘砚田从衙门里回来，立即倒豆子般将济宁侯夫人的话原原本本地说了："老爷，您还是辞官吧，我们一家人安安稳稳地回到扬州生活。"

眼前好几条路都被堵上，刘砚田也觉得喘不过气来，可是他不甘心，他不能就这样放弃。"不行，"刘砚田咬紧牙，"忍了这么多年，我定要尝尝一人之下万人之上的滋味，我要让满朝文武朝拜我，我必然会被写入史书，几百年之后，我刘砚田会随着大周朝的历史屹立不倒。"

刘夫人不知道说什么才好，老爷一直都是有抱负的人，他总是能高瞻远瞩地看清楚一切，大周朝上下还没有谁比老爷更聪明，但是谋划江山不是一个简单的事，否则老爷也就不会这样大动干戈。

刘夫人按捺不住乱跳的心脏："老爷，万一我们家也像冯家一样，可怎么得了？"

刘砚田冷笑一声："冯国昌是什么东西，我刘砚田比他强上百倍，我们家怎么可能沦为冯家的下场，皇上现在已经是不得不用我，满朝文武没有一个能臣，总不能将所有的权力都交给周成陵。"

他就是看清楚了这一点才会这样出来管理内阁。

"要知道冯国昌一倒，被冯党牵连的官员上百，朝廷急着开恩科取士就是要将这些位子填补上，现在要谁来主持大局？"刘砚田眼睛里冒出光来。

刘夫人握住冰凉的手指："那……太后那边怎么办？皇上既然知道了太后娘娘的安排就会知道我们家和这些有牵连。"

"太后娘娘是皇上的亲生母亲，只要解释清楚就行，"说到这里刘砚田也有几分犹疑，只要牵扯了皇位，就算是母子也要隔心，"我进宫一趟向皇上说明，太后娘娘也是好心，想过继一个孩子冲冲皇上的子嗣。"

刘夫人喊了一声阿弥陀佛，多亏老爷已经有了思量，否则她这颗心不知道什么时候能落地。

再说，杨秉正还在他手心里，到了关键时刻，他就将杨秉正牵出来，看杨氏能不退让。

杨苿看着董夫人喂董昭吃东西，满满一大碗面疙瘩就这样吃了下去。

没有什么比瞧着病患吃饭心情更好的了。

董夫人转过头看杨苿："不知道吃这么多行不行。"

杨苿说得格外痛快："行，现在开始就可以正常吃饭了，不过最好还是先吃几天比较软的食物。"

等董昭吃过了饭，杨苿去看董昭的伤。

伤口是难看的紫红色，伤疤弯弯曲曲如同一只长长的大蜈蚣。

董夫人看了之后心跳不由得加快，只觉得头皮发麻，整个身体从外向里的疼，想一想真是可怕，差点她们母子就要阴阳相隔。

董昭低下头，杨苿很是专注地换药，这几日她很少假手旁人，只因为她的动作很灵巧，让他少了很多痛楚，又或者每当看见她，他就已经感觉不到疼，而是心酸。

他从来没觉得自己是一个卑鄙小人，喜欢一个人直到她成了亲他还念念不忘，这颗心怎么也平复不下来。

他这辈子最难以启齿的话，就是如此欢喜着一个女子，不能向旁人说，而是永远埋藏在心里。

"换好了药，我们爷俩再大战几个回合。"樊老将军让人搀扶着走过来。

杨茉转过头："还像昨日那样可不行，"说着目光落在樊老将军身后下人捧着的棋盘上，"下棋可以，最多一局，老将军和世子还要静养。"

樊老将军伸出手来捻胡子，杨茉站起身去看樊老将军的伤口。

其实伤口愈合得不太好，董昭毕竟年轻身体底子好，樊老将军年岁大了些。青霉素、蛆虫虽然有些效用，但是这样下去虽然没有性命之忧这条胳膊恐怕还是保不住。

杨茉看着樊老将军："如果这两日伤口还没有改善，恐怕就要换个治疗法子。"

樊大太太不禁一阵紧张。

董昭也皱起眉头，如果老将军没有将药都让给他，就不会有这样的情形。

"别想太多，若是不行就将胳膊切掉，"樊老将军一脸的坦然，"少了一只胳膊也没关系，这世上独臂的武将有的是，多少人都死在战场上，多少人都尸骨无存，我这条老命是十奶奶捡回来的，我还奢求什么，"说着转头看樊大太太："不怕，没什么好怕的，我活过来了。"

樊大太太听得这话不禁眼前发热，眼泪差点就掉下来。

不怕，我活过来了。

她还想安慰老太爷，没想到反过来老太爷来安慰她们。

樊老将军声音清晰："鞑靼被打走了，保定保住了，我们还活着，这已经是最好的结果，我们回来一家团聚，就算少了胳膊，我们照样生活，算得了什么？谁也不准哭，就听十奶奶安排。"

有多少人能像樊老将军一样豁达，将得失看得清清楚楚。

杨茉心里不禁油然生出敬佩，待她白发苍苍的时候，若是也能如此，她就心满意足了。

杨茉看着樊老将军："老将军不止活下来了，还会长命百岁，"说着顿了顿转了个弯，"不过还是要什么都听我的，我说不行的事，老将军不准做。"

樊老将军立即回嘴："不能让我不下棋。"

杨茉不肯退步："只能一盘。"

樊大太太又哭又笑，老太爷脾气倔强，但是只听周十奶奶的话，十奶奶说规矩的时候板着脸十分认真，不管谁看了都觉得心虚，不敢上前讨价还价。

就是这样的性格才能压住这么多人。

"我陪祖父下一盘。"穿着鹅黄色褙子，梳双螺髻的樊三小姐低声在樊老将军耳边。

樊老将军脸上才又有了笑容："好好好，我年纪大了，董昭那小子总是趁我不注意算计我，你在我旁边看着，让我将他杀得落花流水，十奶奶说一盘棋就一盘，一盘定胜负。"

樊家下人将棋摆上，董昭刚想要让子，樊老将军抓了一把棋子让董昭猜单双："这次我有三丫头在身边，用不着你让我。"

樊大太太就掩嘴笑起来。

那不成了三丫头和老太爷一起对付董世子，亏老太爷还说得理直气壮，好像有多公平似的。

战场上打了一辈子，棋盘上还要厮杀，董夫人对棋也是不感兴趣就和樊大太太去外面说话。

"这段日子多亏了樊大太太，"董夫人轻声道，"若是没有你们帮衬，我还不知道能不能熬得过去，只怕昭儿没好起来，我先垮了。"

"当时若不是世子爷领兵去保定，去的定然是我们老太爷，我们老太爷那时正病着，恐怕会是有去无回，再说就算是换过来，夫人也会留下来陪着我们家。"

董夫人被说得脸上发烫，这一点她不如樊家，自以为守着祖荫就比别人高上一等，不太和武将家眷来往，否则这次也就将米粮和药物送一些去养乐堂。

说到底是樊家和杨家不计前嫌，从此之后她再也没脸自持身份。

"这步棋我下得不对。"樊老将军的声音传来。

董夫人和樊大太太不禁相视一笑。

"祖父别急，"樊三小姐道，"慢慢来，这盘棋才开始。"

樊大太太道："只有我家三丫头才能和老太爷说上话，老太爷吵吵着要回家，我只好将三丫头叫来劝说。"

董夫人眼前浮起樊三小姐清丽的面容，清亮的眼睛："这可真是个好孩子。"

樊大太太没听明白："什么？"

董夫人想起董昭念念不忘周十奶奶，就算她心里喜欢樊三小姐又怎么能说出口。

"我听说了夫人家里的事，"樊大太太才开口，董夫人脸色立即变了，樊大太太立即一脸歉意，"夫人别嫌我多嘴，这些事我们私下里听了，就想着回避不如帮着夫人出出主意。"

樊大太太说的是江氏和耀哥的事，这几日她没空也就没有理会，昭儿听说有了个弟弟也是一直沉默，真不知道日后要怎么办。

樊大太太道："妾室就是妾室，不能让她越过你，尤其是公爵爷在外纳的外室，这么多年了都没有让夫人知道，不管怎么样都是公爵爷有错在先，夫人应该借着这个机会，好好管束那外室，安排侍寝要经夫人的手，夫人将她禁锢在院子里就是，到时候她若是随便出门，或是在公爵爷面前诉苦，都是犯了错，夫人就更加能处置她。"

"夫人这样将她放着不管不顾，将来……只会更加难管……"

樊大太太说的是，是她一时慌了神没想那么多。

"夫人现在是生气，所以脑子里乱成一团，我也是乱出主意，"说到这里樊大太太顿了顿，"有件事我想要夫人知晓，我们家二太太去清华寺上香，见到了那位江姨娘，原本我们二太太也是不识得，看她用的香烛篮子是府上的，而且江姨娘出手阔绰，又让寺里的人引去厢房歇着，我们二太太就想，京里有几个董家……"

这事她先找了十奶奶商量，十奶奶说她应该和董夫人说。

"夫人好好想想吧。"

上香就上香怎么会去厢房歇着，他们母子才进京，不认识多少人，怎么会在外面停留，而且去厢房的事江姨娘根本没有让人和她讲。

董夫人顿时觉得一阵寒意，身上的汗毛都要竖立起来，这些事她也要别人来提醒。

所以樊大太太才会出这样的主意，将江氏关起来，看她还会不会出府，只要江氏再任意妄为，她就可以让人查个清楚。

对，从现在开始她就让人跟着江氏，看看江氏到底在捣什么鬼。

大战之后必然要嘉奖，为的是不让武将伤心，可是朝廷银子实在不够多，多的那部分皇帝还想多拿些奇珍异宝添他的炼丹炉，又不能将实权交给周成陵，最后皇帝还是觉得，还是将具体的奖励换成虚的爵位："宣王爵位不能给他，就让他承继康王爵位吧！"

礼部立即着手去办，很快去保定打仗的官兵就都得了赏赐，从前的康王府因给了文正公府一部分，朝廷就将剩下的宅院修葺一番，旁边的地也赐给康王扩建王府。

常老夫人听到消息愣在那里。

常大太太道："那，如今杨茉兰是什么啊？"

常家经过巨变，常大老爷遍寻不到，常亦宁出去几个月就为了找父亲，三天前捎回消息，外面也是一无所获，这两日就要回家来。

常大太太才彻底死了心，准备照老夫人的意思给常大老爷办丧事，如今整个常府都似被霜打了的茄子，低着头沉着气说不出话来。

常老夫人横了一眼常大太太："你说是什么？"

是什么？

她怎么可能不知道，只是说不出口。

常大太太眼睛中含着泪，这并不比听到老爷的噩耗来得舒服，他们家攘出去的人做了，做了……康王妃。

康王妃啊，她要有什么样的风头和富贵才能超过杨氏。

杨氏做了康王妃，她却这样成了寡妇，亦宁的前程也尽毁。

常家赔给杨氏那么多银钱，如今家中也是艰难支撑，从前她觉得亦宁和杨氏是云泥之别，她确然觉得杨氏配不上亦宁，可如今，他们家和杨氏却成了天上地下。

不但没有家财，老爷也没了性命。

她好后悔，后悔没有在冯觉作乱之前将老爷从大牢里救回来，那时候只要稍稍用些心力，就能办到的啊。

"娘，"常大太太擦着眼角，"昨晚媳妇梦见老爷，老爷困在一片林子里，找不到回家的路，媳妇让老爷跟媳妇回来，老爷也不肯，说是无路可走了，娘，老爷这辈子就要在外游荡，再也进不了祖坟了吗？"

说到这里常大太太哽咽地哭泣："这可怎么办才好啊。"

听到常大太太的哭声常老夫人的心也被揪起来，就算不是亲生骨肉也是在身边长大的，怎么可能没有半点的感情，唯一可以安慰的是她亲生的儿子做了阁老，所以她不后悔没有救回老大，只要她儿子能太平，什么牺牲都是值得的。

"哭什么哭，"常老夫人看向常大太太，"事已至此哭又有什么用。"

看着老夫人苍白的头发，常大太太不忍再掉眼泪，老夫人心里又何尝舒坦："娘的意思要怎么办？亦宁……亦宁还年少，总不能就这样下去，"说着吸吸鼻子，"我昨日回娘家，听说刘阁老的女儿还待字闺中，媳妇就想，不如说成这门亲事，这样亦宁也就能借着刘家的势头再谋出路。"

听得这话，常老夫人眼睛立起来凶狠地看向常大太太，一下子将常大太太看得怔愣在那里，老夫人的模样像是她偷了老夫人的什么宝贝。

"胡说，刘阁老家还有两个女儿，一个许给了太后娘家，一个就是与康王和离的大小姐，刘家如今势头正好，我们搅和进去，不是要搅浑这池水，你到底是怎么想的？"

常大太太几乎没有听懂这话的意思。

怎么是他们搅和进去，怎么是他们搅浑这池水。

这，老夫人是向着刘家还是他们家，老夫人是不是老糊涂了，怎么能将亦宁和常家说成这般。

"娘，"常大太太含着泪一脸不可置信，"娘这话媳妇怎么听不懂了。"

常老夫人皱起眉头还要说话，抬起头看到帘子后的人影。

屋子里一下子安静下来，常大太太也顺着常老夫人的目光看过去。

常亦宁撩开帘子进门。

母子两个对视一眼心头的悲伤立即像是找到了出路，眼泪顿时都滚滚而下，常亦宁上前搀住常大太太，常大太太顿时觉得身上的力气全都被抽走，哆嗦着道："你父亲……你父亲……可是真的吗？"

常亦宁点点头："是听被抓回来的朱大人说的，朱大人和爹一起趁乱出的京，爹被京营的人当做乱党杀了，朱大人亲眼看到的。"

常大太太脸上几乎没有半点的表情，半晌才一脸不肯置信的模样："是不是弄错了，那么多人肯定会错。"

常亦宁摇摇头从怀里拿出一块翠玉："这是我爹的东西，娘让爹送给狱卒的，爹没能送出去就留在身上。"

看到这块玉，常大太太"哇"地一声哭出来，转头看向常老夫人："娘，这是真的了，老爷真的没了，娘。"

常大太太扑向常老夫人，一只手紧紧攥着常老夫人的手，常老夫人只觉得被攥得生疼。

常亦宁静静地看着座位上的祖母，祖母眼睛里是超乎寻常的冷静，目光里甚至有对母亲的厌恶。

为什么祖母不会像他们一样难过。

为什么祖母会说出那样一番话，如此维护刘家，仔细想起来，这么多年只要提起刘砚田，祖母都是一脸的慈祥。

常老夫人看向身边的陈妈妈："办丧事吧，要让老大入土为安。"说到这里常老夫人眼圈才有些红，仿佛很是难过。

"都是杨茉兰害的,都是杨茉兰啊,"常大太太痛哭着,"这个仇我们要怎么报?"

"母亲,"常亦宁冷着脸,"这和杨茉兰无关,要亲近冯阁老的是我们家,要和乔家结亲是父亲、母亲都看好的,冯党倒了,乔大人死了,我们家必然要受牵连,就算没有杨茉兰也是这样,母亲怎么会恨杨茉兰。"

常大太太听得这话立即止住了哽咽,睁大眼睛看常亦宁:"你这是什么话?"

常亦宁苍白着嘴唇:"我是让母亲看清楚,怨恨多了心里会更难受。"常亦宁说完就要转身出门。

"站住,"常老夫人皱起眉头,"你这是要去哪儿?"

常亦宁转过身来向常老夫人行礼:"母亲梦见父亲在树林里,我去城外看看哪里有树林,说不定能找到父亲,让父亲入土为安。"

也就是说,她方才的话常亦宁都听到了,常老夫人顿时一怔。

常老夫人怔愣间,常亦宁抬起头看向常老夫人:"祖母维护了刘家这么久,现在也该是让刘家出力的时候了,孙儿这就递帖子去刘家,让刘大人看在常家这些年扶持的分上,给孙儿找份差事,我们家总不能变卖田产求生活。"

常老夫人还没说话,常亦宁就转身退出屋子,走到廊下常亦宁无声地露出一丝笑容,这一次他要将头顶上的天看清楚。

听说周成陵恢复了爵位,二老太爷将身边所有的引枕都丢了出去:"放这些东西要硌死我?"

屋子里的下人立即跪下来。

二老太爷想要起身屁股上却疼得难以支撑,一下子又倒在床上,攥起拳头使劲地捶打床铺,他恨啊,不但没有能将沣哥送进宫,还落得这样的结果。

"老太爷,不好了,"下人匆匆忙忙进门,"三老爷要从房顶上跳下来。"

二老太爷咬牙切齿,还不如死在战场上,否则他也不用让人去将他勒死,谁能想到人没有死,却疯疯癫癫。

"快让人将他弄下来,这话还用我来吩咐?"

下人急忙道:"都去办了,只是三老爷说,老太爷不让他下来,他就不下来,太夫人、夫人好话都说尽了,不少人都看着呢……"

宗室都聚在这里,不能让人看笑话,他家里的笑话已经够多的了。

"就说我让他下来了,让他过来见我。"

将老三接回来之后他还没见过,他没心思见这个东西,都是因为他才会让他们家沦落至此。

下人立即应了。

不到一盏茶的工夫,外面传来欢快的跑步声。

紧接着帘子掀开,周三老爷快步走进来:"爹。"周三老爷伤了喉咙声音如同被砂纸磨过般,让人听着难受。

二老太爷皱起眉头,只觉得眼前一花,旁边的下人还没看出怎么回事。

二老太爷顿时传来一声惨叫。

周三老爷如同乳燕投林,结结实实地压在二老太爷的伤口上。

"爹,陪我玩吧!爹来陪我玩。"

周三老爷对二老太爷的惨叫不闻不问,只是笑眯眯地看着二老太爷。

屋子里顿时乱成一团。

等下人七手八脚地拉开周三老爷,二老太爷已经眼睛翻起背过气去。

"快来人啊,快去请太医。"

周二老爷府上一片混乱,太医院也好不到哪里去。

陈老院使看着眼前的奏折。

"姚御医是有功之人,怎么会现在要离开太医院?"

姚御医立了大功,在太医院前程无量,却突然递了奏折要离开,这是谁也没有想到的,这人莫非是疯了不成?

丁院判摇头:"也不知晓。"

"别骗我,"陈老院使合上手里的文书,"你分明就是清楚,只是不肯和我说。"

丁院判沉默,他不知道该怎么说,从前太医院是人人想要挤进来的,而今像姚御医这样的人却想要离开,因为什么只要仔细想想就知晓。

丁院判弯腰:"姚御医想要去保合堂。"不止是姚御医,太医院里许多年轻的御医提起保合堂都是一脸的期盼。

只有保合堂那种地方才能学到更高的医术。

第十九章 一败涂地

"糊涂,"陈老院使突然呵斥,想到保和堂的所作所为,康王妃的医术,愤怒立即被压下几分,"就算是学医术也不用离开太医院。"

看到一个有才能前途不可估量的太医,那种心情是恨不得立即将他提携起来,特别是他已经老了,想要看到太医院能有个更好的将来。

而现在这个人却说要走。

不止是让人痛心而是让人愤怒。

丁院判将姚御医带到陈老院使跟前。

陈老院使咳嗽几声将手里的文书推了过去:"我已经写了奏折,请朝廷将你升为院判,你好自为之吧!"

一下子升为院判,就是和丁院判平起平坐,太医院还从来没有这样年轻的院判,照惯例想要升迁就要论资排辈,姚御医还没有到这个资历。

太医院里顿时安静下来。

所有人都在看着姚御医,这可是一个从天而降的喜事,多少人梦寐以求,现在却落在了姚御医的头上。

惊讶、羡慕、嫉妒充斥了整个屋子。

早知道从保定回来就会这样被提携，他们也该去保定帮军中的医工。

姚御医不可能离开太医院，他这样作为不过是想要个赏赐，开始有人露出不屑的笑容。

姚御医惊讶地看着陈老院使，他从来没想到会做院判，以他在太医院的名声，这辈子不过是个碌碌无为的太医罢了。

姚御医的手有些颤抖，心脏因为这个消息急速地跳动着，做了院判他就有了地位，在太医院就有了话语权，再也不会被人忽视，更不会就此埋没，他也算为祖先争光。

看着姚御医眼睛里冒出光来，陈老院使放心地点了点头，谁不想着出人头地，尤其是在太医院这样的地方。

姚御医立即拜了下去："多谢院使大人提携，"说到这里姚御医顿了顿，"只是学生不敢领命。"

这是什么道理？

陈老院使几乎要跳脚。

"我知道我为什么能被提为院判，不过是因为我去保定军营立下大功。"

姚御医摇摇头："若不是治瘟疫遇到了康王妃，我永远没有勇气站起来想要去军营帮医工，更不可能用那么好的医术来帮助伤兵。"

"若是从前的我，说不定去了战场也会被吓得惊呆，更别提治病救人。"

"是康王妃，因为我知道我身后有康王妃我才坚持下来，而不是因为我出自太医院，如果我在太医院做了院判，那我一定会回到从前的我，"姚御医微微一笑，"有些东西就算死也不能失去，这是我从军营回来之后唯一明白的事。"

"如果我身后没有了康王妃，我就会一事无成，所以我要追随我想要依靠的那个人。"

"跟着康王妃我还会学到更多的医术，这才是最重要的，而不是什么升官发财，我若是答应留下来，就是失去了本心，"姚御医说着更深地躬身，"院使大人就成全学生吧！"

放弃官职要去保合堂跟一个女子学医术。

这个人真是疯癫了。

陈老院使看着眼前的姚御医，从前是想要求学的人这样毕恭毕敬地拜他，现在拜他却是要离开太医院。

真的变了，在他还没有发觉的时候已经变了。

可是姚御医说的却是康王妃。

那个建了养乐堂的女人，那个让伤病有所治有所养的女人。

现在京城里到处传颂的女人。

陈老院使声音低沉："你可别后悔，进太医院不是容易的事。"

姚御医道："学生断不会后悔。"

陈老院使半晌才叹了口气，挥了挥衣袖。

姚御医慢慢退了出去，走出太医院这块四方的天，姚御医长长地舒了口气。

他不在意同僚们奇异的目光，因为他要的东西已经不在这个太医院里，他不能再浪费时间，他不能再失去所求。

不管是因为什么，他能明白这一点就是上天对他最大的恩赐。

姚御医刚要前行，身后传来呼声："师父，师父。"

太医院的两个学生余生和赵传追上来。

看着两个还没有教成才的学生，姚御医道："日后要跟着太医院里其他师父好好学习，将来才能做一个好太医。"

这话让他们心里突突地跳，尤其是姚御医深切的目光，是真的在关切他们，好不容易遇到这样的老师这就要分开。

"师父，我也跟着你去保合堂。"赵传脱口而出。

余生愣在那里，不知怎么的，听到赵传这话，他不觉得赵传愚蠢更不觉得赵传是口不择言，他只是觉得赵传说出了他的心声："师父，带我们一起去保合堂吧！"

望着两个学生，姚御医忽然觉得全身的血液又开始流动。

欢快，热腾地流动。

从学生的眼睛里，姚御医看到了和自己一样渴盼的目光。

"好，我们一起去保合堂。"

一起去那个让人热血沸腾的地方。

一个太医走了不要紧。

紧接着一个，两个，三个，四个学生陆续跟着走了。

太医院仿佛出了一个豁口，所有有用的人争先恐后地流出去。

陈老院使不知道怎么说出自己的心情。

坐在椅子上，只觉得身边空荡荡的可怕。

太医院到了该有变化的时候，陈老院使看向丁院判："我将向朝廷上奏折辞去院使之职。"

丁院判顿时脸色苍白，刚要说话。

陈老院使摇摇手："我已经老了，不能去向保合堂请教医术，我希望你做了太医院使之后，能改变太医院的情形，向保合堂和康王妃请教，不要让太医院成为一个笑话。对你来说，这时候做院使不一定是个好事，我已经背不起这个责任，你要做好，才能对得起太医院。"

从来没有人给过他这样大的责任，丁院判眼前一片迷蒙。

要向康王妃好好请教，要仔细学医术，不能让太医院成为笑话，不能让太医们成为笑话。

董夫人将贺礼送去康王府，没想到春和迎上来："我们王妃回老宅子了。"

望着康王府里来来往往的下人："莫不是那边还没有搬妥当？"

春和立即笑着摇头："不是，王妃要将老宅子腾出来做药用，所以让工匠重新修葺院子。"

那么大的院子要用来做药。

董夫人有些诧异:"能用得完吗?"
春和道:"我也不知晓,不过听我们王妃说,日后恐怕还不够呢。"
从保合堂到杨家祖宅又到周家的旧宅子,康王妃到底都用来做什么啊。
"我们王妃说,若是您先过来就请您等一会儿,"将董夫人带到亭子里坐下,春和接着道,"您可能还不知道,若是没有这么多的地方,用这么多的人手,哪里能做出新药来。"
原来新药是这样做出来的。
一盏茶的工夫下人来道:"王爷和王妃回来了。"
董夫人忙起身迎出去,看到杨茉,董夫人不由得心跳加速:"康王妃,王爷已经知晓了吗?"
杨茉望着董夫人点点头。
董夫人虽然已经料到,但是脸色仍旧难看:"那王爷……"
"王爷去了您府上,您现在就在这里安坐。"
董夫人冰凉的手一下子拉住杨茉,夫妻同心,可是她没想过有一天要揭穿老爷。

文正公府内,董绩将周成陵请进书房坐下,专门让人沏了上好的龙井:"王爷,"董绩眼巴巴地看着周成陵,"兵部那边可有消息,为何不准我离开京城?"
周成陵看着董绩,不知怎的董绩觉得那双眼睛虽然平静得不起波澜,却泛着深入骨髓的寒意,他全身的血液一下子从身上褪去,他顿时僵立在那里,心中满是惶恐:"王爷,到底出了什么事?"
周成陵声音冷淡:"你知不知晓,若是我没有打胜仗回来,此时此刻你会在哪里?"
周成陵是宣王的时候对他十分礼遇,不止是因为他支持周成陵,更是因为两家关系私底下一直很好,于是他们之间讲的是交情而不是地位。
现在周成陵却以一个王爷的身份质问他。
周成陵是知道了刘砚田的事。
"我只是……"董绩不知道从何说起。
"你在外纳了妾室又生了儿子。"
面对哭哭啼啼的妻子,他能板着脸训斥妻子嫉妒,面对儿子他能拿出长辈的尊严,可是面对周成陵,董绩只能感觉到无尽的威严,让他觉得此时此刻他就是绕在周成陵脚下谄媚的一条狗。
他这条狗应该对主人忠诚。
没了忠诚,他就什么也不是。
董绩心头疾跳,他胆怯,他惊恐,他不敢去看周成陵板着的脸:"我只是看江氏可怜,就将她留在身边。"
周成陵收回落在董绩身上的视线:"这么多年连妻儿都不曾提起过。"
周成陵的心思谁也摸不透,董绩不知道周成陵想要说什么,康王家有不纳妾的家风,难道因为这个就厌弃他?
外面忽然传来一声女人的惊呼。

门霍然开了，一个女子跌跌撞撞地进了门。

董绩看过去是江氏身边的丫鬟翠娥。

蒋平道："王爷和公爵爷说话，这个下人在外面偷听。"

董绩睁大了眼睛，呵斥翠娥："你在这里做什么？"

翠娥慌慌张张："是……是……姨娘……让我过来看看……要不要伺候……"想到府里那么多下人，立即又反口，"是小少爷身子不适，姨娘让我来请公爵爷去瞧瞧。"

翠娥神情慌张分明是在撒谎。

周成陵看向董绩，脸上露出讥诮的神情。

董绩忽然明白过来，翠娥是在偷听他们说话，翠娥是江氏的丫鬟，自然是受江氏指使，江氏为何要偷听他和周成陵的谈话呢？

"你那姨娘去清华寺上香，在清华寺见了刘砚田的女儿刘妍宁，两个人说了半个时辰的话。"从董绩的角度看过去，周成陵的眉眼舒展仿佛没有什么特别的神情，然而就是这样的表情却让他看起来毛骨悚然。

他总觉得哪里不对，原来问题在这里。

怪不得刘砚田知道他在边关吃空额，并且兵卒比报给朝廷的少了四分之一，因此在边关打了败仗。

吃了败仗后，他恐朝廷追究，战报回京时他将败仗说成了胜仗。

他还想到底是谁将这件事告诉了刘砚田。

他猜这个猜那个……

原来说出这话的人是他自己，董绩眼前仿佛看到他倒在温柔乡时，将所有的战情都亲口交付给江氏的模样，从前只觉得风花雪月，现在却觉得恶心得想吐。

原来刘砚田早就知道他丑陋的一面，早就看透了他，他还装作正人君子，义正词严地和刘砚田交涉。

董绩浑身出满了冷汗。

他那么宠爱江氏，将她们母子藏了这么多年，生怕她们回到京中受苦，就一直带在身边，看着江氏娇媚的模样，他就想起妻子老迈、长了许多皱纹，颜色黯淡的脸，他不愿意直视那张脸，他愿意时时刻刻看着怀里的美娇娘。

甚至他慢慢连昭儿都不喜欢，而是喜欢好不容易得来的老来子。

他还以为这辈子捡到了宝，还以为江氏和老来子是上天给他的恩赐，却没想到是这样。

江氏啊江氏，他捂在手心里的江氏和儿子，却是别人安排在他身边的耳目，他有今日不怪董昭打了败仗，是因为他早就在身边养了一条蛇。

董绩想到这里祈求地看向周成陵："王爷，"说着整个人如同一摊泥般跪下来，"您救救我吧，我该怎么办？"

周成陵面无表情地打量董绩："你知道的那天就应该跟我说，到了现在，我已经没办法。"

没办法？不可能，王爷总是有法子，董绩跪过去："王爷就看在我们两家一直交好的分上……"

"如今我和刘砚田都知道了你谎报军情的事,"周成陵站起身,"你要谁饶了你?我还是刘砚田?"

董绩哆嗦着嘴唇,周成陵和刘砚田本就是对立,他不可能让两个人都饶过他。

周成陵道:"你别忘了,如果刘砚田能饶了你,就不会安排江氏,既然安排了江氏,你就已经无路可走。"

他戎马一生,竟会栽在一个女人手里。

董绩想想他骂董昭不争气的那些话,那些话应该落在他头上,他还有什么脸面见妻儿。

周成陵向前走,董绩急得一头磕在地上:"王爷,王爷,您救救我吧,就算看在昭儿的脸面上。"

提到董昭,董绩有一种要将舌头咬掉的冲动。

曾几何时他要拉出儿子来才能保住性命。

周成陵停下来:"你这次从边疆回来时可曾想过董昭?董昭是你的儿子,你对儿子的感情远及不上拙荆对病患。"

"如果没有拙荆,你今日要拿谁来保命?江氏还是你的老来子?"

周成陵一声声质问,董绩瘫坐在地上。

他从边疆回来只想着董昭不要坏了他的大事,他没有在意董昭的死活,现在还有什么脸面将董昭抬出来保命。

周成陵淡淡地道:"你早该知道,现在求我未免太晚了。"

周成陵不会管他了,董绩抬起头来,周成陵身上的五爪金龙袍服将他衬得更多了几分威仪,今天是周成陵作为康王第一次去宗人府受礼,他没有看错,周成陵将来必定会越过上清院里那个无能的皇帝。

他没有看错,只是他没想到他会没有资格跟在周成陵身边。

董夫人刚进了屋子,就听到一阵"呜呜"声响,转过头去看到几个婆子押着被堵了嘴的江氏从小院子里出来。

江氏慌张地四处张望,目光落在一旁站着的董绩脸上,然后拼命地挣扎着,似是想要和董绩说话。

董绩却冷冷地看着江氏:"愣着做什么?将她送去家庵。"

这样犯了错被扔去家庵会有什么样的结果可想而知。

江氏和几个婆子出了月亮门,董绩僵立在原地一会儿,才向董夫人走过来。

董夫人从来没见过董绩脸上是这样的神情,苍白得没有半点的血色,面皮紧紧地皱起,连鬓边的头发也白了不少。

就像是一下子就苍老了十岁。

"老爷,"董夫人惊讶地开口,"这是怎么了?"

董绩一言不发地走进内室,坐在椅子里,目光涣散地看着窗口花斛里一枝盛开的杜鹃花,最外面的花瓣已经没有生气地垂下来。

董绩正想着自己就似这花一样,那花瓣突然就掉落在桌子上。

董绩鼻子里几乎闻到腐败的味道。

他完了，就算惩治了江氏，他也完了，刘砚田掌握了一切，他已经没法为自己遮掩。

"我要上奏折向朝廷认罪，恐怕会被判流放，这个家将来就要你来支撑，"董绩看着董夫人，忽然想起来风风雨雨这么多年在他身边的始终是这个老妻，"昭儿有了出息，将来定然会为董家争光。"

自从看到了江氏母子，听到董绩和昭儿说的那些话，她心里就无比愤恨董绩，可是事到临头，她却又为董绩揪起心来："公爵爷不要乱想，一切都会好的。"

董绩摇了摇头："是我自作孽不可活，怨不得别人。"

杨茉踮起脚尖来给周成陵换衣服，"董绩会怎么样？"

"能保住性命已是不易，最少也是流放。"

杨茉的手顿了顿："那爵位呢？"

周成陵挽起杨茉的手，自己将家中穿的长袍拿过来穿上："董昭立了大功，我会想办法保住董家的爵位传给董昭。"

董绩这样的人无论是对妻儿还是对朝廷、百姓，本来就应该受惩罚，最无辜的是董夫人和董昭。

"别再想这些。"周成陵弯下腰一下子将杨茉抱起来。

杨茉还是不适应这样亲密的动作，尤其是在这时候，春和还在屋子里，想到这个杨茉脸色绯红两只脚不停地动："快放我下来。"

"不放。"周成陵任由杨茉抓着他的肩膀，她的力气再大他也不会觉得疼。

两个人进了内室，周成陵小心翼翼地将杨茉放在床上，静静地看着杨茉。

这样安静地对视，杨茉从周成陵的眼睛中看到了一丝的不安，不知他心里藏着什么事没有和她说。

"怎么了？"杨茉抬起头来询问。

周成陵伸出手挽住杨茉："想不想要个孩子？"

成亲之后他们从来没有说过孩子的事，她不提，他也没有主动问起来，连府里的妈妈都没有提醒她小日子什么时候来，什么时候容易受孕。

周成陵满是期盼，她本不该这时候让他难过，可是想想心里的担忧，杨茉还是硬着头皮低声道："能不能过一阵子？"

话音一落，杨茉立即看到周成陵眼睛中的失落，虽然只是转瞬即逝，可是却让她心里一阵牵扯般的疼痛。

周成陵点点头："好，过阵子再说。"

眼看着周成陵松开她的手转身就要离开，杨茉心里突然有一种不安，她立即站起身张开双臂抱住周成陵的腰身："我要的药已经做出来了，我想……多做些手术，若是怀了孕就会行动不便，"说到这里她喘口气，"我想早些给你治病，等你病好了，我们再生孩子。"

周成陵一动不动，半响才开口，他的声音一如往常般清澈："不是因为我的病会传给孩子，所以不能要？"

原来他是这样想的，怪不得一直没有提起。

周成陵心思太深，一不小心就让他胡思乱想起来。

杨茉一怔，急忙道："不是，不是，我还不知道你得了什么病，只是从老王爷的脉案里推断出结果，怎么可能就断定孩子会得和你一模一样的病症，再说，就算有几率会有相同的病，我也不能不让孩子出生。"

"我也是自私的，为了做个母亲，有个孩子，我宁愿去赌，"杨茉贴在周成陵后背上微微笑，"我们会有个健康的孩子。"

周成陵转过身来，静静地看着杨茉："傻瓜，想要孩子就现在要，我想要孩子陪在我们身边，我也想做一个父亲。"

若是手术不成功他死了，他就永远都做不成父亲。

若是他就这样死了，谁要陪在她身边。

他想要个孩子，每次看到她孤身一人来来往往，他就想要个孩子。

杨茉很晚才醒过来，刚要撑着身子起来，就觉得浑身酸疼，转脸一看手臂都布满了青紫的痕迹。

昨天闹过头了，不知道有没有人知道。

春和进来伺候杨茉梳洗，几个婆子忙上前换被褥。

褥单已经脏得惨不忍睹，杨茉脸颊发热，试着转移话题："王爷呢？"

春和低声道："王爷一早就出去了。"

杨茉点了点头，周成陵朝廷里有事，这几日都是一大早就离开家。

杨茉吃了早饭就坐车去保合堂，刚进了门，魏卯就来道："师父，太医院丁院使来了。"

太医院什么时候来了一个丁院使，院使不是陈老御医吗？

杨茉诧异地抬起头没想到却看到丁院判走进屋。

丁院使难道说的就是丁院判？杨茉怔愣片刻，脸上立即露出欣喜的笑容："恭喜丁大人升为太医院院使。"

陈老院使写了奏折推荐丁院判做院使。

丁院使立即行礼："还是因为王妃才有我丁某今日。"

这话是从何说起？杨茉没有听明白，太医院的事她并没有插手。

丁院使道："陈老院使选我作为新的院使，只是因为我和保合堂走得近，老院使便让我带着太医院向王妃好好研习医术，于是我已经写奏折，想让太医院所有的御医学杨氏诊法。"

杨氏诊法？

杨茉从来没听说过杨氏诊法："丁院使说的是？"

"就是康王妃教给弟子那种望诊、听诊、叩诊的方法，现在我们都叫杨氏诊法。"

她教学生的诊断学，什么时候成了杨氏诊法。

杨茉看向魏卯。

魏卯也是一头雾水。

丁院使道："也不怪王妃不知道，我们这些没有学过杨氏诊法的人才会私底下聚在一起议论。"现在他心里忐忑不安，也不知晓康王妃到底愿不愿意将杨氏诊法传授给太医院。

杨茉看向丁院使："我的方法并不难学，但是要答应我几个要求我才能传授。"

丁院使没想到这么容易，热血顿时上头，立即又躬身："别说几个要求，就是几十个要求我们也答应。"

"第一，要完全照我说的学习，第二，我说不行之前不能拿着我教的医术去治病救人。"

丁院使听着点头。

杨茉接着说："第三，学了我的医术就要和保合堂的郎中一样，每个月至少做五次义诊，做不到的人我不会教他诊法。"

丁院使立即道："这个定然能做到。"陈老院使说得对，太医院该有些变化，就连养乐堂这样重要的事太医院都没有一个人参与其中。

只有跟着保合堂和康王妃太医院才能有出路。

如果康王妃不是女子，太医院早就交到康王妃手上。

"丁院使说，太医院要和康王妃学医术？"姚御医背着医箱匆匆忙忙进门。

丁院使道："是，只要我管着太医院一日，太医院所有的太医都要向康王妃学习。"

姚御医睁大了眼睛。

他没有听错？

这不是在做梦吧？

太医院真的要向保合堂学习，这是多么重要的事，不管是本朝还是前朝都从来没有过这样的情形。

如果真是这样，太医院就有希望了，姚御医看向门口风尘仆仆的沈微言："沈郎中方才和我还说，若是王妃的医术能更多人学到就好了。"

杨茉顺着姚御医的目光才看到了沈微言，沈微言穿着青色的长袍，这段日子的奔波让他看起来又黑又瘦，却因此褪去了身上的稚嫩，整个人一下子成熟起来，想到最早时他们两个在常家辨诊，一转眼大家变了这么多。

杨茉几个回到京里之后，沈微言就起身去打理养乐堂，虽然说急症的病患已经少了许多，但是除了伤兵有不少的百姓登门求诊，沈微言坐下来慢慢地将这段时日的事说了："有很多很简单的病症，因为拖延了时间不好诊治。"

杨茉摇摇头："别着急，学习医术要慢慢来。"尤其是教会很多人，自己会并不难，难的是教会大家。

丁院使眼前发亮："王妃是有了什么思量？"

杨茉点点头："我想要办一所医学院。"

医学院？丁院使愣住："就像太医院的医学提举司？"

杨茉道："能进太医院的都是通晓医理且药石方面有所长的郎中，而我说的医学院，不管从前会不会医术，只要品行端正，想要治病救人的人都可以来学习医术。"

学医是很不容易的，尤其是普通人家的孩子，连识字的机会都没有，更别提看关于药石的书籍，师父带徒弟又有限，很多想要学医的人找不到路途。

学了医之后才能进太医院的提举司,这样一来多少人被挡在门外,不知埋没了多少人才。

杨茉道:"不但我要教学生,还想请成老仵作、白老先生、丁先生分别授学,不只是要学医术,还要和朱善几个一起学制药。"

屋子里一下子安静下来。

杨茉抬起头发现沈微言几个怔怔地望着她。

"杨……王妃,我,我能学吗?"沈微言话说出来才发现已经带了颤音,别说向成老仵作和白老先生求学有多难,能听康王妃传授医术不知道要增益多少,若是一下子能听到这么多人讲课,沈微言不敢去想那是一种什么感觉。

这是多少人梦寐以求的机会。

光是想想就让人热血上涌。

无论是谁只要知晓保合堂和康王妃,都会想要来学习,只要看魏卯、秦冲几个就能知晓。要不是这样姚御医也不会离开太医院到保合堂来。

杨茉道:"我将旧宅的主屋重新修葺了,以后里面就放各种和药石、医术有关的书,等我和几位先生商量了之后,就想先征选一些人来学习。"

丁院使涨红了脸:"先……先从太医院来选拔行不行?"

杨茉摇头:"我想先选普通人家的孩子,太医院的学生已经通医理,有些课已经不用学。"

丁院使顿时泄气,曾几何时太医院要求人才能学到更好的医术,没遇到康王妃之前他还不懂什么叫人外有人,天外有天。

大家刚说完话,梅香过来禀告:"王爷来了。"

周成陵怎么会到保合堂来呢?

魏卯将丁院使送出去,杨茉迎了周成陵去内室里。

"朝廷里没事了?"皇帝不上朝,衙门里的气氛也很闲散,光是从一个太医院就能看到整个大周朝。

杨茉转头要吩咐梅香拿碟糕点上来,手兀然被周成陵拉住。

"怎么了?"杨茉吓了一跳。

周成陵目光闪烁,神情有些低沉:"已经查到岳父的下落了。"

杨茉张大了嘴怔愣在那里,眼睁睁地看着周成陵说不出话来。

她从来没想到会突然知道父亲的消息。

"茉兰。"周成陵轻轻地喊她。

杨茉才反应过来:"我父亲在哪里?可……可还活着?"

周成陵点点头:"刘砚田有几个隐蔽的庄子,每个月刘砚田都要去庄子上巡视。"

杨茉倒吸一口冷气,竟然是刘砚田,她没想到会是刘砚田。

"那要怎么才能救回我父亲?"杨茉说到这里不禁觉得周身发冷,说不清是因为被吓了一跳还是想到了父亲现在的处境。

刘砚田比冯国昌心思还要深,父亲在那里不知道受了多少苦。

而且刘砚田每个月都要巡视几个庄子，父亲到底关在哪里就无人知晓，贸然去救人万一惊动了刘砚田，父亲就可能会有性命之忧。

怎么办？应该怎么办才能稳妥地救出父亲？

周成陵伸出手来拉住杨茉的手："你听我说，若是这消息作得准，刘砚田现在也不敢对岳父下杀手，他们会握着岳父用来对付我们。"

杨茉抿起了嘴唇，心里觉得父亲没有死，可是一直没有消息，她本来已经渐渐地要放弃，却没想到会得到这样的结果。

"普通的法子不行，要想到一个万全之策，"杨茉抬起头看着周成陵，"之前我怎么就没有想到。"和周成陵对立的人，除了冯国昌就是刘砚田，多容易想到的事，他们却足足用了几个月的时间才查到。

"有些事说起来简单，到了现在这个局面你也别急，"周成陵收拢手指，"听我的，交给我去安排。"

"你要怎么做？"杨茉眼睛中透出几分的茫然。

周成陵声音很低却清晰有力："让刘砚田要挟我们，这样我们就能知道岳父的情形。"

要逼着刘砚田找上门来，早些做好准备就能变被动为主动。

保合堂渐渐步入正轨，朱善带着人在旧宅子马不停蹄地做新药，不论是康王府还是杨家都是一片的安宁。

慈宁宫却连着两夜灯火通明，宫人来来往往地忙碌。

太后这两日觉得身子十分不舒服，身体各处如同针扎般的疼痛，先是腿疼，然后到肩膀，又从肩膀串到了手肘，疼得她翻来覆去睡不着觉。

太医院倾力诊治却不见半点的效用，第二天天不亮慈宁宫的宫人就敲响了康王府的大门。

杨茉看向早已经准备好药箱的梅香："我们进宫去。"

丁院使早就送了消息过来，太后的病越来越重，这两日定然会让她进宫诊治。

宫人边说话边将杨茉迎进慈宁宫："太后娘娘吃谁的药都没用，定要康王妃开的方子吃起来才舒服。"

进了夏天，阴雨绵绵，雨点落在伞上如同倒豆子一般，杨茉提着衣裙在宫中行走，冷风不停地从裙摆灌进来。

宫人将伞交给内侍，上前伺候杨茉脱掉斗篷："这几天连着下了几天雨，就更重了。"

杨茉点点头："太后娘娘的病，就是阴雨天愈发厉害。"

"谁说不是。"宫人说着话上前打帘。

杨茉走进内室里，太后娘娘恹恹地靠在软榻上，几个女官正小心翼翼地用盐袋给太后敷着腿，见到杨茉，屋子里所有人都松了口气。

康王妃来了就好，太后的病康王妃有办法。

杨茉上前行礼。

太后抬手让杨茉起身："太医院的药平日里都是好用的，这几天却不知怎么了，不管是单方还是针灸总是欠些火候。"

内侍拿来诊枕，杨茉上前诊治，太后娘娘伸出手揉着胸口。

杨茉抬起头："太后娘娘除了身上疼，可还有别的病症？"

太后长长地出了口气："心慌，总是觉得喘不过气来，也不知道是不是旧疾发了。"

谁都知道太后病重是因为过继的事。

太后和皇上的关系也因此十分紧张。

"太医院都说是发了心疾，"太后让人扶着坐起来些，这样气息才更顺畅，"哀家觉得和之前又不一样。"

所以才匆匆忙忙将她请来。

杨茉上前仔细给太后检查，太后嘴唇青紫呼吸稍有些短促。

"怎么样？"太后捂住胸口。

杨茉摇摇头："太后的病恐怕比往日都要厉害些。"

屋子里的气氛顿时凝重起来。

太后忍不住心慌，眼前也有些发黑："康王妃可有好方子？"

"方子没有，但是有个法子，"杨茉抬起头看向太后，"不知道太后能否让我医治。"

到底是什么法子？太后看向杨茉，康王妃的医术谁都知晓，她也亲眼见过，她也听说康王妃会将水灌进人的身体里，用刀给人开膛破肚，总不能是这样来给她治病。

若是平时太后会仔细思量，可如今的疼痛让她想不了这么多了："康王妃说说，是什么法子？"

杨茉打开药箱从里面拿住一根长长的针头："我要将这样的东西刺入太后娘娘的心脏，看看是否能从中抽出液体。"

周围仿佛能听到心跳的声音。

屋子里安静得让人觉得骇然，杨茉的声音就显得格外的清晰，那长长的针头好像一下子扎进人的头皮，让人浑身打着哆嗦。

用那样的东西刺进人的心脏，还要看看能不能从心脏中抽出东西。

就算知道康王妃的治病法子向来非同一般，亲眼见到康王妃手里的东西还是觉得说不出的恐惧。

那些东西怪异又狰狞，不像是要拿来治病，而是如同监牢里的刑具，发着惨白的光。

太后看向身边的女官。

女官脸上早已经没了血色，不知道说什么才好。

"没有别的法子？"女官低声问。

杨茉道："没有别的法子。"

软榻上的太后气息一窒顿时咳嗽起来。

丁院使听到杨茉去慈宁宫给太后娘娘诊治的消息，太后娘娘传他诊脉，他忙吩咐学生背上药箱跟着内侍去了慈宁宫。

"康王妃怎么说？"

提到这个，内侍脸色难看，用手比画了一下杨茉针头的长度："要用这样的东西扎太后娘娘的胸口，别说太后娘娘这样的贵体不能这般，就算普通人……吓也吓死了，我活了这么大岁数，还从来没见过这样的事。"

"康王妃胆子也太大了。"

丁院使心里一颤。

"院使大人，您说说，这是不是闻所未闻的事？"

"是，"丁院使说到这里却顿了顿，半晌才接着道，"不过康王妃既然这样说，就有她的道理，说不定病症只能这样治。"

内侍诧异地看向丁院使，没想到丁院使会说出这样的话。

这到底是怎么了，换做平时，太医早就站出来反驳了。

"院使大人，您也跟着糊涂了？"

丁院使摇头："整个大周朝所有大夫加起来医术也不如康王妃，太后娘娘我们每日都过去医治却不见半点好转，要说谁能治好太后娘娘的病，定然就是康王妃。"

定然就是康王妃。

太后病了的消息一路传到上清院，皇帝皱起眉头："可传了太医去医治？"

韩公公躬身道："太后娘娘请了康王妃过去。"

康王妃，那个杨氏。

皇帝喝了口茶："康王妃说怎么医治？"

韩公公忙用手比画了一下，"听说是要用这么长的针，扎到太后娘娘心窝里去，然后将里面的血抽出来，奴婢听到这样的话，都吓得头皮发麻。"

韩公公两手之间有肩膀宽的距离。

这样长的针，皇帝觉得心里一震，眼睛也透亮起来。

韩公公将头沉了下去，嘴角浮起一丝笑容。

皇帝最喜欢新奇的东西，不管是对谁，只要听到有奇怪的事就会追着询问，康王妃在民间治病救人的许多事平日里到他这里就压下了，皇帝知道的不过是从朝廷上传上来的那些，否则早就提起了兴致。

皇帝一下子从莲花座上站起身："还有这种事？太医院那边有什么话？"太后病了不是一日两日了，就连他吃的金丹也时常送去，人老了就愈发病得厉害，没有成仙的人，难免要经历一番生老病死。

所以他才会想要修炼成仙，太后却不明白他心中所想，连同济宁侯府一起要给他安排个嗣子，好像他立即就会死，太后嘴上不说，心里还是厌恶他的做法，否则就算要从宗室中过继个孩子也该和他商量，用不着这样遮遮掩掩，串通刘砚田一起做这件事。

不论是选择子嗣还是将来的储君，能做决定的都该是他这个皇帝。

韩公公从小内侍手中接过拂尘，递交给皇帝："丁院使说，太后娘娘的病，也只能康王妃治。"

太医院都这样说，他要亲眼去看看杨氏到底用什么东西给母后治病。

"让人准备步辇。"皇帝走了两步,"我要去慈宁宫看望母后。"

韩公公立即去安排。

太后看着眼前的针,这针和平日里见的不同,刺入人身体里仿佛能带走些皮肉,拔走的时候留下一个血淋淋的大洞。

只要想一想就觉得吓人。

无论怎么看都不像是治病用的。

太后困难地喘着,每次呼吸都用尽了力气,却换不回多少气息。

旁边的女官上前劝慰:"太后娘娘还是用太医院的药吧,康王妃的法子太……太吓人了。"

不管是药石还是针灸都比这个看起来稳妥得多。

太后点头:"让丁院使给我用针吧!"

丁院使被请进内殿里施针,杨茉等到丁院使从内殿里出来。

丁院使的脸色难看:"用了针,可是不见好转。"

意料之中,这病用常规手法治定然不会有疗效,否则她也不会那样说。

"还有多久会更重起来?"丁院使已经没有了主意,照他的经验,太后娘娘病成这样,恐怕是难治好了。

杨茉将脉案写好递给丁院判:"随时都会,太后的心音听起来不好,得不到治疗只会越来越重。"

"我说的用针穿刺只是第一步,如果重起来就要做心包开窗。"

心包丁院使已经知道是什么,心包开窗的意思难道就是要将心包上做一个窗户出来?做个窗户,难道对人无碍吗?

丁院使想要询问,只听传来内侍的声音:"快,快,快,皇上的步辇到门口了。"

慈宁宫的宫人立即站出来迎接。

杨茉看着穿着道袍的皇帝从眼前走过,那双脚在她面前略微停顿,然后低沉的声音从她头顶传来:"康王妃,你要怎么给太后娘娘医治?"

是好奇她医治的方法,杨茉清音清晰道:"用长针刺入胸口查看是否有积液,为了防止创口有变,要用我们做出的新药给太后娘娘提前治疗。"

皇帝皱起眉头来:"你说新药?"

"是新药,我们保合堂才做出的新药。"

听到做出新药,皇帝脸上浮起笑容:"听说给董昭治病的时候,京里很多人帮你开炉制药?"

皇帝声音里带着些许兴奋。

杨茉道:"是,就是这样的药。"

皇帝脸上的神情愈发好看起来,要不是听说保合堂开炉炼丹他还不会轻易就给周成陵复爵。

杨氏的事闹得京里沸沸扬扬,宗室长辈接二连三地上奏折,皇帝心里却对这个杨氏没有多少厌恶，甚至想过要将杨氏弄进宫来。他就喜欢不按常理行事的人，譬如他，譬如杨氏，没想到杨氏果然炼起丹药来。

真是有趣。

康王一直反对重开上清院，大约怎么也没想到后辈子孙会想方设法迎娶一个炼丹的女人，哈哈，太有趣了，这个比杨氏在外抛头露面治病救人有趣多了。

只要想想他就会笑出声来。

就因为这样此时他看杨氏，不知怎么地看出几分赏心悦目："那药在什么地方？"

杨茉道："在保合堂。"

皇帝满意地点点头，刚要转头走向内殿，只听里面传来宫人撕心裂肺的喊声："太后娘娘，太后娘娘，您这是怎么了？快来人啊，丁院使快……快来。"

丁院使忙带着太医快步走进内殿，很快太医院的太医就跑出来："康王妃您快去看看吧，我们院使大人请您进去。"

太后寝宫里挤满了人，见到杨茉进门，宫人、内侍纷纷避让，丁院使也让开床边的位置，杨茉径直走过去查看太后的情形。

怎么办，怎么办，丁院使已经没了主意。

眼看着杨茉的手停下来，丁院使的心都紧紧地揪在一起。

"要立即照我说的用针穿刺心包。

"否则就会有性命之忧。

"丁院使你去向皇上禀告，若是照我的法子医治，立即就让人去保合堂将朱善和药带进宫里。"

皇帝快速地在大殿里踱步，看着慈宁宫里的摆设，和十几年前好像没什么两样，从前他觉得过于陈旧，不知怎么的现在他看起来却很舒坦，但是这样的舒坦随着外面嘈杂的声音顿时变成了辛酸。

他讨厌这种感觉。

"皇上，"丁院使上前禀告，"太后娘娘不太好了，微臣等没了法子，只有康王妃还能一试，是否请康王妃治症。"

生死乃人间常事，可不知怎么的真到了这时候，却有些心烦意乱，皇帝看向丁院使。

丁院使一脸的仓皇，太医院的确没有了法子。

不是所有事都有得选择，现在只有杨氏，只有杨氏有法子治病。

"让杨氏快些医治。"皇帝终于感觉到了恐惧，那种突如其来压过来的恐惧，密密麻麻地笼罩着他。

这就是他的恐惧，他已经坐拥天下，如今最大的恐惧就是命中注定的生老病死，他想要超脱出凡尘之外，与天同寿，皇帝脑海里忽然浮现起先皇责骂他时的模样，天昏沉沉的，大殿里点燃了许多蜡烛却还是那么的黑，先皇站在他跟前，怒吼着将奏折砸在他身上，一句句骂着他："废物。"

"废物，及不上康王世子半点。"

不知是不是因为慈宁宫太过陈旧，他心里忽然有一种不好的感觉，什么东西将要压过来，要将他死死地压住，让他动弹不得，到底是什么？

"是康王爷，"韩公公低声道，"天家，康王爷递折子等见呢。"

皇帝皱起眉头："什么事？"

"雨连下了几日，恐怕是有灾情了。"

京城大雨一连持续了几天，开始有奏折递过来。

"不见，朕没空听他的陈词滥调，户部没银子让他们自己想法子，谁也别想打朕的主意。"韩公公应下来，就要擎着伞出门。

"让康王来办这件事。"皇帝想到一个好主意，满朝文武都惦记着他在丹炉里花的银钱，这件事就交给周成陵来办，周成陵的正妻杨氏不是也在烧丹炉，看他有什么话说。

韩公公一路跑出慈宁宫，将皇帝的话一句不差地告诉周成陵。"王爷，您千万要保重。"就算他是个无根之人，也知道整日躲在上清院的那个"天师"，正在将手里的权力都交给康王。

听说太后娘娘要过继宗室的孩子进宫，他还担忧了好一阵子，没想到皇帝立即勃然大怒，只因为觉得那些金丹已经起了效用，一直吃下去就能让他永保性命。

离他盼着的日子只有一步之遥，那昏君还不知晓，韩公公脸上布满了笑容。

"王妃怎么样？"周成陵低声问。

"一切都好，您安心。"

周成陵点点头："若有什么差错……要将王妃平安地送出宫。"

自从康王妃开始给太后看诊，慈宁宫里里外外就换了不少人手，就算出了事也能保住康王妃平安。

杨茉并不知晓外面的事，也不知道周成陵这时候正向韩公公打听宫内的消息。

她只是看着针头一点点地向前送。

这样的技术她已经练了许多次，没有超声波仪器，她就是要不停地练习手感，让自己的手成为最大的感官。

就是这样一点点地向前。

丁院使在旁边看得满头大汗。

那针戳进去，不停地戳进去。

杨茉松开手开始抽吸。

丁院使一眨不眨地看着那水晶的针管，什么都没有，会不会是康王妃弄错了。

位置不对，她过于小心没有将针头送进合适的地方。

丁院使以为杨茉会放弃，谁知杨茉又向前送了送针，这是要多大的胆量和多厉害的医术才能这般淡然。

杨茉的手指稍稍向前移动，有一种冲破的感觉立即传过来，就是这里，杨茉重新慢慢地拨动、抽吸，这一次没有用太大的力气，顿时有液体被抽了出来。

她判断对了，就是风湿造成的心包积液。

液体被抽出来，太后本来苍白的脸霍然之间有了血色。

活了。

不用去把脉也知道人活过来了。

只有身体里充满流动的血液，整个人才会有勃勃的生机，那颜色不是苍白更不是灰暗，而是鲜亮的红粉色。

丁院使紧紧地盯着那针管，针管慢慢被液体充盈，不知不觉中丁院使倒抽了一口凉气，只觉得眼睛一热，心脏快速跳动仿佛想要从胸膛里冲出来，他不由自主地将目光挪到杨茉脸上。

这不是医术，这是神术，认识康王妃这么久，跟在康王妃身后学医术，他总是渴求学到更多，将来会和康王妃一样，直到今天，他在一旁真真切切地将康王妃诊病的过程从头看到尾。

他突然明白一点，他们是永远都及不上康王妃的。

那种程度光是有勇气承认技不如人，光是努力研习新的医术也达不到。

那是永远永远也不能跨越的距离。

奇怪的是，他没有像往常一样觉得不甘、悲哀，他觉得骄傲，因为他认识了康王妃，他见识到了康王妃的医术，他比任何一个还在埋头用先人旧方，井底观天的人都要幸运，他看到了真正的医术。

他看到了真正的医术。

丁院使笑起来。

他这辈子立志要治病救人，不管怎么样都要谨守学医术时立下的承诺，太医院被冯党把持时，他还以为永远也敌不过强权，却没想到会有今天的情形。

他从不知道自己这样不入流是想要什么。

而今站在康王妃身边，他才明白，他是为了有一日有资格能站在这样的人身边。

他守着本心，只是为了能看着她，站在她身边。

她会告诉他为何要学医术，为何要治病救人，他这辈子到底在追求什么。

刘砚田听得头皮发麻："太后娘娘现在怎么样了？"

小内侍摇头："慈宁宫那边不准人随便进出，只有太医院的太医来来往往。"

刘砚田竖起眼睛："那就问太医。"

说到这个，小内侍咽了一口吐沫，他不是没有试过，黄公公虽然卧病在床，这些事早就交代下来，他怎么敢不尽力去办："太医都不肯说。"

废物，黄英病了之后，他就觉得处处掣肘，现在连从宫里打听消息都办不到，如果杨氏将太后娘娘治死了，他要在第一时间站出来利用这个机会，将周成陵和杨氏打回原形，这样他就再也没有后顾之忧。

"再去打听。"

小内侍皱起眉头："不是我们不去，太医院现在换了丁院使，阁老难道不知晓丁院使一直和保合堂走得很近？"

"就不说今天丁院使用的太医，就说整个太医院，好像都在学康王妃的医术，叫什么杨氏诊断法。"

"听说康王妃在慈宁宫，一个个都眼睛冒光，根本不管别的，只是翻看太后娘娘的脉案，推断康王妃要怎么诊治，那些从慈宁宫回来的太医，回到太医院立即被围起来，不要说我们问不出来，那些人也都问不出来。"

"现在太医院已经变了，不是花些银子就能买通的。"

就没有什么东西是用银子、权力换不到的，刘砚田站起身，太后娘娘病了，总不能瞒着太后的娘家人，想到这里立即吩咐下人："将夫人叫过来。"

内侍退了出去，刘砚田和刘夫人进了内室："你带着妍宁立即就去济宁侯府，太后娘娘病了，一直就有命妇进宫侍疾、祈福的惯例。"

刘夫人顿时明白过来："老爷是想要济宁侯夫人带着妍宁去听消息。"

刘砚田点头："机不可失，失不再来。"皇上虽然是寡情的人，却不能不顾自己的生母，他们要在最关键的时刻推波助澜，抓住皇上的心思，想让皇上做什么他就会做什么。

刘夫人连忙点头。

太后娘娘突然病重，太医院上上下下都在为太后忙碌，内命妇守在前殿祈福，整个宫中一片肃穆。

天边刚出现一丝光亮，济宁侯夫人就带着刘妍宁一路到了宫门。

两个人一言不发地跟着内侍进了慈宁宫。

屋子里的内命妇看到济宁侯夫人立即迎上来。"荣妃娘娘。"济宁侯夫人连忙行礼。

荣妃娘娘不过二十三岁的年纪，脸上却没有了半点青春年少女子该有的明艳，而是布满了呆板、木讷和苍凉。

刘妍宁上前行礼，不由得多看了荣妃娘娘两眼，本朝皇帝的后宫和从前哪个皇帝都不同，本朝皇帝喜欢道术，住在上清院，后宫形同虚设，宫里的娘娘们还不如宫人，既要顾着规矩，又过着凄苦的生活。

所以没有谁家的女儿愿意送进宫去，进了宫上不能帮衬母家，下不能安顿自己，面前的荣妃娘娘就是个例子。

济宁侯夫人和荣妃娘娘在旁边坐下："娘娘可知里面怎么样了？"

不出意外，荣妃娘娘呆板地摇了摇头："夫人别急，有消息就能传出来。"

她哪里能等到消息传出来。

济宁侯夫人想到这里，眼睛一红："可怎么办才好啊，前几日还好好的，万万没想到转眼间太后娘娘就会病成这样。"

荣妃娘娘不知道怎么安慰济宁侯夫人，只是沉默不语。

济宁侯夫人咬咬牙："娘娘可见到了皇上？"

荣妃娘娘脸一红，立即低下头："没有。"

"皇上定然知晓太后娘娘的病情。"

荣妃娘娘立即道："大约也不知晓吧，之前听太医院院使说，一切都要听康王妃安排，如今，大家都等着呢。"

这个康王妃好大的架子。

济宁侯夫人装作很是惊讶的模样："那皇上……就默许了？"

荣妃娘娘颔首："该是的，要不然也不会让我们在这里等。"

荣妃娘娘话音刚落，外面一个声音："药呢？保合堂的药拿来没有？快给朕瞧瞧。"

荣妃娘娘顿时怔愣在那里。

济宁侯夫人急忙拉起荣妃娘娘："娘娘，快快快，皇上来了。"

荣妃带着济宁侯夫人和刘妍宁还没上前行礼，皇帝已经一阵风似的去了内殿。

济宁侯夫人顿时怔愣在那里。

杨茉吩咐梅香将诊箱收拾好，转头看向朱善，朱善将一瓶已经磨成粉的柳树皮递过来："这药太后娘娘每日都要服用。"

女官忙接过去。

软榻上的太后已经醒过来，大病一场显得十分的憔悴，强打精神听杨茉说话。康王妃从前就送过这样的药，太医院陈老院使不敢用也就放下来，现在看着那瓶药，太后没有半点的怀疑。

就是康王妃刚刚将她从鬼门关里拽出来。

没想到这样一个小姑娘却有这样能起死回生的医术。

想到这里太后咳嗽起来，怪不得献王太妃会带着人来求她给康王谋划个好日子，甚至将康王太妃时的情分也搬出来。

太后看着杨茉点了点头。

外面忽然传来皇帝的声音："药呢？保合堂的药拿来没有？快给朕瞧瞧。"

听得这话太后心里浮起浓浓的悲哀，皇上炼丹真是到了走火入魔的地步，什么都能不管不顾。

现在更是在意那些药，连她这个母亲也抛诸脑后。

太后想到这里觉得身上更没有了力气。

杨茉和丁院使几个从内室里出来，让皇帝和太后母子两个说话。

出了内殿，杨茉抬起头立即看到站在一旁的刘妍宁，杨茉嘴角不加遮掩地露出一丝笑容。

刘妍宁不禁怔住，杨茉穿着翠绿攀枝花褶子，挽着俏丽的堕马髻，戴着一对红玛瑙的耳坠子，本来是很简单的打扮却让人觉得说不出的明艳。

不知道什么东西正在悄悄地改变，杨氏再也不是那个罪臣之女，再也不是让许多人厌弃的女子。

杨茉兰已经是康王妃，不但是康王妃，还有一身的医术，让太医院步步跟随。

不知怎么的，在杨茉兰的目光下，她有一种自惭形秽的感觉，她虽然被周成陵和离，心里却从来不屑一顾，在她看来周成陵不过是一个将死的人，无论谁嫁过去都不会有比她更好的结果。

杨氏嫁给周成陵她甚至还觉得欣喜。

可现在周成陵恢复了康王爵位，杨氏成了正正经经的康王妃，她不过是一个跟着济宁

侯夫人进宫的妇人，她甚至连上前和杨氏说话的资格都没有。

刘妍宁第一次感觉到心中苍凉，没有人再站在她这边议论杨氏，现在所有人都期望能从杨氏嘴里听到里面的消息，杨氏却谁也没有理睬，而是看向她。

那种饱含深意的目光，让她打了个冷战，一瞬间刘妍宁手里都是冷汗，心中有一股说不出的恐惧。

"康王妃，"济宁侯夫人急着上前，"太后娘娘怎么样了？你可治好了？"

济宁侯夫人上前想要去拉扯杨茉，没想却被丁院使挡住，杨茉带着人径直走出了大殿。

济宁侯夫人瞪圆了眼睛，杨氏竟然不理睬她。

丁院使道："康王妃还要去写单方。"

"太后娘娘呢？"济宁侯夫人瞪圆了眼睛，听说太后娘娘生了病，整个济宁侯府都慌张起来，没有了太后娘娘他们不过就是一些个再普通不过的勋贵。

太后娘娘这时候千万不能有事。

"夫人，"宫人快步从内殿里出来，"太后娘娘请您进去。"

济宁侯夫人提起的心顿时微松下来，转头看向刘妍宁，刘妍宁忙跟了过去，两个人刚进内殿，就听到太后有气无力的声音："皇上也看到了康王妃的医术，就请康王妃给你把把脉，到底能不能有子嗣。"

太后说着咳嗽几声："不是哀家这个当娘的插手政事，天下父母心都是一样，哀家怕闭上眼睛之后没法和先皇交代。"

济宁侯夫人胸口如同被人打了一圈，顿时汗透了衣襟，让杨氏来诊断，那岂不是杨氏说什么就是什么，太后娘娘这是糊涂了，怎么能这样安排，这是将多大的权柄交到杨氏手中。

让杨氏来说话，她们之前的努力全都要付之东流，难不成要让她们去求杨氏。

不行，绝对不行，可是现在该怎么办才好？

济宁侯夫人登时没有了主意转头看向刘妍宁。

刘妍宁也是一脸的深沉，显然也被太后娘娘的话吓到了。

"太后娘娘，"济宁侯夫人眼睛一转泪盈于睫，几步就到了太后软榻前跪下，小心翼翼地用袖子遮着眼睛，"太后您身子可好些了。"

太后看向母家人，不知怎么的眼眶里也是一片灼热。

刘妍宁忙上前给皇上和太后娘娘行礼。

"妍宁过来坐。"太后看向身边的女官，女官急忙搬了锦杌请济宁侯夫人和刘妍宁坐下。

太后刚要开口，皇帝已道："就让康王妃来给朕诊脉。"

济宁侯夫人抬起带着泪痕的脸，一脸惊呆，就这样定下来，不给半点转圜的机会。

皇帝手里拿着小小的瓷瓶，心思仿佛早就不在这里："康王妃医术了得，给朕看看也未尝不可。"

这下该怎么办？

他们本来想缓缓再提过继。

太后娘娘点点头："若是皇上能有子嗣，哀家就算是死也能闭上眼睛。"说到这里，太后用帕子去擦眼角。

皇上站起身来吩咐韩公公："准备一下，就喊康王妃过来。"说着晃动晃动手里的小瓶，真是奇怪得很，丹炉能炼出这样的东西，看起来就像普通的水，可是这水却能打进人的身体里。

康王妃就是用这样的东西救了董昭。

这难道不是灵丹妙药？

金丹能医治百病，现在这样的东西就能治百病。

皇上忽然觉得很兴奋。

"皇上龙体为重，康王妃不过是一个民间女医。"济宁侯夫人咬咬牙说出来。

太后皱起眉头看向济宁侯夫人，皇上转过脸来，神情微愠好像随时随地都会发作。

济宁侯夫人顿时吓得跪在地上。

听到慈宁宫里的消息，刘砚田几乎将房顶掀翻，竟然要杨氏给皇上诊治，这个妇人，就是这个妇人，要坏了他的大事。

他必须胁迫杨氏，就是现在要杨氏俯首帖耳，只要杨氏说皇上有病症不能生出子嗣，不管是什么结果都是他占上风。

"快，快去办，"刘砚田凶狠地看着下人，"去庄子上拿一件杨秉正的东西，"说到这里刘砚田压低声音，"记住，要杨秉正贴身的物件儿。"他将杨秉正的东西都放在庄子上，是怕被人到府里查出来，他行事素来小心，但是对杨秉正不能一味地遮掩着，现在就是用他的时候。

只要这步走成了，从前输的那些根本不值一提。

刘砚田吩咐完进了内室，登时吓了刘夫人一跳。

刘砚田一双眼睛变成了血红色。

刘妍宁找了个机会从慈宁宫退出来，表面上佯装镇定，心里却慌跳个不停，皇上明显已经信了杨氏，不管杨氏说什么皇上都会相信。

现在相信，日后呢？会不会对杨氏说的所有话都言听计从？

如果皇上断了要过继子嗣的心思，就给周成陵留了机会，皇上没有立下储君，那么宗室子弟就可能会被推举为新君。

刘妍宁对周成陵的性子再清楚不过。

这个男人若是等闲之辈就不会在新婚之夜离开京城，这个男人若是没有胆色就不会几年之后再回来，这个男人若是没有本事就不能这么快立功拿回爵位。

非要等到这时候，她才发现这个男人非同一般。

一个周成陵还能对付，现在皇上却忽然对保合堂的新药有了兴致，如此信任杨氏。

只因为听说杨氏用丹炉制药。

更以为杨氏的药能治百病。

想想皇上如何宠信上清院的道士，刘妍宁就觉得仿佛有冰锥扎进她的胸口，让她整个人都凉透了。

刘妍宁足足等了半个时辰才收到刘砚田递来的消息。

小内侍道："阁老说了，让您想想，康王妃再怎么样也是罪臣之女。"

罪臣之女，说的是杨秉正。

小内侍将一块玉佩交到刘妍宁手里。

一块看起来普通甚至已经破损了的青玉。

刘妍宁握着玉佩重新走进慈宁宫内，这块玉对她来说不值一文，杨氏看了却要大惊失色，这是杨氏父亲的东西，杨氏总不能对父亲不闻不问。

现在她只要施施然地递过去，就能得到她想要的结果。

聪明人就是这样，无论什么时候都能握住对方的脉门，让她生就生，让她死就死。

刘妍宁的脚刚落下来，忽然听到一个声音："刘氏，你手里握着的是什么？"

刘氏。

刘妍宁半晌才反应过来，是杨茉兰在叫她。

杨茉兰端坐在椅子上，抬起头就这样看着她，仿佛她是一个卑微的下人，甚至是连下人也不如的妾室。

杨茉兰就等着她跪下来，跪在她杨茉兰的脚下。

凭什么，刘妍宁脸上露出一抹诡异的笑容，将玉佩拿出来递出去给杨茉看："只是一块玉罢了，康王妃可喜欢？"

自家的东西，无论怎么样都会识得，只要一打眼就会看出来。

刘妍宁等着杨氏脸上露出惊讶的表情，等着杨氏骇得面无血色。

第二十章　父亲

刘妍宁等待着这一刻，她屏住呼吸仔细地看着杨茉兰，她不能放过杨茉兰的任何表情。

就是这样，就要这样。

她付出了这么多，要的就是今天。

她几乎能感觉血液在脸颊上热腾腾地流动，她喜欢看前一刻还得意扬扬的人，转眼之间就在她面前垮下来，向她哀求。

刘妍宁带着欢喜静静地等着，杨茉兰那张脸依旧保持着淡淡的笑容，明亮的眼睛和她对视，没有半点变化，仿佛不认识她手里的东西。

"看着眼熟，"杨茉笑着道，"和我家祖传的那块青玉一模一样。"

旁边的宫人跟着赔笑："这些东西总是一样的。"

杨茉和那宫人旁若无人地笑着。

一盆冰水霍然浇下来，杨茉兰说笑完看她还站在那里，脸上露出诧异的目光："刘氏，你这是怎么了？"

如同被人啪啪地扇了几个巴掌。

那清脆的声音震耳欲聋，要将她的脸面、尊严全都打碎，留下清楚的痕迹。

那宫人也看着她，仿佛她如何不懂规矩。

"刘氏，连礼数都不会了，怎么就和我提起青玉来？"杨茉说着扬了扬眉角，"你到底想要说什么？"

屋子里霎时安静下来，刘妍宁只觉得所有的目光都落在她身上。

不是因为她有多漂亮有多婉约，而是因为她对杨氏不敬，不知礼数，尤其是那些宫人的目光仿佛要将她身上的衣服剥下来，让她就这样羞怯地赤裸裸地站着。

刘妍宁只想裹紧衣服逃得无影无踪，她不甘心，她也不明白，为什么杨氏会看不出来她手里握着的是杨秉正的性命。

所有的一切都压在她胸口，她想要张嘴说个清清楚楚，却说不出来。

这是在宫中，她什么也不能说。

宫人端了一杯茶上来，走过刘妍宁的时候低声提醒："刘小姐，快给康王妃行礼啊。"平日里看着很聪明的一个人，怎么今天就糊涂起来。

"不用了，"杨茉站起身来，"刘氏心里怨恨我呢，我怎么能强人所难。"

不行礼就是怨恨杨氏，她为何怨恨杨氏，只是因为她被周成陵和离，所有人都会想到她是一个弃妇，一个让新郎新婚之夜逃走的弃妇。

不能为父亲争到一席之地，她就是一个笑话，她和那些犯了七出之条被休的妇人没有两样。

杨氏说的就是这样的意思。

所以此时此刻她不能怨恨杨氏。

刘妍宁脸色煞白，她是来要挟杨氏的，却站在这里自取其辱，让她怎么能心甘情愿……

刘妍宁动着自己僵硬的身子，就要弯身，没想到杨茉兰却从椅子上起身："我们去看看太后娘娘。"

刘妍宁的礼就行到一半，杨茉就从她身前走开。

刘妍宁长长地喘息，却抑制不住肩膀微微颤抖，她低下头，只能低下头，不，她不能就这样，在这里赔上一辈子。

"康王妃，"刘妍宁声音嘶哑，"我有话想和康王妃说。"

得意扬扬的挟持变成了追赶。

杨茉转过头看着刘妍宁："这里没有外人，有事就在这里说吧。"

周围都是慈宁宫的宫人，让她就这样说……

刘妍宁握紧了手，可是在这里她不能不低头，现在低头是为了将来能将杨氏踩在脚底下，刘妍宁上前行礼："康王妃，方才是妍宁不懂事，妍宁是想要将这块玉佩送给康王妃。"

玉佩送上去，她不信杨茉兰会无动于衷。

杨茉点点头，看向旁边的宫人。

刘妍宁几乎将牙咬碎，这个杨氏，到现在还不肯亲手接过她送来的东西，只因为她们身份悬殊。

宫人立即帮忙将玉佩接过来。

杨茉看也没看，转身走进内室，那块玉佩她现在不能拿，只因为上面有她父母的鲜血，若是不能将那些血洗净，她永远也不能碰触。

不论是杨茉兰还是杨茉都是她，她的感情她的身体都是被父母所养，她只要回想起来就能看到父母满是慈爱的眼睛，那双眼睛清澈、透亮，是给她最好的东西，让她能看清这世上的美丑。

若不是有这双眼睛，这颗心，她永远不能高高地仰起头走在人群中。

只因为这一切都是干净的。

现在她就要刘砚田父女，将这片干净还给她。

刘妍宁仓皇地从内殿里出来，小内侍立即笑着迎上来："刘大小姐，怎么样？可办妥了？"

不知道这算是什么，她没想要将玉递给杨茉兰，她只想让杨茉兰看一眼就任她驱使，可如今她不但将玉送了出去，还不知晓杨氏到底看明白没有。

刘妍宁觉得身上已经被掏空了，从前她只要稍稍算计就能得到想要的结果，她替妹妹成亲，在宣王府管中馈，让宗室长辈站在她这边，甚至利用身边所有能用的人，一切都是那么顺风顺水。

直到今天之前。

怎么也没想到，和杨氏面对面对峙，她会一败涂地，她甚至不知晓杨氏到底在思量什么。

"和我父亲说，让他早作准备。"

小内侍没听懂："准备什么？"

准备什么？

刘妍宁嘴唇动了两下，她也说不明白。

常亦宁等在杨家的祖宅里。

陆姨娘一下子没了办法，该说的话她都说了，却怎么也撵不走。

看到杨名氏过来，陆姨娘迎上去："怎么说？"

杨名氏道："不肯走，一定要见姑爷，说是衙门里没有人通禀，王府旧宅那边也不肯让他进去，他只好来这里。"

肯定不会有人理睬他，他是常亦宁，茉兰从前定亲的人。

只要听到常家，所有人都会露出鄙夷的神情，又怎么会理睬。

怪就怪她心太软，让常亦宁进府里来，陆姨娘抿抿嘴："现在过来做什么，我们和常家已经撕开了脸，说是有要事，到底是什么事？"

说到这个杨名氏目光闪烁："我觉得这个常五爷的话也不能信。"

陆姨娘的心忽然提起来："都说了些什么？你可不要瞒着我。"

杨名氏看着陆姨娘，停顿了片刻才道："那个常五爷说，有杨老爷的消息……请我们一定要找到姑爷。"

有老爷的消息。

陆姨娘几乎没有反应过来,心里反反复复地重复这句话,难道是……难道是……"他说的是我们老爷的消息?我们老爷已经死在大牢里了啊。"

杨名氏道:"所以我说,他的话也不能全信。"

话虽这样说,陆姨娘却再也坐不住了,看向杨名氏:"还是让人和姑爷说一声吧。"

现在这个节骨眼上陆姨娘是做不得主的。

杨名氏颔首:"那就让府上的家人去找姑爷过来。"

杨家小厮一路到了康王府将消息告诉周成陵:"在我们家半个多时辰了,就是不肯走,有话非要见到王爷才说。"

常亦宁,提起这个名字周成陵就皱起眉头。

他不喜欢这个人,常亦宁为人太浮夸,空有一身的名声,只要想到他和杨茉定过亲,他的脸色就更沉下来。

杨家小厮道:"常五爷说,有我们老爷的消息。"

周成陵看向身边的蒋平:"那边可打听清楚到底关在哪里了?"

蒋平点头:"刘砚田让人去庄子上取了杨老爷的东西,我们已经知晓是哪个庄子,为了以防万一,刘家好几处庄子外都安插了人手……"

这种事不能有半点差错,既然常亦宁找上门来,他就听听常亦宁想要说什么,周成陵道:"回去说一声,我就去杨家。"

杨家下人回去禀告,不多一会儿周成陵走进书房,常亦宁立即站起身来向周成陵行礼。

常亦宁抬起头看周成陵,周成陵眉眼沉着,不是那种刻意而为,而是自然而然地流露,这样不苟言笑的人,常亦宁忽然想起杨茉兰的娇小,也不知道杨茉兰能不能吃得消,回过神来他突然发现,自己还在为杨茉兰担忧。

想到这个,常亦宁心里一阵抽疼,突如其来的疼痛让他难以控制:"我……这几日跟着刘阁老,我知道杨老爷被关在哪个庄子上。"

"我知道我们常家对不住杨家,我想为杨家做些事,就算是弥补。"常亦宁说到这里抬起眼睛和周成陵对视。

周成陵那双眼睛仿佛能将他看透,常亦宁不由得脊背发凉,想要挪开目光,却想到祖母霸占杨家家财害得杨茉兰无依无靠,想到父亲狱中惨死,一切的一切都是因为刘家,他就挺直了脊背。

周成陵淡淡地道:"你说说,杨老爷关在哪里?"若是平时他不会听常亦宁说话,他向来相信自己手下的人,但他答应了茉兰要将岳父救回来,他会耐着性子听常亦宁到底怎么说。

常亦宁道:"在西山脚下的庄子。"

和蒋平打听到的一样。

常亦宁道:"我可以引着庄上的人开门,这几日我一直帮刘砚田做文书,这样一来更稳妥。"

这个人有没有撒谎他一眼就能看清楚,常亦宁和常家那些人不同,骨子里还有几分文人的傲气，周成陵站起身，吩咐蒋平："给他一匹马。"

常亦宁脸上不由得露出欢快的神情，他终于能为常家、杨家做些事了。

"太后娘娘您可好些了？"刘妍宁微欠着头红着眼睛看太后娘娘，仿佛太后娘娘就是她家中的祖母。

刘妍宁的神情看起来十分惹人怜爱，太后颔首："好孩子，哀家已经好多了。"

看到太后娘娘温和的神情，刘妍宁的心稍稍稳住，多少次来慈宁宫，太后娘娘都是亲切地待她，太后娘娘喜欢听她说话，她更是写得一手的好字，经常为太后娘娘抄经书。太后娘娘作画时，她就在一旁磨墨侍奉，周成陵离开京城那段日子，她最常来的就是慈宁宫。

刘妍宁仔细地回想，她这些年每一步都走得仔细，从来没有出过差错。

太后娘娘心中并不喜欢杨氏，不只是杨氏在外抛头露面，更因为周成陵为了杨氏和她和离，太后娘娘说过许多次，若不是献王太妃来求，她定然不肯答应。

刘妍宁想到这里抬起头来仔细地看太后娘娘，却不由得有些怔愣。

没想到转眼之间，她从太后娘娘眼睛里清晰地看到了杨茉兰的影子。

就因为杨茉兰诊治了太后娘娘的病症，一切都变了。

"怎么说？"等杨茉给皇帝诊完脉从内室里走出来，太后娘娘等不及立即问过去。

刘妍宁尽量显得十分轻松和杨茉对视，她想要提醒杨茉他们还握着杨秉正的性命。

杨茉却看也没看她一眼，施施然地向太后娘娘行礼。

刘妍宁心里忽然浮起不好的预感。

杨茉声音清澈："皇上正是春秋鼎盛，身体康健，看不出有什么病症。"

刘妍宁慌跳的心一下子崩开来，杨氏的意思，皇上没有病。

太后娘娘一怔，眼睛中顿时溢出浓浓的笑意："康王妃是说，皇上能有子嗣？"话说到这里，她都有些不敢相信。

皇帝真的还能让她看到孙儿？太后娘娘期盼地看着杨茉。

杨茉颔首。

刘妍宁顿时表情慌乱。

太后娘娘几乎要一下子从床上起来："那，要怎么调理才好，这么多年宫里都没有一儿半女。"

杨茉道："还是吃平日里太医院送来的滋补方子，至于子嗣恐怕和别的有关。"

杨茉抿着嘴不说话，太后娘娘却翻来覆去地想起来，皇上没有病症，那就是和后妃不合，从前皇上只去冯皇后那里，冯皇后出事之后皇上再也没有临幸后宫。

这么说来，后宫要纳几个好生养的妃嫔。

太后娘娘抿着嘴将杨茉叫到跟前说话。

两个人说话的声音极轻，一旁的刘妍宁想要听却怎么也听不清楚，只看到杨茉点头，然后声音忽然大了起来："依我看来，是因为皇上长期服用金丹，脉象与寻常人不同……不过也并不算是病症，只是要找合适的脉象来合，您知道若问子嗣，脉也要分阴阳，要合脉并不容易，要说我有没有见过这样的脉案，我也是见过的。"

太后娘娘刚要询问，什么样脉象的女子适合为皇上生下子嗣。

杨茉的目光就落在刘妍宁身上，刘妍宁定然觉得她会永远对刘家做的坏事不闻不问，刘家攥着她父亲的性命不放，还盼着她低头？

刘妍宁脸色立即变得苍白难看。

整个大殿顿时安静下来。

杨茉就这样看着刘妍宁不说话，将大殿中所有的目光都引向刘妍宁。

为什么康王妃要看刘大小姐？特别是在太后娘娘询问什么样的脉象才能和皇上相合的时候。

太后娘娘微微一顿，立即明白杨茉的意思："康王妃是说，妍宁的脉象与皇上相合？"

和皇上脉象相合，能为皇上生下子嗣。

若是在平时谁听到这种话都会欢喜。

但是这话出自杨氏的口中。

杨氏是要做什么？杨氏说她能生下子嗣，那就是要她进宫。

不，不，不，她不能进宫，她不想进宫里来，她不想被圈禁在宫中，不想侍奉疯癫的皇帝。

刘妍宁几乎忘记了呼吸，眼前忽然浮起荣妃娘娘的模样，一朵还没绽放的花朵就那样悄无声息地凋零了，每日里都被困在冰冷的宫殿中，过着凄惨的生活。

刘妍宁看向杨茉，诧异、愤怒所有情绪都混在一起，难以遮掩。

杨茉兰微微一笑，刘妍宁害人的时候一定没有想过，有一天也会被人这样回报。

害人是多么容易的事，今天她要刘家父女尝尝被害的滋味。

父亲一腔热血要揭发冯国昌却被刘砚田圈禁，母亲为了保护父亲付出一条性命，若是那时候刘家有一丝的怜悯，都不会有今日，想让她抬手放过刘妍宁，那她这辈子心里都会不得安宁。

她不能让心里的母亲永远孤单地哭泣。

轻视别人，必将被人轻视，千方百计地想要踩别人，定然会被人踩在脚下。

嫁给周成陵的时候刘妍宁就想要在宣王府中守寡，现在不过是换进了宫，却怎么会觉得诧异。

前一刻刘妍宁还想用父亲的性命紧紧地掐住她的脖子。

看到那块玉佩，她也心中惊骇，不过就算再害怕再惊恐她也不会屈服，她知道父亲付出血一样的代价，并不是要她任人驱使，而是要她高高地扬起她的头，微笑地站在这里，让她与刘家父女针锋相对，看看刘家父女到底有多大的本事。

到底有多大的本事。

皇帝向来曲解道家，信那些假道士的话，对她这句随随便便说出的话顿时关切起来。

内室里一阵快速的脚步声，紧接着帘子被撩开，皇帝露出他那张焦躁的脸："既然如此，我就纳刘氏为嫔，即日进宫。"

对待妾室还会用一顶轿子抬进府，而刘氏是自己送上门来。

刘妍宁觉得身上的所有力气都被抽走，眼圈顿时红了。

"给娘娘道喜了，"杨茉突然道，"娘娘快谢恩啊。"

皇帝冰冷滑腻的目光落在她身上，就如同一条蛇般，让她觉得恶心，刘妍宁胸口顿时一阵翻腾。

她就这样留在宫中了？

她不能相信，她就这样永远地留在这宫墙内，她的心如同要炸开般，整个人也立即就要四分五裂。

"妾身已嫁过人，恐怕……"

不等刘妍宁说完，太后娘娘笑道："只要能生下子嗣，皇帝必然亏不了你，哀家从前就喜欢你，现在好了，能将你留在身边，也算全了我们的情分。"

旁边的宫人笑道："恭喜皇上、太后娘娘。"

大殿里传来一阵贺喜的声音。

刘妍宁手指不停地颤抖，无论她怎么努力都难以平复，她紧紧地攥着手中的帕子，生怕一松劲儿整个人就会跌倒。

太后娘娘凝视着刘妍宁："争点气，别让皇上失望，你年纪还小，身子骨刚长开，正适合生育。"

刘妍宁几乎感觉到皇帝的目光落在她的肚子上，仿佛恨不得将肚子划开从里面拎出一个孩子来。

刘妍宁不敢说话，她整个牙齿都打着寒战，一说话就会发出颤抖的声音。

济宁侯夫人和外面的内命妇们说话，正好听到里面庆贺的声音顿时惊住了。

"这是怎么了？"济宁侯夫人看向荣妃娘娘。

荣妃娘娘摇摇头。

片刻工夫宫人出来忙碌，刘妍宁也让人簇拥着出了内殿。

济宁侯夫人忙迎上来，看到刘妍宁失魂落魄的模样，济宁侯夫人道："出了什么事？"

刘妍宁摇摇头，身边的宫人蹲身行礼："皇上要封刘大小姐为丽嫔娘娘。"

济宁侯夫人瞪大了眼睛，怎么转眼就封了嫔。

消息送到刘府，刘夫人几乎站立不住，"这是怎么回事啊，只是进宫去打听消息，怎么就……怎么就留在了宫中？"

刘砚田看向小内侍："这可是真的？怎么可能会这样安排？"

小内侍道："听说是康王妃说刘大小姐适合生育，皇上听了十分高兴，当下就封了嫔，今晚皇上就会留宿在宫中。"

从来没听说过封嫔会这样快，连人也不准出宫立即就……

哪有这样的事，刘砚田一下子站起身，眼前一阵阵发黑，旁边的下属立即道："阁老，阁老可要保重啊，依我看皇上看中了大小姐也不是坏事，如今宫中后位空虚，说不定……说不定……"话到这里突然说不下去。

将刘氏封后是不可能的，因为刘氏是被和离过的女子，能进宫做嫔就已经是天大的恩赐。

刘砚田心里如同翻起了波浪，让他说不出的心慌意乱，一切都已经逃出他的掌控，照他的安排，不该是这样的结果。

让妍宁进宫打听消息却这样有去无回。

"那个杨氏怎么说的？说皇上能有子嗣？"

小内侍颔首："是，康王妃……是这样说。"

都乱了，都乱了，刘砚田看向幕僚："去庄上看看杨秉正如何，我就不信杨氏不顾她父亲。"

刘砚田话音刚落，就有下人从外面跌跌撞撞跑进来："老爷，老爷，不好了，庄子上出事了。"

那下人如同撞了鬼一般，脸色说不出的难看。

刘砚田心里一沉，厉眼看向下人："说清楚，什么庄子上出事了？"

"就是，就是，关人的那个庄子，庄子上突然去了一群人，将……将关的人带走了……"

杨茉从宫中出来立即上了马车，马车一路去康王府，车停下来杨茉立即从车厢里弯腰走出。

陆姨娘和杨名氏已经等在那里，樊大太太也刚好下了车，几步就走过来拉起杨茉的手："别急，别急，我听说人都回来了。"

樊大太太不该这时候过来，这样就会让人知晓樊家和康王府的关系。

樊大太太看看身后的人："我就说我送些谢礼，多亏了康王妃我们老太爷的手臂才保住了。"

樊家是冒着危险来陪她。

杨茉心里一酸，看着樊大太太点点头。

陆姨娘早已经神情恍惚："可是真的？老爷还……还活着？"

杨茉点点头："是真的，从宫中出来时，阿玖都已告诉我，只等那边将人带回来。"杨茉忽然发现她不敢用父亲这个词，只要想想那些经历，被人陷害、囚禁，她真希望那个人不是父亲，受苦的那个人和她无关。

陆姨娘已经抖成一团，却依旧守在门口不肯进去。

杨茉也觉得等了好久，门口安静得听不到任何声音。

"来了，来了。"先是下人一路跑过来，接着杨茉看到了周成陵。

周成陵身后有几个人抬着一张木板，板子上隐隐约约是个人。

杨茉还没回过神来，周成陵已经拉起她的手，吩咐蒋平："快，送进内院，让白老先生、济先生先来看。"

杨茉刚要说话，整个人却被周成陵护住向内宅里走去。

陆姨娘早就忘了喘息，跟着跑进门，她怔怔地看着板子上的人，那样的轮廓，那样的眉毛，那样焦黄的脸，多少次了，她以为她已经记不起老爷的模样，可是就在这时候，见到老爷这一刻，她内心里的记忆顿时被勾出来，那么的清晰，为什么经过了生离死别之后，又相见的时候，老爷是这样的模样。

她还什么都不知道，每天祈求老爷、夫人在那边能安泰。

她做梦梦到老爷、夫人生活得像从前一样。

怪不得老爷说她傻，她真是个傻女人。

"老爷，老爷，"陆姨娘沙哑地喊，木板上的人似是微微掀了眼睛却又闭上。

杨茉只觉得周成陵紧紧地搂着她，大大的手拍抚她的后背："你要先稳下来，岳父还要靠你诊治，稳下来再进去，魏卯几个都会安排好。"

杨茉靠在周成陵温暖的胸口深深地呼吸，只要让她喘口气，她就能变得坚强起来，只要给她片刻的时间，她就会变成一个医生。

她必须是个医生，否则不能救父亲性命。

杨茉抬起头，离开周成陵的怀抱，立即看向旁边的梅香："将我的药箱拿进去。"

见到床铺上瘦弱的人，杨茉心里如同被抽了一下。

不知是在什么时候，曾经的往事一下子回到人脑子里，好像非要等到要失去，才会想到从前那些情景。

就这样勾带着，将这个人带走，将与这个人相关所有的一切都带走。

小时候她挥着软软的手臂，父亲将她高高地举起来，她咯咯咯笑个不停不只是因为好玩，也是因为有人能依靠。

这个人一下子就会将她举得很高，让她欢笑却又不会害怕。

就是这个人。

"魏卯，将盐水兑好，萧全现在就开始找能用的血管。"

杨茉说完外面传来白老先生咳嗽的声音，白老先生让人搀扶着走进来。

杨茉忙上前去迎。

白老先生的目光径直落在床铺上，看到床上瘦得不成人形的杨秉正，白老先生咳得几乎喘不过气："哪个畜生将杨老爷害成这样。"

"畜生，畜生。"白老先生每说一句，身体就忍不住颤抖。

"先生，"杨茉道，"您先给我父亲诊脉，我们检查完了会诊。"这时候不能靠她一个人，她心里着急难免会有偏颇。

白老先生咳嗽的脸色发红，半晌才喘过气，看向沈微言："扶我过去。"

白老先生坐下来，手指颤抖地放在杨秉正手腕上。

没有脉搏，感觉不到任何的脉象。

萧全那边也找不到血管，没有血管怎么将盐水送进去。

"建立静脉通道，梅香，快去准备东西，所有人都去换衣服。"

屋子里所有人穿上长袍，秋桐将衣服给杨茉拿来，杨茉摇摇头，她只觉得胸口窒闷，她要出来透口气。

杨茉走出屋门，想将自己脑海里的思路理清，就听到幕僚的声音："现在这个时候应该将杨大人的事禀告给皇上，最好都察院能有人来听杨大人说话，只要皇上知道了来龙去脉，刘砚田就会一败涂地，如今秦钺已经是兵部尚书，王爷将翰林院掌院提成阁老，以后就没有人能跟王爷抗衡，等我们准备好，就差最后一步……"

周成陵仔细地听着幕僚的话，抬起头来看到站在门口面色苍白的杨荣，刚要上前去拉杨荣，杨荣却伸出手将门口挡住："别，周成陵，给我点时间，别……"不能让朝廷知道，不管是谁过来都会干扰她的诊治，她都有可能失去父亲。

小时候她依靠父亲，她不知道为何刚才她不忍去看父亲的模样。

父亲无助地躺在那里，已经不是她记忆中意气风发的模样，已经不能再高高将她举起。

因为他已经没有力气维护他的尊严，更没有力气保护他的妻儿。

可是现在她要维护他的尊严。

只因为他不只举起了她的人，还举起了她的心，他给了她勇气，让她能坚持不懈，让她不论受多大挫折，都会保持骄傲，她的父亲就是这样的人。

她不管现在对周成陵来说是多好的机会，她现在是一个女儿，然后是个医生，最后才是个妻子。

她不能不管不顾地维护丈夫的利益。

周成陵似是叹了口气，伸出手来将杨荣的手臂拉下来："我不会，你放心给岳父诊治，不管有多大的机会，我也不会牺牲家人，你是我的妻子，我没什么可瞒着你的，不是非要趁现在安排一切，我有我的法子，我首先要让家人平安，才会去要更多。"

杨荣点点头，眼泪一下子掉下来落在周成陵手背上。

周成陵轻声道："需要什么就让人传出来，我去安排。"

杨荣道："将朱善叫来，还有保合堂的小郎中，济先生……"

周成陵声音沉稳，让杨荣心里安定了不少："济先生出城去了，我已经让人去接。"

周成陵已经做得够好了，他将父亲接回来，还想得这样周全，她怎么还会以为他为了权利会不顾一切。

都是她不好，杨荣愧疚地看向周成陵："是我不好。"

"别慌，别慌，一切都会好的。"

周成陵话音刚落，魏卯出来道："师父，都准备好了。"

杨荣走进去。

屋子里所有人都在看她，目光中带着担忧却又怕她看着不舒服尽量遮掩。

梅香在铺布巾，却害怕布巾铺得不对，一直在小心翼翼地挪动，魏卯紧紧地握着盐水，生怕会脱手将东西掉下来似的。

白老先生紧皱着眉头在诊脉。

杨荣忽然眼前一阵模糊，她喘口气直到自己平静下来："魏卯将细软管拿来，梅香拿消毒好的针。"

杨荣小心翼翼地找着血管，想要看父亲一眼却发现魏卯已经将父亲的脸挡住，不用她吩咐魏卯几个已经能将事做好。

杨荣小心地辨别，仔细地摸到血管才将针顺了进去，血很快回流过来，杨荣向萧全点了点头，萧全立即将手里的生理盐水挂起来，盐水源源不断地送进杨秉正的身体。

杨荣觉得时间过得十分缓慢，好久床上的父亲都没有半点的反应。

补液已经是最容易见效的法子。

"老爷。"陆姨娘低声唤着。

杨茉将听诊器放在杨秉正胸前，还能听到心跳的声音，十分的清晰、有力，只要还有心跳和呼吸就有救。

"师父要不要输血？"萧全低声问。

杨茉摇摇头，父亲失血不多，只是因为脱水造成的昏迷，这么多天的折磨，人已经瘦得不成模样不可能用上生理盐水就能清醒，一定要耐心地等待，没有别的法子。

白老先生开了单方让下人去熬药。

陆姨娘握着杨秉正的手不放，想要将他唤醒。

经过了这么多事该是一家团聚的时候，杨茉拿起引枕将杨秉正的脚垫起来，现在顾不得别的，全身的血液都应该供应脑和心脏。

不知道过了多久，床上的人终于有了些反应，陆姨娘几乎屏住了呼吸，连话也不敢再说一句，杨茉立即拉起陆姨娘的手："姨娘快，快喊父亲。"

"老爷，老爷……"

"父亲……"

声音清晰地传进杨秉正的耳朵。

他还活着？他是不是还活着？刘家人将他身上的青玉拿走他就想要死，他知道刘家想要利用他威胁茉兰，现在最好的法子就是他去死，只要他死了就一了百了，茉兰不用受威胁，可以专心地对付刘家。

他以为他已经死了，不知道过了多久，他耳边突然听到茉兰的声音。

"囡囡，囡囡。"杨秉正开启嘴唇却发不出声音。

第二十一章　团聚

杨茉看到杨秉正嘴唇开合，立即道："父亲，我在这里。"

熟悉的声音就离他这么近，杨秉正努力将眼睛睁开个缝隙，只觉得有很刺眼的光照进来，让他眼泪直流。

"父亲别急，慢慢来，别着急。"

"能不能喝些水？"看着杨秉正干裂的嘴唇，陆姨娘含着眼泪看向杨茉。

杨茉点点头，陆姨娘立即接过碗一勺一勺地将水送进杨秉正的嘴里。

吞咽，吞咽。

杨茉心里默默地喊着，却眼见水沿着嘴角淌下来。

人饿成这样连吞咽的力气都没有了。

杨茉看向白老先生："先生开张单方，我们用鼻饲管送进去。"

听到鼻饲管，陆姨娘的脸色一下子变得更加苍白："老爷这样还不行吗？"大小姐治病救人时她从来不过去看，直到今天……老爷身上被扎了针，还流了许多血，她看得心惊肉跳，没想到弄成这样还不行，这可怎么得了。

"姨娘别担心，"杨茉拉起陆姨娘的手，"姨娘不如去安排人熬药，这里交给我。"

陆姨娘向来胆小是看不了这些的。

陆姨娘眼睛紧紧地盯着床上的杨秉正，半晌才点了点头让丫鬟搀扶着起身走了出去。

杨茉深吸一口气："准备好东西，下管。"

杨茉话音刚落，魏卯突然发现了什么："师父，有些不对啊，杨老爷的肚子怎么这样硬？"

杨茉立即看过去。

魏卯有些紧张，但是他能肯定："杨老爷肚子里好像有东西。"

杨茉将手放过去，板状腹，怎么突然之间变成板状腹，杨茉看向杨秉正："父亲，你有没有吃什么东西？"

床上的杨秉正只是动了动眼睛，说不出话来。

杨茉觉得手脚冰凉，看着僵硬的腹部，她几乎立即回过神来："胡灵验血，萧全准备手术室，快……要快……"

"验我的血，我们药铺里的人都是用我的血定型。"张戈看着胡灵卷起袖子。

刘砚田府上乱成一团，幕僚交头接耳出着主意："现在怎么办才好？嫁祸给别人？就算杨秉正有错，囚禁杨秉正也算是犯了朝廷大忌。"

"怎么脱身？大小姐直接将玉佩交给了康王妃。"

屋子里顿时一阵沉静。

"那倒不怕，"刘砚田几乎能听到自己慌乱的心跳声，"我已经安排好，那边的庄子是有人冒充我刘家买的，鱼鳞册上记得清清楚楚，不怕他们查下去，庄子上的人都和刘家没有半点关系，若是论起来，还和冯党有些牵连。"

要不是这样仔细安排，他也不敢正大光明地要挟杨氏。

所以玉佩交给杨氏也算不上什么，他们家也是被算计的。

最重要的是，庄子上的那些下人没谁会咬出他。

这本来就是精心安排，他甚至觉得不论到什么时候都不会出差错。

刘砚田说出这样的话，屋子里的幕僚都松了口气："这样就好，这样就还有转圜的余地，这种陷害又不是没有，毕竟是我们老爷带人惩治了冯党，冯党余孽还击，也是顺理成章。"

大家迎合起来："说的是，只能这样安排，"说到这里，微微一顿，"再说，大小姐进宫为嫔，说不得会让皇上欢喜，对阁老也是件好事，既然进了宫，我们就要这样打算。"

"是啊。"

既然进宫做嫔妃，就要争得皇帝的宠爱。

这么看来，一切都还有转圜的余地。

"更何况现在康王那边还没有消息，想来是不敢立即说出来，怕皇上有什么旨意，救不了杨秉正。"

也就是说，杨秉正没有脱离危险随时都有可能会死。

如果杨秉正这样死了，他们说什么都可以，即便是杨秉正咬死了他，以他和周成陵对立的关系，也可用来做文章。

刘砚田才想到这里，就有下人匆忙进来禀告："老爷，小的听说一件事。"说着目光瞟向周围。

这时候还有什么事？会有什么比现在的情形更差的？

"老爷，有人在庄子上看到了常五爷。"

常五爷，常亦宁？在庄子上看到了常亦宁？刘砚田有些怔愣，常亦宁去庄子上做什么？

下人压低声音："老爷，听说，是常五爷带着人进的庄子。"

听到这句话，刘砚田霍然从椅子上站起身："什么？"这怎么可能，以常家和杨家的关系，常亦宁被杨氏害成这个模样，怎么可能会帮杨氏。

刘砚田的声音低沉，面目有些狰狞："你们看清楚了？"

"看清楚了，再三说是常五爷。"

那庄子的地方常亦宁知道，常亦宁比谁都清楚那是刘家的庄子，如果常亦宁说出实情，皇上定然会怀疑他……很多大事就是坏在一个微不足道的小事上，刘砚田攥起拳头，早知道他就不应该让常亦宁在刘家做事，他都是看在两家从前的情分，没想到常亦宁会这样做。

"将消息传去常家，"刘砚田说到这里，"给我备车，我要去趟常府。"

幕僚顿时脸色难看："老爷这时候您可不能去，要去只能让夫人走一趟，您可千万不能再出什么差错。"

常老夫人只觉得这次她真的是坐立难安，刘家出事了，刘妍宁被留在宫中做嫔。

不知道杨氏到底用了什么样的手段，竟然会让皇上立即就留下妍宁，她很想弄清楚，从中哪怕帮上一把，也不至于像现在这样只是眼睁睁地看着。

"这个杨氏，心肠太狠毒。"常老夫人皱起眉头，"害得妍宁和离了不说，又将妍宁送进了宫里。"

谁不知道皇上怎么看待后宫嫔妃。

"老夫人，刘夫人来了。"管事进门通传。

刘夫人怎么会现在过来，常老夫人忙让人搀扶着站起身去迎刘夫人。

刘夫人穿开件枣红色的褙子，衬得脸色苍白，眼窝青紫。

常老夫人伸出手挽住刘夫人："这是怎么回事？我才听到消息吓了一跳。"

想起妍宁离开家时的情形，没想到这一走就再也不能回来，刘夫人眼睛顿时红了："我也不知晓。"说着紧张地看向周围。

被皇上纳为嫔是喜事，所以她百般不情愿还要穿上喜庆的衣服，到了这个份上打掉牙也要往肚子里吞。

常老夫人将屋子里的下人遣走，刘夫人的眼泪才敢掉下来。

常老夫人顿时也是一阵心疼："听说是因为妍宁好生养。"

听到这句话，刘夫人就一脸气愤："都是那杨氏乱说的，不知怎么的偏生太后和皇上就相信了。"

常老夫人脸色难看:"按理说,就算进宫也该让人先回来。"

常老夫人句句话如针一样扎进刘夫人心里。

"可怜你了,"常老夫人说着慈爱地看着刘夫人,"家里也没有个长辈能帮忙出主意,这个家里里外外都靠你,事情做得好还好,万一有个差错,你如何能顶得住。"

老爷听到消息脸色都变了忙找了幕僚商议对策,她坐在家中主持中馈,也不知道下面该怎么帮衬才好。家里上下没有人能让她讨个主意,来到常家听到常老夫人这句话,刘夫人更觉得委屈,不知怎么的她突然从心里觉得,说不定常老夫人真的是老爷的生母,刘夫人擦干了眼角的泪水:"还是老夫人心疼我。"

常老夫人道:"有什么事你就跟我说,我能帮的一定帮,活到这样的年纪,还不就是想要看着子孙一日比一日出息。"

刘夫人转头看过去,常老夫人目光中满是深意,那目光不禁看得刘夫人一怔,也不知道老爷心里到底是怎么想的,信不信是常老夫人所出,如果是的话,那刘家真正的子孙应该是常大老爷。

刘夫人不敢顺着想下去。

"听说家中的妾室又有了身孕?"常老夫人低声问。

刘夫人点点头,她年纪大了这几年始终不能有孕,她就给老爷又纳了几个妾室,没想到不过一个月,妾室已经有了喜,所以她才觉得老爷发达了家中又要添丁,应该是兴旺的征兆……

刘夫人道:"是。"

"这是好兆头,你要想想,说不定大小姐进宫之后真的为皇上生下一儿半女,到时候母凭子贵,老爷就成了正经的国丈,既然事情已经这样,你们就要算算下一步要怎么办。"

常老夫人说到这里,刘夫人忙顺着话茬说下去:"老夫人,我来府上真是有事……"说着看向常老夫人身边的管事妈妈。

常老夫人点点头,管事妈妈忙退了下去。

"老夫人,"刘夫人顿了顿,"那我就直说了,您可听到外面的消息,杨氏将杨秉正救了回来,如今正在给杨秉正治病。"

就像平地惊雷,将常老夫人吓了一跳,银白的头发随着一颤,目光也变得深沉起来,其中含着浓浓的恨意,嘴唇抿起又张开:"谁说的?可作准?"

说到后面声音嘶哑难听,常老夫人的神情也变得扭曲。

刘夫人没有避开眼睛,而是迎上常老夫人的目光:"杨秉正的事我们家再清楚不过了,到了今天这个地步,也不瞒老夫人,早些时候,杨秉正就在我们府上。"

常老夫人还以为自己听错了。

杨秉正没死,一直在刘家,这样的事她怎么不知晓。

这些话从来没有人和她说起,刘砚田还是没有将她当生母看待,否则就不会将她也蒙在鼓里,如今出了事才说出来,常老夫人胸口如同被压了块石头,又惊又气。

刘夫人只顾得说话,并没有发觉常老夫人的变化:"我们老爷本是不想来求老夫人帮忙的,这是事压在这里,我们不说也没有了办法。"

看着刘夫人沮丧的模样，常老夫人胸口的气顿时烟消云散。

"老夫人不知道，自从消息传出来，我们家完全乱了，"刘夫人说着向门外看去，"我们家的家人看到府上的五爷带着人救走了杨秉正，老爷怕中间有什么误会，特意让我来问问老夫人，这到底是怎么回事。"

亦宁带着人救了杨秉正？刘夫人说的话，一句比一句让她觉得惊讶，常老夫人想也没想："怎么可能？我们常家和杨家不共戴天，我们家大老爷就是被杨氏害死，家中刚治了丧，亦宁是过去帮衬刘家，不可能做出这种事。"

刘夫人本来慌乱的心略安，老爷怕的是常亦宁和人勾结救走杨秉正，常亦宁是了解刘家的人，若是常亦宁出来作证，刘家还不知道要怎么遮掩才好。

所以在老爷上奏折参奏杨秉正还没死之前，一定要弄得清清楚楚。

刘夫人道："家中的人说，看得清清楚楚，就是常五爷，为小心起见老夫人还是将五爷叫来问问，果然没有这等事我们也就心安了，"说到这里刘夫人脸上露出恐惧的神情，站起身来上前走了几步，一下子向常老夫人跪下来，"老夫人，到这个时候您可不能不帮我们老爷，您可知道，老爷出了事，我们一家也就完了，妍宁在宫中必死无疑，我……我也活不下去了，可怜的是老爷的骨肉还没有出生，那孩子我们也顾不得了啊，老爷会比常大老爷还要惨啊……"

"我还从来没见过老爷向人求助，老爷这次是真的走投无路了，千万不能在这件事上出半点的差错，要知道杨氏……是个毒妇，一定会抓住我们家的把柄不放，如今周成陵又复爵做了康王……手里有的是权柄，我真的不敢想，康王会将我们老爷怎么处置。"刘夫人紧紧地揪着胸口，好似已经撕心裂肺，脸上的妆早就被眼泪冲花了。

现在老爷出面找常亦宁怕是会打草惊蛇，只能通过常老夫人来问，万一问出个什么，他们也好动手。

常老夫人不由得心疼："好孩子，快起来，我帮你问就是了，这样的大事交给我，我怎么可能不帮你们，我怎么忍心眼睁睁地看着自己的孩子受罪……"

刘夫人心弦似是被牵动了一下，立即上前伏在常老夫人膝头上痛哭。

"好了，好了，别哭，"常老夫人用手摸着刘夫人的头发，"没有过不去的坎，皇上向来忌惮康王，那杨氏也只是暂时能哄住太后娘娘，你们通过济宁侯还是能劝说太后，一定要请太后为你们做主，常家的事就交给我，我一定弄清楚，亦宁没有这样的事则罢，有这样的事我定然饶不了他。"

常老夫人没有任何迟疑，这样帮着他们说话，怪不得老爷说，不要说别的只要将常老夫人当做长辈哭诉。

刘夫人吸吸鼻子站起身："老夫人，我一直不明白，您为何对老爷这样好，是不是真的……真的……"

常老夫人皱起眉头，目光有些涣散，这件事她一辈子都记得。

她拼了命生下的孩子却没有让她看一眼，她的妹妹杨老夫人抱着孩子径直去了刘氏那里，等回来之后，裹着孩子的襁褓就换了，不止是她，她身边的婆子也看得清清楚楚。

"我生产那日，身边的仆妇已经说了，两个孩子又放在一起很久，都是经过杨家老夫人的手，"说着抬眼看向刘夫人，"你家老夫人临去之前跟我说，有件事对不住我，我还没有问清楚，她就撒手人寰了。"

这样听起来八成是有问题，再想想刘家的情形，真的八九不离十，刘夫人道："您也知晓我家老爷，我们家老夫人去得早，上面的长辈不太喜欢我家老爷，我们家这支都靠老爷自己争气，才能有今日的地位。"

所以刘家的长辈八成也看出些端倪。

常老夫人的心越跳越快，她想的没错，定然是刘氏和杨家串通，将她的孩子换了，她辛辛苦苦将别人的子孙拉扯大，只要想到这里她心中就万般不甘。

常老夫人看着刘夫人："事不宜迟快回去安排别的事，这边有了消息我就让人知会你。"

刘夫人点点头，只听外面传来声音道："大太太来了。"

常老夫人道："不用和大太太说起。"

毕竟是母子，大太太不会去问常亦宁。刘夫人忙颔首："老夫人放心，我知晓。"

常大太太一身缟素从外面进来看到刘夫人，立即关切地上前："夫人怎么哭成这样，到底是怎么了？"

刘夫人捂着鼻子："还不是妍宁……就这样进宫了，真是要了我的命。"

常大太太不能多坐和刘夫人说了一句话就将刘夫人送了出去。

常老夫人看向身边的陈妈妈："五爷可在府中？"

陈妈妈摇摇头："奴婢让人去看了，五爷还没回来。"

"让人去找……"说到这里，常老夫人顿了顿，"让人悄悄去看看五爷都和什么人在一起，这两日又都去了哪里。"

"要不然老夫人直接问五爷？"陈妈妈低声道，"五爷一直孝顺老夫人。"在常家几年，她也是眼看着五爷长大，看着老夫人为了刘家就这样对五爷，她心里也不禁难过，不管怎么样终究有祖孙的情分在。

"现在都是什么时候了？"常老夫人瞪圆了眼睛，"先做要紧的事，别的日后再论。"

如果常亦宁瞒着她和杨氏一起坑害刘家，还有什么情分好讲。

陈妈妈蹲身应下来急忙去安排。

不多时候，陈妈妈来道："五爷回来了，老夫人要将五爷叫来问话？"

常老夫人点点头："快让他过来。"

常亦宁换了衣服给父亲上了香才到常老夫人屋子里来。

想到杨秉正在刘家被人救走，常老夫人胸口就有一团火烧起来。

常老夫人抬起布满红丝的眼睛看常亦宁："你父亲才下葬，你不在家中守孝，出去做什么了？"

常亦宁弯腰下去行礼："有些事要办，就出去了一会儿。"

常老夫人皱起眉头："是什么事？恩科你又没有应试，我让你去帮衬刘阁老，你是去了刘家？"

祖母的声音生硬，眼睛里是压不住的怒气，句句话都指向刘家。

常亦宁又道："祖母是问孙儿的仕途还是替刘家担忧？"

不等常老夫人说话，常亦宁不慌不忙接着道："若是问孙儿的仕途，孙儿自有思量，若是替刘家担忧，刘家和我们家又非通家之好，祖母用不着这样费神。"常亦宁的声音不卑不亢，很多事只要看开了，一切都云淡风轻，他从前弄不明白杨茉兰为什么一定要离开常家。

现在他总算体会到杨茉兰那时候的心境。

如今看着常家那扇大门，他也想头也不回地走出去。

这个家里，除了要服侍生母，这里没什么好让他留恋的。

常老夫人听得常亦宁这样说，就仿佛有人将她的胸剖开，拽出里面的软肉，这是她最心疼的东西，由不得别人这样践踏，常老夫人瞪圆了眼睛，试图将自己所有的怒气都发放出来，"这是什么话，跪下。"

刺耳的声音一下子在屋子里炸开，将所有人吓得一颤，若是平日常亦宁早已经跪下来祈求常老夫人不要生气，甚至在常亦宁心里，他觉得祖母永远都是那么慈祥，他这辈子都不会惹祖母生气，于是杨茉兰告祖母侵吞杨家财物，他连问也舍不得问祖母一句。

在他心里这样的祖孙之情，到现在看来就那么的可笑。

常亦宁梗着脖子站在那里，他仔细地看着常老夫人："祖母，为何让孙儿跪？孙儿哪里做得不对？"

哪里做得不对？

陈妈妈也看向老夫人，老夫人听到刘夫人说那些话，心里焦急，又看到刘夫人和她那么亲近，心里的那些情绪再也压制不住。"五爷，"陈妈妈急忙道，"老夫人也是担心你，怕你走错了路，如今大老爷没了，这个家就要靠五爷您了。"

陈妈妈的话并没有让常老夫人的脸色缓和，常老夫人反而觉得心寒，她也算亲手将常亦宁拉扯大，怎么就喂出这样一只白眼狼，现在不但不听她的话，反而转头咬了她一口，她心里对常亦宁一点慈爱之情也去得干干净净。

在她最危急的时候，亲生妹妹背叛她，几十年过去之后，她身边的人又一次这样逆着她，常老夫人觉得嘴边的汗毛都竖立起来："你是不是帮着外人对付刘家？"

常亦宁的眼皮猛地跳了两下，祖母还是说出来了。

这样径直质问他。

"为什么？"常亦宁不明白，"祖母这到底是为了什么？要说家中和祖母最亲近的人该是父亲和孙儿，可是祖母却将我们当外人对待，反而对刘家多加关切，父亲身陷囹圄，母亲求祖母请刘砚田帮忙，祖母却怕我们家连累了刘家，父亲惨死，祖母却不见太多悲伤，倒是刘家出了事，祖母就又惊又吓，还这样质问孙儿。"

"难不成父亲不是祖母的亲骨肉，刘砚田才是？"

听得这话陈妈妈脸色顿时变了，难道五爷知道了？五爷怎么会知道？这件事就算得到证实也是不能说出口的啊，陈妈妈急忙道，"五爷，您这是什么话……您这是被魔着了，怎么和老夫人这样说话。"

就这样质问她，常老夫人胸中的怒火一下子烧起来。

"你老子教你这样对待长辈？白白读了十几年的书，连这些也不懂得？"常老夫人颤巍巍地拿起身边的拐杖，用尽了全身的力气向常亦宁扔过去。

陈妈妈张大了嘴。

屋子里的下人都惊住。

常亦宁一动不动，眼看着那拐杖落在他身上，可是他不觉得疼，他早已经麻木，没有了疼痛，眼前那个熟悉的脸孔这般狰狞，他宁愿这一切对他来说是一场梦，若是梦，惊惧之后就会醒过来，他等着清醒那一刻。

"娘，您这是要做什么啊？"常大太太匆匆忙忙进门，看着额头被打红的常亦宁，心里一抽抽地疼痛。

"娘，您怎么动这样的气。"

这个忘恩负义的东西，竟然伙同别人陷害刘家，她辛辛苦苦将他养大，却眼看着他祸害她的亲儿子。

这个该死的东西，常老夫人的眼睛几乎瞪出来。

她怀揣心中的秘密这样过了几十年，她就知道她等着爆发的这一刻，到了这个时候没有谁还能阻拦她找回自己的儿子。

她现在什么也不顾了，只要能听亲生儿子叫她一声母亲，今天刘夫人将头埋在她膝间，她才觉得那么的暖和，借着刘夫人她仿佛和她的儿子离得更近了，听刘夫人直接问她，她是不是砚田的亲生母亲，她的心仿佛都要跃出来。

终于有人相信她的话，她这些年的坚持没有白费。

她那黑心肠的妹妹死了，那刘氏死了，刘氏的儿子她亲手养大，又死在了牢狱里，她还活着，她的亲生儿子还活着，她活着等这一天，她不能让人来破坏，谁敢阻拦她，谁就该死，死不足惜。

"娘，都是亦宁不对，您就消消气，"常大太太满含泪水看着常亦宁，"亦宁，快给祖母赔礼，快啊……"

常亦宁在常大太太的哀求下跪下来。

"娘，"常大太太转头看常老夫人，"亦宁不懂事，您原谅他吧！"

屋子里点了灯，常大太太的影子在地上格外的长，真是可怜，母亲还不知道祖母心里的思量，无论他怎么祈求，祖母都不会变成从前的祖母。

"祖母，刘砚田不是善类，他和冯国昌没有什么不同，当年孙儿想要去冯国昌身边收集冯党贪墨的罪证，祖母还夸赞孙儿有志气，如今……祖母怎么就变了？"

常老夫人想要冷笑，却静静地看着常亦宁，她的目光沉淀下来，已经没有了刚才的激动："那你说，谁是好人？康王？别忘了康王和杨氏害了你父亲。"

"不是康王，"常亦宁摇摇头，"是父亲自己，是我们想要贪大。"

果然已经和康王和杨氏那贱人串通在一起，刘家没有冤枉他，常老夫人仿佛已经对常亦宁失望至极："那你说，你准备怎么办？"

常亦宁道："刘砚田将杨老爷关起来这么多年，也该受到惩罚。"

常老夫人眼睛一睁："你是想要帮杨家告刘阁老？"

常亦宁慢慢弯下身子，双手贴在地上，然后郑重地将额头也贴上冰冷的地砖："祖母，

孙儿不会忘记祖母养育之恩，如今父亲不在了，孙儿会好好奉养祖母和母亲，父亲没有做的事，孙儿都会一件件地做好，祖母就安心在家中颐养天年。"常亦宁说到这里恳切地又弯身，整个身体几乎都趴在地上。

"祖母您年纪大了，不该思虑太多，孙儿恳求您好好将养身子，长命百岁安享天伦，孙儿替死去的父亲恳求您。"

常亦宁将头磕得咚咚响，这是他该为常家，该为祖母做的努力。

常大太太听着清晰的叩头声响，只觉得心里酸涩，她恨不得立即将常亦宁从地上拉起来，自从老爷死后，亦宁整个人都变了，不再一心想着仕途，而是帮着她料理常家的事，她虽然受了丧夫之痛，好在有儿子可依靠，她这辈子还不算太凄惨。

常大太太眼巴巴地看着常老夫人，常老夫人半晌才挥挥手，整个人仿佛已经泄了精气："将五爷扶起来吧。"

一眨眼的工夫常老夫人似是老了许多，已经完全没有了气力："我老了，许多事已经看不明白，我还记得亦宁小的时候，赖在我怀里听我念字，没想到转眼亦宁已经长大成人。"常老夫人说着眼圈发红，目光望向窗外，想起了许多往事。

旁边的陈妈妈也松了口气，老夫人究竟还顾得和五爷的情分，就算大老爷没了，五爷定然能奉养老夫人，从前的那些事既然已经过去许多年，无从追究，就都该放开。

常老夫人道："我……已经是一脚迈进棺材的人，我还能做什么？无论我怎么说，你都不可能再听我的，是不是？"常老夫人仿佛已经竭尽全力，如今没有了结果，她也没有了办法，"我不管你打的什么主意，你要答应我，得饶人处且饶人，刘家毕竟和我们家有亲，不可忘了这一点，若是你肯答应，祖母也答应你，从今往后安心养病，再也不问其他事。"

常老夫人盯着常亦宁看，常亦宁缓缓点头："国有国法，家有家规，刘阁老毕竟是帝师，最多就是淡出朝廷，孙儿除了这件事，别的什么也不会说，一旦此事一了，孙儿准备带着祖母和母亲回到族中，族中长辈已经同意孙儿入族学，教族中子弟读书。"

常老夫人沉静地看着常亦宁："你还是准备告发刘阁老？"

常亦宁没有抬头："事已至此，没有了别的法子，祖母仔细想想，刘家何时主动帮过我们家，若是真的有半点的情分，就算我们不求他们，他们也会救父亲，祖母重病在家中，他们也不曾出面探望，为何偏偏这时候过来，祖母……刘家只是在利用我们。"

常老夫人不说话。

常亦宁接着道："真正关切祖母的还是我们一家人。"

常大太太连连点头："娘，有些事既然过去了，就过去吧，这些年在京里我们也费尽了心力，如今老爷也没了，我们就听亦宁的回去族中安稳过日子，我会好好侍奉娘。"

常老夫人眼中的怒火渐渐熄灭："我何尝不知道……我只是放不下，你们可知道杨老夫人如何对待我，这是多少年都忘不了的仇。"

常大太太只是低头哭，那哭声呜呜咽咽说不出的伤感："老夫人，别争了，老爷都没了，老爷都没了啊，咱们家再也输不起了，您还记不记得老爷喝多了酒给您洗脚的事，结果打翻了脚盆，您笑得不得了，说这辈子荣华富贵也换不来一声笑。"

常老夫人听着常大太太的话想起前尘往事，屋子里的气氛慢慢缓和下来。

"我老了，管不了了，"常老夫人让陈妈妈扶着站起身来，"你们说回族里就回族里吧，我也想要落叶归根。"

那声音说不出的萧索，颤颤巍巍地让陈妈妈扶着向内室里走去。

常大太太想要上前搀扶，常老夫人摆摆手，话说得十分艰难："你们都下去吧，让我好好歇歇，我也累了。"

常大太太转头看向常亦宁："快起来，快起来，你祖母答应了，等到京里的事都办完了我们就回族里安安稳稳地过日子。"

她多么盼着能过上这样的日子。

常亦宁站起身和常大太太一起出门去，走出院子常大太太心里说不出的轻松，终于要离开这个伤心地，她总算还是有福气的人。

"亦宁，你要好好地争气，不要和你父亲一样，来做法事的师太说，人要向善才会有好报。"

常亦宁点点头。

常大太太道："这样我就安心了，老爷虽然没了，我身边总还有你。"

屋子里安静下来，陈妈妈端了一杯热茶给常老夫人："老夫人想开就好，有些事是强求不来的……"她刚想说五爷仁孝，却发现常老夫人凌厉的目光落在她身上，犹如寒冬腊月的冷风，让她打了个冷战。

常老夫人皱起眉头："你说什么？"

陈妈妈立即怔愣在那里："是老夫人……说要跟五爷回去族里。"

常老夫人冷笑一声："回哪个族里？常家？别忘了老太爷死了之后，我们是怎么被族人排挤，常家没有一个好东西，回去，等着被人看笑话？他们疯了，你也疯了不成？"

原来老夫人那些话只是应付太太和五爷的。

"二老爷、二太太也来走动，我们总是同族，大老爷出了事，二老爷一家也来帮衬，可见还是族中的人可靠，再说我们回到族中，可以将宅子租出去，也是一笔银子。"

常二老爷是常老太爷弟弟家的长子，经常过来侍奉常老夫人，就像对待自家的长辈。

常老夫人冷笑："那是因为他们以为大老爷和亦宁能出人头地所以常来常往，"说到这里常老夫人回头，"现在你可看到他们的影子？"

如今这个世上她最亲的人就是亲生儿子。

她有亲生儿子，为什么要灰溜溜地离开京城。

"刘家已经来求我，这是我多少年努力才得来的结果，"常老夫人阴恻恻地道，"你要我眼看着康王将刘阁老送进大牢？"

那要怎么办？陈妈妈想不出个办法："五爷已经说了，是肯定要揭发刘阁老……若不然我们请大太太过来商量……"

"她就是个应声虫，什么也不知道。"

陈妈妈觉得手脚冰凉，屋子里十分安静，让她想要打哆嗦："那老夫人想怎么办？"

常老夫人坐在床上，陈妈妈忙将常大太太刚命人泡好的安神茶递过去。

常老夫人喝了口茶，觉得心里更加笃定起来："既然亦宁已经下了决心要做这件事，我就不能坐视不理，我们该怎么做就怎么做。"

常老夫人将手里的茶碗交给陈妈妈，陈妈妈心神不宁，伸出手来却没有接住，茶碗登时掉在地上。

刘砚田听到常老夫人传来的消息，立即吩咐下去："等着常亦宁出门，定要立即得手。"他养了不少这样的人，等到用他们的时候，他们就会不眨眼地杀人。

常老夫人身体不好，吩咐常大太太和常亦宁去清华寺求药，明天一早卯时母子两个就会出发，这是绝好的机会。

康王等着杨氏将杨秉正的病治好，在此之前康王不会上奏折禀告皇上杨秉正的事，他们就要在这个时候下手。

一切都安排妥当，刘砚田只等着卯时一过消息传出来，到了卯时末，下人匆匆忙忙进门道："阁老，没有得手，常大太太和常五爷没有出门。"

怎么会没有出门。

刘砚田顿时焦躁起来，再拖几天就万难转圜，可是常亦宁不肯出府，他们又要从何下手。

刘砚田在屋子里徘徊，半晌看向下人："将夫人叫来说话。"

下人忙去喊刘夫人。

不多时候刘夫人进了门，见到刘砚田立即道："老爷，那边可是有消息了？"

刘砚田无暇将整件事仔细地讲给刘夫人听："你将常老夫人说的话再重复一遍，一个字也不准漏地说个清清楚楚。"

刘夫人不知道刘砚田是什么意思，却不敢怠慢立即说了。

刘砚田垂下眼睛，目光不停地变幻，现在他们没办法去常家将常亦宁杀了，只能依靠常家人动手，常老夫人怎么才能杀了亲手养大的孩子。

石火电光中，刘砚田霍然想起来："你去，在装老夫人东西的那口箱子里，将我出生时用的那条被子找出来，让人送去常家。"

这是唯一能触动常老夫人的东西。

刘夫人听得眼前一亮，还是老爷聪明："老爷，这样一定行。"她是一个母亲，了解这样的心思，哪个母亲也不会眼睁睁地看着儿子死。

常老夫人听到陈妈妈进门，立即看过去："五爷怎么说？"

陈妈妈道："五爷说，已经让人将清华寺的师太请进府。"

分明是不想出门。

常老夫人脸色铁青。

陈妈妈道："会不会是五爷察觉了？"

这还用说，常亦宁已经知道刘家怀疑他，在康王将杨秉正的事说出来前，亦宁就不会出门："为了杨氏这个贱人，他还真是尽心竭力。"

这一点倒是，她还从来没见过五爷这样认真，就将自己关在房里连客也不见，分明是怕出什么差错。

陈妈妈忽然心中感叹，杨氏在常家几年，怎么没有人看出来杨氏那么厉害，也不见五爷那么喜欢杨氏，怎么转眼之间全都变了。

刚想到这里，外面的丫鬟进来道："老夫人，门上来说，锦缎庄送来了秋天用的衣料，定要让老夫人看看。"

他们家这几天哪里定过料子。

陈妈妈道："要不然奴婢去看看。"

这个节骨眼上，常老夫人皱起眉头："拿进来吧，我瞧瞧到底是什么东西。"

陈妈妈到院子里亲手将东西拿进屋，放在桌子上小心翼翼地打开，却没想到里面是条半新不旧的小被子，这是谁送来的东西，陈妈妈不禁一怔。

常老夫人抬起头看过来，目光落在那小被子上霍然愣住，心脏一下子慌跳个不停，全身所有的血仿佛都涌进脑子里，眼前浮现起埋藏在心中的前尘往事。

那是裹她孩子的襁褓，她记得清清楚楚，就是这条襁褓："拿过来，"常老夫人带着颤音，"给我拿过来。"

陈妈妈吓了一跳，慌忙将东西捧到常老夫人跟前，常老夫人一把抓过去将整条被子抱进怀里。

她生下了一个康健的孩儿却被她们换成了常大老爷那样羸弱的孩子，她回到常家因为这孩子被斥责，长辈埋怨她若不是行事莽撞就不会在外面生下孩儿，才让孩子先天不足。

根本不是，她生的孩子健健康康，是被刘氏伙同杨氏换走了。

她的冤屈要向谁诉。

现在这襁褓就在她眼前，刘家肯将这样的东西送来，也就是说刘砚田承认了她这个生母。

常老夫人想到这里眼泪顿时淌下来。

她不能才跟儿子相认就让儿子身陷囹圄，她要想办法。

常老夫人看向陈妈妈："去，让厨房做碗杏仁羹来。"

老夫人一天都没有用饭，难得这时候想吃杏仁羹。

陈妈妈立即应下来，忙唤下人去厨房端来。

片刻工夫热腾腾的杏仁羹就到了跟前，常老夫人吃了两口，点点头："味道不错，让厨房再做一碗来。"

陈妈妈笑着让人再去端。

等到杏仁羹到了眼前，常老夫人看向陈妈妈："去，将我梳妆匣子里的那只包金镯子拿来。"

那只包金镯子，包金镯子。

那是，那是，中间空心的镯子，老夫人不曾说过，可是她却背着人小心翼翼地打开过，里面有一些奇怪的药粉。

药粉，她从前只是怀疑那是做什么的，现在她却一下子明白过来。

难道老夫人要……要……

陈妈妈忙低下头掩饰自己惊骇的神情。

常老夫人催促："愣着做什么？快去。"

陈妈妈将镯子取来，才发现自己手心里都是冷汗。

五爷，她眼前都是五爷的模样，从小长到大，在老夫人屋子里睡觉、读书，哄着老夫人开心，老夫人怎么能下这样的狠心，只要想到五爷会死，她心里就如同被狠狠地揪着。

怎么办？该怎么办？在老夫人身边这么多年，早就下定决心无论老夫人做什么，她都会心甘情愿地跟着，老夫人待她全家那么好，她不能在这时候和老夫人离心。

陈妈妈才想到这里，常老夫人道："去给我煮杯茶。"

这是要故意将她遣走。

陈妈妈不想离开，腿却不听使唤拿起茶吊走了出去。

陈妈妈几乎忘记了这杯茶是怎么端进来的，等她进了门，老夫人很放松地靠在引枕上："我吃不下了，你让人将这碗杏仁羹给五爷送过去，五爷这两天辛苦，你让五爷吃了之后到我这里说话，既然要回去族里，有很多事我们要早些安排，京里的田产我想还是卖一部分才好，否则我们回去要怎么过日子。"

让她说这些话给五爷听，是要五爷不要起疑心，老夫人这时候还能算计得这样周全。

陈妈妈端起杏仁羹，觉得手上的托盘千斤重，只是走了两步额头上就起了一层的冷汗。

常老夫人叹口气："我累了不要让五爷过来了，还是将抽屉里庄子上的账目给五爷拿去，让他将几个庄子核算核算，明天告诉我留哪个卖哪个。"

陈妈妈应了一声。

常老夫人道："你让丫鬟送去，我屋里离不开你。"

这样做是为了避嫌。

只要东西交给丫鬟，五爷就算被毒死也没有谁能说得清楚。

陈妈妈还愣着，旁边十二三岁大的小丫鬟果儿已经上前将杏仁羹接了过去。

眼见着果儿走出屋子，陈妈妈觉得自己立即就要倒下来，身后传来老夫人冷静的声音："过来，帮我捏捏腿。"

天阴了，云密密麻麻地压过来，忽然之间，屋子里的一切看起来都那么阴森，陈妈妈忍不住想要逃走，可是常老夫人就如同牵着她脖子上的线绳，让她转过身走回去。

常亦宁在看手中的文书，刘砚田一定不会承认是他将杨秉正关了这么多年，他要将思路整理得清清楚楚，到了衙门里才不会被问倒。

常大太太进了门，看到紧锁眉头的常亦宁："你这是怎么了？将自己关在房里不肯出去，昨日你和老夫人都说了些什么，为何不肯告诉我。"

常亦宁将常大太太迎到椅子上坐下："母亲不用担忧，儿子只是处理些信件，马上就好。"

常大太太点了点头，刚要接着说话，就听外面丫鬟道："老夫人让我送杏仁羹和庄子上的账目给五爷。"

是老夫人屋子里的果儿。

帘子掀开，走进来一个圆脸带着笑容的小丫头。

果儿上前行了礼，她身上涂了桂花香，闻起来十分的甜，那双眼睛笑的时候是月牙的模样，每次去老夫人那里，常大太太都会多看果儿两眼。

不知怎么的，看到这个丫头，常大太太心里的不快也去掉不少。

杏仁羹放在桌子上，还有老夫人交代下来的账目。

常大太太笑着看向常亦宁："快趁热吃了，也好看看这些东西，明日好回你祖母。"

小时候他常凑在祖母跟前和祖母抢杏仁羹吃。

或许祖母已经想明白，要将京里的事都放下，和他们一起回去族里，常亦宁压在心头的包袱仿佛被卸掉了一只，让他有种难得的轻松。

杏仁羹，常亦宁用勺子翻动着，却忽然不想入口。

常大太太笑道："这是你最爱吃的东西，快吃了。"

常亦宁看向身边果儿："祖母也爱吃杏仁羹，祖母吃了没有？"

果儿笑着道："吃了，老夫人先吃的，因为觉得今天的杏仁羹做得格外好吃，才让奴婢给五爷送来。"

常大太太道："老夫人那是想着你呢。"

常亦宁垂下头，不知道在想什么，半晌看向果儿："你去拿到厨房热一热，再用食盒装好，我去祖母房里陪着祖母吃。"

原以为祖孙两个会因此隔阂，没想到却因为一碗杏仁羹就好起来了。

果儿忙出去拿食盒，常亦宁扶着常大太太一起到了常老夫人屋里。

见到常亦宁陈妈妈不由得有些惊讶，软榻上的常老夫人神色如常："怎么这时候过来了，我让人送了杏仁羹给你，吃没吃？"

常大太太笑着摇摇头："知道老夫人今天吃得香，亦宁没舍得吃，要过来陪着老夫人吃。"

果儿立即将食盒放在桌子上拿出那碗杏仁羹。

看到杏仁羹陈妈妈脸色立即变了。

"祖母，"常亦宁将桌子上的杏仁羹捧起来走到常老夫人床边，"祖母还记得孙儿小时候非要闹着和祖母一起吃杏仁羹，祖母今天胃口好，我们祖孙两个今天就吃这一碗。"

陈妈妈几乎不能呼吸，全身的血液都已经凝固。

吃一碗有毒的杏仁羹。

常老夫人脸色不变，笑着道："傻孩子，那时是为了哄着你，现在哪里用分一碗羹。"

旁边的陈妈妈忙道："说的是，又不是多金贵的东西，哪里用得着来分。"

常亦宁缓缓地在碗里搅和着，盛一勺送到常老夫人嘴边："祖母病了，孙儿一直没有在床边侍奉，现在有了时间，祖母就全了孙儿的孝心。"

陈妈妈的手都抖起来，生怕那杏仁羹碰到常老夫人的嘴唇。

那种毒药都是沾上就不得的。

陈妈妈就要上前，却发现常老夫人的目光冷冷地落在她脸上，她立即攥起了手。

常老夫人慈祥地看着常亦宁："你先尝尝可好吃？"

他小时候不敢吃从来没有吃过的东西，只要有什么新的吃食不管闻起来多香他都捂着嘴不去碰，祖母也是这样说："你先尝一口看看。"

每次只要祖母这样一说，他都会仗着胆子去尝。

这次也一样，他不能让祖母失望。

常亦宁点点头，就要将杏仁羹送进嘴里，看着常亦宁扬起的下颌，陈妈妈眼前浮起常五爷从小到大的样子，她哆嗦着嘴唇。

热泪仿佛要夺眶而出。

她就要这样眼睁睁地看着？看着常五爷就这样死了。

想到这里陈妈妈胸口一紧，仿佛有一根钎子在她肚子里翻来覆去地搅动。

"五爷。"陈妈妈喊了一声，眼泪一串串落下来。

屋子顿时静谧下来，所有人都转过头看陈妈妈。

陈妈妈拼命地摇着头，她究竟是个人啊，怎么能站在一旁无动于衷："五爷，杏仁羹凉了，奴婢去换一碗吧！"

床上的常老夫人整个人埋在阴影里，就这样不声不响地坐着。

常亦宁看着常老夫人，细长的丹凤眼微翘，隐约是在笑却又仿佛没有半点的笑容，他的手指捏起勺子慢慢地将杏仁羹送进了嘴里。

"好吃，"常亦宁眯着眼睛品了品，看着常老夫人，"祖母要不要吃？"

常老夫人摇摇头，模样很是刻板："祖母胃口不好，吃不下了。"

"那孙儿就都吃了。"

一旁的陈妈妈终于站不住，靠着柜子坐下来。

常大太太的笑容也僵在脸上，这到底是怎么了？屋子里的气氛让人觉得十分压抑，让人喘不过气。

不过是一碗杏仁羹，陈妈妈怎么会哭成那么模样，老夫人怎么会一句话也不说，亦宁的笑容让她觉得酸涩，说不出的悲伤。

"亦宁，"常大太太有一种十分不安的感觉，"你到底怎么了？"说着又看常老夫人，"娘？您还在和亦宁生气？都是自家的孩子……"

常亦宁干净的脸上难得浮起灿烂的笑容："祖母，我还是你孙儿吗？"

我还是你孙儿吗？

陈妈妈听得这话忍不住哭出声来，老夫人糊涂啊，无论到什么时候五爷都是老夫人的亲孙儿，就算真的有换孩子的事，刘阁老毕竟是在刘家长大，有生恩没有养恩，情分怎么会一样，老夫人真是糊涂了啊。

"自然是，"常老夫人静静地道，"你永远都是我的好孙儿，只不过这次你被康王和杨氏骗了，你不该和刘阁老作对，祖母早就说过，你不要信杨氏的话，你就是不肯听，否则哪里会有今日。"

陈妈妈紧紧地看着常亦宁，生怕一眨眼的工夫常亦宁就会毒发，一盏茶功夫过去了，常亦宁呼吸仍旧匀称。

"自从父亲死了之后，我才看清楚，真正卑鄙无耻的是刘砚田，当朝皇上的帝师，若是不愿意让女儿下嫁康王，还能上奏折抗争，刘砚田却欢欢喜喜将女儿嫁出去，全因为他看到了这桩婚事背后的私利，能这样利用家人，这种人无论对谁都不会有半点的情分，他不是什么帝师，不过是为了权力不择手段的无耻之徒。"

"除了借着刘家的名声，根本一无是处，换做别人早就进了大狱。"

常亦宁冷眼看着，床上的常老夫人开始哆嗦起来。

他不过就是说说刘砚田罢了，祖母却这样生气。

常亦宁话音刚落，果儿苍白着脸进了门，也顾不得规矩，一下子就摔跪在地上，看到地上哭成一团的陈妈妈，她更加慌张，几乎话也说不出来，半晌才道："老夫人、夫人、五爷，那只猫死了。"

果儿害怕得嘴唇发抖："那只吃了杏仁羹的猫死了。"

果儿抑制不住地哭起来，地上的陈妈妈却抬起了头，满是血丝的眼睛里仿佛透出了希望，难道五爷吃的已经不是那碗有毒的杏仁羹？

常大太太终于听出了些端倪，整个人差点瘫软在椅子上。

杏仁羹，那碗老夫人给亦宁的杏仁羹。

常大太太诧异地看着常老夫人："为什么啊，娘，这是为什么啊？"

不可能，老夫人不可能害亲孙儿，常大太太目光落在陈妈妈身上："是谁？是谁做的？将大厨房的厨娘都抓起来审问，快……"

陈妈妈却动也不动，怔怔地看着常老夫人。

常亦宁垂下眼睛，屋子里冷得仿佛能将他的呼吸冻住："祖母放心，刘阁老会得到应有的报应，都说天理昭彰报应不爽，谁都逃不出去。"

常老夫人耳边不停地重复常亦宁的话。

谁都逃不过去。

那些害她的人呢？

说得对，害她的人没有谁能逃出去，她就是豁上一条性命也不让他们再逍遥，她要让杨家人死绝，要让所有帮着杨家的人都死。

都去死，无论是谁。

这一次谁也别想从她手里抢走她的孩子，谁抢，谁就要去死。

常老夫人伸手抄起一样东西向常亦宁挥过去，都去死，谁也不要挡住她的路，谁都别想再害她们母子分离一次。

谁也别想。

常大太太瞪大了眼睛，她仿佛眼睁睁地看着老夫人伸出手向亦宁挥过去，然后就有红的东西流出来，滴滴答答，滴滴答答落在亦宁穿着的白袍上，亦宁一动不动坐在那里，常老夫人脸上露出古怪的笑容。

是什么东西。

那是什么东西。

常大太太眼前是一片猩红，耳边传来陈妈妈撕心裂肺的喊声，她的眼睛只是看着亦宁，一眨不眨地看着亦宁，不知道自己怎么扑了过去。

血到处都是血。

血流在她身上那么烫，几乎要将她整个人烫化了。

常大太太哆哆嗦嗦地捧着那些血，她的孩子啊，她的血肉啊，她在这世上唯一的亲人，不，不，不，常大太太不停地晃动着头："快，快来人啊，快来人啊。"她扬起头用所有的力气在嘶喊，如同她当年拼命生下常亦宁时一样，她要豁出性命，她愿意豁出性命去救儿子。

那么多的血，没想到一把剪子会让人流出那么多的血，眼看着锦被染红，常老夫人脑子里的火仿佛被血淋灭了，那张脸，每日来给她请安的那张脸，就这样苍白地在她眼前，仿佛是一朵被冷风吹败的花朵，随时都会掉落下来，她真的杀了那个孩子，在她身边长大的孩子。

常亦宁闭上眼睛一下子向后倒去。

他趁着别人不在意时躺在庭院里看天空，总想从天上找出他想要的东西，常亦宁眨动着眼睛，似是想要看到屋顶外的一切。

他只觉得呼吸那么的沉，那么的沉，沉得他想要睡一觉，梦中也许会有他想要的一切。

"太太，快送保合堂，快去找康王妃，说不定五爷还有救，太太……"

陈妈妈紧紧地抱着常亦宁，常大太太完全已经没有了主意，听得这话却回过神来："送保合堂，快去找康王妃。"

常家顿时一片混乱。

杨茉亲手将杨秉正肚子里的东西夹出来。

石头、瓷片、干草、成团成团黑乌乌的如同泥土般的东西。

每夹出一样东西，她心里都是一阵酸涩。

她想象不到吃下这些是一种什么感觉，会觉得凉，会觉得疼，会根本难以吞咽。

咽下这些需要多大的勇气。

杨茉不能再想下去，因为只要她想得更多，手就禁不住要颤抖，这样下去显然不行，杨茉看向旁边的梅香："扶我到一旁坐坐。"

梅香有些怔愣。

杨茉额头上顿时一下子涌出冷汗："扶我到旁边坐……"

梅香立即搀扶起杨茉，杨茉将手里的夹钳放下。

走到一旁拿下脸上的布巾，杨茉立即忍不住呕起来，胃里的酸水不停地向上涌着，让她觉得胃里火烧火燎地疼。

手术室里一片慌张、惊吓、紧张还是影响了她。

"魏卯，"杨茉喘口气立即看向魏卯，"你要将腹腔清理干净，然后配合济先生缝合。"

魏卯立即点头："师父放心，我定然能做好。"

杨茉脱掉衣服走出来，立即看到蹲在门口的朱善，朱善眼睛紧紧地盯着放在托盘上的药瓶，听到有走路的声音脸上立即透出紧张的神情，看见是她才松了口气。

朱善将青霉素看得像性命一样重要，每次只要用药，朱善都会跟着过来，看到青霉素给病患用上了，他才会放心。

杨茉看向朱善："将药给我吧，你回去歇着，这样下去总是不行。"

朱善摇晃着大大的头："王妃比我们都累，我们不过是等着罢了，王妃还要在里面动手术，您不让我们陪着，我们只会更不舒坦。"

这药是怎么做出来的他比谁都清楚，看似是他带着人一遍遍地制药，其实王妃付出了更多辛苦。

一般女子每日里都是在脂粉堆里打交道，只有王妃会去看那些发霉的东西，他写的那些乱七八糟的东西，也只有王妃会仔细看。

然后会将那些东西誊抄下来，变成谁都能看的文字，还笑着跟他说，让他多学字，甚至给他请了先生。

他算是什么东西，还能有先生专门教他识字、写字，他是一个连裤子都买不起只能穿过世老娘裤子的人。

连胡同里的孩子都会捡石头丢他，叫他傻子。

只有康王妃会这样礼遇他，将他当做家人一样，现在他走到大街上，还会有人跟他攀亲。身边人人都称赞他，他心里却清楚地知道自己是个什么东西，从前就是泥坑里的石头，如今被康王妃洗干净了放在那里，让他看起来光鲜。

其实他靠的是康王妃，没有康王妃，他又会是从前那般模样。

"王妃，您要保重身子，杨老爷一定会好起来。"朱善板着脸认真地道。

周围一片静谧，紧接着就有人跟着道："一定会好的。"

"是啊，一定会好的。"

现在她心中期盼的就是这样，希望父亲能好起来，让她能在床边尽孝。

杨茉喘口气转身又回到手术室中。

"可以缝合了。"杨茉仔细地检查好，看向济子篆。

济子篆点点头。

"要放置引流管，让朱善准备好药，等出了手术室就要开始用青霉素。"

张戈忙出去安排。

将伤口缝合好，杨茉低下头喊杨秉正，杨秉正却静静地躺着动也不动，萧全在一旁按压着呼吸器，手心里都是冷汗。

所有人都十分紧张，师父说过，手术后最大的一件事就是要看病患能不能清醒。

济子篆在一旁安慰："杨老爷身子弱，能将手术熬过来已经不容易，定是要休息休息才能好起来。"

但愿如此。

看着杨秉正被抬进内室，陆姨娘几乎是扑了过去："老爷可好了吗？"陆姨娘看着床上的杨秉正没有半点的反应，颤音问杨茉。

杨茉道："多亏发现得及时，手术也很顺利，现在就看术后恢复得如何。"

若是以她多年从医的经验，像父亲这样虚弱的人很有可能会出现术后多器官功能衰竭，她害怕的就是这点。

没有太多仪器做支持，她们手里有的只是简易的呼吸器，好在有这么多人看护，否则她真的没有半点的信心。

白老先生进来道："能不能开张单方让人熬了药给杨老爷送下？"

杨茉摇摇头："之行行，现在做了手术，要完全禁食，"说到这里杨茉看向白老先生，"能不能用针？"

白老先生捋着胡子半晌道："倒是可以用，我现在就施针看看杨老爷能不能受得住。"

中医都讲身体里的元气，她理解就是西医说的机体免疫力，若是能让心脉畅通，说不定就能预防器官衰竭。

所以通脉还是要用针才行。

杨茉将针捧来帮衬白老先生施针。

用过针后床上的杨秉正心跳安稳。

杨茉低声道："这样是不是就能接着用这样的法子治病？"

白老先生点点头："王妃用的医治法子我们都不曾见过，也不知到底能不能和我们针灸相合，还要慢慢尝试。"

这是中医和西医融合在一起的治疗。

杨茉现在也盼着自己能有起死回生之术，这样就能将床上的父亲治好。

从前她害怕父亲见到她后会不承认她这个现在有些古怪的女儿，可是现在她却希望父亲能睁开眼睛对她露出怀疑的目光，盘问她医术到底从何而来，不管是好的还是坏的，只要人活着就好。

只要人活着他们就有机会再生活在一起，就算是没有个好的开头，也会有个好的结尾。

杨茉刚要坐下来，秋桐从外面进来道："王妃……外面又有人求诊了。"

"姚先生不是在外面？还有太医院的御医，我今天不能再看诊了。"现在她只想守着父亲。

秋桐不禁犹豫，还是忍不住道："王妃，是……是……常五爷。"

常亦宁？杨茉皱起眉头，怎么会是常亦宁？她知道父亲这次得救常亦宁也出了力，本来周成陵的意思是让常亦宁留在王府，直到父亲安好能上报朝廷，常亦宁却说家中还有重孝，要赶回去守孝，不过周成陵也叮嘱了这段日子常亦宁不能出常家，万一整件事被刘砚田知晓，常亦宁说不定会有杀身之祸。

却怎么……

杨茉站起身来："伤得重不重？"

秋桐道："听说是被常家人用剪子刺中了胸口，流了不少的血，姚先生见了也说让我来喊王妃。"

胸口，怕会伤了心脏，在这种条件下心脏有什么闪失真的救不回来。

杨茉看向白老先生："老先生，我父亲这里就先交给您。"

白老先生点头。

杨茉这才出了屋子。

外面是一阵喧哗之音，几个人抬着一张木板哆哆嗦嗦地站在屋子里，济先生弯着腰看木板上的常亦宁。

所有人都忘记了可以先将常亦宁放下来再诊治。

杨茉看过去也几乎倒抽一口冷气。

鲜血淌了一路，常亦宁身上的布巾全都湿透了。

杨茉卷起袖子走过去："剪刀呢？什么时候拿出去的？"

常家人脑子一片空白，已经什么都说不出来。

若是被刀剪之类的东西伤到，到医院备血之前，定不能将东西从身体里抽出来，否则就堵不住伤口。

"这样不行。"

济先生还在压伤口，可是不论怎么压血还是不停地流出来。

这样下去别说输血，就连验血的时间也没有。

杨茉顾不得别的推开济子篆，将手指顺着伤口伸进去："不管用什么法子首先要止住血，没有东西就用手指。"

手指就这样伸进伤口中，伤口中淌出的血顿时沾满了杨茉的衣襟和衣袖，抬着常亦宁的家人看到这样的情形腿一软差点就要摔在地上。

床上昏昏沉沉的常亦宁不知是不是因为疼痛微微睁开了眼睛。

"亦宁，亦宁，"常大太太呼喊着进了门，看到杨茉的手伸进常亦宁胸口，登时要昏过去，旁边的陈妈妈立即伸手搀扶，"这是在做什么啊……"

被人用手掏着身体是什么感觉。

那要多疼啊。

常大太太只想上前将所有伤害她孩儿的人撞开，却被陈妈妈死死地拉住："太太，太太，那是康王妃啊，能救五爷的也就只有康王妃了，康王妃肯救五爷，您就要信康王妃啊。"

这一路过来，陈妈妈不停地在她耳边说的就是这些。

康王妃肯救亦宁，她就要完全相信康王妃，就不能再记着那些仇恨。

她怎么可能会在这时候还想着从前那些事，若是康王妃不肯治，她就是跪死在这里也要求着康王妃救亦宁。

她刚才只是一时昏了头，以为有人在伤害她儿子。

常大太太眼看着杨茉盼咐弟子将木板从常家家人手里接过来，让人将亦宁抬到一旁，又说一些她听不明白的话，让人什么验血……让人拿什么盐水，她只知道屋子里的人飞快地跑进跑出。

这到底是怎么回事？怎么所有一切都变了，都不是她心里想的那样，她以为最疼亦宁的老夫人要杀死亦宁，她以为恨不得常家死光的杨氏却在救亦宁的性命，根本就没要她苦苦地哀求。

到底是她在做梦，还是她就是个蠢人。

常大太太呆愣愣地坐在凳子上，她弄不明白她这辈子到底有没有活清楚。

自从嫁到常家来她一直小心翼翼地侍奉常老夫人，有了亦宁她觉得常老夫人是常家最高兴的人，她产后身子虚弱，老夫人就带着亦宁，亦宁读书写字也是老夫人教的，她甚至觉得亦宁对老夫人比对她这个亲生母亲好。

可是为什么却有了今天的情形。

她将一切都看得清清楚楚，老夫人先是在杏仁羹里下毒，被亦宁看透之后，就将笸箩里的剪子扎进亦宁的胸口。

没有错，她从头到尾都看得明白。

到底是多大的仇恨才能让一个人杀了亲手养大的孩子，养了这么多年难道没有半点的感情？怎么舍得下手？

常大太太想到这里将脸埋进手心，她已经没有脸面去见人，她真是个蠢人，她到现在也不明白，一切到底是怎么回事。

"常大太太，"梅香站在一旁轻声道，"我们要给五爷输血，有些文书要大太太来签。"

常大太太慌忙不迭地点头："我签，我签。"她之前还嘲笑杨氏弄出许多文书让病患家人签，那些人竟然看也不看就签字了。

"大太太先别忙，"梅香道，"我要跟大太太解释清楚我们为何要这样做，现在大太太不能进去看五爷，但是我们怎么诊治都会跟大太太说，不会瞒着大太太我们怎么给五爷治病。"

常大太太怔怔地看着梅香。

梅香道："大太太要让家中妇人来试血，来试血的人必须没有得过如痘疮一样的重病，这件事要立即去办，我们杨家冰窖里存着一些血，但是不一定能够用。"

保合堂还存着人血？

常大太太瞪大了眼睛，还没反应过来，只听有人道："快去冰窖里取血来验。"

达官显贵家都有冰窖，不过是用来冰镇些瓜果，夏日的时候取出来解暑，从来没听说过谁家冰窖会冻血。

去年冬天时，她本来想让人多藏些冰，却听说杨家一家就购了能装满三个大地窖的冰块，当时她心里还咒骂杨茉兰拿了常家的银钱不得好死，让杨茉兰有命拿没命去花，想想那时候她恶狠狠的嘴脸，她就觉得浑身羞臊难堪。

怪不得亦宁说，天理昭彰报应不爽，谁都逃不出去。

常大太太想到这里忽然站起身又向梅香跪下去："劳烦姑娘和康王妃说，是常家从前对不起康王妃，都是常家的错，我开始就居心不良，觉得康王妃娘家无靠，想要将康王妃以妻为妾，常家有今天，都是我们自己的错，康王妃能不计前嫌给亦宁治伤，不管结果如何，我这辈子，下辈子都会想方设法报答康王妃恩情。"

若是这时候她还说不出这样一番话，她就不能算是个人。

她真的亏待了杨氏，她真是做了许许多多不该做的事。

维持一个姿势时间长了，杨茉额头开始渗出汗来，秋桐用布巾不停地给杨茉擦拭。

不知是不是因为用了盐水让常亦宁情形暂时好转，常亦宁慢慢睁开眼睛，眼前的人模模糊糊，可是她的声音却很清晰。

"煮好器械，将手术室收拾出来，要用大量的填塞纱布，去煮止血药，魏卯，你也过去，不用管我这里。"

怎么才能将这个人和杨家那个坐在秋千上对着他笑的女孩子重叠在一起。

除了那双带着善意的眼睛，一模一样的长相和声音，他想不到还有什么完全相同。

他多想要问个清楚，可是每一次她都不肯和他多说半句话，也许只能趁着现在……常亦宁刚想要发出些声音，就吸引杨茉看过来。

耳边就又听到一个声音："怎么样？"

若不是能影影绰绰看到个人影，他几乎分辨不出这个声音是谁，不是因为他不认识这个人，而是没想到这个人和她说话时是这样的模样。

那么的温和那么的柔软真的是那个在外面板着脸，威风凛凛的康王爷？

想及眼前站着一对璧人，常亦宁立即闭上了眼睛，他宁愿装作昏迷不醒，也不愿意面对这样的情形。

原来在他心中还是无法接受杨茉兰已经嫁给了别的男人。

那种酸涩一直都在他胸口蔓延，在那里挣扎着想要从被扎破的口子喷出去，让他觉得说不出的疼，可是他却不能喊出声。

这是他最后的一点点尊严。

他不能失去最后的尊严，不是因为他仍旧自恃清高，而是万一失去之后，他不知道余生要怎么度过。

完全承认杨氏已经深深地扎在他心里，他的后半生将会生不如死。

现在他很有可能会立即就死，他却没有了和杨茉兰说话的机会。

看到周成陵，杨茉觉得浑身上下都松了口气，曾几何时只要和周成陵对视一眼，她心里就有一种说不出的踏实，杨茉道："还不知道，据我看来是没有伤到心脏，否则不能支撑到这里，这一路流了不少的血，也不知道能不能救得活。"

"岳父那边我刚去看过，白老先生说情形还算好。"

杨茉点点头，可是忍不住眼泪掉下来，她的手放在常亦宁身上，所以她只能抽鼻子。

周成陵抬起手将杨茉脸上的泪水擦干。

这样温和的举动让杨茉更加抑制不住心头的酸涩："从我父亲肚子里拿出的那些东西，没有一个是能吃的，我就想，他怎么能对自己那么狠心。"

周成陵将杨茉搂进怀里，手轻轻地拍着杨茉的肩膀："都会好起来的，一切都会好转，日后我们一起好好孝顺岳父，让岳父安享晚年。"

杨茉不停地点头，好不容易压制住哽咽："外面怎么样？朝廷会不会追究父亲的错处？虽然父亲已经翻案了，若是朝廷以为父亲当年是诈死脱逃……"

"不会，你放心，岳父会安然无恙，朝廷只会体恤，我不会让人再定岳父罪名，我只说有人密报冯皇后的案子另有隐情，我才会追到刘砚田的庄子上，救出了被囚禁的人送来保合堂，我们谁都没想到这个人是岳父。"

要不是提前知晓了父亲被折磨得不成人样，她也认不出周成陵让人抬来的就是父亲，父亲如今瘦骨嶙峋，已经像是变了个人。

第二十二章 真相

外面传来脚步声，杨茉从周成陵怀里抬起头来。

秋桐捧了干净的长袍进来给杨茉套上，杨茉的一只手不敢离开常亦宁的伤口。

张戈看到杨茉苍白的脸色："师父，不然让我来按压，你换换手。"

杨茉摇摇头："不行，这样一换不免又会有血淌出来，还要增加产生血栓的可能，我们不能冒这个险。"

周成陵也换上衣袍，站在一旁揽住杨茉的腰身，让她借着他能舒坦些。

常亦宁听着周围的声音，平心而论，如果是他，他不会让杨茉兰这样行医治病，他会觉得一个女子抛头露面已经是伤风败俗，更何况身边有这么多男人，而且还要给他这样的人治病。

周成陵心胸开阔，所以才能让杨茉兰嫁给他。

他是配不上杨茉兰，幸亏杨茉兰没有嫁给他，否则不知道进了常家会是什么样的境遇，忽然之间他好像回到了几年前，他走在杨家祖宅的小路上，周围是盛开的大玉兰花，被风一吹如同飘落的雪片。

无论走到哪里鼻端都会闻到花香，淡淡的花香沁人心脾，他多么希望能永远留在那里，因为那里还有一个他想远远地看着的人。

"张戈，"杨茉忽然抬起头，"叩击心脏，快……"

她能明显地感觉到常亦宁的心脏在颤动，若不立即纠正血循环就会心跳停止，常亦宁就会死。

张戈来不及多想，就像平日里练习的那样快速地将左掌放上去，一拳打下来。

"心肺复苏。"

木板上的常亦宁顿时被按压得上下颤动。

"血来了，血来了。"

常大太太听到声音立即站起来，转头看过去，保合堂的几个郎中冲过来，她立即感觉到了一股凉气。

"怎么才两袋？"

"都冻在冰里了，不好取啊。"旁边的郎中低声道。

"都怪我，"一旁的小郎中满脸自责，"本来还能拿出一瓶，我……没想到瓶子那么脆，一下子就裂了。"

穿着青色长袍的小郎中满手都是鲜血,看起来十分吓人,他说着话,手指上的血还滴滴答答地落下来。

保合堂里的人都是各司其职,他真怕因为他的原因没有将人救过来。

常大太太现在才知道保合堂救人有多么难,原来不是所有人的血都能随便用的,那个叫胡灵的郎中挑选了那么多人,最后只有一个人的血能给亦宁用。

所以康王妃能救活那么多人根本不是侥幸,也不是骗人,真是用尽全力去救治。

里面诊室的门才打开,常大太太就听到杨茉的声音:"快,先将新采的血用上,将冰冻的血解冻,再找一条静脉,胡灵你过来我这边……"

常大太太脱力坐在椅子上。

常老夫人靠在软榻上,陈妈妈陪着常大太太去了保合堂,平日里管杂事的江妈妈就上前伺候。

"和刘家那边说了没有?"常老夫人有些焦躁,骤然间常家好像就冷清下来,不止是常家,她身边也再没有人围着。

江妈妈声音有些发颤:"说了,那边让老夫人别太着急,他们去打听消息。"

这话听起来像是敷衍。

常老夫人皱起眉头:"没有别的话?"

江妈妈停顿了片刻:"刘夫人问,五爷死了没有。"在她看来刘家根本不在意老夫人如今的处境,刘家只是想知道五爷到底有没有死,老夫人为了刘家做了这么多事,就没有换来一句关切的话。

"五爷那边怎么样了?"常老夫人静静地坐了一会儿忽然问出口。

江妈妈摇摇头,还不知晓,说着偷偷地看了老夫人一眼。

常老夫人脸上已经没有了和五爷说话时的恨意,此时此刻不知道老夫人是想要五爷活下来,还是想要五爷就这样死了。

也不知道朝廷那边会不会来抓老夫人。

江妈妈想到这里就觉得心中忐忑难安,她跟着老夫人这么多年,大老爷死的时候她还没觉得常家完了,现在她却觉得,常家已经到了家破人亡的地步,不管五爷是死是活,都不会有昔日的光景。

刘家也是一片灯火辉煌,常亦宁被送进保合堂就不是一件好事,杨氏的难缠刘砚田是清清楚楚。

若没有杨氏,他就不用担心半个死人般的杨秉正能活过来。

"常家会不会告常老夫人?"刘夫人最担心的是这个,这样常老夫人可能会牵连出刘家。

刘砚田摇头:"大周律中,祖父母有不告之条,再说常亦宁是长孙,在期服之中,就算常亦宁死了,也不会如何,就算要论罪也要查个清清楚楚,等到那边查明白,杨秉正的事早就过去了。"

刘夫人刚安下心来,外面的管事来道:"老爷,庄子那边让人查封了。"

刘砚田眼睛几乎竖立起来:"什么时候的事?"

"刚刚……刚刚,"管事道,"才传回来的消息,不只是那一家庄子,我们家京中所有的庄子都被封了。"

查封刘家的庄子,不可能不问他的意思就下手,他怎么半点风声都没听到:"是谁办的?凭什么这样办?"

管事结结巴巴:"是……是……顺天府的兵马。"

葛世通,该死的葛世通,刘砚田只觉得一团热气顿时撞向他的胸口。

管事这边还没从屋子里退下去,门上就有人来禀告:"右春坊的程大人求见。"

刘砚田命人将程瑞引到书房坐下,程瑞脸色苍白将手里的奏折递过去:"阁老,出大事了,言官上了奏折,将冯皇后的事翻出来,说冯皇后是被人冤枉的。"

冯阁老谋反的罪名已经坐实,没想到现在却有人拿冯皇后来说事。

"陈芝麻烂谷子的事,是谁翻出来的?冯皇后已死,死无对证他们能怎么样?"刘砚田冷笑,"自从皇上继位,言官就一直碌碌无为,但凡有事不过是做做样子,谁能真的参奏?就将他们的奏折压下来,谅他们也闹不出什么大事。"

"这件事学生看来也没什么可怕,"程瑞说到这里顿了顿,"令学生担忧的是,那些言官将冯皇后和杨秉正没死的事放在一起来说。"

两件事连在一起,若是内阁不理不睬就是将杨秉正没死的事压下来,刘阁老很容易被人诟病是有意避开,本来就有奏折说,杨秉正是被囚禁在阁老的庄子上。

言官要真的闹一闹就没音了还好,万一这些人不死不休该怎么办?他现在已经不能不这样去想,最近不管是康王带兵去保定府,还是康王妃建了养乐堂,或是兵部每天如同雪片一样的奏折,朝廷都已经不是一潭死水,他怕这把火会一下子烧起来。

从保合堂开始,一直烧到皇上面前。

刘砚田看到程瑞苍白的脸色:"你到底有什么话想说?"

"太医院,"程瑞半晌才道,"太医院的事阁老知晓吗?"

太医院看似掌事的是丁院使,丁院使却事事都听康王妃的,他去杨家打听消息,发现杨家门口聚了不少的人,大家都提着灯笼等在那里,他也是那时候才知道,京中许多达官显贵都知晓杨秉正还活着,他当时还以为康王和王妃疯了,竟然到不管不顾的地步,后来去衙门里见到言官的奏折他才知道,原来言官已经上折子禀告了杨秉正的事,然后是顺天府葛世通的折子。

也就是说,康王和王妃没有隐瞒杨秉正还活着的消息,并且立即请了太医院来诊治。

"依学生看顺天府敢这样封了阁老的庄子,就是有所依仗,言官这么快就上奏折,也不是一件好事啊。"

他是怎么也忘不了杨家门前的景象,多少年了他都没有遇到这样的情形,明明不关那些人的事,那些人却那么关心。

就是怕这种关心,好像牵一发而动全身,让他不得不心存顾虑啊。

许多上奏折的御史都聚在于世贞家中，奏折送上去之后于世贞再也坐不住了，按理说不管怎么样他们已经动了笔，到底能不能行就不关他们的事，可是这一次于世贞总觉得身体里有一样东西要跃出来。

送走了同僚，于世贞一路去了葛世通府上。

"杨秉正真的还活着？"于世贞见到葛世通径直问过去。

葛世通点头："杨家祖宅外等了不少人，于大人没有过去看看？"

于世贞一脸的羞愧："只是上了奏折，有些事没有弄明白，不敢随便就去瞧。"

葛世通脸上露出讥诮的神情："大人是怕沦为政局变幻的棋子，所以才满心担忧。"

自从本朝皇上登基以来，朝廷政局就没稳下来过，走了一个冯国昌又来了一个刘砚田，康王更是早早就被搅和在其中，他们是小小的御史，朝堂上见不到皇帝，私下里也不想攀附党羽，算来算去也只能明哲保身无所作为。

听说杨秉正被囚禁的事，他们按捺不住上了奏折，可是他们又害怕是康王有意要对付刘砚田用的手段。

葛世通站起身来："不如我陪大人一起去杨家看看，看看康王和王妃到底是什么样的人，是不是大人心里担忧的那样。"

于世贞好久没有在大半夜出门了，这样披星戴月就为了证实心中所想，连轿子也来不及坐就这样驱马前行，好像终于要有事做了。

为官这么多年，每次回到族中，族中子弟向他打听，朝廷中有什么大事，族中子弟让他指导个前程，他都闭口不谈，好像他是一个多么刻薄的人，其实他是无话可说，不能说他只是个混吃等死的官员，更不能说所谓前程就是结党营私，做权贵的走狗。

他只有闭紧他的嘴。

谁不愿意衣锦还乡，在宴席上说说自己的丰功伟绩，谁又愿意让多少只眼睛看着，露出失望又怀疑的目光。

"到了。"

不知不觉中前面的葛世通已经停下来，于世贞也勒紧了缰绳。

突然看到眼前的灯笼，他还以为走错了地方，这是在京城中？

一盏盏的灯将街面都照得通亮，他这样端坐在马上都觉得羞愧，他做了什么事能这样大摇大摆地闯进来。

他甚至都不相信杨秉正居然还活着。

"不知道药够不够用？"有人低声道。

"等着吧，若是不够，我们就送过来。"

"保合堂万一用那些新药，我们也没法子啊。"

到处都是议论的声音。

"杨老爷那边还没消息，那个常五爷康王妃还要救吗？"说话的人顿了顿，"那个常家不就是欺负王妃的常家？"

"啧啧，若是我定然不会救了。"

对常家的事于世贞也有耳闻，他惊讶地看向葛世通："常五爷？他们说的是常亦宁？"

听着口气也就是常家，葛世通颔首："我们进去问问就知晓。"

康王妃一个女子，竟然有这样的胸襟肯救常五爷。

于世贞随着葛世通一起进杨家，他和葛世通是十几年的情义，当年进京赶考，葛世通救了他一命，两个人因此论了兄弟，因为佩服葛世通的为人，他特意将自己名讳里加了一个"世"字，所以踏进杨家大门，看到来来往往忙碌的医生和郎中，于世贞才明白，他不是不信葛世通的话，他是给自己找一个借口走进杨家，亲眼看看。

本朝皇帝在位这么多年，可真的还有杨秉正这样的臣子？

"杨大人怎么样？可能进去看看？"葛世通上前询问。

被问到的小郎中皱起眉头："不行，外面人不能随便进去。"

"看一眼就好。"

小郎中声调高了几分："你当这是什么地方？康王妃刚给杨老爷做完手术，你没看到连我都不能进去？"

就这样被顶回来。

于世贞还没见过这样厉害的小郎中，完全不看他们的穿着，就这样挺着腰板做他该做的事。

连个小郎中都知道该做什么，他们这些官员却缩在壳里浑浑噩噩地过日子。

于世贞如同做梦一样呆呆地站着，看到许多人来来回回端着血水和被血浸湿的布巾。

他的脸色越来越难看，鼻子里不是药味就是血腥的味道。

里面诊治的真是一个女子？真是一个贵为王妃的女子？这个女子带人去军营，去治那些被伤得血肉模糊的兵将？

他还用进去看吗？

没有几分的傲骨怎么能养出这样的女儿，他终于知道为什么那么多人信康王妃，为什么那么多人会不分日夜守在门口只为听杨秉正一个消息。

于世贞看向葛世通："世通兄别问了，我信了，我是真的信了，"见到这些人，谁还会不相信，说到这里，于世贞道，"康王爷在哪里，我能不能拜见康王爷？"

他向来看不上宗室，他觉得那些人能看到的就是利益权柄，可是能包容这样的女子，能够张开翅膀为这样的女子遮风挡雨，可见康王是个胸襟宽广的人，康王要接受、理解康王妃的作为，这样才能夫妻同心。

阿玖道："我们王爷在里面帮忙照应杨老爷呢。"

于世贞立即弯腰："劳烦小哥通禀一声，就说御史于世贞求见，我们将奏折已经递去内阁，现在还没有消息，不知接下来要怎么办才好。"他想要听听康王爷的意见。

阿玖颔首："那我就将话传进去。"

不多一会儿，阿玖去而复返："于大人，我们王爷说了……"

听到这里于世贞的心脏顿时慌乱地跳起来。

"我们王爷说了，若是战事他还能帮忙分析战局，若是政事他也能权衡两句，若是御史言官的事，他就管不了。"

一句话，听得于世贞额头上的汗冒了出来。

武将能用兵法，文官能用计谋，唯有御史言官不能用这些东西，他差点忘记了这一点，御史监察朝廷和官吏的失职，黑就是黑，白就是白，若是不能抱着直谏的心思，就不能称为是一个御史言官。

所以康王爷才会说，御史言官的事他管不了，王爷不愿意用权力来要挟左右言官。

好久没有听到这样的话。

就像在寒冷的夜里喝了一杯烈酒，让他整个人又辣又热。

于世贞一把拉住葛世通，将葛世通吓了一跳。

于世贞的眼睛格外亮："世通兄跟我走，去我府上，我要连夜联系御史言官，我们要接着上奏折去上清院。"

两个人说着话向外走去，刚走过青石路，就听到旁边的小屋子里传来女人的哭声："我的儿，我才知道，都是刘家，是我儿要告刘阁老囚禁杨大人，刘家才想方设法要杀我儿，这是我亲耳听到的啊，陈妈妈你说到底是怎么回事？刘家到底和老夫人说了些什么？"

于世贞诧异地看向葛世通。

葛世通颔首。

没想到刘阁老会做出这样的事。

于世贞停下来听着里面人说话的声音。

陈妈妈的手臂被常大太太紧紧地攥着，常大太太的手指仿佛要陷进她的皮肉里。

常大太太眼睛通红，早已经没有了平日的模样。

"陈妈妈，你也是看着五爷长大的，现在五爷说不定就会不明不白地死了，你怎么忍心？你怎么忍心眼睁睁地就这样看着？"

陈妈妈嘴唇哆嗦着，她是眼睁睁地看着老夫人将毒药放进杏仁羹里，又看着老夫人用剪子伤了五爷，她早已经吓得失了分寸，她都不记得到底怎么陪着大太太来到这里，她从头到尾都没有想着留在家中服侍老夫人。

她究竟还是不能承受老夫人这般作为。

五爷伤得重，身上的血几乎都淌完了，就连康王妃这样的神医都可能救不回五爷……她现在是不是还要替老夫人和刘家隐瞒。

陈妈妈的嘴唇翕动了两下。

到底要怎么办，怎么办才好。

常大太太撕心裂肺地痛哭，目光仓皇、害怕，仿佛要从她那里得到一点点的安慰，避开杨家的人，她忍不住要问个清清楚楚，到底是为什么，自从亦宁受了伤，她只要想起常家的宅院，就好像是一只野兽张开大大的嘴巴，等着将她一口吞下去，她连回常家的勇气都没有，现在她只想亦宁能好起来，她们母子远远地离开京城，远远地离开常家那个地方。

"大太太，"陈妈妈哆嗦着开口，"是刘家……都是刘家的错，老夫人也是被骗了，有些事您是不知道，就连奴婢也是只知其一不知其二……"

"到底是什么事？"常大太太惊诧地看着陈妈妈，"到现在你还瞒着我？您是知道杏仁羹里有毒，你是不是也帮着老夫人要害死亦宁？"

陈妈妈急忙摆手："没有，没有，太太千万不要这样想，奴婢哪有这样的心思，奴婢也是偶然间才知晓老夫人将毒药藏在一只镯子里，老夫人要那只镯子，奴婢就起了疑心，所以五爷要将杏仁羹吃下，奴婢才会开口阻止。"

原来早就准备好了毒药，常大太太想要转头看向背后，看看是不是有一双冰冷的眼睛在盯着她："为什么老夫人会那么狠，要害死自己的亲孙儿？"

陈妈妈脸色一阵青一阵紫，好半天她才咬牙道："因为老夫人觉得，大老爷不是她亲生的儿子，刘阁老才是。"

常大太太惊愕地睁大眼睛，外面的于世贞也诧异地和葛世通对视。

没想到还有这种事。

陈妈妈道："当年刘老夫人和老夫人一起生子，刘老夫人生下了先天不足的孩子，老夫人却生下了个康健的孩子，可是谁都知晓老夫人怀相不好，一直在杨家开方调养，就连太医也说，孩子生下来也会先天不足，让常家有所准备……没想到最后生下先天不足孩子的却是刘家老夫人。"

"大太太也知晓，大老爷身子素来不好，我们家中才会人丁单薄，老夫人对这件事一直耿耿于怀，还说当年明明看到自家包裹孩子的襁褓到了刘老夫人手上。"

常大太太算是听明白了，老夫人是怀疑杨老夫人帮着刘家换了常家的孩子，她嫁进常家这么多年，竟然没有听到一言半语。

"怪不得，"常大太太絮絮叨叨，"怪不得，我们老爷死了，老夫人一点都不着急，反而让人去打听刘阁老有没有受牵连，原来……原来在老夫人心里，我们老爷和亦宁都……都不是常家子孙。"

于世贞第一次听到这样荒唐的事，难道刘阁老也觉得他是常老夫人所生？所以才会指使常老夫人杀孙？

如果刘家长辈知道这件事会怎么样？

止血，缝合，源源不断的血输进去，杨茉最害怕的事还是来了，大量的冷冻血造成常亦宁的体温非常低，不能再用冻血浆，否则心脏会承受不住。

"体温太低了。"杨茉道。

魏卯几个更不知道要怎么办，虽然跟着师父做了不少的手术，可是和平日里诊病相比，还是少之又少，而且手术中出现的情况最多最急。

"用温水袋，将盐水加温冲洗伤口，"杨茉看向济子纂，"济先生，我们要快些缝合。"

济子纂有些担忧："接着手术？"

杨茉点头："发生低体温症的时候，病患身体冰冷说明病患还相对安全，我们要快些止血然后配合魏卯他们让病患体温逐渐升高到正常。"

没有谁比康王妃更加冷静，可是同时康王妃又肩负着所有的压力。

她就是能让身边所有的人都听她的吩咐，就是能让所有人齐心协力救治病患。

好像只要有她在就没有做不成的事。

济子纂顿时又打起精神。

连续两台手术下来，杨茉已经筋疲力尽，还好常亦宁没有出现太厉害的输血并发症，常老夫人的剪刀也没有刺破心脏，否则她也是没有办法。

可见在下手的时候常老夫人心里还是有些犹豫，常亦宁也算因此捡了一条命。

从手术室出来换下衣服，杨茉几乎虚脱地坐在杨秉正床边。

天早已经亮了，阳光透进屋子，梅香让人搬来屏风遮挡，不至于让屋子里的视线太过刺眼。

杨茉望着床上的杨秉正发呆，梅香低声道："王妃，不然您先歇一会儿，奴婢在这里照应。"

杨茉似是没有听到，不知道在想什么。

梅香顿时有些着急，抬起头看向秋桐。

秋桐上前道："还是让王爷过来劝几句，这样下去可怎么得了？老爷还没醒过来，先将王妃累倒了。"

梅香点点头，秋桐刚要去找周成陵，内室里帘子掀开，周成陵已经大步走进来。

屋子里的下人忙退下去。

手突然被人拉住杨茉不禁吓了一跳，刚要站起身来，转头看到已经换了家中长袍的周成陵，周成陵目光格外柔和，甚至连头上的金冠都已经取下来，换成了温润的玉冠，这样温暖的感觉仿佛将她的心也熨平了。

"你去歇歇，"周成陵将杨茉揽在怀里，"我将外面等消息的人都送走了，让魏卯几个轮流照应，这不是一时半刻的事，往后还要靠你支撑。"

杨茉摇头："回去了我也睡不着。"

"大周朝有第二个和你一般医术的人也不会劝你，你累倒了，我会想方设法将那人请来给岳父诊治，"周成陵说到这里板起脸，"若是岳父因此有个差错，就是我没有安排好，你是要我一辈子受埋怨？"

杨茉红着眼睛摇头。

"那就去歇着，"周成陵说着将杨茉的手拉起来，"手抖成这样子还能做什么？你就这样熬在这里，成心让我看着难受。若是岳父醒了，我就让人去喊你，这时候不能像个孩子一样，不听话。"

周成陵这样说，她不知道该怎么反驳他，好像她再拒绝就真成了孩子。

杨茉这才答应："你在这里，朝廷里的事怎么办？"

周成陵道："已经安顿好了，顺天府已经去查刘家的庄子，刘砚田也使不出什么花样，御史言官那边奏折递去上清院，牵扯到冯皇后，皇上也不会轻易罢休。"

没有一个男人愿意被扣上妻子不洁的名声，更何况当朝天子，九五之尊。

周成陵将杨茉送到内室的榻上歇着。

杨茉躺下来不停地向外面看去。

"没关系，外面有魏卯和萧全呢，"周成陵十分耐心地揉按着杨茉的手指，"闭上眼睛，等你睡着了我就出去。"

周成陵这样待她，让她不知道说什么才好，从前她还担心周成陵想要的太多，在他身边她恐怕会被束缚，现在她才明白，她开始就没他看得那样透彻，周成陵才像那个已经看透古今的人。

以前她就想过，不知道哪天身边会有个人跟她说："别怕，有我护着你。"

现在终于有了这个人，她却差点就亲手将他推走。

"在想什么？"周成陵好像看透了她的想法。

杨茉嘴边浮起笑容："我在想，如果我没答应嫁给你会怎么样。"

她话音刚落，他的声音就响起来："那我就再求，"他缓缓地道，"我先祖就说过，求自己喜欢的女子，就不要在意脸面。"

杨茉霍然笑了，她觉得自己有点神神叨叨的，就这样拉着周成陵说话，周成陵也这样陪着她说乱七八糟的话。

这个时候正是周成陵该忙的时候，他却留在她身边，杨茉闭上眼睛，立即就睁开来。

她那双眼睛本来带着困意，一眨眼的工夫就满是恼怒。

周成陵看着不禁一怔，刚要询问。

杨茉已经开口："我做了一个梦？"

"眨眼的工夫就做了个梦？"

杨茉点点头："梦到你和一个漂亮的小姐下棋，我还笑着给你们端点心，我想我应该生气才对，你不是答应过我绝不会动纳妾的心思。"

周成陵想了想就失笑，杨茉以为他会说她拿个梦来兴师问罪，周成陵却道："你就没看看清楚，那位小姐可长得似你我，说不定是我们的女儿，老人都说怀孕的时候会做胎梦，该不会你这是胎梦吧！"

梦到和自己女儿争风吃醋？

"不可能。"杨茉讪讪地笑，向被子里缩了缩脖子。

周成陵将手顺着被子伸进去。

杨茉脸红地看向门外："不怕被人看到。"

"别动，别动，"周成陵的手摸上她的小腹，低下头在她耳边柔柔地道，"你要小心点，说不定我们真的有了。"

不要脸，要有也是她有，他能有什么。

"怎么说？"刘夫人低声问打听回消息的小厮。

小厮道："听说救活了。"

刘夫人胸口顿时一阵"突突"乱跳："说清楚，谁活了，是杨秉正还是常亦宁？"

小厮躬身道："只说……都……都活了，围在杨家的人听了消息都已经走了。"

她想了好几种结果，这是最差的一种，哪怕死了一个老爷都会安然无恙，现在两个人都活着，要怎么办才好。

刘夫人刚想到这里，外面的妈妈进来道："夫人，族里的三老太太来了。"

三老太太是刘氏一族在京中唯一的长辈，刘夫人平日里就敬着几分，不知道为何今天突然会上门，刘夫人想着立即带着人迎出去。

三老太太让三太太搀扶着进了屋子，几个人刚坐下，刘夫人正要向三老太太问好。

三老太太抬起眼睛看过来，冰冷的目光顿时将刘夫人看得心中一凉，三老太太皱着眉头："你可听说了外面的传言？"

难不成是杨秉正的事？三老太太怎么会问这件事。

刘夫人急忙道："老太太是问朝廷上的事？媳妇可是半点也不知晓。"装作一无所知是最好的法子。

"朝廷上的事轮不到我来问，"三老太太向来不喜欢刘夫人八面玲珑的模样，谁都是从年轻时过来的，年轻人的一举一动逃不过她们的眼睛，尤其是当着她的面要些小心机，她看到了只会觉得可笑，"我是问你常家的事。"

常家？突然听到这话，刘夫人眼睛顿时一跳，慌忙道："老太太您是听说了什么？"

"常家和刘家易子，刘家都快成了笑话，我问你，这里面的事你到底知道多少？在族里长辈追究起来之前，快说个清楚。"

这事三老太太怎么会知道？

刘夫人额头上的头发几乎要竖起来。

不可能，不可能，常老夫人不会随便去说，她们更是将消息捂得严严实实，没道理一夜之间闹得刘家族中都知晓。

"街头巷尾都在传，你们老爷用小时候包裹的褓褓去常家认亲，常老夫人为了这事差点杀了常亦宁，如今常大太太连常家也不敢回，"刘三老太太冷冷地看着刘夫人，"别跟我说你都不知晓。"

刘夫人方才还心存侥幸，听得这话彻底分寸大乱，刘夫人开口就带着颤音："老太太，媳妇是真的不知道啊。"

三老太太一下子站起身："不见棺材不掉泪，等常家的事闹起来，看你们怎么说，族里的长辈就在路上，不想做刘家的子孙也容易得很。"

刘夫人觉得腿脚发软："老太太，外面的传言不可信啊，那都是陷害老爷的，我们老爷生在刘家怎么可能不是刘家子孙，这是哪里的话？"

三老太太道："你我说也是无用，等着族里来问吧。"

看样子她是怎么也拦不住三老太太了，刘夫人急忙跟上去差点摔在地上。

三老太太却看也不看她一眼，抬脚就向外走去，刘夫人一路将三老太太送到垂花门，还没将三老太太送上马车，只听到外面有人道："刘夫人可在？我是常老夫人身边的人，想要见刘夫人。"

刘夫人的脸色顿时变得苍白。

常家人怎么偏偏这时候过来。

这样一来她就是长了八张嘴也说不清楚。

三老太太转过头来，厉眼看着刘夫人："我就不明白，刘家待你们哪点不好，你们老太爷、老夫人去得早，族中长辈却一直对你们多加照应，否则哪来你们的今日。就算是养条狗也要养得忠心耿耿，谁若是朝三暮四，连父母、祖宗都能卖，就是猪狗不如的东西。"

刘家三老太太在刘砚田府门前破口大骂，虽然没有明着骂刘砚田夫妻两个，却也将刘夫人臊得抬不起头来。

这些消息很快就传遍了京城。

整件事和常家有关，常大太太听了之后却觉得心里很痛快，老爷已经死了，现在连亦宁也是生死不明，她一个妇道人家怕什么，如果刘砚田站在她跟前，她就拼死了一头撞过去，她不怕，什么都没有的人哪里顾得上要脸面。

常大太太正想着，就有人来道："大太太，刘家一位太太来了，说是要问您几句话。"

刘家人？

听到这几个字常大太太就气得发抖："就说我不能去，我要照应亦宁，"说到这里常大太太脸红起来，"这是在杨家，他们要做什么？赶尽杀绝也不能到杨家来闹，堂堂一个阁老，要对付我一个寡妇不成？"

"我们常家已经闹得家破人亡，他们怎么还不放过？就算是被换了孩子，我们老爷也是委屈着的，"常大太太惊恐地看着周围，"还要怎么样？他们还要怎么样？"

刘三太太站在屋外，听得常大太太如同发疯般的声音不由得有几分尴尬，杨家院子里有不少的人，这些人听了不知道会怎么想刘家。

刘三太太是三老夫人的媳妇，三老夫人让她去常家打听情形，这种事谁都不愿意出面，可是事到临头她也是没法子，只好硬着头皮来杨家。

整件事牵扯了三家，常家、刘家和杨家，正好常大太太在杨家，这样也算是一举两得，没想到常大太太还没见到，脸上就好似被掴了一巴掌。

刘三太太就看向旁边的杨名氏："能不能见见家里的姨娘？"

没办法，康王妃在休息，她也见不到，只能见陆姨娘。

这件事躲也躲不掉，杨名氏朝着刘三太太点头："三太太随我来吧！"

刘三太太进了陆姨娘的院子，陆姨娘换了衣服正准备去前面看杨秉正父女，见到刘三太太很是诧异。

几个人进了门，刘三太太就开口："我也不瞒姨娘，有些事还要问姨娘，杨老爷……"

提到杨秉正，陆姨娘顿时哭起来。

刘三太太问不出什么，只好将看到的回去禀告给三老太太。

"看来是真的了，若是别人闲言碎语，决计不会编得这样严丝合缝，常大太太也不知我在门外，只听说是刘家人就喊起来……杨家的姨娘哭得不成样子，"刘三太太看向三老太太，"娘，我看没什么好问的了。"

三老太太整张脸都沉下来："那就让族里来处置，我们刘家的名声不能就这样毁于一旦，这消息是常家散出来的，就像老太爷说的那样将常老夫人请过来说清楚。"

这是要将事闹大了？三太太有些惊讶。

三老太太话音刚落，就听外面的妈妈进来道："老太太，宫里的内侍来问话了，奴婢在外听着大约是问易子的事。"

皇上不可能会在意这样的传言，而是因为这件事牵扯到了杨秉正被囚禁的案子，三老太太顿时觉得一阵寒意："这件事不能遮掩了，要弄个清楚，若是谣言也就罢了，不是谣言……我们家就要和刘砚田分别开来，免得让刘砚田牵连了整个刘氏一族。"

因为杨秉正的案子和冯皇后是连在一起的啊。

冯皇后果然在宫中藏了男人也就罢了，若是被陷害，就等于是欺君之罪。

刘砚田富贵的时候没想着刘氏族里，现在出了事刘氏族里也不想跟着陪葬，冯党倒时的惨状还在眼前，冯氏一族被杀得干干净净，不管是什么人一眨眼都会变成孤魂野鬼。

三太太听得发抖："那要怎么办？"

三老太太道："我有个法子，就让老太爷用家法，逼出实话来，日后怎么决断就看皇上的意思。"

三太太不明白："皇上要怎么知道？"

三老太太看了看左右："让老太爷千万要将内侍留在府中，我在内室里设下屏风……"最好的办法，就要让内侍自己来听。

刘三老太太先让人去请常老夫人，转头对刘三太太说："常老夫人推辞，你就说有些事说清楚最好，否则恐怕传言压不下去对阁老不利。"

刘三太太有些踌躇："这能行吗？"

这件事八九成是真的，常老夫人将阁老当做亲生儿子必然会前来。

听到常老夫人过来的消息，刘三老太太顿时松了口气，这步棋他们是下对了。

刘砚田走进屋子就看到对面遮挡下来的屏风，他不由得皱起眉头。

周成陵在朝廷内外搅和，让他已经难以应付，没想到刘家长辈也按捺不住，非要他现在来说个清楚。

刘砚田上前给刘三老太爷请安。

三老太爷皱起眉头："论理说这些话不该我来问，毕竟我不是你的长辈，又不是族长……不过族中有信送来，定要让我先问，我也只好将你叫来。"

牵扯到族里，如何都要应付，刘砚田躬身道："砚田在京时老太爷多有照应，在砚田心里就是嫡亲的长辈。"

三老太爷点点头："那我就问你，你和常老夫人到底是怎么回事？"

刘砚田脸色难看，整张脸都紧紧地绷着："老太爷，您不会相信外面那些传言吧？"

"传言？"三老太爷声音一下子高起来，"常五爷被伤，常大太太在杨家说的那些话也是传言？那是你三弟妹亲耳听到的。"

刘砚田满脸气愤："常家的事与我有何干？即便是常五爷真的被常老夫人所伤也是常家自己的事，常家人疯癫了也要怪在我头上不成？"

刘砚田的声音格外高昂，仿佛将整个屋子震得嗡嗡直响。

屏风后的常老夫人虽然早就做好了准备却忍不住一阵心寒，她来到刘家也是为了澄清那些传言是假的，只要能保住砚田的名声，她做什么都愿意。

她要费应付常氏族人还要费尽心力向刘家解释，却得来刘砚田这样的话。

她疯癫了。

这几个字就像刀子一样戳进她的心。

刘砚田接着道："我生母的名讳早就写在族谱中，长辈若是怀疑我不是刘家子孙，也要拿出证据来，常家张口胡说，我就放在心上，街上任何一个老妇来认我是生子，我便都要承认了？说什么易子，纯粹胡言乱语，我母亲身边的妈妈将当时的情形说得清清楚楚，要说杀孙也是常家人自己的事，何来牵扯到刘家，三老太爷也别放在心上，常大老爷出事的时候，常家人来求我，我没有应承，想来是因此对我怀恨在心，常家人向来爱故弄玄虚，我从来都是不多理睬，怎么可能突然之间认了常老夫人为母亲。"

"真是天大的笑话。"

刘三老太太听得这话看向常老夫人，常老夫人脸色难看，整个人抑制不住地颤抖，聪明人不会听刘砚田说什么，只会看常老夫人的表现。

刘砚田口不择言着急要澄清，常老夫人脸上是惊骇和伤悲，不管是谁听得这些话都会站起身来质问刘砚田，常老夫人只是这样坐着没有半点要反驳的意思。

这样看来已经再清楚不过。

刘三老太太站起身故意开口："这是什么话，让人听了成什么样子，堂堂阁老怎么能说这种话。"

三老太太看向旁边的下人，下人立即将屏风挪开。

常老夫人望着那两扇屏风，就仿佛是一块遮羞布慢慢地从她脸上挪开，这样所有人都会将她看得清清楚楚。

常老夫人想要紧紧地攥住屏风却已经来不及，她只能紧紧地握着手，几乎将手指握碎。

刘三老太爷和刘砚田的目光还是落在她脸上。

她心里早已经将刘砚田当做亲生儿子，哪有儿子这样辱骂生母的，不只是她心痛，刘砚田也会觉得羞愧。

刘砚田的羞愧只会让她更加难过。

不过是面对面的距离，母子却不能相认，自从伤了亦宁，常老夫人翻来覆去地想着和刘砚田见面时的情形。

到底是母子两个相拥痛哭还是见面手足无措不知话该从何说起。

她没想到会面对这样的情形。

常老夫人转念间思绪万千，她目光复杂地和刘砚田对视，可是一瞬间她却怔愣住了，仿佛有一桶冰水从她头顶最热的地方浇下来，将她整个身体都冻住。

刘砚田的神情很是单纯，只是惊骇并没有半点的悔意，紧接着那双眼睛就透出精明的目光，躲开她径直看向刘三老太太："这是怎么回事？"

常老夫人觉得哪里错了，她所有的想象一下子化为灰烬。

这到底是怎么回事，为什么刘砚田没有半点言不由衷的模样，好像他方才说的那些话都是出自他的本意。

好像她就是刘砚田口中那个疯了的常家人。

她就是个疯子，一个随便认别人孩子的疯子，一个伤了自己亲生孙儿的疯子。

常老夫人不想开口，可是她忍不住张开嘴："你刚才的话是什么意思？你说常家故意陷害你？常家为何要陷害你？我什么时候求过你救常大老爷？你以为我真的是个疯子？"

你以为我真是个疯子？难道从头到尾你都认为我是个疯子？这是她最想问的话。

常老夫人眼睛里仿佛能冒出血来。

刘砚田甩甩袖子："你是受人指使还是另有隐情我们并不知晓，总之整件事与我们刘家无关，"说着刘砚田深深地看向常老夫人，"老夫人该向别人说清楚，这样一来我也免得受长辈盘问。"

刘砚田没有半点的悔意，面不改色地在她面前说出这种话，不知怎么的常老夫人就想起跪在地上磕头的常亦宁。

两个人那么的不同，一个态度冰冷，一个目光虔诚，常亦宁端着那碗杏仁羹时脸上是那种无奈又心酸的神情，目光里满是渴望，渴望她能开口制止，她什么也没有做，只是静静地看着，因为她的眼前是一幅她和亲生儿子在一起母慈子孝的情景。

常老夫人仔细地看着刘砚田，刘砚田的脸上只有陌生和冷漠。

她心里仿佛有一根弦被她按下去又狠狠地撞回来，深深地陷入她的胸口，让她血肉横飞。

常老夫人全身的血液都仿佛要涌出来。

怎么会是这个样子，刘夫人在她面前说的那些话，分明是刘砚田已经认了她这个生母，多少次她辗转难眠，想到亲生儿子是阁老，位极人臣她都会笑醒。

现在她却发现这个人离她那么远，站在她根本就够不到的地方，在他心里根本就没有她这个母亲。

"你骗我？"常老夫人瞪圆了眼睛，已经不知道自己在说些什么，假的，假的，难道都是假的。

常老夫人脑子嗡嗡作响，眼前一片花白，几乎站立不住。

刘三老夫人道："你之前找了你母亲身边的赵妈妈？"

刘砚田黑着脸："出了这样的事，府里乱成一团，是赵妈妈担忧自己上门来询问，我也问了几句从前的事。"

现在还嘴硬，三老夫人看向身边的妈妈："去后院将赵妈妈叫来，当着老太爷的面让她说清楚当年到底是怎么回事，免得我们也没法向族里禀告。"

听说赵妈妈在这里，刘砚田的脸色微微有些变化，看向三老太爷："老太爷，我们刘氏一族的事可以坐下来慢慢说，现在还是先将客人送走。"

"闹到这个地步，常老夫人在这里听个清楚也好，若是从前有什么误会，也就解开了。"刘三老夫人说着，下人已经将赵妈妈带过来。

赵妈妈飞快地看了刘砚田一眼，立即就挪开视线。

"说吧，"三老太爷端起茶喝一口，"将当年的事仔细地说一遍，让我们都听听。"

三老太太早已经跟她说明白，虽说她答应老夫人永远也不能说，可是到了这个节骨眼上，她也要顾及自家人的处境，再怎么说他们也是仰仗刘氏族中才有今天。

赵妈妈紧张得手脚冰凉，可是一旦开了口一切就都顺理成章起来："我们老夫人生产的时候，的确抱过常老夫人的孩子。"

常老夫人本来已经暗淡下去的眼睛顿时亮起来，刘家人承认了，她就知道是这样，她没有疯更没有胡乱猜测。

赵妈妈道:"那是因为,我们家老夫人不想让人知道,老爷生下来的时候是……是……"

刘砚田皱起眉头:"这些事你说来做什么?"

赵妈妈本就年纪大了,突然被喊了一嗓子顿时吓得浑身颤动不敢再说话。

常老夫人攥起了手,赵妈妈想说刘氏生下的孩子先天不足,她盼了多少年的真相立即就要被人说出来,她不能这时候放弃。

常老夫人竭力地向前伸着脖子,似是整个人都要从面皮里挣脱出来,说不出的狰狞可怕:"你是想要说,刘氏亲生儿子先天不足,所以才抱了我的儿子,我就知道是这样,我已经亲眼看到,这些年我将这件事藏在心里,就是为了这一天,为了这一天能给我一个公正,我养着别人的孩子,却见不到我自己亲生的儿子,只是因为你们一时贪念让我们骨肉分离。"

常老夫人说到后面声音嘶哑,眼睛也几乎睁裂,她却浑然不觉得疼痛,而是继续嘶喊着。

就是这样,她总算有一天能将这些话说出来。

让所有人听听,让世人听听,她到底有没有发疯。

让刘砚田知道谁才是他的亲生母亲,她做梦也等这一天,只要能有今日,她无论做什么都是值得的。

除了常老夫人的声音,周围一片静寂,所有人的目光都落在常老夫人身上。

没想到常老夫人会变成这个模样,像是疯了般,那双眼睛紧紧地看着刘砚田,仿佛要将刘砚田一口吞进肚子里。

那么渴求,那么奋力,好像见到了这辈子最珍贵的东西,所以牢牢地抓住不放手。

那种模样让人毛骨悚然。

刘砚田也愣在那里,顾不得阻止赵妈妈。

赵妈妈立即拼命地摇头:"不是,不是,不是……不是这样,"说着伸出手来挥舞,"没有换孩子,没有换孩子,真的没有换孩子。"

三老太太道:"到底是怎么回事?"

赵妈妈吞咽了一口,脸色发青:"那是因为,我们老爷生下来的时候多了根脚趾,随了我们老夫人的娘家人,我们老夫人怕族里长辈不喜欢老爷,就想要将常老夫人生下的孩子抱给刘家长辈看,这样鱼目混珠先混过去。"

"那时候孩子刚刚生下来,长得都有几分相像,我们老夫人就想到这样的主意。"

刘三老太太顿时想起来,看向刘砚田:"是因为你祖母做了个梦,说刘家祖宗牌位被一个六根脚趾的人一脚踹碎了,找来道士算了算,说是刘家要败在六根脚趾的后人身上,你外祖父正好长了六根脚趾,那时候你祖母就有些迁怒你母亲,生怕你母亲生下六根脚趾的孩子。"

刘砚田早就听赵妈妈说过这些话,心里已经有了十足的准备,眼睛一跳立即道:"不过是个梦罢了。"

赵妈妈道:"如果是梦就好了,谁知道老爷生下来就是六根脚趾,我们家老夫人吓坏了,才求杨家老夫人帮忙。"

常老夫人听到这里，原本在脑海里的那些情景一下子破碎了："不可能，不可能。"她最清楚常大老爷有没有六根脚趾，常大老爷没有，是好端端的五根指头，照赵妈妈这样一说，常大老爷就不是刘氏的儿子。

如果是这样，那她的儿子在哪里？她的儿子在哪里？

常老夫人全身的血都冲到脑子里，在她脑海各个角落里搜寻记忆。

不对，一定是赵妈妈撒谎，是哪里错了，一定是错了。

刘砚田道："我没有六根脚趾，当年一定是母亲看花了眼，多少年的事了，你也记不得那么清楚。"

话已经说到这里，再隐瞒也没有必要，赵妈妈道："那是因为杨老夫人说，可以用杨家的医术将老爷长的那根脚趾剥掉，到时候就说孩子才生下来太虚弱，需要好好调养，过几日才让刘家长辈仔细地看，我们老夫人就听了这话，这才将常老夫人生的孩子还了回去。谁知道刘家长辈非要看孩子，我们老夫人就说，是常老夫人身上起了疹，传给了两个孩子，孩子都要避光用药，过几日才能看。"

常老夫人手开始发抖，她生过孩子之后见风长了疹子这是没错，紧接着两个孩子都长了疹子，都是经杨老夫人的手治好的。

这件事过了之后，刘氏向她赔礼，她没放在心上，她不在意长不长疹子，她想的是两个孩子是不是被调换了。

赵妈妈立即向常老夫人行礼："老夫人，这是冤了您，我们老夫人当时是看您的孩子也起了疹，才想起这样的说辞，您心里不痛快，我们老夫人也百般赔礼，就是没说六根脚趾的事，没想到您误会两家易子，这是不可能的啊，我们老夫人怎么可能做出这种事。两个孩子是常家和刘家的血脉，如何也不能乱来啊。"

常老夫人听得仔细，然后木然地将目光从刘砚田脸上滑过。

刘砚田整个人更加平静，仿佛早已经知道这件事。

"不可能，你在说谎话，"常老夫人伸出手来指向赵妈妈，"你拿六根脚趾的事来骗我，你以为我是那么好骗的？我的孩子我知道，母亲和儿是血脉相连的，我知道……"常老夫人说着踉踉跄跄向刘砚田走去，"这就是我的儿，我的儿……"

刘砚田向一旁躲开，常老夫人扑了个空差点摔在地上。

刘砚田脸上都是嫌弃的神情："常老夫人，不管有没有六根脚趾，常、刘两家都没有易子，你是误会了家母。"

赵妈妈道："杨老夫人让我们老夫人向您说清楚，谁知道我们老夫人还没说明白就早早去了，所以这件事也就瞒下来。早知道您对此事有疑，我是怎么都会说的啊。"

她藏在心底，藏在心底多年，因为她知道整件事有蹊跷，难道蹊跷就是这个？就是多一根脚趾？

为什么？

为什么？

如果刘砚田不是她的儿子，那么她的儿子在哪里？她的儿子在哪里？

常老夫人晃动着头："不可能，"说着像是想起了什么，"我的儿没有六根脚趾，"

伸出了如同鸡爪般的手向刘砚田抓去,"你将鞋脱掉让我看看,看看你几根脚趾,让我看看,让我看看……"

胡搅蛮缠,他怎么遇到这样的人。刘砚田皱起眉头,常老夫人难不成真的疯了,他不想激怒了常老夫人,免得常老夫人将常亦宁的事说出来。

刘砚田开始后悔,早知道常家人这样蠢,他就不该利用常家。

"已经被杨家人治好了,哪里来的脚趾。"刘砚田向旁边走开两步,看向旁边的家人,刘家家人顿时挡在常老夫人跟前,"时候不早了,快扶常老夫人回常家。"

原来真的有脚趾,真的有。

常老夫人的心顿时沉下去,刘砚田早就知道,从一开始就将她哄得团团转。

什么从小就不被刘家长辈喜欢,什么当她是自家的长辈。

都是骗子,都是骗子。

刘砚田不是她的儿子,那她的儿子在哪里?常老夫人忽然向身边看去,她似是追着自己的影子在屋子里转了个圈。

她的儿子。

常老夫人眼前忽然浮起常大老爷的模样,紧接着是常亦宁从胸口落下来的血。

常老夫人看向自己的手,仿佛那些血顺着她的手落下来,她一直盯着血滴看自己的裙脚。

那么多的血。

她的双手沾满了她孙儿的血。

亦宁,亦宁,她的孙儿。

还有她死在大牢里的儿子。

她一直以为是刘氏的儿孙,没想到都是她亲生亲养。

刘氏的儿子就在她眼前,他正笑着看她,好狠的心,竟然让她亲手杀了她的儿子和孙子。

好狠毒的心肠。

常老夫人举起手,刘家人吓了一跳以为常老夫人要打刘砚田忙要去阻拦。

没想到常老夫人狠狠地打在自己脸上,那一巴掌声音格外的大,发出震耳欲聋的响动,常老夫人将自己打得晃了晃,牙齿咬在嘴唇上,顿时鲜血直流。

"是我没看清楚,上了你的当,"常老夫人半点不觉得痛,伸手又向自己另一侧脸打去,一双眼睛死死地盯着刘砚田,"因为你我没有救我的儿子,让他死在大牢里,你让我以为你就是我的儿子,你让我为了保住你的性命去杀亦宁,你让我……杀了我的孙儿。"

常老夫人说到这里:"我杀了亦宁,我杀了亦宁,我孙儿的血淌了我满身,我杀了他,我杀了他,是你让我杀了他,因为亦宁知道你将杨秉正关起来……"

刘砚田想要跳起来去捂常老夫人的嘴,将老婆子的嘴死死地捂住,让她绝了气,这样就不会顺嘴乱说。

这样就不会将他的秘密都告诉别人。

这个老疯婆子。

"她疯了,"刘砚田看向刘三老太爷,"常家老夫人疯了,在这里胡言乱语,老太爷千万莫要相信,什么易子什么杀孙什么杨秉正,都是她自己想出来的。"

大家正听着刘砚田说话,哆嗦成一团的常老夫人绕开刘家家人,来到刘砚田身边,趁着刘砚田还没注意,一口咬向刘砚田的手臂,就算是死她也要拉着刘家人一起,常家是被刘砚田害成这个模样的。

都怪她没有听亦宁的话,原来她一直被刘砚田蒙蔽。

害她的不是杨家,是刘家。

是刘砚田。

常老夫人想到这里,更加死命地用力咬着。

刘砚田顿时哀嚎一声,伸出手去推常老夫人,却怎么也推不动,常老夫人仿佛已经拿定主意定要咬下刘砚田一块皮肉。

刘家下人忙上前帮忙。

刘砚田的冷汗从额头上淌下来,不管他怎么用力推常老夫人,常老夫人都纹丝不动。

"拉啊,掰她的嘴,快,掰开她的嘴。"

杂乱的声音充斥了整个刘家。

宫中的内侍这时候从屋子里走出来。

看着狼狈的刘砚田,内侍快步走出屋子,他要将刘家的事一字不漏地禀告给皇上。

内侍还没有出院子。

只听到一声尖叫:"老夫人,老夫人,这是怎么了?打死人了,你们打死人了,快来人啊,刘家打死人了。"

常老夫人紧紧地咬着牙,眼睛翻过去,从嘴里吐出血沫,脸色从苍白一下子变成了蜡黄,整个人就这样跌下来。

刘砚田整条胳膊依旧被常老夫人紧紧地抱着,常老夫人晕厥过去也没有放开手和牙齿。

刘砚田如同掉进陷阱的野兽,睁着血红的眼睛怒吼:"都还愣着做什么,快来帮忙,快啊。"

刘三老太太才命人搀扶了常老夫人,就看到常老夫人的裙子湿了一片。

这是,失禁了。

人在什么时候会失禁,到了她这把年纪再清楚不过。

刘三老太太心脏突突乱跳个不停,该不会真的要出人命吧:"快……快去请御医来,快去啊。"

杨茉安稳地睡了一晚,睁开眼睛就准备起床,谁知道人还没站起来就觉得眼前一片晕眩,差点就摔回床上。

这是怎么了。

杨茉皱起眉头,旁边的春和见了立即上前:"王妃是不是觉得哪里不舒服?"

是有些不舒服,但是又说不上来,只觉得胸口憋闷,好像有一口气顺不下来似的,应该是这几天太累了。

"扶我去更衣吧!"

春和忙将杨茉扶起来,将她扶去旁边的套间里。

不多一会儿杨茉从里面出来,慢慢地走到软榻上坐下:"我的小日子过了几天?"

春和仔细算了算:"刚过两日。"

过两日,和她算计的一样,一开始她还以为是困倦,可是怎么想怎么不对,她还从来没有过这样的感觉,精神明明很好,身体却很沉,她的小日子虽然不准,可是她就是有一种直觉……

杨茉看向春和:"你去将丁先生请来。"

丁先生?春和刚要问杨茉到底哪里不舒坦,就看到杨茉伸出手来自己把脉。

一瞬间,春和顿时明白过来,脸上布满了惊喜:"王妃,您是说,您……有喜了?"

她也说不准,毕竟才过了两日,杨茉道:"不要说出去,还是让丁先生先过来诊脉。"若是贸然说出去,万一不是,岂不是闹了笑话,家里人还要空欢喜一场,还是谨慎点好。

春和忙道:"是,王妃说的是,奴婢这就去请丁先生。"

眼看着春和出去,杨茉靠在引枕上,心脏仿佛要从胸口跃出来一样,她心里说不出的欢快。

或许真的被周成陵料中,她之前做的是胎梦,她要做母亲了,她和周成陵就要有孩子了。

丁先生还没来,周成陵先进了屋,还没和她说话就吩咐梅香:"让人回去里,将王妃屋里的两个丫头叫过来伺候,再去献王府跟献王太妃说一声,要两个做汤水的厨娘。"

一连串地吩咐下来,梅香连连领首:"奴婢都记下了。"

杨茉看向周成陵:"还没确定就将大家都闹起来,万一不是,你让我把脸往哪里放。"

"不关你的事,"周成陵说着坐下来,"都是我吩咐的。"

周成陵说着话,眼睛里闪烁着喜悦的光彩,杨茉开始没觉得,现在见到周成陵高兴的模样,心里特别期望真的怀了孩子。

她没做过母亲,对做母亲还没有特别的感觉,就觉得有了周成陵的孩子,他们两个之间仿佛更亲近了些。

靠在周成陵怀里,顿时闻到一股墨香,杨茉不由得吸了吸鼻子:"什么味道,还挺好闻。"

"有什么好闻的,在书房里写了一晚的文书。"

杨茉笑:"奇怪,我从前觉得墨味儿难闻,现在倒觉得香。"

周成陵道:"说不定会生下个会舞文弄墨的孩子。"

言下之意她是不会诗词歌赋的粗人,杨茉要去拧周成陵的肩膀,他却笑着不躲,眼睛晶晶亮专注地看着她。

本来一个精明的人,好似在这时候变傻了。

杨茉也舍不得只是捏了捏周成陵便作罢,手指沿着他的胳膊滑下来,到了他的袖口。

袖口上一大摊墨迹还没有完全干。

"我说怎么会有墨味儿。"

周成陵低头看过去,听到阿玖禀告,他匆忙从书房出来,大约是那时候蹭到的。

"让人找件袍子换上?"杨茉说着四处张望,这才发现屋子里的下人都已经退了出去。

周成陵是从小让人伺候习惯的人，身上的衣服从来都是一尘不染，今天却不甚在意："脏就脏吧，我听丁先生怎么说，这辈子的第一次不能错过。"

周成陵话音刚落，外面传来脚步声。

杨莱要将手从周成陵手里抽走，周成陵却不肯，就这样大大方方地在众人面前牵着她的手指不放。

杨莱脸有些发红，古代对男女之情还是很严肃的，这样的气氛下让人都变得脸皮薄起来，若是在现代，大庭广众之下拥吻的不知有多少。

丁二只顾得要看杨莱的脉象，一眼就盯在杨莱的手腕上，还没坐下来就伸出手指细细诊起来。

丁二皱起眉头诊了好久才松开手："还没怎么上脉，不好说。"

杨莱平静地点点头，丁二来之前她心里已经有了思量，现在怀孕也只是初期，不会上脉，不过她是一个懂西医的人，清清楚楚地知道怀孕的所有过程，按照她的推算应该就是了，何况前两日她还有少量出血，照这样看来很可能是着床出血。

"不过，若是有了身孕，"丁二抬起头，"王妃要仔细调养。"说着沉吟起来。

杨莱道："先生有什么话就说，都是行医之人，没什么好避讳的。"

丁二道："王妃此时有孕不是好时机，王妃这些日子奔波在外，又在保合堂里忙碌，加之杨老爷之事，身体气血虚弱，若是不好好补养，恐对母子不利。"

丁二的话已经说得很婉转，杨莱想起杨莱兰生产时一尸两命的事不由得打了个寒战。

虽说她来到古代已经将身边的事都改变，可不知为什么，这件事还一直压在她的心头。

丁二道："之前白老先生给王妃用过补药？"

杨莱点点头忙让梅香拿药方给丁二看，前些日子她是在吃白老先生开的药，只是这几天忙起来就又中断了。

周成陵道："若是现在立即吃药，情况会不会好转？"

丁二点头："我去和白老先生商量张方子，吃药固然重要，更要注意休养，从今天开始王妃还是少去保合堂，也少接触病患，免得染了病气。"

其实染病气这事杨莱倒不以为然，现代有多少医生都是到临产才歇着，常年在医院工作的人，抵抗力比普通人要高许多。

送走了丁二，杨莱靠在大迎枕上，屋子里很安静，显然丁二的话让大家都紧张起来，杨莱看向周成陵："从今天开始我吃药就是了。"

周成陵看向杨莱，眼睛中已经没有了刚才的惊喜，而是浓浓的担忧："早知道你身体这样，不该着急要你怀上孩子。"

"这些事不是你着急我着急就能成的，有没有孩子都是天意，再说丁二先生也说不准。"杨莱说着握紧周成陵的手。

周成陵正色起来："这些日子好好歇着，外面的事都有我。"

杨莱点头："好不容易怀了身孕，自然要多偷懒，就算你不说我也会趁着这时候歇着，"靠上周成陵的肩膀，杨莱不由自主地笑着，"怎么说也是好事，我们的孩子来了。"

孩子来了，说不定父亲也会醒过来，到时候一家团聚是多么让人高兴的事。

杨茉没有别的感觉，只是觉得很累，眼皮上就像压了一块石头，怎么也睁不开。周成陵像哄孩子一样陪着她躺下来，杨茉依偎在他怀里很快就睡着了，足足睡了两个时辰，再起来杨茉就觉得精神好了许多，一碗药吃下肚，身上又有了力气。

杨茉想要下床走一走，就听到梅香禀告的声音："王妃醒来了。"

紧接着周成陵走进来，坐在杨茉床边，十分熟练地将杨茉露在外面的脚塞回被子。

不等杨茉来问，周成陵道："岳父那边都好，魏卯说引流出来的血也少了，伤口愈合得不错，过了今天就能撤管了。"

杨茉抬起头："撤管的时候我要去看看。"

周成陵没有拒绝："先将汤喝了，吃过饭之后我陪着你过去。"

要求不能太多，否则以周成陵的脾气是不会答应的，杨茉顺从地点点头。

不大一会儿工夫，饭菜就摆在床边的小桌上，杨茉坐在软座上刚要伸筷子。

"想吃什么，我给你夹。"

"哪里就到了这个地步。"

"我病的时候你一直在床边照顾，现在也算是礼尚往来，我要照应你一阵子。"

看着周成陵的侧脸，杨茉含着饭忍不住笑，这也能说成是礼尚往来。

"吃饭，不要笑，"周成陵慢条斯理地吃了一口，在嘴里嚼了几下然后悠然地咽下去，"要像我这样。"

周成陵一直对她吃饭喝水的模样不满，趁着这时候床边教妻，好像她不学，他就会一直教下去。

杨茉只好跟着慢慢吞饭。

不知怎么的，这样静静地吃饭，两个人胃口都好了许多，周成陵加了一碗饭，还吃了好几块点心。

怪不得从前听人讲，怀孕胖了，老公陪吃也跟着胖了，借着怀孕的契机一家人开始发福。

杨茉倒是希望周成陵能胖一些，晚上她总是摸着他平坦的小腹说硌人，她是怕急了周成陵的病复发，明明胖瘦和病情无关，她还是一门心思地想让他更加壮实起来。

吃过饭，周成陵让人将肩舆抬过来。

杨茉不禁吓了一跳，慌忙摆手："这东西我是不坐的。"不过几步路，弄成这样她真没脸去见人了，再说这个肩舆看着就觉得眼熟。

"献王太妃送来的，你不坐岂不是坏了她老人家的心思。"

献王太妃会送肩舆来？她不信，杨茉看向周成陵。

周成陵神情自然地打量了她一眼："太妃说了，我老大不小了，好容易才有了一儿半女，不能大意。"

她就知道是这么回事。

旁边的梅香低声道："王妃您就听王爷的，您有了身孕还见了红，要仔细养着才行。"

前几日见红应该是正常的生理反应，只要吃些药能好转就不会有事。

不过周成陵这样盯着，她也逃不掉，想要走出这扇门就得坐在肩舆上，杨茉不情愿地坐上去，下人慢慢地抬起来将她送到杨秉正歇着的诊室。

肩舆才进门，就听到外面有人道："康王妃可在？能不能让康王妃来看看，这可怎么办？康王妃……"

杨茉转过头就见到魏卯进了门。

魏卯想要张嘴说话，就发现一道目光冷冷地看过来，慌忙闭了嘴。

周成陵也太小心了，她怀着孩子她心里清楚，怎么可能拿孩子开玩笑，不能做的事她肯定不会做的："你说吧，我身子不便不能去诊治也能出出主意。"

魏卯这才小心翼翼地道："是常老夫人在刘家出了事，太医院那边没有了法子，问问康王妃有没有秘方能治常老夫人的阳亢之症。"

常老夫人的病不是一日两日了，现在发起来定然不好抑制，阳亢之症说的就该是高血压病，现在她手里也没有特效的药。

杨茉道："若是请保合堂诊病，就让堂里的先生照常出诊。"对于常老夫人，不要说她现在身体虚弱不能出门，就算是她没有怀孕，她也不会去应诊。

杨茉话音刚落，萧全从屋子里出来道："王妃，常五爷醒来了。"

常老夫人病发，常亦宁却醒了过来。

"脉象如何？"

"一切都平稳。"

能醒过来是好事，杨茉道："将常大太太接过来，让他们母子好说话。"

常亦宁好像做了个长长的梦，许许多多的事从眼前掠过，一时回到了小时候，一时又是准备要应考，他总觉得有一件重要的事没完成。

到底是什么事？他又说不清楚。

耳边传来母亲呼喊的声音："亦宁，亦宁……"

鼻端是兰花的香气。

暖暖的一直到他心里。

他突然想起，杨茉兰。

他和杨家的小姐杨茉兰有婚约，这桩婚事是长辈早就定下来的，他在杨家见过杨茉兰，那个如同兰花般挂着灿烂笑容的女孩子，他就顺着长辈的意思答应了这门亲事。

常亦宁的心弦仿佛被牵动起来，他要成亲，他要娶那个女子为妻，只要能这样他就心满意足了。

可是为什么，他总觉得是哪里不对。

到底是哪里不对？

他想找人来询问，常家下人忙碌着，有人廊前说话，有人笑着相携而行，就是没有人理睬他。

他仿佛就像一阵飘进来的风，从人眼前过去，只留下一点点呜呜呼呼的声音。他的心是冷的，身体是凉的，他想要汲取那一点点的温暖，于是他仓皇地寻找，常家还是原来的模样，只是他找不到熟悉的人，找不到祖母、父亲、母亲。

再也没有人理睬他。

到底是为什么？

听得耳边断断续续呼喊的声音："亦宁，你别吓娘啊，亦宁……亦宁……你可千万不能有事。"

常亦宁不由得向周围看去，母亲在哪里？母亲为什么这样说？他怎么了？

想到这里，胸口突然疼痛，常亦宁低下头看去，鲜血浸透了衣服，滴滴答答地流下来，到了他的鞋面上。

突然间所有一切都回到他的脑海里。

祖母在杏仁羹里下药，若不是他早有防备，已经被祖母毒死，可他没想到的是，他躲过之后祖母又用剪刀戳进他的胸口。

疼，他的心一阵阵地疼，好像所有一切都要顺着那伤口淌出去，留给他的只是具躯壳，难道这么多年的祖孙之情都是假的，到底为什么？他想不明白。

祖母为什么那么狠心，就这样想要置他于死地。

就像想不明白他身边最好的东西为何一个个地失去。

他的婚事，父亲的性命，本应该支撑他走下去的亲情，全都没有了。

他常少府到头来就是个什么都没有的人。

常亦宁忽然觉得很累，他应该歇在这里，至少这里还是他熟悉的地方，周围一切都是漂亮的景致。

常亦宁坐在亭子里，怔怔地看着眼前的一切，他开始有一种喘不过气的感觉，仿佛一切都渐渐地离他越来越远。

人生下来的时候要痛苦，大约走的时候也会痛苦，只要熬过去一切都会烟消云散，他已经准备好了，等到这一刻。

不知什么时候有个人走到他面前。

常亦宁喘息了半晌才抬起头来。

那人脸上满是慈祥的神情，看着他皱起眉头："你这孩子，怎么成了这个模样。"

他以为再也不会有人和他说话时，看到了这样一双关切的眼睛。

只有这双眼睛自始至终都没有变，一直这样望着他。

忽然之间所有一切都停顿下来。

什么都没有变，一直都没有变，还是多年前的模样，没有因为他如此境遇就有了改变，常亦宁忽然觉得委屈。

他以为所有人都将他抛弃，却没想到还有人会埋怨他不争气。

常亦宁的眼泪忍不住夺眶而出。

"哭什么？没出息。"

长辈责备的话，就这样突然传过来，常亦宁站起身不知说什么才好。

"到底还是个孩子，"那人长长地叹口气，"人生还长着呢，急什么，慢慢来一切都会好的。"

"要好好的，别像我，你是个好孩子，一直都是个好孩子，你不会这样下去，你一定会重振常家，你是常家的好儿孙。"

常亦宁眼泪不停地流下来，抬起脸看到那人的面容。

满是皱纹的脸上是平静而慈祥的笑容，亲切地用手整理着他的衣襟，将他身上的衣服抹平，他胸口的伤仿佛也愈合了。

常亦宁跪下来趴在常老夫人的膝盖上，就像多年前那样，常老夫人的手穿过他的头发："不要害怕，要向前走，无论发生什么事都要一直走，不要被一时的恨意牵扯住，我这辈子就是为仇恨活着，被钱财迷了眼睛，不相信身边任何人的话，才有今天的结果。你比我强，你是个好孩子。"

祖母的怀抱那么暖和，声音那么慈祥，他想要一直这样听下去，仿佛只要现在被打断，以后就再也没有了机会。

常亦宁刚要安静地闭上眼睛，祖母却将他推开："就是现在，一直向前走，不要软弱，不要回头，走，走出去，这样才是我的好孙儿。"

常亦宁只觉得祖母的声音越来越远，眼前所有的一切都变得那么模糊，仿佛他是一个堕入梦境的人，现在就要挣脱开来。

他使劲晃动着身体想要去摸祖母的手，却感觉胸口被打了一拳，顿时眼前一片光亮。

杨茉撑开常亦宁的眼睛，瞳孔见光收缩。

杨茉点了点头："好了，已经好了。"

常大太太急忙上前，握起常亦宁的手："亦宁，亦宁，你能听到母亲的声音吗？亦宁？"

常亦宁慢慢地睁开眼睛，杨茉兰清澈的眼睛立即跃入他的眼帘，然后是看起来憔悴、疲惫的母亲。

常亦宁动了动嘴唇，努力想要发出声音。

常大太太忙凑过去。

常亦宁吞咽了一口，用尽了力气："祖母呢？"

听得这话常大太太的眼泪几乎一下子涌出来，都到了这个份上，亦宁还惦念着老夫人，常大太太摇摇头："没在这里。"不能将老夫人病了的事告诉亦宁，就算要说也要等过一阵子亦宁安稳下来才行。

听得这话，常亦宁想要挣扎着起身。

常大太太吓得脸色苍白："你这是要做什么？你是要急死我不成？"

常亦宁将目光挪到杨茉脸上，虽然没有说话，杨茉却了解他心里所想："你现在还不能起来，要等伤口愈合之后才能慢慢活动。"

常大太太伸出手来摸上常亦宁的脸："别着急，别着急，有什么事慢慢说，等你好了，想跟你祖母说什么都行，你现在还要好好的，母亲就剩下你了，母亲就剩下你一个了，你有个三长两短，要母亲怎么办？"

常大太太的眼泪挂在脸上，泪水不停地顺着脸颊滑下来，眼睛里满是期盼，就这样怔怔地看着常亦宁。

"母……母……亲。"常亦宁艰难地张着嘴。

常大太太脸上的悲恸已经换成了惊喜："在这里，母亲在这里，母亲一直在这里。"这些日子她不眠不休地等着，就是想要和亦宁说，她就在这里，一直在这里陪着他，从来没有离开，自从他生下来那天起，她就一直在他身边。

"母……亲……"常亦宁艰难地动着嘴唇，"儿……要……养你终老……你安心……"

常大太太摇着头，她再也忍不住抱着常亦宁大声哭起来。

杨茉让人扶着从屋子里出来，想到杨茉兰从前的经历她本来是很痛恨常家，不管怎么说，常老夫人和常大太太一起算计着让杨茉兰难产而死。

大人死了也就罢了，肚子里还有一个足月的孩子，常家人的心太狠了。

可是看到刚才的一幕，她却又心软，不管常大太太如何，她都是常亦宁的母亲，无论这个母亲是好是坏，对儿女都是一样的爱护，这份母子之情让她动容。

杨茉准备去诊室里看杨秉正，江掌柜和一个小郎中过来道："姚御医去了刘家，打发徒弟来传消息，说那边常老夫人恐怕不行了，现在用了咱们保合堂里的保命药，常大太太若是想要过去也就要趁现在。"到现在江掌柜还习惯地将姚先生称为姚御医。

杨茉点点头，看向梅香："你去将常大太太叫出来说话。"不知道是不是祖孙连心，常亦宁醒过来就在找常老夫人。

片刻工夫常大太太从诊室里出来，江掌柜立即将话和常大太太说了。

常大太太脸色一时苍白，嘴唇也哆嗦起来，亦宁生死未卜的时候她心里恨着老夫人，可是听到老夫人快要死了，她却一阵心惊肉跳立时眼睛红了。

"那要怎么办？"

杨茉吩咐江掌柜："让人去备车，将常大太太送去刘家。"

江掌柜应了一声立即去准备，听得杨茉的话，常大太太转过头来，含着眼泪向杨茉拜过去："康王妃，我们常家对不住康王妃。"

杨茉吩咐婆子将常大太太搀扶起来，如今父亲救了回来，她也有了身孕，所有的仇恨对她来说已经像一阵烟被风吹散了，她的头顶如今就是一片蓝天。

走进杨秉正养病的诊室，杨茉坐在软座上，周成陵站在一旁陪着她。

"爹爹，快醒过来，常亦宁都已经好起来了，咱们大大小小多少风波都熬过来了，是该一家团聚的时候了，"杨茉眼看着昏睡的杨秉正，"我们一家该团聚了。"

陆姨娘用帕子捂住嘴却还是痛哭出声。

杨茉靠在周成陵怀里吃药，然后周成陵就会和她讲白老先生什么时候给父亲用过针，父亲的脉象怎么样。

"这么长时间了还没醒，脉象只会越来越不好，这样下去保合堂里的人手也要不够，总要有人来按压呼吸器。"

不知道还能撑多久。

周成陵道："不用担心。"

杨茉想起小时候父亲拉着她去划船的事，她就因为一根冰棍没吃成和父亲闹了一路的脾气，父亲耐心地哄着她，她装作肚子疼不肯应声。

每次回想起这件事，她心里就酸酸的疼痛，她还没有奉养双亲就来到了这里，原来的事已经无法挽回，在这里带着杨茉兰的感情，她想要做到最好，越是这样想，越觉得离这里的家人很近。

杨茉想到这里眼睛有些湿润："我怕我没有做好，父亲才醒不过来。"

"不会的，"周成陵轻声安慰，"还没有到那个地步，你是关心则乱，换成了别的病患说不定你还要劝说家人耐心些。"

是啊，她要耐心些，她不该胡思乱想。

周成陵一贯都很冷静，已经渐渐地成为她的支撑，她一直以为靠着自己能在这里走下去，可是她没想到感情的依赖会这样，这样暖暖的让她舒服又安心。

刘砚田觉得常老夫人的一双眼睛始终在看着他。

眼珠是灰死的眼色，阴森得让他脊背上的汗毛都根根竖立，刘砚田慌乱地看向下人："快，用剪子将我的衣服剪了。"折腾了半天，他被咬的地方还冒着血，大家七手八脚地上前拉扯，却没有拉开常老夫人的手。

五根手指死死地攥着他，仿佛陷入了他的皮肉里。

疼得他不停地打着哆嗦。

"快啊，"常老夫人已经脸色铁青，一副死人的模样，刘砚田想到这里头皮仿佛炸开来，转头吼叫，"快啊……还愣着做什么？"

刘砚田的声音一落，立即有人上前去拉扯常老夫人的手，不知道是谁用力太大，所有人听到清脆的"咔吧"声音。

有什么东西一下子断了，旁边的婆子忙松开手，常老夫人的手指怪异地弯向旁边，婆子吓了一跳，身上的血一下子冲到脸上，再也不敢动手，旁边的小丫鬟几乎哭出来了。

这要怎么办？该怎么办啊？

谁敢再去动手。

可是老爷的胳膊还在那只手里，她们可从来没见过这样的情形。

老爷一脸凶神恶煞，常老夫人的脸蜡黄蜡黄的已经不像个人，是不是人已经死了，只有死人才会这样直勾勾地看着人。

死人会不会记得她们将她的手指掰断。

小丫鬟腿不停地颤抖，不论刘砚田怎么喊叫她都不敢再伸手。

她宁愿被责罚，也不愿意记住这双满是怨恨的眼睛。

"老太爷，老太太，老爷，"小丫鬟跪下来，"饶了奴婢吧，饶了奴婢吧！"

这个屋里她一刻也不敢待下去，太可怕了，她从来没有这样害怕过。

望着吓得瑟瑟发抖的下人，三老太爷和三老太太也远远地站开，刘砚田瞪大了眼睛又看了一眼床上的常老夫人。

现在只有他离她那么近，他忽然觉得喘不过气来，耳边一片火热，仿佛有一双无形的手死死地卡住他的脖子，那双眼睛盯着他，嘴边仿佛渐渐地浮起了一丝笑意。

笑他活不长了，笑他就要和她一样进阴曹地府去。

常老夫人要锁走他的性命。

刘砚田再也忍不住，死命地向后扯着手，将常老夫人半个身子也扯过来。

跗骨之疽。

刘砚田想到这四个字，常老夫人活着的时候将他当做亲生儿子，如今要死了也不肯放过他。

这个疯婆子，这个该死的疯婆子。

"没气了，"旁边的婆子伸出手来放在常老夫人鼻端，忽然大惊失色地叫起来，"没气了，死了，常老夫人死了。"

没等常家人赶到常老夫人就死在了刘家。

刘三老太太惊诧地看向老太爷，这要怎么办？怎么向常家人解释，常老夫人不但死在这里，还断了一根手指，说不定在拉扯的时候身上还留下了什么伤痕。

都是刘砚田，如果不是刘砚田哪里有这样的麻烦，他们怎么会卷进这件事中。

三老太太正想要拉扯老太爷去旁边想法子，就听下人来道："常大太太过来了。"

早不过来晚不过来，偏在常老夫人断气的时候过来，三老太太觉得这次刘家是跳进黄河洗不清了。

这都是冤孽，都是刘家欠常家的，刘老夫人死的时候没有说清楚，现在报应来到刘家头上。

常大太太让人搀扶着进了门，见到屋子里的情形，顿时腿脚发软差一点就摔在地上，老夫人半个身子搭在床边，两个婆子使劲地拉扯着。

这是在做什么，常大太太半晌才喊出声："你们这是在做什么？我们老夫人怎么样了？你们将我们老夫人怎么样了？"

常大太太一声比一声尖，仿佛能将刘砚田的耳朵穿透。

三老太太忙上前安抚常大太太："大太太不要急，太医和保合堂的医生都来看过了，是老夫人发了旧疾，真的与我们无关啊。"

常大太太走上前，几个婆子忙让开，常大太太看见常老夫人那只满是皱纹的手。

"是老夫人拉着我们老爷不松开，我们也没法子……"

拉着不松开，常大太太哆哆嗦嗦地喊了一声："娘……娘你怎么样了……"

常老夫人没有半点反应。

陈妈妈几乎不敢喘气，伸出手指去触碰常老夫人的鼻子。

鼻尖冰凉，没有呼吸。

死了，陈妈妈整个人似是被钉在地上："老夫人已经……没了啊……"

常大太太吓得退了几步，她从来没想到老夫人会死得这样凄惨，两只眼睛死死地睁着，脸上是那种痛苦扭曲的表情。

"我要告官，我要告官，是你们害死了我们老夫人，是你们刘家……我要告官……"

常大太太转身向门口跑去，刘三老太太吓了一跳忙去阻拦："大太太，这都是误会，你等一等，我们慢些说……"

常大太太吓得躲开刘三老太太的手："你也要杀了我们不成？保合堂……杨家……康王妃……知道我们来了这里，马车就在外面……你们杀了我们……你们也不会安生……"

刘三老太太只觉得冷汗不停地从额头上冒出来。

这件事不知道怎么才能说清楚。

常老夫人是她接过来的，谁承想就死在了刘家，本来应该在屋子里的内侍不知道什么时候走了，谁知道内侍有没有看清楚发生的所有事，太医和保合堂的医生在侧室里开方子，他们肯不肯为刘家正名……

尤其是常老夫人现在还死死地攥着刘砚田的手。

这要怎么办？这要怎么办才好啊？

刘家长辈说得没错，整个刘氏一族就要葬送在刘砚田这个六趾小人手上。

刘夫人听了消息吓了一跳，几乎说不出完整的话，"你……你……说什么？再……再说一遍……"

下人道："老爷去了三老太爷府上，没想到常老夫人也在那里，两个人就对质起来，谁知道常老夫人犯了病，就……死了，常家人报了官，要官府查验常老夫人尸身，老爷一时半刻也回不来了。"

刘夫人整个人打了个寒噤，家里这么多事要等着老爷来安排，老爷却被缠在了三老太爷家中。

三老太爷这是要做什么啊？都是刘家人，怎么能在这时候害老爷。

刘夫人才想到这里，只听外面传来一阵慌乱的脚步声，婆子撩开帘子进了屋，谁知就被自己的脚绊住摔了个跟头，她却等不及起身就抬起头来禀告："夫人，不好了，夫人，外面来了官爷，递了文书，说要进府搜查。"

刘夫人的头几乎要炸开一般："老爷不在府上搜查什么？要搜查也得等到老爷回来，我一个妇道人家懂得什么，让人去三老太爷家找老爷回来，快去……"

下人急急忙忙地去传话，刘夫人如同一面墙垮了般轰然倒在椅子上。

没等下人走出府门，外面的官吏已经推开门走进来，立即就有人吩咐："去书房，将所有有字的书册、信函都封上带走。"

刘夫人眼睁睁地看着官府的人将所有的纸张都装进箱子中带走，屋子里的瓷器碎了一地，到处一片狼藉。

等到人走出院子，刘夫人还呆愣地站在那里。

是不是一场梦。

一场突如其来的噩梦，等到梦醒一切都会烟消云散，否则本来好好的怎么会突然变成这样。

院子里的幕僚赶过来，刘夫人看着他们的嘴一开一合不知道他们说些什么。

"不是抄家，"刘夫人一脸期盼地看着幕僚，"不是抄家只是拿走了那些书和信函，这样是不是好一些？"

只是拿走了信函，只要查验没事一切都会好起来。

幕僚们互相看看，脸色十分难看。

"夫人，"其中一个幕僚开口禀告，"就算府中没有什么东西，也说不定会有人放些什么进去，既然朝廷要查文书，就说明……就说明皇上已经对阁老起了疑心啊。"

第二十三章 得失

刘妍宁一早晨起来就觉得心神不宁，正想要去院子里走一走，就看到嬷嬷端了汤上来。

看到那粉彩的瓷盅，刘妍宁就有一种恶心的感觉，这是宫里助孕的秘方，黑漆漆的汤水，里面不知道都有些什么东西，吃起来涩涩地挂在嗓子上，只要她吞咽就会闻到一股血腥的臭味。

只要皇上来过一次，她就会轮番吃这种东西，宫里上上下下从皇帝到内侍，只要见到她就会看向她的肚子，仿佛她只是拿来生产用的。

所有人都在提醒她，她不是什么内命妇，不过是个恶心的东西，只要生下龙嗣，就会被人像垃圾一样扔开。

这是对她最大的羞辱。

这些人与其说是在照应她的生活起居，不如说是在照应她的肚子，每当皇帝将东西留在她身体里，这些人就像陀螺一样转起来，这个拿枕头，那个将她的腿抬高，嬷嬷在她嘴里塞下咸咸的药丸，然后所有人眼睛都盯着沙漏，皇帝每次都会站在一旁看着，仿佛是看一只每次在同一个地方撒尿的狗，看它这一次和上一次有什么不同。

这就是她在宫中的日子。

从在家中随心所欲自由自在的生活，一下子掉进这样黑漆漆的深渊，都是因为被杨氏算计，杨氏从见到那块玉开始就想好了要怎么对付她，她不但小看了杨氏，也小看了周成陵。

"丽嫔娘娘。"崔嬷嬷将汤端到她跟前。

趁着屋子里没人，刘妍宁立即道："将汤倒了，就跟女官说，我已经吃了。"

这崔嬷嬷是她娘家送进来的人，平日里很听她的话，可是今天嬷嬷却没有立即应声，而是迟疑地看着她："丽嫔娘娘，您就按时将药吃了，说不定会有用，只有早日诞下龙嗣，丽嫔娘娘才会有更好的前程。娘娘还是迎合皇上，想方设法将皇上留在身边，让皇上怜惜您，宠幸您，虽说皇上对宫里的娘娘不上心，可是冯皇后在的时候，皇上还是常常过去说话……"

言下之意只要她用心说不定能换来冯皇后一样的宠幸。

刘妍宁看向崔嬷嬷，崔嬷嬷从来不会说这样的话，刘妍宁心中顿时生出不好的预感："是不是家中出了事？我让你去打听消息，你打听到了什么？"

崔嬷嬷顿时脸色苍白："丽嫔娘娘，刘家出事了，阁老被都察院的官员带走，府里的书信都被查封了。"

"就因为杨秉正？"刘妍宁瞪大了眼睛，皇上什么时候开始关切朝政了？

崔嬷嬷摇摇头："听说是冯皇后，是有人说咱们刘家冤枉了冯皇后，冯皇后根本没有和侍卫私通……"

冯皇后到底有没有和侍卫私通，她再清楚不过，因为就是她进宫帮父亲将整件事做好，她眼睁睁地看着冯皇后怎么从云端落下来。

冯觉叛乱，只要和冯国昌有牵连的人都已经获罪，怎么现在又旧事重提，一定是有人知晓了什么。

刘妍宁顿时觉得浑身冰凉，冯皇后那双怨恨的眼睛一下子回到她脑海里。

刘妍宁结结实实打了个寒战。

要怎么办？如果真的被查清楚，那么刘家该怎么办？她该怎么办？皇上定会处置她。

刘妍宁顿时方寸大乱，如今深宫中还有谁能帮她，刘妍宁看向崔嬷嬷："有没有去找黄公公？让黄公公想想法子？"

崔嬷嬷摇摇头："黄公公病得厉害，我去了一趟，那边里里外外都是太医，您也知道太医院和康王妃一条藤儿，我哪里敢说什么，只好就这样回来了。"

在深宫中，她是孤立无援，父亲、母亲现在更是不能自保……

刘妍宁站起身来，"跟我去慈宁宫看太后。"现在皇上还没有限制她在宫中行走，她要趁着这时候给自己找条生路。

刘妍宁站在慈宁宫外等着宫人通禀，过了好一会儿宫人才出来道："太后娘娘身上不适已经歇下了，丽嫔娘娘回去吧！"

太后不见她，是因为听说了刘家的事，还是觉得她和冯皇后的案子有牵连，无论是哪一种对她来说都不是好事，刘妍宁有种万念俱灰的感觉。

不行，她争了这么多年，不能就这样低头服输，她该怎么办才好。

"听说太后娘娘身上不适，我该床边侍奉，"刘妍宁低声道，"劳烦姐姐再去禀告，我抄了佛经想亲手呈给太后，好给太后娘娘除些病气。"

她帮太后抄佛经已经是多少年的事，太后听了这些话说不定会顾念往日的恩情。

宫人点点头回去禀告，刘妍宁等在外面，几乎忘记了呼吸，她觉得她的心脏立即就要停滞的时候，宫人去而复返，见到她叹了口气："太后说，您实在要见就见吧！"

宫人惋惜的模样让刘妍宁全身的血液一下子冻住，她看着慈宁宫的大门，这扇门本是她的救命稻草，现在看起来却像一张血盆大口，只要她走进去就会尸骨无存。

刘妍宁抑制住恐惧慢慢走进内殿，内殿里垂着纱帘，刘妍宁上前给太后行礼，帘子后传来太后娘娘的声音："起来吧！"

然后就有宫人将纱帘卷起来。

帘子拉开，刘妍宁看到了一双鹅黄色镶珠绣鞋，然后是柳绿的宫裙，有人上前搀扶着那人转身，刘妍宁的视线还没落在那人的脸上，就听得太后娘娘道："小心些，刚有了身孕千万不能出什么差错，要不是我身子不适，我也不会让人将你接进宫。"

刘妍宁的眼皮突突地跳着，看到杨茉兰那张静谧的脸，刘妍宁的心顿时沉下去。

杨茉兰怎么会在这里。

刘妍宁正不知道要怎么办，杨茉兰已经红着眼睛："这件事丽嫔娘娘知道得清清楚楚，否则也不会将家父的玉佩交到我手中。"

刘妍宁只是看了一眼差点就魂飞魄散，那块用来威胁杨茉兰的玉佩如今正安安静静躺在太后娘娘的手心里。

刘妍宁一脸的诧异，随后她立即摇头："康王妃在说什么？什么玉佩？我哪里有什么玉佩？"

杨茉用帕子擦了擦眼角，平日里都是刘家幕后做戏，现在她就将刘妍宁推到台上，看她还能演出什么戏码："这时候丽嫔娘娘还不肯说？丽嫔娘娘想要进宫才会将玉佩交到我手中，家父没有消息时，我不敢向任何人说起，如今确定了王爷救回来的人就是家父，我才敢将所有事讲给太后娘娘听。"

杨茉兰说着话眼睛一直看着她，这根本不是讲给太后听，杨茉兰进宫里是来看她的笑话，是看她怎么才会更凄惨些。

她不明白为何太后娘娘会一直笃信杨茉兰，杨茉兰根本是在利用太后娘娘。

用太后娘娘的权威将她压下去。

就算父亲想要位极人臣，也是一直支持皇上，康王就不同了，一直存有反心，怎么皇上和太后就看不明白。

这个杨氏表面上只是一个女医，其实和康王夫妻同心，明里暗里帮康王谋划，刘妍宁忽然觉得自己很可悲，为何到现在才看清楚。

太后将玉佩递给宫人："将东西给丽嫔看看，让丽嫔好好想想，这块玉是不是她送给了康王妃？"

宫人双手捧起玉佩一步步走近刘妍宁。

康王妃已经握住了她的把柄，就这样死命地扯着，一心要将她勒得喘不过气来。

"丽嫔娘娘知不知道我父亲成了什么模样？一个比寻常男子还高上几分的人，瘦得像个十几岁的孩子，究竟是什么样的人会这样狠心？"

杨氏一字一句地说着，紧紧地看着她，那双眼睛看似平静，却又似波涛汹涌，随时都会将她吞没。

让她恐惧，让她不敢直视挪开眼睛。

杨氏在报复，杨氏在报复她，报复整个刘家。

突然有一个思量蹿入刘妍宁的脑子，她不能承认，就算死也不能松口，不能说她知晓杨秉正的事，她只是一个妇人，她什么也不知晓。

杨茉看着刘妍宁。

刘妍宁吓得脸色苍白却不敢喊叫，不敢发出一丁点的声音，她讨厌刘家，因为刘家还不如冯国昌，就是个奸佞小人，只会藏在别人身后推波助澜，不知有多少人被刘家的伪善欺骗，多少人葬送在刘氏父女手里。

刘妍宁长长的指甲碰撞着："这是我送给康王妃的，但我不知晓是杨大人的玉佩。"

太后娘娘皱起眉头，"这玉佩是谁给你的？"

她一个未出阁的小姐，从谁手里拿到这样的东西，她说是下人，太后定会将那下人抓起来讯问。

不行，她不能留下这样的隐患，她不能将自己的性命完完全全交出去。

太后道："这时候还不说实话？你娘家都做了些什么？利用常老夫人去杀亲孙儿，刘家长辈将你父亲叫来本欲问个清楚，恰好被内侍听见，内侍已经禀告了皇上，皇上下令查抄刘家所有的文书，"说到这里太后的脸色更加难看，"事到如今你还有什么隐瞒？"

刘妍宁头上的步摇不停地颤抖："是，是我家中人。"说到这里刘妍宁痛哭起来，仿佛百般不愿说的样子："我什么也不知道，以为送给康王妃些礼物，就能和康王妃修好。"

杨茉几乎笑出声，刘妍宁为了保命就这样将父母扔出去。

刘家的案子别的不清楚，利用常老夫人杀孙儿这件事听起来就不像是人做的，只要仔细思量无论是谁都会觉得心里冰凉，太后看向瑟瑟发抖的刘妍宁，有这样的人在身边，她会睡不安稳。

皇上用这样的臣子做心腹，比用冯国昌更可怕。

太后挥挥手："回去等着吧，你们家的事皇上自有决断。"

太后娘娘这是不准备管她了，刘妍宁脑子里嗡鸣作响："太后娘娘，臣妾不知道娘家到底出了什么事，臣妾只是个女子，什么也不知晓啊。"

到这时候还想脱身，杨茉站起身："丽嫔娘娘别忘了，还有我在这里，丽嫔娘娘说的那些话我还记得清清楚楚，丽嫔娘娘让我诊脉，又在那时候将我父亲的玉佩拿出来，就是要我在太后娘娘面前提起你的脉象适合生子，那件事之后我就将玉佩递给了太后娘娘，和太后娘娘说清楚了。"

刘妍宁浑身的汗毛都竖立起来，原来太后早就已经知道了。

太后娘娘沉着脸："哀家还不肯相信，以为整件事有误会，后来康王在刘家找到了康王妃的父亲，天下没有不透风的墙，更何况你们是想要以此要挟康王妃，你在哀家身边孝顺这么多年，哀家也被你利用了。"

无论是谁都不愿意被人利用，尤其是身边人，若是平日里刘妍宁还能辩解，可是这时候父亲利用常家的事被揭出来，她在太后娘娘心里已经是蛇蝎心肠，她说什么都没有用处。

刘妍宁抬起头看到杨茉漾在嘴边的笑容，那么灿烂，就像一朵花慢慢绽开般，肆无忌惮又芬芳。

刘妍宁第一次觉得周围一片黑，看不到半点光亮，她就被困在这里，半点动弹不得。

刘妍宁跪下来痛哭："太后娘娘，您要相信臣妾，臣妾真是不知晓，臣妾是想要进宫，只因为太后娘娘说过，想要让臣妾留在您身边。"

刘妍宁哭得嗓子嘶哑，整个人狼狈不堪，使出浑身的解数只为了能保住一条性命。

从慈宁宫里出来，杨茉在前面走，就听到身后传来一阵嘈杂的脚步声。

梅香立即停下转过头看到跌跌撞撞赶过来的刘妍宁。

"康王妃。"刘妍宁颤抖着嘴唇喊杨茉。

杨茉转过头来。

"我是真的不知晓杨老爷的事，"刘妍宁声音沙哑，"康王妃一定要信我的话，"刘

妍宁说到这里咳嗽起来，剧烈的咳嗽让刘妍宁脸颊上浮起异样的红晕，"我是算计过康王妃，也想要利用王妃的医术换来富贵，那是因为我不甘心，我独自一个人在王府那么多年，早就成了别人的笑柄，好不容易将王爷盼回来，没想到王爷却为了王妃与我和离，若是换了王妃，王妃心里会怎么想？"

"家父的事我是半点不知晓，王妃是慈悲心肠，总不能眼睁睁地看着我去送死，"刘妍宁用帕子捂住眼睛，"我还年轻，我真的不想死啊。"

刘妍宁说的这些话让人动容。

"康王妃您就在太后娘娘面前替我说句话，"刘妍宁腿一软顿时跪下来，"王妃，您救救我吧！"多少人都求过杨氏治病，周夫人那么对杨氏，杨氏还是将她的病治好，葛家之前也不肯相信杨氏，杨氏带着人上门劝说，就连常亦宁也是因为杨氏才捡回一条性命。

这些人杨氏都治过，只要她求一求，杨氏也会心软放过她，只要让她喘口气，她就能想出办法挽回局面。

刘妍宁这样想着，耳边却传来杨茉清澈的声音。

"你有没有想过放过我父亲？"

"你有没有想过放过周成陵？"

杨茉目光落在刘妍宁身上，她那双眼睛里清清楚楚地映着刘妍宁的影子。

刘妍宁父女她看得再清楚不过，从周成陵和父亲身上，刘氏父女做的每一件事她都看得清清楚楚。

听到杨茉的话，刘妍宁呆愣在那里。

杨氏的声音如此的笃定，没有半点可以转圜的余地。

"从前没有想过善待旁人，就别想着有一天有人能救你，所谓因果，还不是这样的简单。"杨茉笑笑就要挪动脚步。

刘妍宁突然抬起头："康王妃心善康王现在才会安然无恙，您可知道老王爷从前也有这样的病症，都说救人一命胜造七级浮屠……"

刘妍宁是不是已经不知晓自己在说些什么，杨茉只觉得好笑："丽嫔娘娘放心，保合堂每天都在治病救人，"说到这里杨茉顿了顿，"只要有我在，我的父亲，我的男人，都会好端端地活着。"

"你不信吗？"

杨茉嘴角轻绽着笑容。

你不信吗？

那笑容让刘妍宁周身冰凉，变天了，她头顶上的一片天已经变了，任她生任她死的那片天要变了。

眼睁睁地看着杨茉带着人出了宫，嬷嬷忙上前将刘妍宁搀扶起来："丽嫔娘娘，我们再想别的法子，奴婢去找黄公公，让黄公公去找老爷。"

刘妍宁摇头，不停地摇头："来不及了，已经来不及了。"

"娘娘这时候可不能慌……"

来不及了，父亲这辈子都想要坐上那个一人之下万人之上的位子，可是父亲却没想过在几年前他已经错过了这个机会。

她后悔那晚上没有立即下手杀了周成陵，只是因为她胆小才会片刻犹豫，若是周成陵死了一切都会不同。

杨氏没有周成陵哪里会活到现在，他们想要杀她就易如反掌。

周成陵没有遇到杨氏也会病发而亡。

如今这两个人遇到一起，他们两个在一起，一下子将他们头顶上的天揭开。

大祸临头，真的要大祸临头了。

难道皇上不知晓，信周成陵和杨氏才是最大的祸事，因为他们才是真正的奸佞啊。

杨茉从慈宁宫中出来，让人搀扶着上了马车。

她半个身子才探进车厢里，立即就有两只大手伸过去抱住杨茉，一转身将她放在软垫上。

杨茉笑着看周成陵。

"开心吗？"

杨茉点点头："开心。"看着刘妍宁万念俱灰的模样，她心里就觉得畅快，有些话她定要当着刘妍宁的面说出来。

这口恶气一定要出。

杨茉低声问："刘砚田那边怎么样？"

周成陵道："刘砚田的学生们上了奏折，说刘砚田是被人冤枉的，刘氏几代帝师，向来官声很好，请朝廷定要查清楚。"

杨茉仔细想："你准备要怎么办？"

周成陵笑着："缓一缓，让皇上举棋不定。"

这是为什么？一般来说都应该乘胜追击。

周成陵笑，伸出手来将杨茉的鬓角抚平："因为，我想要对付的不是刘砚田，我是要借着刘砚田做一件大事。"

杨茉心头猛跳了两下，她心里早就知道周成陵想要的是什么，但是不知道他什么时候会动手。

周成陵将手落在她的小腹上："我祖辈就已经是大周朝的重臣，先皇用我父亲辅政，我父亲也算是做到了一人之下万人之上，后辈子孙又如何？我从小被召进宫中做质子，新婚之夜被人送上一碗毒药，我不能让我的儿子走我的老路。"

周成陵轻声道："我不会做他的辅政大臣，我要掌握他的江山，对不起，我让你嫁给了一个乱臣贼子，注定让你跟着我担惊受怕。"

看着周成陵笑时眼角的细纹，轻翘着，如同窗边伸出的新枝，上面总是最鲜艳的颜色，让她觉得如此的美好，她愿意和他一起到老，看着他到底能生出多少枝叶，从上面发出多少绿芽，那些绿芽又会长成什么。

她要永远和他在一起，看着他，在她心中长成无人能撼动的大树，只有她知晓这棵树上有多少叶子，多少脉络，只要想到这个她就欣喜，因为没有第二个人能如此。

这就是为什么一定要爱上一个人,一定要在他身边,因为这个人会走进你心里,让你知道一颗小小的心,却能容下整个人生。

杨茉笑了:"那不是很好,因为从此之后就会有很多人想要了解你的想法,想要知道你做的每件事都是因为什么。"

"每当别人苦苦揣摩的时候,我就会很高兴。"

"因为,那些人都会羡慕我。"

杨茉将脸贴在周成陵的胸口。

马车很快到了杨家。

刚进门杨茉就听到魏卬的声音:"这挂图是我师父和成老忤作一起画出来的,不会有错,您仔细看看。"

杨茉快步进了内院,梅香上前撩开帘子,杨茉走进去就看到杨秉正靠在迎枕上看着魏卬手里的挂图。

魏卬正和杨秉正争得脸红耳赤,见到杨茉立即道:"师父,您说说,这图有没有错?师祖说,杨家有幅这般的图,却不是这样画的,还要人去找来比对呢。"

师祖怎么能不相信师父的医术,师父救活了那么多人,就算别人怀疑师父,师祖也不该怀疑啊。

杨茉看向杨秉正那双带着忧虑的眼睛。

她想过也许和杨秉正父女相处的时候,怎么也会有些尴尬,却没想到会是这样的情形。

父亲没有夸赞她的医术,也没有为她王妃的地位欣喜,而是担忧她是不是将传给徒弟的挂图画错了。

只有父母会露出这样担忧的目光,只有父母会仔细地看着她走出的每一步,生怕一步走错她会被人埋怨。

"爹爹,"杨茉走过去,不知怎么的眼睛一直发酸,"没错,这是女儿和成老忤作一起做的,一定没错。"

杨秉正这才点点头,整个人也松懈下来。

父亲老了,一下子就老了,从那双眼睛到整个精神都不再是杨茉兰记忆中的模样,在杨茉兰记忆里父亲一直是那个气宇轩昂身形挺拔的人,分别了那么多年不曾见,父亲衰老消瘦下来,什么都变了,没有变的只是维护女儿的慈父之情。

"快来,快来,"杨秉正向杨茉招手,"怀着身孕不能一直站着,"说着看陆姨娘,"快去看看药熬好没有?"

陆姨娘点头。

杨秉正笑着看杨茉,笑容让他脸上的皱纹更加深刻:"看着脸色好多了,还是用我们自家的方子好。"

杨茉欢快地点头:"是,还是我们杨家的方子好。"她也知道自家的方子好,也知道自己的父母好,只是她一直没有福气享受。

当然是自家的好,那也得有个家才行。

这世上能对她说出这样话的没有几个，从前只有姨娘和她，现在有了父亲，也算是一个完整的家了。

多少人议论杨家的秘方，只有她知道这些都是她随口编出来的，她不怕被人戳破，那是因为杨家只剩下她孤零零的一个人，她怎么也不会想到，在她要用杨家秘方的时候，父亲会醒过来。

父亲救了她，救了她肚子里的孩子，她从一个人，到现在又重新有了家。

杨茉坐在杨秉正身边："爹爹要多歇着，等养好了身子，您再慢慢操心。"

杨秉正点点头，让周成陵搀扶着慢慢躺下来。

"听说是王爷出面将杨家祖宅找回来的？"杨秉正看着周成陵，在大牢里他已经听说周成陵和茉兰的婚事，那时候他还想，杨家这般的处境，王爷身份太高，会不会亏待茉兰，昨日里醒来之后见到周成陵在床边侍奉，他吓了一跳，平日里见到要跪拜的人，现在却守在他床边。

茉兰长大了，他以为要一辈子护在身边的孩子，一下子做成了这么多事。

连他这个亲生父亲听说了，都觉得诧异。

看到她小小的肩膀和小时候没有什么不同，那些诧异又变成了心疼。

要多辛苦才会有今天的局面。

可怜了孩子，若是有他在，她也不会受这么多苦。

转念他又觉得欣慰，心里有说不出的高兴。

茉兰是个有福气的孩子，这样一来就算他闭上眼睛也能心安了，上天终是待他不薄。

周成陵道："是茉兰为岳父申了冤，岳父安心休养，朝廷那边我已经安排妥当。"

"我知道这件事牵扯到乔家还有冯阁老，你们能将案子翻过来不是件容易的事，我也听刘砚田说了一言半语，当时我还不相信……"

周成陵看着杨茉笑而不答。

周成陵这是将所有的功劳都贴在她脸上，若是没有周成陵她不可能给父亲翻案，她比谁都清楚。

"茉兰长大了，真是不一样了。"

杨茉听着父亲的称赞，不好意思地看着周成陵，周成陵很沉着地攥了一下她的手算是安慰她，这样一来她果然就好多了。

父亲醒来那时她最害怕父亲看出端倪，随着时间推移，父亲待她还像杨茉兰记忆里的一样，没有半点的猜忌，她也就放下心来，非要等经历过这些事后，才会发现一切并没有她想的那么可怕。

杨茉笑道："等父亲身上好些了，再将祖宅修一修，这担子也算从我肩膀上卸下来。"

杨秉正看着魏卯几个："你不是做得很好，当家姑奶奶，大周朝里也是独一份。"

外面人都说她管着康王府，还照应着娘家，就连宗室营里也传着这话，日后要像康王妃一样，一肩担两家。

可是说到这，杨茉故意皱起眉头："谁愿意当这个家。"

杨秉正点点头："这倒是你小时候的话，你母亲说到你姐姐嫁人管中馈，还要你跟着学,将来嫁出去好快点当家,你就说谁愿意当那个家,谁喜欢谁当去。"

这下陆姨娘也忍不住笑了。

几个人正说着话,萧全走进来道:"常五爷想要来看杨老爷,非要让我来问问师父……杨老爷现在能不能见外人了。"

杨秉正点点头,看了一眼杨茉:"你们去歇着吧,我和他说说话。"

保合堂还有别的病患,杨茉也想过去看看,就答应了父亲和周成陵一起出了房门。

只要朝廷里没有事,周成陵就会陪着她,衣食住行帮她安排妥当,她本来怕周成陵这样太辛苦,想了想还是没让身边的婆子帮忙,周成陵和她一样第一次做父母心里又是高兴又是忐忑,生怕出半点的差错。

这个孩子来得是时候,周成陵没有一直忙于政务,晚上不管多晚都会回来陪她,她总是能在他怀里踏踏实实睡个好觉。

不知道等到刘砚田倒了,政局发生改变,一切都握在周成陵手里的时候,他会不会变。一定会变,到时候一切都会不同,她不知道还能不能这样自由自在地生活。

杨茉赶走脑子里的思绪,转头看向周成陵。

"在想什么?"周成陵握紧杨茉的手,"白老先生和岳父都说了,怀孕的时候不要思虑太重。"

杨茉点点头,忽然想到:"魏卯给我的病患脉案放到哪里去了?"杨茉转头去看梅香的手,正要四处去寻找。

"不是在你手里?"

要不是周成陵提醒杨茉连手里拿着东西都忘了。

刚刚怀孕就这样的记性,等到月份大了要怎么办啊?

"周成陵,"杨茉笑着抬起头,"如果有一天我突然把你忘了怎么办?"两个人没事的时候就爱说玩笑话,她已习惯和他打打闹闹。

谁知道周成陵却停下来,眉头紧锁:"怎么说?为什么突然想起这件事?"

不过是一句玩笑话,谁知道他就当真,她还能一下子不见了,想到献王太妃的病,杨茉也不由得愣了,她是戳到了周成陵的伤心事,立即笑他:"我只是玩笑,你怎么就当真了。"

不知道是戳到了周成陵哪根筋,他却不依不饶起来。

"有没有觉得哪里不舒服?"

杨茉摇头。

"有没有做噩梦?"

杨茉接着摇头。

"没有,只是玩笑。"周成陵的心挺大的,无论发生什么事,都劝她不要害怕。

可是今天她不过随意说句话,他怎么就会这样小心翼翼,生怕她会一下子不见了一样,其实他们两个之间,真的会害怕的是她才对,因为她始终不能治好周成陵的病,如果在现代,这并不是什么太难治的病。

"那就别乱想,现在不是挺好的吗?岳父回来了,我们又有了孩子……"

杨茉点头，可是不知道为什么听到周成陵的话，她有一些心酸，他们一定会这样永远地幸福下去。

她已经离不开这里，离不开周成陵。

刘砚田一直在等着刘氏族里的信函。

学生一封封奏折递上去，皇上那边却没有宽赦的消息，他每日被都察院的人查来查去，那些书信里的字一个个抠下去，就算没有过错照这样下去也会被人查出问题来。

他动用了所有的关系，忽然发现开始力不从心。

整个朝廷不知在什么时候开始变了，从前容易打通的关节现在却怎么也进行不下去，那些御史言官不论被如何要挟都还像打了鸡血一样，一封封地将奏折递向上清院，从前若是遇到常家的事，朝廷内外都不会有人说话，现在却无论怎么也压不住。

刘砚田觉得头顶上已经烧起火来。

"老爷，老爷。"

刘砚田正在思量，刘家下人风尘仆仆进了门，这一路上他连水都没有喝一口，就是要将族里的事禀告给老爷。

"怎么说？有没有将信拿回来？"

动用刘家的关系，应该能渡过难关，很多言官都是刘家长辈提拔起来的，就算不看他的脸面，也要顾及刘氏一族的名声，这样一来就可以将常家的事压下去。

下人忙摇头："没……没有，族里的太爷说了，不会写信函过来，要老爷自己看着办。"

刘砚田瞪圆了眼睛："什么叫让我自己看着办？"

下人道："太爷说了，您是当今皇上的师傅，若是您自己说不上话，刘家长辈也没法子。"

这分明是推脱的说法。

"还说，常家的事没个结果，族里长辈也不敢乱说，"下人接着道，"族里将三老太爷请了回去。"

"岂有此理，"刘砚田扬起声音，"还有什么说不清楚的？我是被人陷害……"说到这里顿时想起常老夫人死时的惨状，三老太爷一定是怕被牵连，所以才在族里长辈面前乱说，现在整个刘氏一族没有人肯向他伸出援手。

真像他不是刘氏子孙。

弄了半天，他竟然落得这样的地步。

他就不信："我要去见皇上，我要去见皇上。"

整个朝廷闹得沸沸扬扬，常老夫人的死状一下子就传遍了京城，刘三老太爷为了脱开干系，在葛世通面前将整件事讲得清清楚楚。

听说常老夫人被刘家人害死，常氏族里的长辈都来京中，常家那些下人整日里在刘府门口哭丧，他只要在府里就会听到呜呜咽咽的哭声，晚上被这哭声惊醒，吓得出了一身的冷汗，还以为常老夫人找他索命来了。

"阁老。"

刘砚田耳边忽然传来幕僚的声音。

"阁老，您听说了没有？庄子上搜出东西了，说是冯国昌府上的东西。"

刘砚田瞪圆了眼睛，户部一直说，冯府里抄出的东西合不上账目，他还让人找出名目来充账，他自以为已经将事解决了，原来是空忙一场，这些都是周成陵给他挖好的陷阱，就等到现在将他一把推下去，他连还手的力气都没有。

无论哪件事解释不清他的前程都算完了，问题是现在所有事他都已经说不清楚。

"阁老，"幕僚低声道，"快想想别的法子吧。"

想别的法子？

刘砚田突然想起冯国昌，他才做了阁老，难不成就会和冯国昌一般的下场。

"现在还有什么法子？"

冯国昌走投无路还能叛乱，他能做什么。

"老爷，"刘砚田听到刘夫人沙哑的声音，"您收到妍宁的消息了没有？济宁侯夫人方才进宫，说……说……"

刘砚田脑子里一片麻木，木然地道："说什么？"

刘夫人道："说太后娘娘已经恼了妍宁，说妍宁心术不正，还让济宁侯一家离我们远一些，宫里那条路也走不通了啊。"

早知道会这样，妍宁是被杨氏送进宫的，杨氏救走了杨秉正，他就知道妍宁也被困在了宫里。

刘砚田咽了一口唾沫："我去，我还有最后一个法子，我进宫去和皇上说。"

突然起身刘砚田整个人不禁晃了晃。

是死是活就看这次了。

刘砚田在上清院里一直跪着，不知道时间过了多久，只听得大殿里的金钟发出一阵阵清脆的响声。

一缕缕的青烟飘在他身上，要将他整个人都熏透了。

刘砚田想起宫里内侍传来的口讯："丽嫔娘娘让您倾力一搏，现在是最后的关头，再等着就没有法子了。"

刘砚田想到这里出了一身的冷汗，汗立即又被风吹干了，等得越久他心里越焦急。

"阁老，"韩公公走过来道，"皇上请您进去。"

刘砚田的心突突地跳个不停，几乎是跌跌撞撞跨进殿门，然后看到低头吹香的皇帝，空旷的大殿一片冷寂，走进去说不出的可怕。

刘砚田跪下来。

皇帝将手里的香交给内侍，歪过头很奇怪地看着刘砚田："朕听说一件有意思的事，说坊间都在传句话，说朕的阁老其实是个……"皇帝说到这里停顿下来，好像在思量，半响接着道，"杂种。"

内侍目光闪烁不知说什么才好，整个大殿都嗡嗡作响，仿佛有不少人憋不住笑。

"是不是这话？"皇帝的声音清亮问向身边的内侍。

"嗤，嗤，嗤……"

那些轻笑的声音仿佛就在刘砚田耳边，笑得刘砚田身体颤抖，脸色血红。

他想利用常家，没想到却被周成陵揪住，现在街头巷尾交头接耳，都在看刘家的笑话。

"阁老，你给朕解释解释，这是什么意思？"

刘砚田提起全身的力气，看向皇帝："皇上，臣是囚禁了杨秉正，冯党叛乱的时候臣就发现杨秉正没死，本来应该将此事禀告皇上，可是皇上提拔周成陵领兵去了保定府，臣就想，万一周成陵有不臣之心，可以用杨秉正要挟，周成陵打了胜仗回来，微臣上奏折请求皇上不要赏赐周成陵，倘若不加压制，日后必成祸患，果不其然，这次周成陵救走杨秉正，过了那么多天才向朝廷禀告，根本就没有将皇上放在眼里，皇上还记得曾经和老臣说过，在您心里最大的祸患就是周成陵，老臣一直记在心里，皇上您千万不要被周成陵蒙蔽……"

刘砚田一口气地说出来。

他就是要让皇上想起对周成陵的忌惮，皇上想要对付周成陵就还会用他，就像之前的冯国昌，他还没到兔死狗烹的地步。

皇帝眯起了眼睛："阁老的意思一切都是为了朕？"

刘砚田一头叩在地上："臣是为了大周朝，臣知道做的事是十恶不赦，但是臣非做不可，臣愿意以死谢罪以保皇上的江山社稷。"

皇帝听得这话忽然轻笑起来："阁老当朕是亡国之君不成？"说着站起身来，"谁也别想逃过朕的眼睛，朕知道你们都在谋划什么，你们都别想将朕当做傀儡摆布。"

皇帝走下台阶，青丝绢的外衣被风吹得如同四散的花瓣："不过有件事阁老说对了，朕要依仗周成陵却又要将他牢牢攥在手里。"

刘砚田听到了希望："皇上，冯国昌在时满朝文武虽然与他同流合污，御史言官却还没有站在他那边，如今周成陵手中握有军权又以御史言官做耳目，真是最大的祸患。"

周成陵想要一举拿下他，所以步步紧逼，让他喘不过气来，可这也暴露了周成陵的缺点，周成陵为人太过张扬，就像一柄出鞘的剑，剑锋不见血就不会回鞘，他想到周成陵会恐惧得发抖，难道皇上不会？只要和皇上同仇敌忾，他就能争得一条活路。

周成陵太自信了，调动了多少文武大臣来害他，将他逼得无路可走，也将康王一党暴露在皇上眼前。

"这些日子奏折一封封递到上清院，老臣虽然在内阁，也压制不住那些御史，还有兵部尚书、吏部尚书、顺天府尹，那些人可都在替周成陵说话，"刘砚田眼睛突突乱跳，"难道皇上没有察觉？"

皇帝慢慢地弯起嘴唇，他在想什么岂是刘砚田和周成陵能知晓的。

所有人都是他手里的棋子，只有他知道什么时候将他们摆在什么位置上。

刘砚田接着道："皇上，投鼠忌器，臣不过一条贱命，皇上可以利用这个契机，除掉心腹大患，这样一来朝廷政局就全由皇上来掌控。"

刘砚田说得眼睛发亮，整个人激动得发抖，仿佛他这一生就是为了这一天而活，就是为了皇帝能拿到权柄而活，他早就将个人生死置之度外。

现在他就是大周朝最大的忠臣。

"皇上，机不可失失不再来。"

"现在的局势再清楚不过，只要除掉周成陵，臣死也甘愿，"刘砚田抬起头，"皇上若是觉得周成陵才立了大功，无法向满朝文武交代，那么老臣愿意做皇上那柄杀人刀，替皇上除掉这个祸害。"

"日后，若是谁追究过错，只有老臣之错。"

刘砚田的声音让整个大殿都嗡嗡作响，方才吓得瑟瑟发抖的刘砚田，因为这番慷慨激昂之词精神焕发起来。

"那你说要怎么办？"皇帝看向刘砚田，他就是喜欢看到这一幕，所以他会权衡所有的权力，待到时机成熟，不声不响地将人捏死在手心里，他是皇帝，他是天底下最聪明最有权势的人，所有人必须对他俯首帖耳。

刘砚田道："将周成陵叫进宫来，老臣趁他不备杀了他。"

只要借皇上的手杀了周成陵，他就能将整个局面扳过来，这是他最后的出路，刘砚田眼睛里冒出血光，几年前他没能杀了周成陵，这次一定要弥补这个过失，只要周成陵活着一天他就不会好过。

"你真有这样的心思？"皇帝不动声色，拿起茶碗喝茶。

刘砚田将头叩在地上："老臣愿意为皇上解忧。"

皇帝眯起眼睛来，自从给周成陵复爵，他就让人悄悄地盯着周成陵的一举一动，周成陵在杨家见御史的事他已经知晓，兵部尚书等人也是竭力为周成陵卖命，刘砚田是奸佞，周成陵更是该死，他之所以没有立即处置刘砚田，就是要让刘砚田对付周成陵。

这样他就会省不少的力气。

坐在这个皇位上就要懂得运筹帷幄，今天的局面他早已经料定。

"朕为何要将周成陵叫进宫？"皇帝垂下眼睛，仿佛不甚在意。

要不声不响地将周成陵叫进宫，千万不能打草惊蛇。刘砚田按住慌跳不停的心："微臣已经想好。"

"周成陵和杨氏感情甚笃，要从这方面下手……这样才能戳中周成陵的心窝。"刘砚田说着微微一顿，向四处看看。

不知什么时候大殿里就只剩下皇上和他两个人。

刘砚田向前跪爬了几步："皇上觉得杨氏用丹炉炼出的药如何？"

皇帝抬起眼睛，只要想到杨氏，他就觉得他已经离登仙更近了一步，若是他没有仙缘，为何像杨氏这样的异人会出现在本朝，他耐心地等着就是想要等杨氏炼出能起死回生的丹药来。

刘砚田道："杨秉正被救出去的时候，已经断气了，可是去了杨氏那里吃过杨氏的药却活了过来。"

这应该是皇上最喜欢听的话。

刘砚田小心翼翼地试探着，看着皇上的脸色，起死回生，与天同寿，才是皇上最想要的东西，现在只有杨氏能做成这样的事："皇上就不想让杨氏来上清院，为皇上炼丹？"

让杨氏来上清院，首先就要过了周成陵那关，只要周成陵活着就会护着杨氏，周成陵一死，无论做什么都会容易得多。

让杨氏进上清院。

听得这话，皇帝突然看向刘砚田，刘砚田怎么会知晓他心里的想法。

对，他就是要杨氏，他要让杨氏带着人为他炼出仙丹，助他成仙。

刘砚田看着皇帝发光的眼睛，他心头顿时一阵欢跳，他终于猜透了皇上的心思。

"皇上，夜长梦多……"刘砚田低声劝着。

"皇上可以让周成陵来和臣对质，我们在外布置好人手，等到皇上下令所有人一起擒住周成陵，任他有三头六臂也逃脱不了。"

杨茉一直觉得心神不宁，醇郡王妃道："在想什么？"

杨茉摇摇头："若不是有了身孕，我现在已经在去养乐堂的路上。"她本来定好的要和魏卯几个一起去看看养乐堂的情形，虽然战事过了很久，但是还有不少伤兵仍旧在养乐堂养伤，京里达官显贵捐了不少的米粮和草药，她就想着去养乐堂安排安排。

醇郡王妃笑道："慢慢来，日后有的是时间。"

杨茉点点头。

"不要想太多，现在养胎最重要，将孩子平安生下来，你也就有了依仗。"

醇郡王妃话中有话，其实只要跟周成陵亲近的人都应该知道周成陵将来会如何，倒是她现在什么都不想，只要周成陵能平安她就算松了口气。

杨茉正想着，梅香进来道："王妃，王爷那边传话过来，王爷去上清院了，说是皇上要问刘阁老的事。"

杨茉点了点头。

醇郡王妃道："我听郡王爷说，刘家的案子已经板上钉钉，刘阁老想抵赖也赖不掉，你不用担心，只要听好消息也就是了。"

但愿如此，希望过了今天一切都能风平浪静。

醇郡王妃挽起杨茉的手："我府里的丫头新裁了些花样，我今天带过来了，你来挑挑有没有喜欢的，你府上的冬季衣裳和被褥我来帮你做。"

杨茉感激地看向醇郡王妃："都知道我手笨，献王妃昨儿也打发人送来了不少样子。"

"不是你手笨，"醇郡王妃道，"是你将心思都用在了治病救人上，人哪里来那么多精神。"

两个人都掩嘴笑，笑声还没过，外面的婆子进来道："王妃，太医院的丁院使来了。"

"这时候来，该不是宫里哪位主子又不舒服了？"醇郡王妃道，"也是怪了，这都是太医院的事，怎么一个两个都往你这里跑？"

丁院使喜欢和她论脉案，所以来保合堂勤一些，杨茉道："这里也没别人，就请院使进来吧！"

下人应了一声，很快将丁院使引进屋。

丁院使低头进了门，抬起头来看向杨茉和醇郡王妃。

杨苿不禁怔愣。

丁院使的脸色很不好。

"王妃。"丁院使看向醇郡王妃，欲言又止。

"没关系，"杨苿拉起醇郡王妃手，"醇郡王妃不是外人。"

丁院使点点头："王妃有没有听说什么话？今天我给上清院的小道士诊脉，小道士说，皇上有意让康王妃进宫炼丹。"

醇郡王妃瞪圆了眼睛："怎么会有这种事？上清院什么时候让女子进去过？再说炼丹都是道士的事，怎么能让王妃去？这是什么话？一定做不得真。"

醇郡王妃话音刚落，屋子里忽然静寂下来。

杨苿和丁院使都不说话，醇郡王妃忽然慌张起来，声音都颤抖："难道，难道是真的？"

杨苿半晌点点头："我觉得很有可能。"

醇郡王妃脸顿时烧得滚热："那要怎么办？"

那要怎么办？皇上的意思，谁还能改变？

杨苿忽然之间很慌张："丁院使这话还跟谁说过？"

丁院使一怔。

醇郡王妃道："王妃是问，王爷知不知道？现在王爷正在上清院。"

王爷知不知道？

丁院使心里一根弦顿时绷起来："我……没跟别人说过……王爷……王爷……"

杨苿顿时握起手掌。

周成陵一步步走进上清院，皇帝吩咐韩公公将莲花座端来给周成陵和刘砚田坐下。

刘砚田深深地吸口气，想要按住胸口狂跳不停的心，成败在此一举，只要他将茶碗摔在地上，大殿两侧的侍卫就会蜂拥上来将周成陵砍成肉泥。

多少年都看不到的情景，就要在他眼前发生。

只要想到眼前立即会血流成河，他就忍不住去抿干涸的嘴唇。

来吧，来吧，只要做成了这件事，从此之后就没有人再挡着他的路。

管他是什么人，转眼间就要死在他手里。

周成陵啊周成陵，太可惜了，因为一个女人，就要死在他眼前，杨氏那种招摇的女人，迟早要带来灾祸。

"可查清楚了？"皇帝低声问周成陵，"阁老怎么说？"

刘砚田垂头丧气地去拿茶碗，茶碗不停地颤抖，周成陵一定以为他怕极了，其实他是在激动得发抖。

周成陵以为他就要完了，其实死的是周成陵，他才是大赢家。

刘砚田留意看了一眼周成陵，周成陵一如往常般平静，什么都没有发现。

刘砚田将茶碗沾向嘴唇，紧接着手里的茶碗落在地上，他立即想到后退，他不想要周成陵的血溅在他脸上。

在茶碗落在地上的瞬间,他看到侍卫从大殿里走出来,其中一个拔出了刀。

明晃晃的刀就要砍在周成陵的头上。

刘砚田欢喜,前一刻他差点做了砧板上的鱼肉,后一刻他就将局势彻底地翻过来。

手起刀落,刘砚田看到明晃晃的刀剑,然后是血肉被撕开的声响,所有的血争先恐后地从缺口流出来,滚热滚热的,好像能将皮肤烧透,热辣辣地冒着烟,蒸腾着冲上他的眼睛。

让他眼前模糊,然后喘不过气来。

刘砚田不敢相信地看着肚子上的刀刃,周成陵利落地接过侍卫手里的刀,然后轻轻挥手就将刀尖送进了他的身体。

一切都这么快,快得吓人。

他的心脏甚至还欢腾着,以为已经迎来了胜利,那一刀下去,刘砚田甚至不觉得疼,而是痛快。

他根本不知晓那一刀扎在了他身上。

为什么会这样?

刘砚田诧异地看向宝座上的皇上。

仙风道骨的皇帝同样睁大了眼睛,脸上满是惊诧的神情,平日里装出来的气定神闲,这一刻褪得无影无踪。

"来人。"皇帝看到血,忽然大喊起来,声音里充满了恐惧。

权力从手里流走的感觉那么可怕,他从前以为生老病死是最可怕的,现在才知道,可怕的不是死,而是别人能决定他的死,可怕的不是生,而是不能随心所欲地去生。

从此之后他再也不能随心所欲,因为他已经被人掌控。

皇帝的冷汗一下子从额头上淌下来。

皇帝的声音在大殿里响动,却没有人应声,大殿里的侍卫笔挺地站在那里,看着周成陵提着沾满了血的刀。

"康王,你要谋反不成?"皇帝强稳住心神,低声喊出去。

周成陵看向皇帝:"皇上让我来商议刘阁老的案子,这就是我的主意,刘阁老这样的奸佞之臣早就该死了。"

"皇上觉得呢?"

周成陵缓缓走上前,他步子宽阔,脚落在地上的声音清晰,那种冷静的神态就像一阵强风,将皇帝吹到角落里。

皇帝忽然想到周成陵穿起龙袍时的模样。

"大胆。"皇帝身边的韩公公忽然高声道。

皇帝看向韩公公,还是他身边的人靠得住,说不定韩公公已经将康王叛乱的消息传了出去,等到京营的人进了上清院,就一定会将周成陵制住。

皇帝这样想着,可当他转过头来,他的心一下子掉入冰窟,他看到的是韩公公冰冷的目光。

"康王问话,你没听到吗?"

第二十四章 大业

皇帝忍不住要打哆嗦，满屋子的人本都该是他的亲信，现在却全都站在了周成陵那边。这些人是从什么时候变的？他怎么半点没有察觉。

对他毕恭毕敬的人，转眼就变了脸，周成陵站在他跟前俯看着他，让他恼怒，他是一国之君怎么能被人如此侮辱，他应该站起身维护他君王的尊严，可是他脚发软没有半点的力气，他的眼睛只要看到眼前的情势，心脏就会一抽一抽地疼痛，脑子里一片模糊，他不能相信，方才他还是皇帝，转眼之间就被周成陵控制。

今天一早起来的时候他还觉得很快就会成仙，如何也没想到今日就死在这里。

周成陵将手里的刀提起来，皇帝将想要缩起的脖子挺起来，他好歹是一国之君，就是死也不能死得难看，这样想着他还是站起身来："周成陵，朕从一开始就看得没错，你们康王一脉最终还是要夺江山，"皇帝说着露出一丝笑容，"怪朕，没有将你赶尽杀绝，留着你的性命，最终成了朕的祸患。"

"先皇还指望你们能看在皇恩浩荡，一心一意为大周朝效忠，"皇帝嘴角抽动起来，"你就是天生的反骨，根本不会顾念恩情。"

周成陵声音冷清："皇上先要皇恩浩荡。"

周成陵说着微微挑起了嘴角，那笑容如同一把刀子将皇帝的五脏六腑割得七零八落。

皇帝顿时闻到血腥的味道。

刘砚田捂着肚腹，悄悄地向外挪动着脚步。

"你就算夺走了江山，大周朝的史书上你也永远都是贼子。"皇帝伸出手来指向周成陵，大殿里回荡着他一个人的声音。

周成陵淡淡地道："臣是来上清院清君侧，为的都是大周朝的江山，怎么算是贼子，皇上是被奸佞蒙蔽，忠奸不分。"周成陵沉着眼睛，随意地站在那里，让人心生惧意。

周成陵看向刘砚田。

刘砚田吓得哆嗦起来，只觉得周成陵一步步向他走过来。

"护驾，"刘砚田惊叫着，"护驾，快护驾，来人啊，康王谋反了……康王谋反了。"

刘砚田向着殿门口逃去，只要他走出这里就有一条生路，康王不可能控制了整个上清院，即便是里里外外安插了人手，也应该是想要一举拿下皇上，说不定不会顾及他。

刘砚田已经不知道自己到底在想些什么，他只想要离周成陵越远越好。

离他越远越好。

刘砚田疯了一般将手从身上挪开，奋力去推殿门。

大门在他眼前打开。

"除奸佞。"

震天般的响声顿时在他耳边炸开，就如同刺进他眼睛的阳光，让他整个人僵在那里。

"刘砚田挟天子以令诸侯，是大周朝第一奸相。"

上清院外面竟然有这么多人。

刘砚田颤抖起来，只觉得身体里的一样东西突然滑脱，牵扯着一节节落在地上，他低下头看到从肚腹的切口处向外涌着血淋淋的东西。

刘砚田慌乱地睁大眼睛，想要说话却只能发出"咿咿呀呀"的声音。

所有人的目光落在刘砚田身上。

一时之间天地是那么的宁静。

刘砚田挣扎着四处看，那么多双眼睛，却没有一双露出怜悯。

刘砚田用尽所有的力气哼了两声，挪动着被鲜血淋湿的脚，只是踏出了一步就再也走不动，整个人直挺挺地向前扑去。

结束了，一切都要结束了，他就要死在这里，他多少年的谋划，就在一瞬间全都失去，他什么都没有了，只是痛苦，如今连痛苦也要没了。

刘砚田闭上眼睛，突然间他觉得衣领一紧，身体停在半空中，然后耳边传来冷冷的问候声："康王问你，杨老爷受的罪你可都记得？"

人之将死应该什么都不怕，刘砚田却惊恐起来。

杨秉正。

他的眼前出现了杨秉正的惨状。

他囚禁杨秉正，让杨秉正过着生不如死的日子。

他是眼睁睁地看着杨秉正从一个衣冠楚楚的朝廷命官，被折磨得脱了人形。

刘砚田想要说话，下颌被人一捏，剧烈的疼痛传来，他听到了自己骨头碎裂的声音。

"咔咔"声这样的清脆，他整个头如同炸了般的疼痛，眼泪顿时忍不住涌出来。

然后有东西塞进他的嘴里。

"这是杨老爷吃下去的东西，现在物归原主。"

嘴里不知道有什么，刘砚田瞪圆了眼睛，不停地踹着脚，那些东西却在他喉咙里怎么也吞不进去。

身边有人围过来，如同一面墙，外面的人看不到里面都发生什么事，他就这样被围着，被塞着东西。

吞咽变成了最痛苦的事。

他的牙齿被打落，嘴里鲜血涌出来，那些让他吞咽的东西仿佛已经划破他的喉咙，刘砚田大口大口地向外吐着血。

为什么还不死，为什么死这么难。

刘砚田挣扎着想要看清楚那个人，不知道哪里来的许多刀剑一下子都刺进他的皮肉，他整个人就被挑起来，高高地挑离了地面，挂在上清院院子里的大树上。

风仿佛从他的脚底吹过。

高高在上。

他一直想要高高在上的感觉。

刘砚田喘息着看向周围，一切慢慢地模糊起来，所有的一切都慢慢地从他眼前消失。

耳边传来人断断续续的说话声。

"刘砚田大逆不道，欲杀皇上另立新君，幸得康王救驾……"

幸得康王救驾……

刘砚田整个身体抽动了两下，他的眼睛眨动着，眨动着，很快就一动不动，如同挂在屋檐下的一条咸鱼。

"王爷回来了。"

听得阿玖的话，杨茉顿时站起身迎出去，刚走到长廊上，迎面看到穿着石青色袍服的周成陵走过来。

一天一夜没有回府，周成陵脸上却没有半点的疲惫，反而比平日里更加神采奕奕。

杨茉走上去还没开口却被周成陵拉住手："怎么出来了？我要去书房说几句话，一会儿就去看你。"

不知道怎么的，杨茉已然发现周成陵身上多了几分威势，整个人和平日里不同起来，连他身边的人也都沉眉敛目，更加小心翼翼一丝不苟。

不用周成陵再说，杨茉心里霍然明白过来，怪不得康王府里一下子进来这么多人，因为这里从现在开始已经不再是康王府。

回到内室，阿玖过来禀告："王爷让王妃安心，现在刘砚田已经死了，太医院正在为皇上诊治。"

到底发生了什么事？走之前周成陵没向她说一个字，她听到丁院使的话才恍然大悟，周成陵上次和她说的话是什么意思，他不是空口说说，他是真的要动手了，连丁院使都打听到了皇帝要让她进上清院，周成陵又怎么会不知道，这是周成陵万万不能容忍的。

阿玖仔细地道："皇上责问刘砚田陷害冯皇后一案，刘砚田想要逼宫皇上……"

原来是这样解释的，所以周成陵在众目睽睽之下杀了刘砚田，又让太医院给皇上治病，皇上有个三长两短全都可以怪在刘砚田身上。

大周朝也就只有周成陵能做到这一步。

她真为周成陵欣喜。

遣走了阿玖，杨茉在屋子里看魏卯送来的脉案，这已经是她的习惯，就算她不去保合堂也能知晓所有危重病患的情形，每天辰时她会在王府论症，可是今天王府里挤满了人，杨茉盯着眼前的脉案看了半晌一个字也没看进去。

杨茉转头看向梅香："跟魏卯几个说一声，让他们今天别来了，等我看好了脉案就让人送过去。"

梅香下去传话，杨茉将身边的妈妈叫来吩咐："带几个稳重的人去伺候，听谭妈妈的吩咐，送上茶点就退出来。"

交代好这些，杨茉带着人去前院迎周成陵，刚出了院子，杨茉就看到周成陵大步走了过来。

他挺拔的身影愈发高大，嘴边含着明朗的笑容，眼睛里有淡淡的光华在流转，阳光从他头顶照下来是那样的明媚。

周成陵拉起杨茉的手:"手很暖和。"

杨茉点点头:"照杨家的秘方吃了几剂药,身上已经好多了。"

周成陵点点头,拉着杨茉到内室里坐下,她抬起头看到他脸上温暖的笑容,一时怔住,他的眼睛是那般的清亮,定定地瞧着她:"茉兰。"

他轻轻地唤她。

他的笑容仿佛将整个屋子都照亮起来。

周成陵现在一定很高兴,过了这么长时间他终于得偿所愿,从此之后就能亲手治理江山,杨茉从来没见过周成陵的笑容这般踏实。

"茉兰,从此之后你再也不用害怕,你我会子孙满堂,相守到老。"周成陵抬起手整理杨茉发髻上的步摇,将她揽在怀里。

杨茉靠进周成陵怀里,她没想到周成陵会说这样一句话。

她以为周成陵会说,他终于坐上了那个位子,从此之后大周朝的江山就是他的了。

康王的子孙堂堂正正地坐在了龙椅上,再也不用担惊受怕。

这样才对。

周成陵夺皇位想要的就是这个结果。

为何周成陵会说,他们会子孙满堂,相守到老。

也许周成陵是怕她会害怕,害怕他做了皇帝她就失去了自由,再也不能像现在这样带着一群徒弟治病救人,再也不能因为战事跑去战场,她能做的只有守在深宫里,看着那些宫人、内侍,打理内宫,说不定因为政局周成陵还会纳妾。

想到纳妾两个字,杨茉心里突然酸起来,到时候她到底能不能因为大局而释怀?能不能不抱着现代人的想法看待周成陵,能不能母仪天下顾全大局?

她恐怕还是不能。

她为周成陵欢喜却又觉得她失去了什么,从今天开始至少她不再是最重要的,整个大周朝,国家才是最重要的。

她都这样认为,更何况周成陵和文武百官。

她终究还不是个贤良淑德的妻子。

杨茉想到这里闭上眼睛,不知怎么的,自从有了身孕,她总觉得有一股难描难述的离愁在她心中流淌。

也许她来到这里只是为了看到周成陵坐上皇位,等到周成陵登基之后,她呢?她要怎么办?她还是她所期望的杨茉?或是别人所期望的皇后?她虽然这样爱着周成陵,却不能舍弃她心里的一切,她放不下保合堂,想要亲手给病患治病,要和济先生、白老先生一起论方,研制新药,指导朱善和裴度,她还有很多事想要做,她不想就此被困在深宫中,每天看着头顶那块方方正正的天。

也许这就是她和周成陵之间难以跨越的鸿沟。

杨茉想到这里微微发抖。

"冷了?"周成陵伸手拢住杨茉的肩膀。

杨茉点点头,她舍不得她的医术,也舍不得周成陵,她该怎么办。

魏卯将消息带到保合堂："师父说，今天不论症了，脉案师父也没看完，只问了问保合堂里有几个危症病患。"

兴致勃勃进屋的张戈听得这话不禁整个肩膀都垮下来，师父已经好长时间没有到保合堂，所以他们就盼着每天进王府的一个时辰。谁知道今天连王府也去不成。

没有了师父就像没有了主心骨，无论做什么事都像提不起精神，只要师父坐在保合堂，他心里就会觉得不一样。

"以后该不会都不去论症了吧？"

魏卯忽然一句话，吓得萧全和张戈差点从地上跳起来，张戈性子急，瞪着眼睛看魏卯："你说什么？以后都不论症了？你从哪里听来的？"

魏卯进出王府最多，消息都是他先听来然后告诉大家，魏卯一脸茫然地自言自语，就像一碗热水倒在张戈几个脊背上。

魏卯不知道怎么说才好，朝廷上的事他知道得不多，不过听说刘阁老死了，皇上病了，达官显贵都去了王府，师父因此忙起来顾不得药铺……万一以后都这样了，他们该怎么办？

魏卯道："我只是随便说说……"

"不会的，"萧全打断魏卯的话，"师父还有那么多医术没有传给我们，还有养乐堂都没建好，裴度那边的马血清才开始试着做，朱善也是每天都要和师父在一起研究怎么用丹炉制药，才会将新药做出来，师父不叫我们去论症，我们怎么办？"

是啊，他们怎么办？保合堂怎么办？

魏卯想要反驳，抬起头来却不知道该说什么。

萧全的心不禁凉了，魏卯是听说了什么事，否则不会这样胡乱说话。

大家说着话，白老先生让沈微言搀扶着进了屋，看到魏卯几个人一言不发地站在那里，白老先生道："这是怎么了？没有病患要看？"

魏卯摇摇头："不是，正要去查看病患。"

白老先生点点头："快去吧，前面都忙开了，你们也去辨辨症。"

魏卯想要挪动脚步，却觉得腿有千斤重，萧全和张戈也没有动。

白老先生皱起眉头："这是怎么了？"

"老先生，"魏卯忍不住道，"您说我们师父会一直教我们医术吧？保合堂不说，就说格物致知，师父准备了那么长时间，这还没开起来呢……"

不知怎么的魏卯说得眼睛发酸，大家都知道师父为了格物致知费了多少心力，谁都可能放弃杨氏医术，唯有师父不会放弃。

若是师父不能做成这件事，他会觉得委屈，没道理努力这么长时间一无所获，不是靠运气，也不是靠钱财和地位，而是靠自己的辛苦一步步走到现在，师父好不容易才有今天啊。

"你们这些孩子，"白老先生皱起眉头，"想这些做什么？若是没有你们师父，你们就不行医治病了？若是这样你们师父那可是白教你们了。"

听得白老先生的话，旁边的沈微言一颗心也提起来。

屋子里顿时一片安静。

"师兄，白老先生你们是不是知道什么，快说给我们听听，真是急死我们了。"

白老先生道："不要让康王妃白白教你们医术，不论康王妃在不在你们都应该仔细钻研杨氏医术，将来将杨氏医术发扬光大。"

白老先生的脸沉下来："这点都做不到，以后就别说是康王妃的弟子。"

这点都做不到。

魏卯看向萧全，他们不是做不到，他们是舍不得师父，在他们心里师父是会陪着他们一直走下去的人。

从来没想过师父有一天会不一样。

杨氏医术重要，师父不是更重要？如果没有师父还有什么杨氏医术，再没有谁会带着他们上战场，再没有谁会不眠不休地治病患，再也没有谁会将家中的钱财都拿出来只为了做一味药。

再没有谁……

如果没有这个人，他们又会回去开那些祖传下来的药方，又会做一个普通的郎中。

魏卯觉得胸口仿佛被什么东西堵住了，让他喘不过气来。

在战场治病的时候，师父和他们在一起吃饭，大家吃一个锅里的东西，伤兵还不信师父就是宗室妇，那时候他们就会仰着脸傻笑。

这世上就有这样一个人，被他们遇到了，他们不该笑吗？

对他们来说，师父是谁也替代不了的，不是谁一句话就能揭过去。

"白老先生，"江掌柜撩开帘子进门，"您快过去看看吧，丁二先生说，前面的病患像是霍乱，那可是要传染人的啊。"

听说霍乱，白老先生脸色顿时变了，魏卯整个人仿佛也精神起来，立即看向萧全："照师父从前安排的，发现传染人的病症就立即将患病的病患隔离开。"

萧全瞪大眼睛："我这就去前面安排。"

张戈道："我陪着白老先生去辨证，"说完看向魏卯，"这件事要不要告诉师父？"

霍乱这种病，传染起来不知道要死多少人，魏卯几乎没有犹豫："师父之前有话，只要保合堂有重要的事，不管怎么样都要让她知晓，当然要告诉师父。"

萧全听得这话几乎咧嘴笑起来。

白老先生看得这样的情形不禁摇头，怪不得人人都说保合堂里的人都是疯子，这种事别的药铺避之犹恐不及，这里却一片欢腾，达官显贵家听说了京里有这种病定然要立即买药来熏院子防瘟疫，保合堂却要将堂堂王妃请出来诊病。

说出来谁也不会相信，白老先生催促："别拖延了，快去吧！"

魏卯几乎是一路跑着去的康王府。

杨茉正和献王妃说话。

献王妃笑着道："气色看起来倒是好多了，都说怀儿母壮，我看你这胎错不了。"

献王妃是想要她一举得男，不过在她看来只要孩子康健能平安出生比什么都重要。

"这些日子就好好养着，"献王妃颇有深意地看着杨茉，"现在和从前不一样了，整个大周朝谁的性命都及不上你们母子。"

献王妃的意思是她要做皇后，她生下的儿子就是太子。

杨茉还没有说话，献王妃接着道："也不知道我们王爷和……康王爷都在聊些什么。"她害怕王爷提起王妃抛头露面的事，在她看来康王这时候登基最好，王妃怀着身孕不能往府外去，将来进了宫，不是她想出来就能出来的，这是水到渠成的，王爷偏要在康王登基之前来说这些。

王爷偏不肯，说什么一个女子在外行医治病已经是惹人非议，做了皇后万不能再行为有失。

王爷也是好心。

俗话说得好忠言逆耳。

所以她才会和康王妃这样说话。

但愿康王妃能听明白她的意思，免得将来闹大了更难收拾。

献王妃道："我府中有些嬷嬷，若是你这边忙不开，只管跟我说。"

献王妃话音刚落，梅香快步走进来，向杨茉和献王妃行了礼："魏卯过来了，说保合堂那边有急事要向王妃禀告。"

保合堂？献王妃抬起眼睛，又是药铺里的事？

不等杨茉说话，献王妃急着道："王妃怀着身子，再操劳保合堂的事恐怕不好吧？"

献王妃一直对她很好，可是这些人都始终无法理解她心里究竟在想着什么。

杨茉看向梅香："将魏卯叫到堂屋里，我这就过去。"

梅香应了一声退下去，献王妃皱起眉头焦虑地看向杨茉："我知道王妃的性子，只是这样的事王妃听听安排一下使得，千万不能自己去。"

这些日子她听到这样的话已经太多，杨茉笑着看献王妃："为什么不能自己去？我本来就是女医，魏卯几个遇到不会医治的病患，保合堂不能让病患等死，这是我早就和弟子们说好的，不论我将来如何，是什么样的人，我说出去的话永远不会变。"

献王妃惊诧地看着杨茉。

康王妃不是没有听明白她的话外弦音，而是根本不准备改变。

哪个皇后能这般，大周朝上上下下都不会答应。

献王妃连忙劝说："王妃还是仔细想想，不然和康王爷商量商量。"

"王爷开始就知道娶的是什么样的人，我开保合堂去战场王爷从来没觉得有什么不妥，"这些日子在府里，她愈发看明白，这样下去她不但不能做一个贤妻良母，她会对身边的一切都失去兴致，从现代到古代，她杨茉一直都没有改变，"论贤良淑德我定然不如王妃这些宗室妇，但是我会的，满大周朝也找不出第二个。"

献王妃不禁张大了嘴，她从来没想到康王妃会这样说。

仿佛早已经想了透彻，脸上没有半点的犹疑。

就这样清清楚楚地说出来。

诧异又让人惊奇。

摆在康王妃面前的是皇后的位置啊。

皇后难不成还比不上一个女医，怎么会有人这样想，又敢这样做，她想不明白，康王妃就这样站在她面前。

仿佛无论什么都动摇不了康王妃的想法。

康王妃真的觉得治病救人比做皇后还要重要？

有谁会不论身边有什么样的变化，一直遵循自己的初衷走下去，至少她没有听说过，所以来之前她就认为康王妃应该很好说服。

谁承想是这样的结果。

这里的事让王爷知道了一定会诧异，忽然之间献王妃觉得这样很好，要让王爷知道女子也不像男人想的那么简单。

思量到这里，献王妃觉得眼前这个娇滴滴的杨茉，一下子高大起来。

这样的气势，男子也比不上。

杨茉进了堂屋，魏卯立即站起身："师父，是霍乱，是霍乱，白老先生和丁二先生都看了，就是霍乱。"

霍乱，是烈性传染病。

杨茉脸色顿时变了："可将病患隔离开了？"

魏卯点头。

杨茉道："立即去找京中有相同症状的病患，将京外的庄子收拾出来，将病患都送去那里。"

"让沈微言带着人去做大量的盐水，要快，做得越多越好，还有我们用的空心针和管子，都要立即备出来。"

没有专门对付霍乱弧菌的抗生素，只能用生理盐水，如果疫情不是很严重应该能控制住。

"去找丁院使，让丁院使去看脉案，如果是霍乱，就要让太医院帮忙。"

杨茉迅速地说着，魏卯不停地点头。

魏卯忍不住问："师父，霍乱能治好吗？"

杨茉点了点头："要准备人参汤、四逆汤，所有接诊的堂医、郎中和伙计都要穿上我们保合堂的长袍，蒙住口鼻，病患的衣物要焚烧，病患用过的东西都不能让别人再使用，我们不但要治病，还要防止瘟疫扩散开……"

用中医的法子疏通人体内环境，用西医补液，她有信心能将霍乱治好。

杨茉这边安排下去，不多一会儿丁院使匆匆忙忙进了王府。

阿玖将丁院使引进书房。

丁院使刚进门所有人都看过来，一双双眼睛神情复杂地落在丁院使身上。

不知道丁院使会怎么说。

周成陵不说话，献王已经耐不住性子："确定是霍乱？"

丁院使道："我和太医院几个御医已经看了脉，确认无疑……"

屋子里顿时一片焦躁，真的是霍乱，先皇在位时京城就发过霍乱，传进了宫里，死了不少人，先皇因此避祸去了陪都。

葛世通看了一眼周成陵，才开口："太医院可有法子？"

丁院使道："不是没有，都是从前治霍乱的古方，只是效用并不算好，不过听保合堂说康王妃有办法治愈霍乱。"

有办法治愈霍乱。

这话不是随便说说。

康王妃说的话从来没错过。

可是现在要怎么办？方才这屋子里大多数人都说康王妃做了皇后之后不宜再抛头露面行医。

总不能大家就这样看着康王妃继续行医。

那岂不是自己打了自己的脸。

献王皱起眉头，不知该怎么取舍："不是还有太医院，就让太医院诊治。"

献王话音刚落，外面传来管事妈妈的声音："王妃来了。"

杨茉眼看着面前的门被下人推开，她提起裙角一步步走进去，屋子里坐满了人，周成陵坐在最上方听到声音转过头来，清亮的目光落在她身上没有半点的惊讶。

听说京城有了霍乱，他就料到杨茉在府里待不住了。

杨茉上前给献王见了礼。

杨茉虽然身形娇小，脊背却挺得笔直，脸上露出坚定的神情："京里出现了霍乱，光凭一个保合堂压制不住疫病，要太医院和朝廷一起建几个疫病所，还要随时焚烧病患的衣物和日常用具，"杨茉说着看向丁院使，"丁院使，跟我一起去保合堂看看情形吧！"

在康王妃那双眼睛面前，丁院使十分自然地点头，完全忘记了屋子里还有其他人，只要遇到这样的事，他死心塌地跟随的永远都是康王妃。

献王诧异地看着杨茉，杨茉抬起头迎过去，治病救人从来就不是丢人的事，她可以永远正大光明地做下去。

这就是她，或许离周成陵想象中的妻子有些差距，但是这就是她。

不能有人强迫她做她不愿意做的事，也不能有人阻止她做她该做的事。

杨茉看向周成陵，意外地发现周成陵脸上没有对她的失望和惊奇，而是带着温和的笑容，目光中甚至有几分纵容之色。

周成陵不反对她的做法……

她该对周成陵多些信心，相信他永远不会拘束她。

杨茉心里顿时愉悦起来："所有人要穿我们保合堂一样的长袍，要按照我说的方法诊病。"

献王看了一眼周成陵，周成陵没有半点要反驳的意思。

这些话说出来，杨茉觉得胸口无比的顺畅，她要彻底改变大家对疫病的认识，不只是她的徒弟和现在的太医院，她要让所有的医生都早几百年学到更多的医学知识。

她要让现代的医学在这里生根发芽，长成参天大树，她要用老祖宗传下来的中医和她懂的西医一起治愈周成陵的病。

这就是她要做的，她必然要做的。

她要做的是从来没有人做到的事。

再没有人会阻止她这样做，不光是因为她有决心，还因为她的丈夫即将成为皇帝。她早该这样想，这一切不该是她的阻力而该是她的助力。

听到献王妃的那些话，她才明白过来，如果周成陵不肯让她继续行医，献王妃就不会这样小心翼翼地试探、劝说她。

傻瓜，她可真是个傻瓜。

她应该对周成陵多些信任，就不会连着两天睡不安稳，自讨苦吃。

"去吧，"周成陵吩咐丁院使，"多找几个人帮王妃，不能让王妃出半点差错，否则唯你是问……"说到后面几个字音调陡然低下去，话语中的威严让周围人结结实实打了个寒噤。

杨茉坐上马车一路到了保合堂，立即就听到外面隐隐有哭声："这可怎么办啊。"

马车停下来，外面的声音也戛然而止，仿佛突然被人捂住了口鼻。

杨茉让梅香搀扶着下车快步走进保合堂，高正春家的带着婆子将准备好的长袍和布巾拿来。

杨茉看向赶过来的萧全："病患家人都找到了吗？"

萧全摇头："没有……刚才人还在这里，一转眼的工夫人就不见了。"

不见了？方才她还听到哭泣的声音，怎么会找不到人。

旁边的姚御医脸色难看："是瘟疫的关系，从前官府处置疫情都是将所有病患隔离开，病患家的物件拿出来焚烧。"

所以人人都会害怕。

杨茉看向姚御医："去跟外面等消息的人说，保合堂接手疫病和从前不一样了，我们会尽所能治疗病患，不让疫情扩散开，大家一定要配合我们，安排几辆马车，凡是有病情的人都送到庄子上去，保合堂的堂医、郎中随我一起去庄子照应病患，贴出文书请更多的药铺来帮忙。"

"运送病患的马车挂上保合堂的旗子，大家上门去给病患诊治，劝说病患去庄子上，千万不要强迫病患。"

百姓们都已经被朝廷从前的做法吓到了，要想获得大家的信任不是件简单的事。

姚御医听着不停地点头。

"姚御医，"姚御医已经不在太医院，可是大家还是习惯地喊他御医，杨茉和姚御医对视一眼，"外面的事交给你，我去庄子上准备接收病患。"

姚御医忙点头。

姚御医从药铺里走出来，就有别家药铺的堂医来打听："听说康王妃回保合堂来了？"

姚御医紧绷的脸上也露出一丝笑容来，虽然遇到瘟疫，康王妃总算是回来了。

"康王妃说现在准备做什么？"

姚御医道："准备马车拉病患去庄子上治病。"

"谁家的庄子？"

谁家的庄子能腾出来让患霍乱的病患住进去。

姚御医诧异地看着那些人："当然是康王府的庄子。"

康王妃治病还能用谁家的庄子。

"听到没有？"旁边的小郎中道，"要将病患都送去康王的庄子上，康王妃出面诊病，大家还有什么好怕的。"

姚御医将写好的霍乱的症状都贴在墙上："有这样的症状，大家就将脉案写下来，到了庄子上，我们好分开治病，在疫区我们就用过这样的法子。"

聚过来的医生越来越多。

所有人都仔细地听着姚御医说话。

越来越多的人。

越来越多的人。

姚御医不禁想起和康王妃一起在京外治痘疮时的情形，这才多久一切就有了这样的变化，姚御医不由自主地怔愣。

"姚御医，接着说啊！"

一双双眼睛看着他，他忽然觉得就算是霍乱也不那么可怕。

"什么叫先盐后糖？姚御医给我们解释解释，这是要我们怎么开方剂？"

先盐后糖是康王妃方才说的补液方法，姚御医忙道："先盐后糖说的是静脉注射，我们这里只要辨症清楚，就给吃上汤药剂。"

众人点头："这就好办多了。"

整条街顿时热闹起来，大家正议论着，就有人喊道："快，快，快有病患来了。"

这么快。

姚御医看着人群散开，有人走过来："郎中先生快看看我娘，我娘病了两天了。"

姚御医正要走过去，已经有人搀扶上病患："走，走，去诊室里，"说着看向姚御医，"姚先生去准备马车吧，只要确诊大家都往马车上送病患啊。"

周围顿时一片沸腾。

上清院里说不出的安静，刘妍宁不敢抬起头来，早知道如此她就不应该跑来上清院，她千方百计地过来，只是为了见父亲，期望能见父亲一面商量个出宫的法子，谁知道亲眼看到父亲被杀死。

她忘不了那个情景，父亲整个人挂在树上，一只脚穿着靴子，一只脚光着连袜子也没有了，她好不容易等到周成陵带着人走了，才小心翼翼地靠过去，抬起头来仔细地看，父亲的脸扭曲着，龇着牙，嘴边满是血迹，如同阴曹地府的恶鬼。

想到这里刘妍宁瑟瑟发抖，只要听到外面传来脚步声她的心就像是被一只手紧紧地攥住。

害怕。

万一是周成陵让人来杀她，她可怎么办？

她会怎么死？

　　是用毒酒还是被内侍勒死，或者是她想不到的另一种死法，会不会死得比父亲还要凄惨，刘妍宁想不出来。

　　"丽嫔娘娘，丽嫔娘娘，皇上醒过来了，您要不要过去？"突然有声音传来，刘妍宁下意识地缩在角落里，半晌才看清楚眼前的人。

　　黄公公，是黄公公。

　　刘妍宁立即抓住黄公公的袖子："公公带我过去，我……要见皇上……"

　　皇上已经看到父亲被周成陵杀了，现在皇上应该相信刘家是忠臣，周成陵才是真正的奸佞，她现在能依靠的只有皇上。

　　黄公公点点头，刘妍宁急忙起身跟在黄公公身后走到侧殿里。

　　如今侧殿里一片冷清，内侍和宫人都不知道去了哪里。

　　周成陵到底准备怎么样？没有杀皇上也没有让人看管，说不定这件事还有转机，看到蒲团上坐着的皇帝，刘妍宁几乎是扑了过去："皇上，皇上您怎么样？有没有受伤？"

　　皇帝一动不动地坐着，直到刘妍宁扑过去，皇帝才睁开血红的眼睛。

　　"皇上，皇上，康王谋反了，快想想法子平叛吧！"刘妍宁的声音在大殿里响起来。

　　皇帝却动也没动。

　　黄公公和刘妍宁看着皇帝，不知是哪里忽然发出"吱呀"的声响，刘妍宁转过头去，两扇门正被人推着缓缓地关起来。

　　阳光被压成一条细线，屋子里越来越黑。

　　那扇门要隔断她所有的生机，刘妍宁忽然之间缓过神来，整个人向门口扑去，人才到了门前，肚子上一疼，整个人顿时飞了出去。

　　宫门被完全关起来，立即就有钉门的声音传过来。

　　这是要让他们死在这里。

　　这是要让他们全都死在这里。

　　她不要死，她要活着出去，她还要抬起头看看天，畅快地喘口气。

　　"皇上被叛贼所伤需要仔细休养，从今天开始关闭上清院大门，不准任何人觐见。"门外传来韩公公的声音。

　　不知是哪个小内侍插嘴："皇上修炼多年，早已经辟谷，只是辛苦了黄公公和丽嫔娘娘。"

　　"你个小鬼头，小心日后有人撕你的嘴。"

　　"公公可别吓我们，听说将来的皇后娘娘为人和善，我们这些人有福了。"

　　门外传来一片笑声。

　　未来的皇后娘娘，刘妍宁瞪大了眼睛，未来的皇后娘娘是杨氏，是杨氏。

　　哈哈，真好笑，杨氏……

　　"我嫁给了两个皇帝？"刘妍宁看向面如死灰的黄公公，她歪起头来，"我……是不是嫁给了两个皇帝？"

　　她嫁给了周成陵又进了宫。

"有几个女人能嫁给两个皇帝，我不该是大富大贵之人吗？"刘妍宁脸上突然泛起了红晕，可是转眼间她却又垂下了眼睛，眼泪簌簌掉落，"可我为什么那么凄惨，我不要这样凄惨。"

刘妍宁跟跟跄跄地站起身扑到门前，伸出十根手指不停地去抓门。

"让我出去，让我出去。"

凄惨的声音在屋子里响起。

"丽嫔娘娘，您安心待着吧，等到断食断水两日，才是您该哭的时候，您还不知道灾荒之年百姓易子而食吧？"韩公公说着顿了顿，"您也不知道咱家就是从死人堆里爬出来的。"

刘妍宁一时不明白这句话的意思。

韩公公接着道："咱家进宫这么多年从来没有回乡祭拜，丽嫔娘娘可知为什么？因为咱家没脸回家祭拜，年年闹饥荒，朝廷很少下派赈灾粮。"

"咱家没脸回去祭拜，饿鬼越来越多，咱家送去饭食爹娘老子也吃不上一顿饱饭。咱家更没脸见父老乡亲，"韩公公说到这里笑起来，"今年咱家总算是能回去了，为了宫外的百姓能吃饱，丽嫔娘娘您也要尝尝饿死的滋味。"

听着韩公公的声音，刘妍宁整个人呆愣在那里。

她没想到，没想到这是要饿死她。

"等你们死了，新君就要登基了。"

"可惜你们已经看不到那一天。"

……

"找到了没有？"杨茉低声询问。

阿玖道："找到了，是进京的商人先患病。"

这就对了，霍乱一般不会在京中这样的地方突发起来，大部分病患都是因为食用了不洁的海鲜引起的。

只要找到了源头就更方便防止疫情扩散。

"按照轻重划分好病患，这种肠道疾病防护起来不容易，你们要格外小心。"

杨茉仔细吩咐下去，这段日子她觉得说不出的轻松，太医院带着女官来帮忙，她说过的话他们一遍就记住，做起事来也格外的麻利。

朝廷下令做蒸馏水，比起她从前请酒肆帮忙快多了，一瓶瓶的药送来，就算病患再多也足够使用。

她用的空心针和软管也是按时送来，她再也不用因为没有器械而着急。

"师父，今天只增加了一个新病患。"

整个发病的曲线下滑，就是疫病已经得到控制，疫情转好的标志，魏卯几个从开始问她曲线图是用来做什么的，到每天盯着图表不放，不过一个月时间就又学会了一样现代的统计方法。

白老先生按时来给杨茉诊脉，不知怎么的这样忙起来，杨茉倒觉得身上越来越好了，说不定这孩子也喜欢行医。

"王爷来了。"梅香进门低声道。

杨苿点点头,忙去内室里换衣服,谁知道衣服还没换完就看到跨进来的人影,杨苿忙转了个身到屏风后:"你先等等,我一会儿就出来。"

她穿过这身衣服看病患,不能大意。

杨苿衣服还没脱下去就有一只手伸过来帮她将衣带系好:"换来换去的麻烦,你和孩子都不怕,我怕什么。"

杨苿沉下脸:"这可不是小事,万一传染上了可怎么得了。"

周成陵倾过身来唇瓣贴上她的鬓角:"哪有那么容易传染上。"

他还真是不怕。

杨苿转过头来看周成陵,周成陵脸上带着笑容,手自然而然地放在她隆起的肚子上:"快来,杏仁羹要凉了。"

她想吃杏仁羹,早晨交代了厨房去做,谁知道却是周成陵送过来。

庄子在京外,周成陵整天往这里跑,弄得这里除了病患,小院里还住了许多的幕僚,来来往往达官显贵不断,她不得已住到旁边的庄子上,这样方便和周成陵见面。

她总觉得这就是周成陵想要的结果,好让她离病患尽可能远一些。

周成陵虽然城府很深却事事都是为她好。

杨苿一勺勺吃着杏仁羹,周成陵坐在旁边软榻上讲笑话:"听说于御史的夫人也怀了身孕,每日里要吃五六顿,家里的下人被支得四处买东西,于御史头发也掉了一大把,你怎么还像从前一样,杏仁羹想吃了只要一碗就够了。"

她哪里一样,她的腰不知道粗了几圈,饭也比从前多吃一倍不止,衣服都是重新做的,连鞋子都大了两圈,再吃不知道要吃成什么样子:"你是看我吃得多,故意笑我。"

"吃得多就再来一碗,我让厨娘已经准备出来。"

今天的杏仁羹做得还真好吃,杨苿吃过一碗还真的就想吃第二碗,正要吩咐人去拿转过头来却看到周成陵靠在软榻上睡着了。

午后的阳光照进来,屋子里暖洋洋的,他闭着眼睛,呼吸很轻,嘴边还带着一丝笑容,睡得那么安静。

傻瓜,每天这样跑来跑去自然会觉得疲累。

傻瓜,杨苿想要轻轻骂周成陵一句,张开嘴却又舍不得。

给周成陵盖上了薄被,杨苿和梅香出了门,刚走到廊下就看到杨秉正。

"父亲。"杨苿走上前去搀扶。

杨秉正摇摇手:"我已经好了,你要照应好自己才是正经,"说着顿了顿,"王爷呢?可在这里?"

杨苿看向主屋。

杨秉正脸上立即露出紧张的神情。

杨苿道:"王爷睡着了。"

杨秉正这才松口气,低声道:"于御史来了,说王爷不肯看他的奏本,礼部和宗人府都已经准备好了,王爷怎么好像半点不着急的样子。

虽然还没有对外说皇帝已经驾崩在上清院,但是大周朝满朝文武都心照不宣,国不可一日无主,没想到关键时刻不着急的反而是周成陵。

周成陵不肯登基。

到底在想什么,或许是时机未到?

可是皇上驾崩,膝下无子,宗人府一致推举周成陵,这是顺理成章的事,更何况康王一脉在宗室中本来就声望很高。

杨茉才想到这里。

"于御史想要见王妃,"杨秉正道,"我怎么也拦不住。"

于御史就是方才周成陵说的那个?

杨茉摇头:"朝廷中的事,问我也没用,父亲让于御史回去吧!"既然周成陵不回于御史的奏折,自然有他的道理。

"于御史是怕王爷不肯相信御史言官,毕竟这些年御史一直无所作为……"

听父亲这样一说,杨茉笑起来:"方才王爷还和我提起于御史夫人又有了身孕,若是不在意,王爷怎么会知道这些。"

杨秉正不由得惊讶:"是王爷亲口说的?"

杨茉点了点头:"父亲安心,若是王爷没有批复奏折,那一定是于御史没有写到王爷想看的。"

杨秉正看着女儿脸上的笑容,被关起来那几年,他想着女儿会出落成什么模样,他怎么也没想到女儿不但成了大周朝最有名的医生,日后还会成为一国之母。

"你母亲是个有福的。"

听得杨秉正的话,杨茉以为父亲说的是陆姨娘。

"她却将福气给了我,自己……先走了。"杨秉正说着,胸口如同梗了一口气,他忙吞咽了一口。

原来父亲说的是嫡母,杨茉不禁黯然,如今杨家缺的就是祖母和嫡母,有多少人是怎么努力也不会回来的。

杨秉正深切地看着杨茉:"王爷对你很好,要珍惜眼前人啊。"

看着父亲萧索的背影,杨茉手抚上肚子,还好他们现在拥有着彼此,还好现在是他们最好的时光。

他们还有大把大把的时间相伴相依。

杨茉将魏卯叫来问了病患的情形,转身回到房里,周成陵还没睡醒,他的头发落在枕头上,看起来慵懒又温情。

不知道是不是她的脚步声吵醒了他,他睁开惺忪的眼睛,看到她的脸笑道:"我睡着了?"

杨茉颔首:"睡着了。"

周成陵伸出手来将杨茉揽过去:"一会儿再去看病患吧。"

杨茉顺势缩进周成陵的怀里:"不去了,前面都安排好了不用过去,"她埋下头闻着他身上的清香，"你跟我讲讲外面的事。"

"我说要在书院开设你的格物致知。"

杨苿惊讶地抬起头，看着周成陵的笑容："外面人还不知道格物致知是什么，你就这样安排下去……一定会有人觉得我要将药石医理搬去国子监。"

"那又怎么样？"周成陵失笑，"你还会怕这些？没有大家闺秀出门看诊，更没有宗室妇带人去战场行医，也没人能剖人胸膛握住心脏，你不是都做到了？你想要做什么就去做，没有人能阻拦。"

周成陵早就说过这句话，她当时并没有放在心上，如今他是真的做到了，成为了她的依靠，任她为所欲为。

杨苿蹭着周成陵的下颌："我要做什么你都答应？"

周成陵弯起眼睛："还好你要的不多。"

杨苿笑出声："原来你也害怕，所以先要堵住我的嘴。"

周成陵拢住她的腰身，低下头亲吻她的嘴唇，两个人握着手相依相偎，屋子里一时宁静。

霍乱之疫没有蔓延，有魏卯几个人在庄子上照应，杨苿准备回去王府。

梅香这边还没收拾完东西，春和快步走进来，看着春和脸上的惊诧，杨苿将手里的茶碗放下："出了什么事？喘口气慢慢说。"

春和勉强松了口气："王妃，庄子外送来一架车，一架车……"

杨苿皱起眉头，一架车就吓成这样："什么车？"

春和摇摇头："是……礼部送来的，说是送给王妃的，凤……凤辇……"

凤辇？

杨苿诧异地站起身来。

凤辇？

杨苿霍然明白过来，为何周成陵一直不肯登基，原来他等的就是这个，让礼部心甘情愿将凤辇送来庄子。

因为庄子上满是御医和医生，周成陵是要让满朝文武都在她面前折腰。

怪不得，怪不得……

想到周成陵依在软榻上睡着的模样，杨苿眼前一片模糊，他用这凤辇换来了她的自由。

春和抿了抿嘴唇："王妃，您要坐凤辇回去？"

杨苿笑着看向春和："胡说，当今皇上是谁？我为何要坐凤辇？"

周成陵还没有登基，她不会坐凤辇回京，她要留下来等着周成陵登基称帝，那时候她就正大光明地坐辇车到他身边。

皇帝驾崩的消息从上清院传出来，整个皇宫一片混乱，匆匆忙忙将大行皇帝小敛之后，新皇登基迫在眉睫，国不可一日无主，大行皇帝身下无子，康王周成陵承继皇位。

丧乐过后是登基的喜乐，登基、祭天、大赦天下，周成陵忙得不亦乐乎，杨苿趁着这个时候去看裴度做出的蛇毒血清，等到回来时，周成陵已经坐在椅子里，她走过去，他抬起头来看她，眼睛里是一片似海般的深沉，带着些许埋怨。

杨茉伸出手来心虚地去抱他，他不闪不躲让她依偎在怀里，一阵风吹过，整个大殿满是桂花香气。

第二十五章 永远

"杀人了！"

"谁杀人了？"

"我就是说你，你杀人了。"

赵御医涨红了脸，手里握着魏卯的单方："说的就是你，你仗着是皇后娘娘的徒弟，就乱开刀治病，如今病患死了，你说人是不是你杀的？"

"你就不觉得心虚？"

"你没听到病患家人哭的声音？你敢跟病患家人说，你没做错？"

魏卯被戳中了心事，汗毛一下子竖立起来，他请济子篆先生一起做了手术，没想到手术还没完成，病患就死在了手术床上，到底为什么会这样他也反反复复地从头到尾想了一遍，他觉得他没有任何失误，可就是没有能治活病患，他一个月连着做了两个手术，全都失败了，魏卯被骂得垂头丧气不知道该怎么为自己辩解。

"皇后娘娘。"魏卯抬起头看向屏风后的杨茉。

"脉案我已经看了。"

屏风后传来清澈的声音。

杨茉顿了顿接着道："是我看过文书之后，请济先生和太医院会诊同意手术。"

魏卯连连点头。

杨茉说着吩咐女官将手里的文书递给魏卯："我要你将手术中做的任何一件事都写下来递给我看，每一步都不能有遗漏。"

杨茉的声音刚落，魏卯手心顿时渗出汗来。

"除了你，济先生、胡灵都要将写好的文书拿给我。"

魏卯诧异地看向屏风后的皇后娘娘，没想到不但他要这样做，还连累了济子篆和胡灵。

魏卯突然觉得胸口有一块石头死死地压在那里，让他透不过气来，自从师父做了皇后情形好像就不一样了，来保合堂的次数很少，虽然也亲自教他们医术，可就是没有从前离他们那么近了。

魏卯垂头丧气地走出大殿，一头扎进保合堂，他以为谁不能理解，皇后娘娘也会替他们说话。

皇后娘娘应该比谁都清楚，他们用新医术治病的艰难。

难道真的是他错了？

魏卯写好厚厚一摞文书才又要进宫去，萧全、张戈几个等在门口，看着脸色铁青的魏卯："师兄，皇后娘娘到底怎么说？"

魏卯摇摇头："太医院上了不少奏折，恐怕师……皇后娘娘也不能视而不见。"

师父如今是皇后娘娘，不只要管着保合堂，还要为太医院做主。

魏卯苦笑："恐怕我日后无法再和济先生一起手术了。"济先生动手术没错，他安排了麻醉、用药，一定是他有了错处。

保合堂接的病案越来越多，太医院也在学习杨氏医术，知道杨氏医术的人越多，想要学习的人越多，随之而来的就是各种质疑的声音，他们本就觉得压力很大……现在连师父也不站在他们这边，他们要怎么办？

魏卯心情忐忑地进了宫，将手里的文书交上去。

眼看着屏风后传来翻文书的声音，魏卯梗着脖子静静地等，数着自己的心跳，他终于忍不住问："皇后娘娘……师父，是不是手术哪里错了？"

"魏卯，你是不是觉得委屈？"屏风后安静了片刻，清澈的声音立即传过来。

魏卯低下头。

杨茉站起身从屏风后一步步走出来。

坐在椅子上的魏卯忙站起身行礼。

"魏卯，你是觉得我应该帮你说话，护着你，因为手术每一步你都是向我学的。方才我看了你写的文书，若是我，我也会这样做，你学得很好。"

魏卯听得这话才敢抬起头来，师父还是像从前一样，目光清澈，脸上的神情坚定、沉着，无论遇到任何事也不会惊慌。

"但是不能因为这样，我就不问你，不是任何人都能用新医术治病，也不是任何人都能冒着风险给病患开刀做手术，你们跟着我学医术，并不是为了我学医术，不管我在不在这里，你们都应该能将我教的医术发扬下去，"魏卯他们太过于依赖她，她不想只有她在这里时才能看到医术在发展，杨茉接着道，"无论什么时候，都要经得起别人的质疑，守得住自己的本心，不要退缩，要勇往直前，一定要这样你才能成为出色的人，出色的医生。"

魏卯含着眼泪点头。

"从今往后你们要开始教学生了，做师父要有做师父的样子，不要遇到一点事就惊慌，要相信自己，要学习更多的医术，不要被学生问倒，不能事事依赖我。"

魏卯颔首："师父说的话，徒儿都记住了。"

杨茉点点头。

看着魏卯退出去，杨茉看向梅香："还有多少文书？"

"不少。"

梅香让女官将文书送过来："还有格物致知、朱善那边的文书等着娘娘看。"

从前以为进宫之后她就不会自在地四处看病，现在才知道牵扯住她的不是这个身份，而是发展起来的医术。

将上清院的那些丹炉交给朱善和萧轲几个方士，开起了格物致知，各种事一下子就将她的时间占满，她大多时间都要看文书或者处理些类似魏卯今天的事，有太多事要做，她已经不单单是个女医。

"有没有跟魏卯说？"周成陵的声音传过来。

杨苿放下笔转过头去，看到已经换了常服的周成陵，周成陵不喜欢在她面前穿龙袍。

杨苿点点头："说了，让他们教学生我还有些不放心，等他们在格物致知讲课，我也去听听。"

周成陵拉起杨苿的手："掌纹不乱，这样操心。"

"你还信这些。"杨苿说着抬起头来，突然发现周成陵好像瘦了许多，这段日子边疆闹得厉害，董昭带着大军去平乱，军报接二连三地送进京，周成陵几乎没有时间睡觉。

"过了这次就好了，"周成陵笑着看杨苿，"我要去边疆帮董昭一把。"

杨苿惊讶地睁大眼睛："你要御驾亲征？"没人的时候他们之间的称呼一如从前。

她不想要皇帝、皇后这样政治性很强的称呼。

周成陵也不喜欢在她面前称"朕"，他总觉得朕、寡人、孤听起来都很冷清。

周成陵颔首："机不可失时不再来，这一仗过后，西疆能稳定十五年。"

男人总是喜欢开拓疆土和女人的想法不同，周成陵更是一个善征战的皇帝，以周成陵的话来说，国家越是富庶越少不了征战，不能让大周朝成为别人的囊中之物。

杨苿点点头，就像她迷恋医术一样，她能理解周成陵的想法："那我缝件披风给你。"

周成陵不由得笑起来："上次你做的袍子可做完了？"

那件她进宫之后就开始做的袍子，本来要在女儿出生之前做好，谁知道做了一半就忘在一旁。

周成陵笑着问过一次，后来说："朕的皇后不擅女红。"

"披风来不及了，不知道那件袍子我还能不能穿。"

杨苿不禁脸红："那就等你回京的时候再穿。"

送周成陵出京，杨苿亲手准备周成陵要带走的衣物、用具，董昭的夫人进宫拜见，说起送给董昭的东西："都是些衣物和鞋子，婆婆说多带几双鞋要紧，全是我亲手做的。"

说起亲手做，杨苿就脸红，还是董昭的妻子心灵手巧，她是什么都不会："我也学过一些，实在做不来就放在一旁。"

董夫人掩嘴笑："皇后娘娘哪里顾得上这些，我还想要学医术，婆母让我趁早断了这个心思。这些还是我和祖母学的，祖母说武将在外，最重要的就是穿鞋。"

杨苿点点头，这次她一定要和女官学学，下次周成陵出去给他带两双她亲手做的鞋。

建辉三年，周成陵御驾亲征，大军浩浩荡荡从京师出发，杨苿突然觉得整个皇宫空寂了许多，要不是大公主宣华年幼，她也会跟着周成陵去边疆。

宣华拉着杨苿的手，小小的身子赖在杨苿怀里，让她讲故事，被宣华这样一哄，杨苿心里倒是舒服了。

吃过了水果，宣华吞吞吐吐，在杨苿身边腻着要吃奶糕。

宫里的吃食定时定量，嬷嬷管得尤其严，吃饱了一口也不肯让多吃，杨苿想着现代放养的小孩子，看向嬷嬷："吩咐厨房做一盘来给大公主吃。"

嬷嬷立即低下头："皇后娘娘年轻不知道小孩子不能坏了胃口，将来身子骨要弱下来，可不是小事，娘娘不能任着大公主的性子。"

　　杨茉握起宣华的小手："偶尔吃一次没关系，"杨茉说着看向宣华："就吃一块好不好？"

　　宣华乖巧地点头。

　　杨茉道："去吧，让人快点拿来。"

　　嬷嬷只好答应："那就让厨房做一小碟送来。"

　　奶糕端上来，宣华欢快地吃了一小块，又伸出小手抓了一块，杨茉以为宣华还要吃，谁知道宣华将奶糕送到杨茉嘴边："娘也吃。"

　　奶糕突然送到嘴边，杨茉不禁一怔，旁边的春和看了笑起来："公主知道疼娘娘呢。"

　　杨茉也觉得欢喜，这是宣华从来没有过的举动。

　　今天的奶糕做得有些腥，杨茉闻起来就没有胃口，可是宣华用肉肉的小手举在她嘴边，她就不忍心拒绝，忙张开嘴将奶糕咬进去，想着吃完奶糕就逗宣华说话，谁知道这样一咬，一股腥臭的味道立即冲进嗓子，又咸又干，杨茉忍不住弯腰呕起来。

　　翻江倒海地恶心，好像有一根绳子向外扯着她的胃。

　　"娘娘这是怎么了？"旁边的女官吓了一跳，忙上前伺候，折腾了半天杨茉才算将胸口的恶心压下去。

　　"让丁院使来给娘娘诊脉吧？"春和小心询问着。

　　杨茉摇摇头："不碍事，说不定是好事。"

　　生下宣华之后，周成陵早就盼着有第二个孩子，她的月事却一直不准，盼了一年多，她也就放弃了，想着顺其自然什么时候到，什么时候生。

　　没想到周成陵才出征，她这边就有了反应。

　　这一胎和怀宣华时完全不同，才过了一个月就将她折腾得死去活来，半点奶味儿都会让她呕上好久，不能吃甜，不能吃腥，沾不得半点油腻，小厨房变着花样地做饭菜，最终她能吃下去的不过是白米粥。

　　最让她难受的是胸口说不出的疼。

　　杨茉将魏卯叫来吩咐："让养乐堂都准备好，御驾亲征，伤兵定然会增加不少，要有足够的米粮和药材。"她的计划是完全被打乱了，要不是有了身孕，她还想安顿好宣华，就一路追去西北，蒋平拦不住她，她也有正当的理由，周成陵在外，她是真的放心不下。

　　魏卯道："都准备好了，各地的养乐堂东西都备得齐全了，沿着官路送上去，定然不会短缺了东西。"

　　养乐堂治好的伤兵，只要不能再上战场的大多数都回到养乐堂帮忙，平日里看着药材和粮食，将东西分发给伤残的兵将。杨茉将急救的知识传给养乐堂的人，也有了意想不到的效果，因救治不当伤残的兵将几乎没有。

　　"这样就好，你带着徒弟要去看看……"杨茉说着话想要下床走走，脚刚落了地，眼前忽然一黑，耳边传来女官惊呼的声音，杨茉努力想要睁开眼睛，耳边的声音却离她越来越远。

……
"皇后娘娘。"
"皇后娘娘。"
这是在叫谁？杨茉霍然睁开眼睛，床边已经围了许多人。
看到杨茉醒过来，丁院使松了口气，将针拔下来："皇后娘娘觉得怎么样？哪里不舒坦？"
杨茉摇摇头："只是头很沉，提不起力气。"
"皇后娘娘怀大公主时就有这样的症状，"丁院使接着道，"保胎的方子还要用，皇后娘娘这些日子还是不要下床……"
丁院使的声音仿佛离杨茉越来越远，半晌杨茉才抬起头："只要和怀大公主一样歇着，就能顺利将孩子生下来？"
看着杨茉迷茫的目光，丁院使不知怎么的心里一沉，本来十拿九稳的事却顿了顿才敢开口："只要好好休养，过了这一两个月就会安然无恙。"
杨茉目光落在桌案上的花斛上。
难道她在这里的生活已经到了尽头？
这里的一切终究成空，她会忘记所有回到她从前的生活里，不会记得这里的点点滴滴，连周成陵和孩子都会忘记。
或者这里对她来说就是一场梦。
杨茉忽然打了个寒战。
不要，不要在这时候，千万不要，周成陵不在她身边，她又怀着孩子，她有太多太多放不下的东西。
老天不要在这时候跟她开这样的玩笑。
想到这里杨茉心顿时疼起来。
丁院使道："娘娘身上不舒坦，千万不要思虑过重。"
就这样静静地养着，说不定能撑到周成陵回来。
杨茉闭上眼睛，长长地出了口气，手指却紧紧地捏起，半晌才看向床边的嬷嬷："将大公主抱来我想看看大公主。"
等着嬷嬷将宣华带来，看着宣华的笑脸，忽然有股酸涩的滋味冲向杨茉的鼻子。
孩子，她的孩子，她的家，都在这里，为什么她要经历这样的生离死别。
她和周成陵会相伴到老，子孙满堂，他们甚至连后面几个孩子的名字都想好了。
她不要走，她不能走。

抱着宣华坐了一会儿，杨茉的心才慢慢平复下来，宣华安稳地睡在她怀里，就像平日里一样。
嬷嬷在一旁道："娘娘该歇着了，把大公主给奴婢吧！"
杨茉这才将宣华交给嬷嬷，这样简单的动作不知道牵扯到了哪里，杨茉顿时觉得后腰一阵酸疼。

这一胎真的和怀宣华时不一样，到底为什么她也不明白，按理说生过宣华之后她的身子比从前好了不少，怎么才怀孕就被压垮了？

杨茉躺了一会儿，春和上前道："娘娘，家里来人了。"

杨茉点点头，等在殿外的陆姨娘这才被带进来："皇后娘娘有了身子，要安心在床上歇着，"陆姨娘脸色难看，"可将我吓坏了，娘娘这一昏就是一日，"说到这里陆姨娘眼睛中泛出了泪光。

原来她昏迷了一日，她还以为只是眨眼的工夫。

杨茉露出一丝笑容："姨娘不用担心，没事的，太医来看说养养就好了。"

"娘娘心里该清楚，论医术谁也及不上娘娘，"陆姨娘拉起杨茉的手，"皇上又不在京里，万一有个差池可怎么得了。"

是啊，周成陵又不在京城。

周成陵一定要打个胜仗快些回来，见到周成陵她可能才会觉得那不过是个噩梦，噩梦醒来一切都会烟消云散。

"等到皇上得胜归来，听说这个喜讯一定会高兴，"杨茉安慰陆姨娘，"哪个母亲怀孕的时候不吃苦，姨娘不要听他们小题大做。"

要等到周成陵得胜回京，要将孩子顺利生下来，这是她现在最大的愿望。

转眼过了两个月，杨茉觉得已经受尽了所有妊娠反应的辛苦，早晨呕吐不止，到了晚上就是烧心反胃，睡不安稳，半夜里惊醒就是一头冷汗，女官和内侍们不敢阖眼，只要她有一点声响春和都会来询问。

就这样战战兢兢地过着日子，终于听到大捷的消息，周成陵平了西北，彪悍的西北可汗带着臣民向周成陵臣服。

大捷就证明周成陵要回来了，杨茉压在心头的包袱终于放下，那天真的就只是做了个梦，都是她的胡思乱想。

杨茉让春和将地图找来，开始盘算回京的大军走到了哪里，听了一会儿就开始头昏眼花，事到如今杨茉只能承认，她这胎怀相是不好。

只要睡着杨茉就会梦到以前的事，不是反反复复重复一个梦，每次都是接着上次的梦境向下发展。

加上周成陵迟迟没有回来，焦虑、怀疑、恐惧就这样将杨茉整个人塞满，她足不出户不知道外面到底怎么样，她了解周成陵，班师回朝应该格外快，不可能走到哪里连一封信也不捎给她。

本来是打了胜仗，整个大周朝却没有半点喜气。

献王妃、醇郡王妃轮番进宫里来，却很少提及周成陵的胜仗，而是让她安心养胎。

杨茉越来越觉得不对劲，她终于按捺不住，吩咐春和将蒋平叫进来："给皇上带封书信，就说我有了身孕，急于知道他的近况，让他亲手写封回信给我。"

除了周成陵亲手写的信，那些由文官写的信函，她从今天开始扔在一旁看也不看。

下面的蒋平动也没动，好像连话也不敢说了。

大殿里的气氛一下子凝结住。

不知道是谁咳嗽了一声,蒋平才回过神来。

见到这样的情形,杨茉的心倒一片平静,这几天的焦躁、惧怕通通去得无影无踪,皇帝要回朝宫里不可能这样安宁:"说吧,到底出了什么事?我不可能永远不知晓。"

蒋平头也不抬:"皇后娘娘,一切都安好,没事……"

杨茉皱起眉头:"蒋平,"声音高了许多,"抬起头看着我说,皇上安好。"

蒋平的头缓缓地抬起来,一双眼睛里带着些许懦弱和担忧,全都收入杨茉眼底:"传翰林院修撰常亦宁进宫。"

杨茉声音低沉,春和不知道自己是不是听错了。

杨茉盯着蒋平:"蒋平,你一直跟着皇上,我亲手为你操办了婚事,按理说我最信任的人应该是你,现在这个时候你们却将我圈禁在这里,我只能想方设法地去打听消息,你们跟了我这么多年,现在却这样做,你们对我的了解甚不如常亦宁,将常亦宁叫来,他一定会将外面的消息跟我说,因为他知道,我是瞒不住的,早知道一刻我可能更有办法去应对,我这辈子活就要活个明白。"

这话虽是跟蒋平说的,却让整个大殿里的人都听了个清清楚楚。

蒋平先跪下来,然后是春和、梅香,这样一来大殿里所有人都站不住了。

"皇后娘娘,"蒋平终于忍不住,"微臣是担忧您的凤体,皇上知晓了,定然……定然……"

"我的身体我自己做主,你们管不了,你管不着,"杨茉从床上起身,春和要上前搀扶,却被杨茉一手推开,"你们不说不要紧,我自己出宫去。"

"是皇上的病,"蒋平几乎将额头磕在地上,"皇上回京的路上呕吐不止,回京的时间才一拖再拖,皇上听说娘娘怀着身孕,三番两次晕倒,吩咐我们定然不能和娘娘提起,保合堂的魏卯、萧全已经出京去给皇上诊治……"

杨茉清楚地听到自己心跳的声音,这一刻她如此心静如水:"什么时候的事?魏卯他们走几日了?"

"两三日。"蒋平道。

杨茉声音很平淡:"两天还是三天?"

"三天,算上今天已经三天,应该快赶到了。"

离京多远她不知道,快马三天能赶到也不是不可能,生大公主之前她怕周成陵那时旧疾复发,就将怎么抢救、治疗颅内压增高的所有方法都教给了魏卯、萧全和丁院使,并且写成文字记录下来,她要清楚地知道,就算她不在这里,魏卯几个也能为周成陵治病。

这三年,她不能整日坐在保合堂里为病患诊治,就将所有的心血放在制药和研究周成陵病情上,三年时间匆匆过去,除了做出了甘露醇和补钾的药物,她也没有什么成就。从周成陵上次发病到现在已经快五年了。

她依靠着医学,现在又无比愤恨医学,所有一切都在医学书上讲得清清楚楚,就仿佛已经为他们谱写好了结局。

"备马车,我要去迎圣驾。"杨茉站起身来,春和立即扑到杨茉跟前:"皇后娘娘万万使不得,您不为身子着想,也要想想肚子里的小皇子。"

杨茉向外看着："你觉得以我现在的怀相，如果知晓皇上有个什么不测，我的孩子还能保住吗？"

周成陵是她在这里的一切，如果他有个闪失，她不可能不悲伤，她是个人，活生生的人，面对生离死别她有她痛的权力。

"我不走远，车也不必走得太快，哪怕早半刻让我们一家团圆，那也值得。"

只要早一些和他见面，什么都值得。

趁着周成陵还清醒，她应该到他身边分享他平西北的喜悦，分享他伤病的痛苦，他活着她会陪着他一起喜怒哀乐，他死了，她会紧紧地握住他的手，让他死在她怀里。

这句话她不是随便说的。

所以她要赶过去，她不能让他觉得孤独。

不能明明有她在这里，他还要忍受孤独。

只要想着他无声无息地躺在那里，她的心就如同被烫坏了一般。

马车不知道走了多久，车里的痰盂换了又换，杨茉吃什么就会吐什么，可是为了能支撑下去，杨茉咬着牙不停地吃东西。

"到了。"梅香的声音传过来，杨茉几乎没有半点的停顿一下子从车厢里坐起来，然后是一阵马蹄声响，杨茉眯起眼睛，想要从马蹄扬起的灰尘中看清楚被车马裹得严严实实的那辆车。

"药怎么用的？"

"都是按照娘娘从前告诉我们的法子，新药每天三次。"

杨茉点点头："有没有好转？"

"好些了，今天一早皇上还醒来问娘娘……"

这时候他还惦记着她。

杨茉看着周成陵手上被针扎过的痕迹，又青又肿，她带着人改造输液管，却还没有改造成功，如果有能控制速度的输液器，就不会这样，幸亏甘露醇就是要快速滴注的药。

杨茉快速检查着，没有插尿管，这男人得多倔啊。

不知不觉一滴两滴泪落在周成陵的手背上，他的手掌里都是坚硬的茧子，他的江山来之不易，才几年时间他就让大周朝有了欣欣向荣的景象，他让整个朝廷改头换面，她身边也不乏支持她的人，她心里清楚，她不过是站在巨人的肩膀上，周成陵才是依靠自己才有了今天的局面。

不公平。

老天就是这样不公平，夺走他年少时的欢乐，夺走他的双亲，夺走他的自由，还要夺走什么？

如果非要在这时候夺走他的性命，那她一定会陪在他身边，让他知道至少还有她在。

周成陵的手动了动，杨茉擦干眼泪转过头去。

周成陵缓缓睁开眼睛，看到她，他的目光中满是喜悦，嘴唇翕动着，半响才发出声音："来了。"

杨茉点头："来了。"

更多的话无须再说。

杨茉将脸缓缓地贴在周成陵脸上，伸出双臂抱住周成陵的脖子："我来了，我来陪你了。"

车驾又足足走了两天才到京中。

进了宫，杨茉亲手安排宫中的事宜，周成陵每天还会觉得恶心，杨茉的孕吐倒是好了许多，只是悲伤将她压得透不过气来，心脏总是不舒坦。

从前周成陵总是害怕她会不会有心疾，难不成真的被他料准了，她真的是心脏不好？

这些杨茉已经来不及细想。

"娘娘说过，如果皇上的头疾再犯，就要开刀……"

杨茉点头，有多少把握杨茉也说不准，在这里她能做到的事还是有限，不能找到颅内占位一切都等于是空谈。

她和济子篆不是没试过给病患开颅，可效果都不是很好。

不能定位，找不到病灶，不知道从哪里下手，不可能无休止地钻洞找下去，那不是治病救人，那是酷刑折磨。

现在要做好一切准备，到时候只能奋力一搏。

他们一起携手走过那么长的路，他们从对彼此一无所知到敞开心扉，一步步，带着多少人的质疑走到现在。

献王太妃的病越来越重，奇怪的是献王太妃记得最清楚的事却是前两年她的事，每次只要抱起宣华，献王太妃总是和宣华讲她的事，讲她怎么从常家走出来，怎么开保合堂，怎么挺起杨家，总是说周成陵能娶到她是福气，她这个皇后能执掌太医院和上清院是百姓的福气。

听得这些话她不会觉得不好意思，而是觉得心酸。

因为她代替了周成陵。

她愿意从献王太妃嘴里听到更多关于周成陵的事。

后来还是献王太妃身边的妈妈说，只要周成陵去看献王太妃，就会提及她，所以献王太妃才会将她的一切记得清清楚楚。

她嫁给周成陵才是她真正的福气，没有周成陵就没有她的今天，没有保合堂没有格物致知，没有无休无止地制造新药，她享受的是她的成功，而周成陵肩膀上帮她承受着一切的压力。

甚至有御史说，本朝皇帝迷恋丹丸更胜先皇，周成陵对这些都不在意，她常常想，如果没有她，周成陵这个皇帝做得会更加轻松些。

这样一来，周成陵的病也不会恶化得这么快。

都是她，让他费尽心血。

早知道会这样，她至少不会让他用尽心思求娶她。

这一天还是来了。

她握着他的手,他的掌心很凉,那种凉刺着她的心。

每年冬天都是他握着她的手,现在他的手却比她的更凉。

只要想到这个,就像有一把刀子剜着她的心。

周成陵想要说话,却没能张开嘴,只是缓缓地闭上眼睛又睁开,不说话她也知道他的意思。

这样拉着手坐了一会儿,周成陵反手将她的手指收进掌心里,一如从前为她暖手的样子。

这样的动作对他来说已经习以为常。

杨茉忍不住眼泪一连串地掉在周成陵手心里,她不敢去看他的眼睛,怕眼前的美好让她更加伤心,杨茉好不容易忍住眼泪抬起头来,看到周成陵黑亮的瞳仁,如同被水洗过般,映着她的脸孔,一如多年前第一次见到他时那般。

人生太短暂。

为何人生总是这样的短暂,这样匆匆一辈子说完就完了,这样珍惜却还是要失去。

用过药,周成陵的情况会有短暂的好转,周成陵的意思是在手术前要将所有国事都处理好。

杨茉不放心周成陵的情况,半途中回到内殿里查看,刚走到殿门口,就听到张尔正的声音:"皇后诞下子嗣当承继皇位,若是诞下公主,则用皇后手中诏书,依诏书所写行事。"

床上的周成陵点点头。

杨茉攥起了手。

周成陵是在交代后事。

一个人的一生怎么可能用短短几句话交代清楚,最后的时刻他还是全都为她着想,从她手里拿出诏书,无论是哪位皇帝登基都会念她的好处。

"皇上是否还是照从前和臣约定好的,若是动用皇后手中的诏书,就照皇上的旨意,准许皇后娘娘搬出宫去,不必移居慈宁宫。"

周成陵又坚定地颔首。

周成陵是要放她出宫去。

因为他知道,宫里没有了他,对她来说就是枷锁,现在他要亲手除去她身上的枷锁。

等到大殿里人都走尽,杨茉才又回到周成陵床前。

周成陵已经十分疲惫靠在引枕上,半天才轻轻地喊杨茉的名字:"茉兰,别哭,别哭……"

杨茉这才发觉她的眼泪又淌下来了。

"你要活着,无论发生什么事,你都要活着,没有你我活不下去。"杨茉弯下腰扑在周成陵怀里痛哭起来。

不知多久她才感觉到周成陵的手落在她的鬓间。

周成陵格外喜欢用手将她的鬓角抚平,从此之后也许再也没有人会这样做,再也没有人在深夜里给她掖紧被子,絮絮叨叨让她慢些吃饭,将她的脚塞进怀里,握着她的手批阅奏章。

那个人就要没有了。

她不怕寒冷，就怕没有可以让自己依偎的那个人。

想到这里，杨茉只觉得眼前发黑，自己的身体很沉，越来越沉，沉得她已经支撑不住。

"皇后娘娘……"

耳边传来呼喊的声音。

"皇上在哪里？"杨茉醒过来立即看向身边的女官。

女官忙上前禀告："娘娘放心，皇上在内殿里歇着，保合堂的先生都守在那里。"

"扶我过去。"杨茉支撑着起身，女官想要上前劝，却被杨茉看了一眼忙闭上了嘴。

若不是她昏过去，她一定会陪在周成陵身边。

大殿里静悄悄的，女官、内侍们站在两边，太医和保合堂的医生站在屏风里侍奉，所有人的目光都落在杨茉身上。

杨茉径直走进内室看向床榻上的周成陵。

他静静地躺着仿佛睡着了般。

屋子里的床铺，被褥都是干干净净的，他的脸上也是一尘不染。他的眉眼舒展着，看起来那么的安详，就像平日里睡在她身边时一样，她好累，好想躺在他身边睡一觉，一定会睡得很安稳。

她会比他更晚醒过来，直到他在她耳边说话，她才会睁开眼睛。

杨茉想着就微笑起来，这时候她的笑容一定很纯粹，因为她满脑子里想的都是他们的幸福。

旁边的人看到杨茉的笑容不禁怔愣。

"都出去吧，"杨茉低声吩咐，"这里有我在，你们都退下去。"

魏卯几个面面相觑，半晌才放下手里的东西退下去，屋子里只剩下春和在一旁伺候。

微风吹动了幔帐，一切都是那么的祥和。

杨茉挪动着躺在床铺上，握着周成陵的手，挤在他身边。

"春和，你也下去等着吧，有事我会喊你。"

这一刻属于他们两个。

春和应了一声。

好久没一起躺躺，周成陵总是那么忙，她有时间就翻看医书和各种文书，好不容易躺在一起说说话，她也是先睡着的那个。

想到这里杨茉心里顿时传来一阵疼痛，心脏快速地跳动，让她透不过气来，杨茉抬起手想要喊人，手臂伸直却又放下，也许这样很好，也许对他们来说这是最好的结局。

没有谁比她更清楚周成陵的病，她找不到病因所在，已经没有了救他的法子。

与其眼睁睁地看着他走，不如将她的生命也停在这里。

人人都知道，周成陵的生命已经到了尽头。

可是只有她知道，失去他，心头是什么样的痛。

相爱是两个人的事，相思却是一个人孤单到老。

她不愿意做长相思的那个人。

杨茉紧紧地抱住周成陵，躺在他的胸口，觉得他仿佛不再那么凉了，不知是她越来越冷，还是他越来越暖和，他们的温度渐渐一样了。

或许再睁开眼睛，就又在一起了。

如今他要走了，也到了她该走的时候，再也没有什么可留恋的。

她曾经想过，如果有一天到了死的时候，她会害怕，会放不下，那该怎么办，她这辈子虽然看过了不少人的生死，但是却始终想不到自己的时间停止之后会怎么样，没有人愿意闭上眼睛长眠于地下。

到了这一天，终于有了答案，当爱的人要离开，她也不愿意再留在这世间一秒钟，她的世界已经停止。

就让他们一起走吧，带着那些快乐。

再见。

无论在哪里。

再见，一定要再见。

番外　长相依

御驾亲征西北，带回来了前所未有的捷报，大家都还沉浸在欢喜中时，皇帝病重的消息又在京中不胫而走。

突然的打击还没让人缓过神来，又传来消息，皇后也病倒了。

保合堂里一片呜咽之声，来打听消息的人将药铺整条街堵得水泄不通。

丁院使用了针让杨茉的病情平缓下来，杨茉才能开口说话，周成陵的呼吸很微弱，需要马上采取新的治疗方法。

杨茉才说出要怎么给周成陵治病，宫内就一片哗然。

不仅惊动了宗室营，御史言官的奏折也送上来，都是一句话，让她三思后行。

"皇后娘娘三思啊。"

杨茉摇摇头："我已经决定，皇上的病情危急，用这样的法子已经救不了皇上。"

刘璞忽然跪下来，额头触地："微臣万死，娘娘，若是皇上的病没有好转……朝中的情形恐是对皇后娘娘不利，就是老师和整个杨家也要受连带之罪。"

刘璞是父亲的门生，如今管着格物致知，经常给她上手书，如今这样说话看在别人眼里，也会认为刘璞是皇后党。

什么时候她和周成陵之间也要被政局左右，杨茉目光清亮，她已经下定决心，无论发生什么事都已经无法阻挡她："你不用劝说，本宫和皇上之间的事，你们无法明白，"说到这里杨茉沉下脸，"我父亲已经让人送书信过来，杨家不必我担忧，你们只要守好自己的本分。"

董昭已经接掌京营，父亲整日坐在内阁不敢回府，张尔正和葛世通她已经一一见过，她这样做就是为了保证她还能掌控大局为周成陵治病，而不是夺权。

刘璞不敢再说什么，站起身慢慢退下去，杨茉吩咐梅香："让人进来抬我吧。"

梅香眼睛红肿，方才皇后娘娘昏死过去，整个大殿哭成一片，现在才歇了半个时辰就又要起身："皇后娘娘再歇歇，那边还没有消息过来。"

"再晚就更危险了。"杨茉咬牙撑起身子。

梅香忙去喊人，宫人们七手八脚将杨茉抬起来送去前面，丁院使和魏卯几个正挤在周成陵床前，看到杨茉过来都站起身退到两边。

杨茉道："我要的东西准备好了吗？"

魏卯点点头："师父要的手术刀、管子、消毒布巾都弄好了，还有几盏水晶灯。"

杨茉向旁边的女官招招手，女官立即上前将杨茉扶起来。

她胸口会疼大约有心疾之症，现在最忌活动，她要尽量避免做任何动作，才能养足精神一鼓作气为周成陵治病。

"师父，"萧全攥起手上前，"师父说要怎么治，师兄和我们照做就是……"

杨茉摇摇头。

萧全和魏卯对视一眼，眼睛里露出担忧的神情。

师父说要做气管切开术，才说了大概的步骤就已经将屋子里的人都吓坏了，师父要切开皇上的脖子将管子放进去，中途可能会出血过多，总之危险很大，如果皇上出了事，师父会怎么样他们再清楚不过。

"只能我来做，谁也不要插手。"这个时候她怎么能假手旁人，"丁院使挑选两个御医留下，女官都出去，换两个太医院的女医过来，剩下的人都离开。"

宫人陆续走出大殿。

"做三层隔离，所有人都要换上干净的衣袍。"

杨茉艰难地穿着衣袍，只是这样细微的动作就让她出了一身冷汗。

休息片刻，杨茉站起身来："开始吧。"

屋子里一瞬间安静下来。

所有人的目光都落在杨茉身上。

杨茉拿起手术刀，用布巾消毒找到标志点，一刀划下去。

鲜血顿时涌出来。

那血烫得杨茉指尖发疼，她的心脏也随着这些血突突地乱跳。

她明明知道这些血不会怎么样，可她的心就是随着担忧。

她勉强压制着心头的恐惧，想要将周成陵当一个普通的病患看待，可是这时候她已经无法压制自己的感情。

毕竟她刀下的是她最爱的人。

可是她不能放弃，不能什么都不做就放弃。

上天垂爱，一定要让他活下来，只要他活下来，她愿意付出所有的代价。

既然让她们相逢，就一定有特别的含义。

管子一点点送进去，明黄色的锦缎上沾满了血。

周成陵仍旧安静地躺着。

韩公公一阵阵眼前发黑，双腿抖动只能让小内侍搀扶着站立。

从来没有一个皇帝在众目睽睽之下被人割开喉咙。

韩公公嘴唇哆嗦着，控制着自己不去阻拦皇后娘娘。

这是皇后娘娘，是想要随皇上而去的皇后娘娘，皇后娘娘不会害皇上。

"呼吸器。"杨茉伸出手来，魏卯忙将呼吸器递过去，眼睛一直看着皇上脖子上的伤口。

"魏卯。"杨茉喊了一声。

魏卯才回过神来。

"要一直注意皇上的脉象，"杨茉咬着牙坚持，"每天要用食醋熏蒸屋子两次，保证呼吸器一直使用，不能间歇。"

说完这些话杨茉几乎脱力，病痛和担忧已经快将她的身体啃噬干净。

梅香几个七手八脚将杨茉抬到旁边的软榻上。

"皇后娘娘。"

杨茉挥挥手:"不要将幔帐卷起来,我要看着皇上。"
幔帐卷起来,杨茉和周成陵面面相对。
她就这样看着他的脸,看着他的神情,分担着他的痛苦。
只有这样,她才能心安一些。
她才觉得莫名的踏实。
无论什么时候,她都要和周成陵在一起。
丁院使带着御医听杨茉吩咐。
"魏卯、萧全和太医院的御医轮流照应呼吸器,我们要在七天之内让皇上病情好转,"杨茉声音细微,"这样我才能给皇上开刀。"
丁院使瞪大了眼睛:"皇后娘娘要……"
杨茉点点头:"所以,丁院使要照应好我和皇上,控制好我的心疾,让我能给皇上动手术。"
她要努力活下去,周成陵也要努力地活着,这样他们才能相守到老。
想到这个她就什么也不怕。
安顿好周成陵,杨茉浑浑噩噩地睡过去,这几天她除了抬起头看周成陵什么也不做,只要周成陵好端端的她就能安心养病。
有几次周成陵的呼吸不好,她急得眼前发黑,可是他们最终却都挺过来了。
丁院使一天用两次针,杨茉的情况在慢慢好转,床上的周成陵也越来越稳定,等到杨茉能坐在周成陵床边时,当她握住周成陵的手,周成陵的眼皮也如同回应般慢慢颤动。
杨茉的眼泪霎时涌出来。
一滴一滴如同淌在心上,让她不能自已。
她将脸沉下来埋在他掌心里,放声大哭。
眼泪迷了她的眼睛。
他醒了,他醒过来了。
她能感觉到周成陵的手指微颤着要摸她的眉眼。
"我在这里,成陵,我在这里。"
丁院使说她不能大喜大悲,可如今她已经顾不得了。
周成陵眼睛轻眨着,视线一如既往地温和。
"这一次我和你约定好,你一定要好起来,看着我们的孩子出生,看着他们长大。"
"我害怕,我离不开你,我们要永远在一起。"
"从来都是你拉着我的手,现在换成我拉着你的手,从现在开始无论你看到什么,只要不是我,就一定不要走。"
周成陵缓慢地点头。
她始终记得周成陵轻唤她:"茉兰,跟我在一起吧。"
她心里反反复复地后悔,为何没有立即转过头来答应他。
如果她早知人生有这样多的波折,她不会浪费一丁点的时间。
杨茉拉着周成陵的手放在脸颊边:"记住没有?不要认错人。"

"周成陵，记得，一定要记得。
"我在这边守着你，我守着你。"
……
杨茉解开周成陵的发髻，手指穿过他的头发，这是第一次她这样仔细抚弄他的头发，每次只要她帮他做点事，他总会说："不早了快歇着吧！"
那种略带严肃的神情她还记得清清楚楚。
"将剃刀给我。"杨茉伸出手来。
"皇后娘娘，"旁边的韩公公弯下腰，"还是让奴婢来吧？"
杨茉摇摇头，唯有她才能从他身上取下什么东西，一直都是如此，这一次她要亲手打理，她还能想到他从镜子里看到没有头发时的表情。
他会皱起眉头，手指却会习惯地拂过她的鬓角："杨茉兰，你就不能下手轻些吗？"
"我不。"杨茉张开嘴无声地念着。
他只会看着她温柔地笑起来。
我的周成陵，我最爱的人，永远别离开我身边，这是我最深切的恳求，我失去什么都不能失去你，如果真的有那么一天，我要握紧你的手，你去哪儿，我就去哪儿。
你在哪儿，我在哪儿。
这样就不会有恐惧。
别死，不是你怕死，而是我怕失去你。
杨茉恍然发现眼泪已经无声无息地淌下来。
万千发丝从她手掌滑过。
内侍忙用托盘接好，一根都不敢漏下。
从前不在意，现在一根头发都让人如此珍惜，杨茉眼前一片模糊，长发齐整地落在托盘上，她的眼泪也跟着淌光了。
"梅香，消毒。"杨茉抬起头吩咐，
屋子里安静下来，杨茉的声音格外清楚："为什么要在枕颈区做开口？"
萧全道："出血少，那里血管分布少。"
"病患明显颅内压增高，术前我们该做什么？"
魏卯立即道："穿刺减压。"
杨茉点点头，至少她身边还有一群初掌现代医理知识的徒弟们，不是只有她一个人在努力。
杨茉看向对面的济子篆："我们开始吧！"

病重的皇后娘娘为皇帝治病，皇后娘娘带着徒弟和太医院御医在挂满水晶灯的大殿里忙碌了三个时辰。
文武百官跪在宫门外等候消息。
所有人都看着那两扇沉重的殿门。
当那两扇门打开，声音几乎震动了整个皇宫。

"吱呀"的开门声音过后，皇后娘娘走到门口，她身上的长袍上溅满了令人触目惊心的血滴，风吹开她的鬓发，仿佛要将她的眉眼展露得更加清晰，她站在那里良久一动不动，如同要借风飞回天宫的谪仙。

　　那时候谁也不知道大殿里到底是什么情形，皇后有没有将皇上救活。

……

　　我这一生做过许多别人未曾做过的事。

　　只因为我嫁给了大周朝的皇帝，这世上最有权势的人，他放纵我，宠溺我，让我为所欲为。

　　也让我尝到了锥心的痛苦，一场手术几乎用尽了我所有的心力，那之后的几个月只要看到手术刀，我的手都会不由自主地颤抖。

　　手术完之后，所有人都在等一个结果，只有我是在等我的一生。

　　建辉四年春，我生下了我们的儿子。

　　三个月后，他会睁开眼睛四处看。

　　六个月后，他会含含糊糊地发声。

　　一年后，他教会了我们的儿子喊：爹爹。

　　他的声音一如既往的清澈。

　　那一刻我的眼泪不声不响地流下来。

　　第二年，我们站在城楼上看春光明媚，脚下是一片锦绣河山。

　　我说，我们好像相爱了两辈子那么久，他说，哪有那么长。

　　生命赋予了爱，爱又赋予了生命。

　　建辉六年，我生下我们第三个孩子。

　　大自然把人们困在黑暗之中，迫使人们永远向往光明。

　　我认为，身处黑暗是因为要追逐光明。

　　这一生，我们都在追逐光明。

番外　放下

"老爷还没回来？"

浑身湿透的青衣小厮摇摇头。

"这都什么时候了。"

床榻上传来常老太太的声音。

常五太太忙转身进屋，将被子给常老太太盖好："娘别担心，都说一会儿就回来了。"

常老太太咳嗽着："这雨下了好几天，堤上也不知道有没有事。"

常五太太也是一脸的愁容，她一直不明白为什么老爷好好的京官不做会到这里来，自从过来上任几乎没有过过安生的日子，不是干旱就是水灾，每年朝廷催缴粮食都是东拼西凑，在这里任知府几年，老爷还四十岁不到鬓角就已经花白了。

"这样下去什么时候是个头，"常五太太擦着眼角，"老爷又瘦了不少，伤寒跟了一年，吃什么药都不见好，到晚上就喘不过气，这几天在外面也不知道怎么样。"

"还能怎么样？"常老太太闭上眼睛，"我是好话说尽，也找人疏通了关系回京，老五却不肯走。"

常五太太伸手给常老太太揉捏着腿："媳妇还是让人去医馆说一声，让医馆做些准备，万一老爷病下来，就要在医馆调理。"这几年各地的医馆都建起来，和从前的药铺不一样，现在的医馆有病患安住的地方。

想到这里，常五太太低声道："皇后娘娘真是个厉害的人，原本媳妇还以为不会有人去医馆住，没想到现在想住都住不进去，我让人打听才知道保合堂做的药有些是不能自己拿到家里用的。"

常老太太皱起眉头："皇后娘娘也是你随便提的……"多少年过去了，现在提起皇后娘娘，她仍旧是心惊肉跳，晚上有时候梦到她想方设法和皇后娘娘作对，惊得她出了一身冷汗。

常五太太点头，只要说起皇后娘娘，老太太总是一副惧怕的模样，她嫁进常家这么多年，对当年常家和皇后娘娘的恩怨也知道得清清楚楚，屋子里没有旁人，常五太太低声道："现在应该没事了吧？国丈庆生，咱们家每年都送礼物上京，也不见被退回来，今年老爷又早早将东西备好了，媳妇觉得既然国丈那边肯收，就是皇后娘娘已经网开一面，不追究咱们家的错处了。"

常老太太觉得媳妇说的有道理微微颔首。

常五太太趁机接着道："娘能不能再劝劝老爷，咱们一家搬回京城去……"常五太太说到这里垂下头不知道该怎么接着说下去，她攥了攥帕子，"媳妇想去京里的保合堂看看，有没有助孕的药……"

常老太太看向媳妇，伸出手来拍拍常五太太的手："你想去就让人安排，别因为这个

耽搁了，吃些药也好，常家子嗣单薄，你早点为常家开枝散叶，我也早些安心。"

"还是想想法子一起回京里吧，这边究竟潮湿，娘的腿也不好，老爷的病也要好好看看……"

"好了，好了，"常老太太阻止媳妇的话，"找个机会我去说说看，朝廷上的事也不是我们女人想的那么简单。"

话音刚落，外面的妈妈进来禀告："老太太，太太，京里来人了。"

常老太太坐起了些："是谁？我们可认得？"

"认得，认得，"妈妈连声道，"是和五老爷要好的方爷，也是来看五老爷的。"

"快请进来，"常老太太吩咐下人，"去堂屋里，摆好茶点不要怠慢了贵客。"

管事妈妈忙退下去安排，常老太太让常五太太扶着起身换了一身衣服才进了堂屋。

方言析向常老太太和常五太太行了礼。

常老太太笑着看向方言析："家中长辈可好？"

方言析忙躬身："都安好。"

常老太太亲切地看着方言析："怎么会到这边来？"自从常家没落，已经很少有人这样和常家来往。

方言析道："跟着文正公过来，顺道来看看老太太。"

文正公，常老太太立即想到董昭："这可怎么是好？家里什么都没准备，该让人知会亦宁才是……"

文正公可是皇上信任的人，无论如何也不可怠慢。

方言析忙站起身："老太太安心，文正公已经去堤上见少府兄了。"

方言析话刚说到这里，只听外面的婆子进来禀告："文正公和五老爷回来了。"

常老太太看一眼常五太太，常五太太忙吩咐管事妈妈："快让小厨房备好饭菜送去老爷书房里。"

方言析也告辞去前面的书房。

常老太太有些担心："不会有什么事吧？"

"方大人在户部，"常五太太低声道，"总不能是来催粮的吧？"粮食，从到了这里，连她这个内宅妇人脑子里都多了这两个字。

常老太太见媳妇不动，皱起眉头："快去听听。"

常五太太这才恍然大悟。

方言析大步走向门口，见到进来一个挽着裤腿戴着斗笠的人就拉住问："你们五老爷在哪里？"

他话音刚落就发现这个"小厮"看着眼熟，方言析怔愣片刻才张口，"常少府，你怎么成了这个样子。"

常亦宁将斗笠抬了抬，黝黑消瘦的脸上露出笑容："什么样？我挺好，快，我们进屋说话。"

方言析迷迷糊糊地跟着常亦宁进了书房，低下头眼看着下人伺候常亦宁脱掉鞋子，放下湿透的裤腿。

方言析有些诧异:"你怎么连官靴也不穿?"

"一看你就没来过堤上,不知道这里面的道理,穿着靴子雨水都灌进去,将脚和腿都泡烂了,倒不如穿这种鞋来得舒服。"常亦宁说到这里忍不住低头咳嗽一阵,困难地喘着气。

董昭让下人引着到了书房,看到常亦宁低头咳嗽立即道:"快去换了衣服,将保合堂让我拿来的药吃了。"

董昭将药交给常家下人:"倒一碗热水来,让你家老爷吃下。"

常亦宁转过头,目光落在印着"保合堂"几个字的药包上,他的脸上不由自主泛起一丝笑容:"怎么包药的纸变了,比今年春天拿来的颜色浅了些。"

董昭顺着常亦宁的目光看过去:"我怎么觉得一样,难得这点差别你也能看出来。"

常亦宁笑容更深,眼角和嘴边虽然已经起了皱纹,却被笑容映得明媚:"药吃的多罢了。"

常亦宁转身去内室里换衣服,出来的时候一身青色的长袍,坐在椅子上和方言析、董昭叙旧。

董昭不停地打量常亦宁,他从来没想到常亦宁这样文质彬彬的书生能在这里一待就是八年。

"文正公来安庆府是不是为了征粮?"

听到常亦宁的话,董昭抬起头:"你知晓?"

常亦宁笑道:"上面早就说了,朝廷对南疆用兵,粮草要从我们这边调用。"

董昭放下手里的茶:"可否凑齐粮草?"

常亦宁颔首:"就照往常的数目一定能按时送上去。"

没想到会这样顺利,不过想想方才看到的,董昭皱起眉头:"安庆府连着下了几天的大雨……"

常亦宁笑得淡然:"文正公比我还着急,我说能凑到就能凑到。"

"少府兄这样有信心,我这差事也能交了。"

望着目光闪烁的常亦宁,方言析也露出笑容来:"我和文正公是愁了一路,你也知道皇上布置南方的战事好几年了,若是军粮不能准备妥当可是要坏大事。"

常亦宁转头看着下个不停的雨:"可惜啊,年景不好,否则会不一样。"

方言析听不明白:"少府兄,你是不是有什么事瞒着?"

常亦宁站起身拿起八仙桌上的茶吊来给董昭和方言析续茶:"急什么,等到了收粮的时候就知道了。"

方言析看看常亦宁又看看董昭:"少府兄还真的不说?"

常家下人来报酒菜准备好了,三个人一起去吃酒,常五太太在门外听了一会儿径直去常老太太那里禀告。

"没什么事,都挺高兴的,方大人已经喝多了安排在厢房歇着,老爷正和文正公说话。"

听到常五太太的话,常老太太松了口气:"没事就好,我也安心了。"

侍奉常老太太歇下,常五太太带着人去书房旁的屋子里,管事妈妈不停地将书房里的消息传过来。

"酒已经喝了七八壶了，老爷还让人去热来。"

常五太太点点头："那就去吧。"

"也不知道行不行，老爷总是咳嗽……"

常五太太叹口气："难得老爷高兴，就送去吧！"谁家老爷不时常出去赴宴，只有他们家的老爷不同，常年在衙门里，她还曾一度以为老爷不回家更不去她屋里是因为在外有了小的，让人仔细查了查才知道原来老爷真的是为了公事。

酒过三巡，屋子里传来笑声。

董昭将常亦宁面前的酒杯倒满，他从来没想到有一天能和常亦宁这样面对面地喝酒，当年认识皇后娘娘时，常家还依附着乔家，他从心里十分厌恶这个假模假样的常少府，眨眼之间多少年过去了，周围的一切都有了变化，他和常少府也相谈甚欢，从朝廷到家室再到京中相熟的人，话都说尽了，唯一没有提起的就是杨家和皇后娘娘。

董昭抿了口酒后开口："国丈生辰，你可准备回京？"每年去杨家赴宴，他都知道常亦宁会让家人送上寿礼。

常亦宁许多年不沾酒，今日喝得略微有些多，脸颊也泛起红来，听到董昭的话，他的目光落在酒杯上细细地看着酒杯上的花纹，半晌才点点头："今年准备上京。"是该他去京城的时候了，从皇上和皇后娘娘双双病重时算起，已经经过了八个年头，如今皇后娘娘膝下已经是三男两女。

想到这里常亦宁抬起头来。

真快啊，日子过得真快，让人不敢相信，回头来想想就像大梦一场。

"如今户部缺人手，国丈觉得你是个好人选。"董昭目光落在常亦宁身上，要说当年是因为杨家的事，常亦宁才来安庆府，现在国丈亲口替他寻了个好位置，常亦宁应该会答应。

常亦宁抬起头来。

董昭道："你好好想想，如果愿意就早些捎信去国丈府。"

桌上的灯火跳跃了一下，常亦宁忽然想起当年董昭想要求娶皇后娘娘的传言，皇后娘娘嫁给皇上之后，董昭似是也没有娶妻，直到皇上登基，樊老将军亲自上门，董昭才应了和樊家的婚事。

而他是到了安庆府之后，遇到了宛娘……

常亦宁鬼使神差地开口："公爵爷家中的哥儿多大了？"

董昭抬起眼睛："小的刚满月，大的四岁了。"

常亦宁点点头："真快，都这么大了。"

屋子里突然安静下来，董昭抿着酒，常亦宁也慢慢地夹着面前的花生。

两个人一直喝到夜里才各自去安睡。

常亦宁梳洗干净躺在床上，常五太太吹灭了矮桌上的灯，半晌才开口："老爷会不会回京中任职？"

常亦宁睁开眼睛："你都听到了？"

常五太太"嗯"了一声："送茶的时候刚好听到文正公和老爷说……"

听不到常亦宁回话，常五太太道："今天我还和娘说，从前那些恩怨都放下了，应该不会有什么事，老爷和娘都是在北方过惯了的，还是回去的好。"

都放下了？常亦宁耳边回荡着常五太太的话。

都放下了。

年轻时候的事，就像一阵风势必要吹过去，什么都留不下。

常亦宁翻个身，咳嗽了一阵，常五太太准备起身去拿茶水来。

"睡吧，没事。"常亦宁喊了一声。

窗外的树枝有时候被风吹得"沙沙"作响，年少时他习惯在夜里想事，披着单衣在窗台下行走，看到窗边的玉兰花，他就会想起杨家的那个杨茉兰。

如今他再也没有那份闲情，窗台下也再没有玉兰花。

一切都过去了，他就可以回去京城好好过日子。

第二天送走了董昭和方言析，常亦宁正准备去衙门，常五太太匆匆忙忙走进屋："京里保合堂来人了。"

京里的保合堂，会是什么事？常亦宁有些惊讶："快请进来。"

常五太太将人请进堂屋，常亦宁随后赶过来。

"张戈？"常亦宁远远地看到在堂屋里忙碌的张戈。

张戈放下手里的东西转身迎过来："常老爷看着又瘦了，快，坐下让我把把脉。"

常亦宁看着张戈徒弟手里拿着的东西，好像是一个鼓鼓的皮囊。

"是什么？"常亦宁咳嗽着询问。

"是保合堂里新做出的药。"张戈说着脸上难掩笑意。

张戈的头发有些凌乱，身上还有雨水才干涸的味道。

"你们冒着雨送过来的？"常亦宁忍不住问。

张戈笑道："我们走这点路算什么，我们师兄可是千里迢迢找到金鸡纳树的种子，"说着抬起头，"常老爷还记得金鸡纳树吗？"

常亦宁颔首，他当然记得，杨茉兰从常家走出去之后就是用金鸡纳树粉治的疟病。

"黄花蒿治不好的疟病就用金鸡纳树粉，很好用，"张戈说着指指徒弟手里的皮囊，"这也是好不容易才做出来的，已经给肺病的病患用过，很有效用，用了就会觉得舒服许多。"

徒弟将皮囊递过来，张戈将连着一段用细线缠绕的金管对准简易的呼吸器，然后将呼吸器的另一端扣住常亦宁的鼻子。

张戈将卡子打开，常亦宁闻到一股潮湿的味道，有些皮囊的臭味，又有些雨水后的咸气，缓缓地送进他的鼻子，逐渐变得沁人心脾，他好久没有呼吸得这样顺畅。

张戈站在一旁看着："怎么样？有没有觉得不舒服？"

常亦宁摇头。

张戈笑道："这就好，配着我们的药吃，今年冬天就不会那么难受了。"

常亦宁看着笑容满面的张戈和一旁的小郎中。

这么多年好多事都变了，有些事却没有变。

"这是什么药？"常亦宁摘下面罩询问。

"皇后娘娘说是氧气。"

氧气，氧气……

她的保合堂，她的医术，她的徒弟，所有关于她的一切其实都没有变，就像他多年前离开京城时一样，几乎是慌慌张张地逃离，只要想起她，他就会沉浸在往事中。

比起她做的事，他做的一切都是那么微不足道。

宛娘说的没错，若是将所有恩怨都放下了就能回京，那什么时候他才能放下压在心头的一切？

常亦宁重新将面罩戴回鼻子上。

清香，沁人心脾。

好像玉兰花的香气。

杨茉抱着刚出生的三公主，怪不得人人都说三公主最不像她，比起她的姐姐哥哥们这孩子是太瘦小了些。

"娘，妹妹怎么那么小？"

"娘，我能碰碰她吗？"

"娘，我能抱抱她吗？"

"娘，父皇给妹妹取了什么名字？"

孩子们围着床说个不停，看着笑眯眯的孩子，杨茉点头："轻轻地碰碰可以。"

好不容易将满屋子的孩子打发走，杨茉将三公主递给女官，靠在床边歇着。

"娘娘这样也不行，要照顾皇子和公主，还要看病案和奏本，身子都熬坏了……"

听着陆姨娘说话的声音，杨茉嘴边泛起笑容。

"姨娘。"杨茉让陆姨娘坐下，皇上怕她生母委屈，早就要找个名目抬了姨娘的名分，谁知道姨娘怎么也不肯，她知道姨娘的脾气，整个杨家都念着母亲的大义，要不是母亲父亲就不会活下来，所以谁也不肯逾越了母亲的地位，于是皇上就将封赏都给了母亲。

这件事过后，父亲也没有再娶正妻，姨娘虽然性子软弱，却也算得了个好结果，杨家上上下下都不敢轻视她。

"父亲的生辰过得如何？"杨茉轻声问。

陆姨娘拉起杨茉的手："比往年都热闹，托了三公主的福，皇上赏赐又多。"

杨茉听了点头，昨晚周成陵回来已经说起父亲的寿宴，可惜她正在月子没法去贺寿。

母女两个说了一会儿家常，陆姨娘提起常亦宁："张阁老在户部谋了个缺儿，好像常五老爷不想上任，还要留在安庆府，让人送了一份寿礼，还夹了一封信。也是奇怪，信里什么都没写，只有两支麦穗。"

陆姨娘说着将信递给杨茉，杨茉将信打开，从里面抽出两支麦穗，饱满的穗粒闪烁着温和的光泽。

杨茉撑起身子。

"皇后娘娘快躺下。"

杨茉几乎没有听到陆姨娘说话的声音,而是顺势起身站起来,拿着麦穗一直走到窗边。

宫里顿时乱起来,女官忙着拿衣服给杨茉披上。

一支麦穗明显地比另一支麦穗大了不少。

谁都知道麦穗大了能收更多的粮食。

杨茉将麦穗递给女官:"快,送去给皇上看看。"

女官刚出去不久,周成陵大步进了坤宁宫。

杨茉笑着看向周成陵:"皇上可看到了麦穗?"

周成陵声音温和,弯腰将她抱到床上,仔仔细细地将被子给她盖好:"看到了,安庆府知府送上来的,我刚想让人送进内宫。"

常亦宁在安庆府做成了大事。

常亦宁的新麦种下第二年,杨茉在内宫里第一次见到常五太太,常五太太拘谨着不敢说话,临走之前才红着眼睛说常亦宁:"身体不好,还不肯歇着,现在新麦长得那么好,按理说也用不着他了,他却还不肯歇着……"

新麦种下第三年,常亦宁升任户部侍郎,常家一家老小搬迁进京。

杨茉和女官商议完赏赐给常家的物件,靠在软榻上迷迷糊糊地睡着了。

依稀听到有人说话的声音,杨茉睁开眼睛,女官来道:"魏大人来给皇后娘娘请脉了。"

魏卯给杨茉诊了脉,开了些养气血的药:"听说常大人不太好。"

杨茉:"没有回京来?"

魏卯道:"回京来了,常家的小厮过来禀告,那边已经日夜兼程地向京中赶。"

杨茉站起身:"让车去杨家,你出宫和国丈说,一会儿本宫也回去。"

魏卯有些迟疑。

"快去,别耽搁。"

她想做什么,周成陵从来都不会阻拦。

果然消息才捎过去,就有侍卫来护着她出宫。

这些年她已经很少出宫来,更多的时间都是留在周成陵和儿女身边,她将保合堂的事交给了身边的徒弟。

下了马车,就听到一阵马蹄声响,杨茉抬起头来看。

挂着青色布帘的马车风尘仆仆地驰过来,马车后是慌乱的常家仆妇。

张戈带着人去接应。

常五太太不停地叫喊着,车帘被掀开,里面的人被抬出来。

杨茉低头看向被人抬着的常亦宁。

从那消瘦、苍白的脸上依稀能辨认出她熟悉的五官,杨茉一怔,她怎么也没想到常亦宁会变成这个模样。

常五太太哭得不成样子,紧紧地攥着常亦宁的衣角就是不肯松手。

杨茉吩咐女官过去,常五太太听了女官的话向杨茉这边看过来,这才诧异地将手松开。

杨茉和魏卯几个商量了常亦宁的病情,魏卯带着人去给常亦宁医治,杨茉在内室里见了常五太太。

常五太太向杨茉行了礼，忍不住哭起来："在车上老爷还惦记着今年的粮食，一直让人问新麦的收成怎么样，要是能歇歇也不会病得这样厉害，不知道老爷到底是怎么想的。"

说出这样的话，常五太太才发现自己失礼，忙向杨茉赔罪。

杨茉摆摆手让常五太太起身："你也别担心，有魏卯他们在。"

杨秉正匆匆忙忙回府，去看过常亦宁后过来说话："几年工夫，这孩子怎么把自己弄成这样。"

常五太太更是泣不成声。

"皇后娘娘，"内侍进来禀告，"安庆府送来一盒东西，说是给常大人看的。"

杨秉正站起身来："娘娘，我出去看看。"

杨茉颔首。

杨秉正带着人出门，不一会儿工夫回到屋子里。

"是今年收成的麦粒。"

内侍将盒子打开递给杨茉看。

满满一盒的麦粒。

常五太太禁不住又放声痛哭："老爷留在安庆府不肯进京，就是为了这个啊。"

"就是为了这个。"

杨茉看着满满一盒的麦粒。

"快让人送去里面，让魏卯告诉常亦宁。"

这是常亦宁最想知道的消息。

内侍刚要出门，杨茉将他叫住："还是我过去。"

杨茉一路到了诊室，太医院的御医纷纷让路将脉案送上给杨茉看。

杨茉看向床铺上的常亦宁，她怎么也没想到常亦宁会留在安庆府，专心种麦筹粮。

"常亦宁，"杨茉低声喊，"安庆府收割的麦粒送来了。"

……

常亦宁挣扎着睁开眼睛，影影绰绰地看到一个人影。

"常亦宁。"

她的声音如此清晰。

常亦宁努力地呼吸着，往事忽然浮现在眼前。

"我想为亦宁求娶茉兰。"祖母的声音在他耳边响起。

"两个孩子还小，"母亲有些担忧，"男孩子还是有了功名才好说亲，等宁哥过了院试再提也不迟。"

"你懂什么？"祖母皱起眉头，"有些事还是早早定下为好。"

那时候只当是寻常的一句话，现在想起来，真好。

若是早些知道该多好，上天总是不给人后悔的机会。

杨茉兰。

他终究不能放下，多少个夜里他眼前浮现的是杨茉兰疏离的目光，直到皇上病重，他听说皇后娘娘欲将他喊进宫问话,他才发现也许他在她心里并不是一无是处。

他该做些事,该做些他能做好的事,这样他才能在她面前抬起头来,才能放下羞愧和胆怯,轻松地回想往事。

那天,他走在杨家的院子里看刚刚绽放的玉兰花,花香沾满了他的衣袖,听到清脆的笑声他抬起头来,看到坐在秋千上的她,她的笑容如同照在他肩膀上的阳光,那般的温暖。

常亦宁睁开眼睛,眼前的一切渐渐清晰。

"常亦宁,安庆府的麦粒送来了。"

常亦宁眨动着眼睛看杨茉。

她的目光那么温软,一如他的记忆。

真好……

真好。

番外　周而复始

"你说救了你的人是谁？"杨茉看向董昭的二女儿。

董二小姐道："说是皇后娘娘的表亲，一把就将马缰绳拉住了。"

杨茉眨眼睛回想，表亲，她不记得有哪个表亲有这样的本事："这还真把本宫问住了。"

董夫人皱起眉头看向董二小姐："这件事说起来都怪你，你哥哥、弟弟去打猎你跟着做什么？要不是旁边有人，你还能坐在这里说话？"

"女孩子怎么了？"董二小姐低声，"从前你们还都说女子不能行医呢，要不是皇后娘娘行医，现在哪里来的格物致知，母亲的病也就不会治好……"

杨茉倒没想到董二小姐会拿她来打比方，转过头仔细地看董二小姐，董二小姐眼睛清亮，脸上没有惧怕的神情，若是给她机会，她一定还会偷偷地跟着兄弟们出府。

董昭那样威严的人竟然养出这样的女儿，杨茉想到这里露出些许笑容。

董夫人却脸色煞白，忙呵："真是愈发没有样子，在皇后娘娘面前也能这样说话。"

董二小姐神色坦然："我又没撒谎有什么不能说。"

董夫人忙向杨茉赔罪："家里就这一个女孩子，都让我们惯坏了。"

杨茉端起茶来喝，好让董夫人缓口气："二小姐很好，合本宫的脾气，怪不得公主喜欢将她叫来宫中说话。"

董夫人不好意思地垂头："让皇后娘娘笑话了，谁都知道妾身家里养了个不懂规矩的。"

杨茉笑着让女官带董二小姐去花园里，董夫人留下和杨茉说话。

董昭常年在外很少回京，董夫人就成了宫内的常客。

杨茉道："转眼之间孩子都这么大了。"

董夫人用帕子掩嘴："可不是，妾身遇到娘娘的时候，也比这大不了几岁，"说着董夫人期盼地看着杨茉，"等这次老爷带着英哥回来，妾身还盼着皇后娘娘做主给英哥指门好亲事。"

杨茉站起身，董夫人也跟着一起走出大殿。

"本宫不太给人指亲，"姻缘的事谁也说不准，就像她从来没想过会嫁给周成陵，"你们长辈看好了，我倒是也愿意做个顺水人情，你喜欢哪家的孩子？找个机会叫进宫里看看。"

董夫人满脸欣喜。

送走了董夫人，杨茉一路去了养心殿。

撩开帘子进屋，顿时闻到一股浓浓的墨香，周成陵合上奏折，见到杨茉眉宇也松懈下来："我晚了？"

杨茉笑道："没有？"她连着生下几个孩子，身子一直调养不好，周成陵每天陪着她在宫里散步，她的身子骨才壮实起来，照周成陵的话说，事关性命仍不可松懈，这样一坚持就是多少年。

两个人坐在内室的软榻上，周成陵从小黄门手里接过热茶递给杨茉。

杨茉想起正经事："皇上记不记得前几天秋狩有没有我娘家子弟过去？"

她从前还会注意长长的随驾名单，后来发现周成陵有过目不忘的本事，她也就不去在意，只要问周成陵，他就一定会知晓。

周成陵想也没想，一手帮杨茉揉腰，一手去看奏折："没有。"

"奇怪，那是谁救了董家二小姐？"

"不是董英？"

"不是。"

杨茉道："听董二小姐说，是我娘家的表亲，"她母家没有人过去，哪里来的表亲，"这些孩子不知道在做什么。"

周成陵静静地听着杨茉的话，忽然弯起嘴唇。

看着周成陵一脸明白的神情，杨茉很好奇："你知道？"

周成陵的手继续运动着，大大的手掌贴着她的腰，让她觉得很舒服。

被杨茉追问几遍，周成陵才抬起头："我也是才听你说起。"

杨茉道："文正公夫人那边可是很着急，生怕女儿再出什么差错，按理说董二小姐是直率的孩子，该不会说假话。"问题就出在她娘家表亲身上。

周成陵放下手里的奏折让杨茉靠在他怀里："出不了大事，他们年纪还小，要由着他们去玩，不闹个翻天覆地，也做不出些名堂来。"

真是唯恐天下不乱的皇帝。

冒充皇后家的表亲，这种事一般人做不出来。看着周成陵不在意的模样，杨茉忽然想起满脸络腮胡子的柳成陵，莫不是这样的事也能遗传？

这么说，他们的孩子真到了要提亲的时候，说不定不久之后，宫里真的要办喜事了。

杨茉道："会是谁？老大沉稳不太像，老二嘴快又是藏不住心事的，老三年纪尚小……"

这事也只有他们自己知晓。

（全文完）